古代文人幕后真相

GUDAIWENRENMUHOUZHENXIANG

《壶中书影》精选本

曹正文/著

文匯出版社

目 录

先秦两汉

魏晋南北朝

隋唐五代

北宋南宋

元明清

笔耕不辍留真史

（代序）

严建平

与正文兄相识相知四十年了。1981 年下半年，我与正文兄先后进入正在筹备复刊的新民晚报。从此，我们的命运和新民晚报紧紧连在了一起。

据说正文进晚报是有一点争议的。因为当时他已小有名气，常在报刊上发表文章，报社领导怕他来了以后不安心新闻工作。记得我进报社时，也听老同志们讲过，如果你想当作家，就不要进来。一开始我并不十分理解，后来才慢慢明白，做新闻工作，是要有牺牲精神的。当记者，时刻要准备去第一线采写新闻；做编辑，则要甘坐冷板凳，为他人做嫁衣。如果你自己想搞创作，势必与之发生矛盾，鱼和熊掌不可兼得。

但正文最终还是如愿进了晚报，不知他当时有没有做过什么保证。

正文进报社后，先是在政法部当记者。印象比较深的是，1985 年，当时开始重视培养青年干部，上海新闻界也提拔了一批年轻人。正文为之感到欢欣，写了热情洋溢的报道，并因此与时任市委组织部副部长的赵启正同志结下了友谊。

1986 年晚报第一次扩版（六版扩为八版），当时报社采取“招标”的办法，正文主动请缨编辑“读书乐”专版，试刊成功后，一编就是二十二年。在“读书乐”专版创办一千期时，老作家流沙河先生撰文赞道：“读书乐”专版挺立二十年，真是“庭中有奇树，绿叶发华滋”。他觉得“读书乐”成功之处在于：一是内容的普及，二是文章的短小，三是联系的周到。这其中包括同读者的联系、与作者的联系。他风趣地说道："对我这样一个懒作者，米舒（正文的笔名）都不嫌弃，信函电话，频频联系。逢年过节，还寄贺卡，真是周到，使我愧受。米舒无意间为'读书乐'专版积聚了一笔无形的资产，谓之敬业，谓之努力，皆可。"

因为编"读书乐"，正文接触了许多名家，读了更多的书，有了更多的知识积累，他的创作热情因此迸发。其实，晚报一直是鼓励编辑记者多写文章的，只不过希望大家当个杂家，而不做纯文学的小说家。受此影响，正文的写作也深深地打上了晚报的烙印，短小精悍，以小见大。他一篇一篇地写，然后集腋成裘。在2013年他出版了《壶中书影——米舒评说千古文人》，但他并不以此为满足，而是继续攻读、笔耕不辍。2016年又出了增订本，如今，在原来的基础上又增添了50篇新作，汇集成《古代文人幕后真相——壶中书影精选本》第三版。真是为他感到高兴，同时也钦佩他持之以恒的韧性。

正文告诉我，他的文史知识，受益于章培恒先生。1978年至1980年三年中，他每两周到章先生家听一次课，在章先生指导下读《二十四史》，写下了不少读书札记。之后，在这基础上他又加以整理、补充新的内容、提出新的见解，2008年，在《新民晚报》"夜光杯"上开辟了"壶中书影"专栏，受到读者欢迎。因工作关系，我得以先睹，大体上有这样一些印象：

一、他评点的历史文人，大多是大家熟悉的，但发掘的史料却不大为人所知，即所谓"熟人生事"。如沈括是古代杰出科学家，但其人品之瑕，一直为后人所忽视。又如张居正，他一直被正面歌颂，但其人品亦有可议之处。

二、对一些过去较少被评论的历史人物，选择一个角度，展开议论。如班固之失，沈约之惧，李振之枭，孔范之谀，李东阳之忍，董其昌之霸……让读者看到这些历史人物的不同侧面。

三、每篇文章都在一千字左右，娓娓道来，有故事，有细节，有观点，有评论，可读性强。

四、所选人物，上至先秦下到清代，从这些古代知识分子身上看到封建社会的烙印和他们的局限性，同时也折射出他们的优点、弱点及其觉醒的过程。

作为一家之言，他的文章刊登后，也有一些读者来信提出商榷，这说明他的文章有人看。这样的互动，也增强了报纸的影响力。正文对待读者的意见是认真的，凡言之成理的，都虚心接纳，在出版时作了修正。

正文的成功，在于他继承了晚报老一辈报人的好传统，为读者而写，敢说真话，爱憎分明，笔下有情。活到老，学到老，写到老。他的笔从未停歇，也不会停歇。

（作者为《新民晚报》原副总编辑）

还原千古文人真相

（代前言）

曹正文

我少年时迷恋文史，书虽读了不少，却不知辨识史实之真伪，1970年代初写所谓历史论文《论曹操》，今天重读，让笔者愧疚不已。自1978年从学于章培恒先生门下，在其循循善诱与教诲开导之下，才开始逐步端正了我的史学观。

章先生教我读《二十四史》，前后约三年，不可能让我全读，他说也没有必要从头到尾读一遍。他只是挑几部重头的书，如《史记》《三国志》《新唐书》《宋史》《明史》等，每一部书中挑些重要人物，给我讲解，启发我读某一段历史，比如他讲王安石、司马光与苏东坡，就讲了韩琦、富弼、文彦博、欧阳修、邵伯温、吕惠卿、曾布、邓绾、舒亶、李定、章惇，并从范仲淹的“庆历新政”讲到“元丰变法”乃至“元祐党人”，使我对北宋新旧两党的纷争有个大致的了解。有的人物他只提了一下，如魏玩，让我自己回家去找资料重温。

记得当时上第一课，我带了范文澜的《中国通史》与刘大杰的《中国文学发展史》去章先生溧阳路凤凰村寓所，章先生用一口绍兴普通话说：“我看这些书还是慢些看，先读原著比较好。”他取出为我准备的《史记》旧版本，那本《史记》是直排本，繁体字，没有标点。对我这个初中生，前两条尚能接受，但没有断句是很难读通的。章先生也没有一定要求，给了我一本有标点的。又叮嘱，要真正读懂古史，断句一定要下功夫。两本《史记》，可对照看。

在章门当私塾弟子，这日子是既幸福又艰苦，他每次讲七八个人物，让我回家找有关史料，一段历史涉及很多人事，我把章先生讲的消化了，也需要十来天时间，我每两周去一次。他还教我读《古文观止》，让我练习用文言文写读书笔记，我前后写了四五本练习簿，有三四十篇，他对每篇文章都作了批改，指出我古文写作的错误，这一段岁月，对我的文史知识与写作能力提高很多。大约学了两年，他突然问我："你奇怪我为什么让你读《二十四史》，而不用其他教材吗?"我怔了怔，无言以答，他慢吞吞地说："因为历史需要沉淀，隔代修史接近真实，比较客观。你看《二十四史》，除了《史记》，都是隔代人撰写的，而司马迁因秉笔直书，他人身受的打击够大吧？最后一条命也没有了。"这些话，我一直铭记在心。

在《二十四史》作者中，我最崇敬司马迁，他首开中国纪传体通史，秉笔直书，如实记载史实。我从学于章先生后，对古代史与历史人物有了一些全新认识，二十年后想仿照《史记》笔法，评点千古文人。这个想法踌躇很久，2001 年去台湾访问柏杨时获得他的首肯。柏杨先生当时 81 岁，报人兼杂文家，48 岁因在报上刊登大力水手漫画，被陷囹圄近十年，他在狱中坚持读书、著书，出狱后不能写杂文，便花十年时间写成《白话版资治通鉴》。柏杨无限感慨地对我说："我做这项工作时年近花甲，将古代史通俗化，便于后人了解史实真相，也想通过'柏杨曰'来阐述我的史学观。"他听我说想写一本评点古代文人的书，连声鼓励。他说，现在一些史书，正如胡适先生当年所言，历史任人打扮。对史实与人物评价，或因循守旧，或凭空想象，或刻意隐瞒，他随即举了蔡伦的例子。他还说，你有这个志向很好！应用自己学来的知识，还原中国古代史与历史人物的真相。柏杨先生是我平生最钦佩的当代作家，蒙其鼓励，我终于在 2008 年《新民晚报》"夜光杯"上推出文史札记专栏"壶中书影"，每篇虽一千三四百字，但查阅史料却花费不少功夫，查了正史，再翻野史，有的评点人物，读过的史料近一两万字，旁征博引，反复推敲。这样坚持写了十二年，约两百篇。

正如为本书作序的严建平兄所言，此书写的历史人物，有的是大家熟悉的，但作者发掘的史料却不大为人所知，即"熟人生事"，如沈括、张居正；二是过去较少评论的历史人物，如班固、沈约、李振、孔范、朱祐樘、李东阳、董其昌。

立下大功的萧何为何要自污？完成《前汉书》的班固怎么会命丧狱中？发明造纸者蔡伦的另面人生，司马懿为何一装再装？为皇帝谋划天下成功的沈约因何惊恐而死？刘娥是不是《狸猫换太子》中的凶手？写出“君到姑苏见，人家尽枕河”的杜荀鹤，为何干谒成功后遭来骂名？《彭公案》《施公案》的原型是不是历史上的清官？杨一清如何用计灭了大太监刘瑾？迎合“屠夫皇帝”的落第进士李振何故要大杀朝臣？奇丑无比的贾南风当上皇后，洛阳城内为何屡屡发生英俊男子失踪？本书都会一一给读者意外而真实的答案。

评点每个文人，笔者用一个字概括其一生，以此求教于广大读者。完成这本小书，一归功于章培恒先生教诲之恩，二归功于柏杨先生勉励之辞，在此敬谢两位先师。

作者

鬼谷子之牛

鬼谷子

在“诸子百家”中，鬼谷子亦为一大家，而且是位很牛的大师。

鬼谷子（约前400—前320），原名王诩，又名王禅，号玄微子，是战国时期魏国人，因其额前生了四颗肉痣，有人便说他有鬼宿之象，又因其隐居云梦山鬼谷，故王诩自称“鬼谷子”。后人称其“王禅老祖”。

在春秋战国史上，鬼谷子是位具有神秘色彩的“千古奇人”。他身怀旷世绝学，精通百家学问，尤其精于心理揣摩，通晓捭阖之术，他被誉为道家，又被称为法家，他还是纵横家、谋略家的鼻祖，并精于兵家、阴阳家、外交家、名家、发明家、医药家之技……鬼谷子更牛的是，他的门生弟子遍布天下，孔子有弟子三千，但有姓名可查的仅七十二人，其中除子贡为奇才，余者皆贤德之士，而鬼谷子学生中成为国家奇才的人物却举不胜举，最著名的便是被称为“鬼谷四友”的苏秦、张仪、孙膑与庞涓。这四人各有所技，纵横天下，名垂青史。相传毛遂、甘茂、乐毅、范雎……都从学于鬼谷子，徐福还是其关门弟子，虽是一种传说，但鬼谷子大名岂不牛哉！

鬼谷子的出身有点奇幻。相传春秋战国时，原商纣王都城附近的云梦山，在两峰之间有个天然洞窟，人称“鬼谷洞”。那年久旱无水，一位善良的农夫在干涸的水池中救了一条小金鱼，那条小金鱼是东海龙王的女儿小龙女，小龙女见老百姓苦于旱灾，便把海水引入云梦山，东海龙王为此发怒，惩罚了女儿，小龙女的精魂便投胎在王员外家。这个女儿出生后取名瑞霞，后来王瑞霞生了个儿子，这个儿子就是王诩，后称鬼谷子。这当然是个神话传说，也许是古人因鬼谷子有如此超凡能力而加以编造的。

鬼谷子自幼好去山谷森林中看书、打坐、修道，学习非常刻苦，极有悟性，又通天彻地，广记博闻，并上山采药修道，又学会布阵行兵，并救危扶穷。鬼谷子每夜读一书，边读边细细推敲，从中领悟剑道、决断、谋定而后动，捭阖道术，审时度势，人心之治与悟道的四重境界，这样的学习与领悟，让他喜出望外。他隐居于周阳城清溪之鬼谷，环境幽美如世外桃源，他将自己所获，决心教授弟子，授课之地位于鬼村，他在《鬼谷子》一书中写道："潜谋于无形，常胜于不争不费"，此乃鬼谷子思想之精髓。

鬼谷子按弟子之素质，挖掘其特长，因材施教，因势利导，因此跟他学习的弟子，各学所需，皆能从学习中得到以利于自身发展的本领。鬼谷子的教育方法看似天马行空，但他强调个别调教，这一方法说也奇特，居然使其弟子一个个皆脱颖而出。春秋战国之名将孙膑、庞涓，由鬼谷子传授兵法，他们后来精通用兵之道与奇门八卦，孙膑还著有《孙膑兵法》一书。外交家苏秦、张仪，由鬼谷子授予外交与纵横术，两人各有所学，各展其长。鬼谷子还精于天文数学，又擅长祛病延年，兵家尊其圣人，算命占卜者称其祖师爷，而谋略家敬其为谋圣，道家称其老祖。

鬼谷子特别推崇"治人要治心"，他说："天下不治，在于人心不治。人心不治，在于欲念横溢。欲治天下，首治人心；欲治人心，首治乱象。治乱不过是个手段，治心才是务本正道。"他又说："若是我等只为治乱而治乱，只以强力统一天下。纵使成功，天下非但不治，只会更乱。"鬼谷子自知其弟子的才能与杂念不一，因此常常下山指点，惜其弟子太多，这令聪明绝顶的鬼谷子大伤脑筋，后来他索性不管世事，独自出外云游，令世人不知其所终。

鬼谷子留下《鬼谷子》《本经阴符七术》《鬼谷子天髓灵文》等作品，被后世称为"智慧禁果，旷世奇书"。

孟子之辩

孟子

孔子有诸多学生，古代读书人也自称自己是“孔门弟子”。但其学生儒学影响可与孔子相提并论者，唯孟子一人。孟子又称“亚圣”，其学术与孔子思想合称“孔孟之道”。

孟子（约前372—前289），名轲，邹国人，其祖先来自鲁国，后家道中落，才落魄到邹国。孟子幼年住在坟地附近，当地有埋死人习俗，孟子调皮，好模仿，孟母怕“近墨者黑”，迁居至集镇；孟子又学商贩叫卖，孟母又迁居至学校附近，让儿子耳濡目染读书氛围。小孩子读书时好玩耍，孟母很生气，把织好的布剪了，孟子吓坏了，孟母这才说：“布是一线一线织来的，学问是一点一滴积累的，你贪玩就如自剪织好的布。”从此，孟子发奋苦读，拜孔子之孙孔伋为师，后博学而成才。

孟子口才特好，二十多岁开始讲学，“从者数百人”。孟子讲课深入浅出，妙语如珠，如揠苗助长、一暴十寒、明察秋毫、始作俑者、仁者无敌、舍生求义、缘木求鱼。他讲的“尽信书，则不如无书”，“富贵不能淫，贫贱不能移，威武不能屈，此之谓大丈夫”，形象而精辟。

孟子写的文章气势充沛、感情浓烈。他在游历齐、滕、魏、宋、鲁等国时，还敢于用纵横家与雄辩家的气概，与操持生杀之权的君王辩论，比如孟子对齐宣王、梁惠王、滕文公等国君宣传“以德服人”的“仁政”。他主张“井田制”，让百姓有“恒产”，还提出了民本思想：“民为贵，社稷次之，君为轻”与“得道者多助，失道者寡助”。单就以上两点，就说明孟子非常了不起，生动反映了孟子民本思想的进步性。

孟子周游列国，他反对非正义的战争，倡导“性善论”。孟子认为，人性本善，但人要保持性的善良，应先修身。他说：“鱼，我所欲也，熊掌，亦我所欲也。”如果这两样东西不能同时得到，那我就舍弃鱼而要熊掌，因为熊掌比鱼重要。同样，生命与道义也是我想得到的，但两者不能兼得，那我就“舍生而求义”。孟子认为一个人要达到这种境界，要作艰苦的修炼，“必先苦其心志，劳其筋骨，饿其体肤，空乏其身，行拂乱其所为，所以动心忍性，增益其所不能”。这话说得何其好矣！在人生苦修的过程中，孟子坚持两点，一是“寡欲”，把人的欲望限制在最小的范围中；二是养“浩然之气”。孟子这些观点并不能解决奴隶制社会的矛盾冲突，但在一定程度上限制了统治阶级贪得无厌的物质欲望。孟子的一生，则做到了“穷则独善其身，达者兼济天下”。

孟子的雄辩之文有点咄咄逼人，但他并不伶牙俐齿，他很善于讲道理，又有逻辑性。他写的《齐人乞墦》，写齐国有个男人，有一妻一妾，他每次回家总吃得饱饱的。这让妻子很奇怪，家里很穷，丈夫又没有有钱的朋友，于是她尾随丈夫去观察，意外发现丈夫在墓地乞讨。她返回家告诉小妾真相，两人正痛哭，那个齐人又得意洋洋回来摆威风。全文没有议论，但很生动勾画了齐人不择手段而自我炫耀的恶习，抨击了当时丑陋的风气。

孟子还敢于在争权夺利的战国时代，宣传“仁政”，委实很有勇气。可惜他的学说没有为诸侯所重视。孟子到六十多岁后结束游说，返回故乡邹国，用其余力传播教育，并写成《孟子》一书，其文辛辣幽默而议论风发，在思想性与文学性上都属一流。“寡欲”的孟子活了84岁，在当时实属高龄长寿者。

孟子倡导“民为贵”、“与民同乐”的民本思想，为秦始皇厌而毁之。自汉至南北朝，孟子一直备受冷落。唐代宗执政，《孟子》才列入儒家经典，北宋王安石第一次把《孟子》与《论语》并列，南宋时，《孟子》列入“四书”，他成为“亚圣”。明朱元璋因独裁再毁孟子，但孟子的民本思想仍影响着明清学术界，其学说在中华文化史上的地位不可低估，尤其孟子讲“民为贵，社稷次之，君为轻”，显然比孔子所言“君君，臣臣，父父，子子”要进步许多。

商鞅之术

商鞅

商鞅（约前390—前338）卫国（今河南安阳）人，原名卫鞅，卫国国君后裔。他年轻时受李悝、吴起思想的影响，好刑名法术之学。

卫国亡，商鞅投魏国国相公叔痤，公叔痤发觉商鞅能言善语，精明强干，让他任相国近臣中庶子。公叔痤病重，魏惠王去看他，公叔痤便推荐商鞅做自己接班人，他见魏惠王未置可否，就说："主公如不用商鞅，一定要杀掉此人，免得他投奔他国。"魏惠王对这个年轻人商鞅不以为然。魏惠王一走，公叔痤又把自己说的话告之商鞅，商鞅很冷静，也不逃走。公叔痤卒，魏惠王既没提拔商鞅，也没杀他，重用了商鞅的朋友公子卬。

几年后，秦孝公继位，发布求贤令，商鞅获悉，携李悝的《法经》投奔秦国，但他见不到秦孝公，于是四出打探，获悉秦孝公有个宠臣叫景监，名声虽不好，但很有权势，于是商鞅投靠景监，获其赏识。景监便带商鞅去见了秦孝公。

商鞅讲究术，遇事很有谋略，也很讲究方法，他准备好三套方案去游说秦孝公。第一次他讲的是帝道，讲尧舜禹和黄帝的"无为而治、分而治之"，秦孝公一边听一边打瞌睡；第二次他讲的是王道，讲公卿贵族制约君主权力，秦孝公不予理睬；第三次商鞅讲霸道，讲凭武力、刑法和权势进行统治，秦孝公听着听着，不觉有了兴趣。商鞅又大谈富国强兵之术，秦孝公为之入迷。商鞅由此被秦孝公所信赖。

三年后，秦孝公实行商鞅变法，具体是重农抑商，削弱贵族与官吏的权力，加强中央集权，改革户籍制度，实行连坐法。

秦孝公对内变法之际，对外进行扩张，他见魏国主力攻赵，便命商鞅为大良造，率兵攻魏。两军对峙，商鞅闻魏国主将是昔日好友公子卬，便让使者传信：“我当初与公子相处很快乐，如今虽为敌对，但我不忍心攻击你，我想邀你相见，与你痛痛快快喝几杯后各自撤军，订立盟约，两国今后相安无事。”公子卬为人豪爽，见商鞅一片诚意，便畅快允应了，他去见商鞅，不料一入席，即被埋伏的秦兵乱刀砍死，魏军由此大溃。

商鞅因变法成功，得十五邑，称为商邑，于是卫鞅改称商鞅。

商鞅为了推行新法，说：“法之不行，自上犯之。”便要上（大臣）下（百姓）一律遵守法令。商鞅主张迁都咸阳，并下令禁止父子兄弟同居一室，将零星的乡镇合并成县。当时太子嬴驷（即后来的秦惠文王）表示不满，并反对商鞅推行的一些新法。商鞅不能将太子嬴驷治罪，便以“教导无方”为名，将太子的老师公子虔挖去鼻梁，又给太子的另一位老师公孙贾脸上刺了字（黥刑）。这件事发生后，秦国再也没人敢反对新法了。

商鞅执政十余年，深为秦孝公所推崇，他权倾内外。一日，大臣孟兰皋推荐赵良来见商鞅。商鞅耳闻赵良是个贤良的智者，便得意地问：“我与五羖大夫百里奚相比，谁更能干？”赵良见了商鞅，并没恭维和赞美他，脸上反而流露出替商鞅着急的表情。他劝商鞅早日隐退，并说了三条理由。一是商鞅做事投机，当年投靠巴结小人景监，用三种方案游说秦孝公。二是商鞅大造宫殿，每次出行有几十辆车子随行，一旦离开了身强力壮的武士保卫，就不敢出门。三是批评商鞅用严刑峻法对待大臣与百姓。赵良为此总结说：你这些作为，触犯了许多人的利益。你已成为早晨的露水，太阳一出，露水就消失了。

商鞅不以为然。秦孝公逝世后，秦惠文王即位，商鞅送其父亲回了一次老家。他一离开朝廷，公子虔等大臣就告发商鞅谋反。

商鞅闻之，急忙赶回，但他实行新法后，秦国各旅舍不得接受无证之人投宿，商鞅因其法令而使自己无法入住旅舍。他转而投奔魏国，又因当年诱杀好友公子卬而被拒绝入城。

商鞅只得逃回封地商邑，举兵反抗，战败致死，其尸被“五马分尸”，商家被灭族。商鞅死后，秦惠文王以商鞅造反查无实据，便将公子虔、公孙贾束之高阁，并消灭了他们一派力量。商鞅虽遭不幸，但其变法却让秦国成为一个强国，并为秦国日后一统天下创造了条件。

吕不韦之货

吕不韦

吕不韦（？—前235），本姓姜，姜子牙第二十三世孙。他早年经商于阳翟，低价买进，高价卖出，遂成千金富户。吕不韦擅做买卖，喜博览众书，头脑灵活，口才很好。

一次，他与父亲去赵国邯郸，遇到异人，异人是秦国太子安国君的儿子，系夏姬所养。当年异人作为秦国人质被派到赵国，赵国对异人并不重视。吕不韦与异人一番交谈后，就异想天开。

吕不韦问其父："耕田获利几倍？"吕父答："十倍。"吕不韦又问："赎卖珠玉，获利几倍？"吕父说："百倍。"吕再问："立一个国家君王呢？"吕父答："无数倍。"吕不韦决定投资于异人身上。他说："我决心做这笔买卖，异人即天下奇货，奇货可居。"

翌日，吕不韦对异人说："秦王老了，您父亲安国君已立为太子，尽管您父亲有许多儿子，您的母亲也不受宠爱，但我可以帮助你返回秦国，日后让你继承王位。"

异人大喜，但又叹道："怎么可能？"

吕不韦侃侃而谈：安国君有个宠妃叫华阳夫人，她无子，若她能认你为子，你就可平步青云。至于怎么做，由我来帮助你完成。异人允应。

吕不韦拿出五百金让异人购置服饰，剩下的做日用花费；自己带了五百金去秦国周游，他上下打通关系，通过华阳夫人的弟弟阳泉君，竟说动华阳夫人认异人为儿子。

吕不韦返回赵国后，告知异人，异人兴奋不已，在当晚酒宴中，他看中一个绝色美丽的女子，此女是吕不韦的姬妾。他在祝酒时，大胆向吕不韦请求，请赐给他。在吕不韦眼中，异人只是一件货物，他已为异人花了上千两金子，能以此女钓取奇货，就一口允应。

异人与赵姬恩爱十月，生下了一个儿子（取名嬴政），异人立赵姬为夫人。

秦国欲让异人返回，赵国国君不允，吕不韦游说赵王：“异人是秦太子宠爱的儿子，如果让其回国，秦王必定感激赵国的恩义，日后秦太子一旦即位，秦赵的关系一定会很和睦。”赵王终于答应送回异人。

历经艰险，异人返回秦国，吕不韦知华阳夫人为楚人，便让异人穿楚服见华阳夫人，华阳夫人一见很高兴，异人更名为子楚。

公元前251年，秦昭王去世，安国君继位，华阳夫人立为王后。子楚虽不长于背诵，但小小年纪对答如流，见解独特，渐得秦王恩宠，立子楚为太子。

秦王突发疾病去世，子楚继位，为秦庄襄王。其母为华阳太后，赵姬为皇后，吕不韦为丞相。三年后，秦庄襄王去世，太子嬴政继位，因其年幼，由吕不韦掌控天下大事。

吕不韦招募各方文人学士，赐优厚待遇，让他们把所见所闻记下来，吕不韦将这些作品整理成八览、六论、十二纪，共计二十余万字。吕不韦阅改后取名《吕氏春秋》，并把书写的内容写在布匹上，挂列在咸阳城门口，让经过的游人宾客观看，征求意见，谁能以新见替旧文，赏金一千，但无人能改。

吕不韦在学术上很成功，在政治上却麻烦不断。嬴政年龄大了，这个精明的孩子显露锋芒。他先发现其母赵姬生性淫荡，常让吕不韦入宫，行事暧昧。吕不韦害怕此事败露，就想拒绝赵后，但未成功，吕不韦只得设法找到一个雄伟高大的门客嫪毐，让嫪毐拔去胡须冒充太监入宫侍奉赵太后，赢得赵太后十分欢喜。赵太后先后怀孕两次，为遮人耳目移入他宫，她生下两个儿子。嫪毐有仆人数千，许多人也投到嫪毐门下当食客。

9岁的秦王嬴政闻自己母亲赵太后与嫪毐淫乱，令法官严查，将嫪毐三族与几千食客全部处死，赵太后迁雍地。翌年，秦王嬴政免去吕不韦职务，欲杀吕不韦，众臣劝谏，贬吕不韦去河南，由于吕不韦声名太大，嬴政逼其自杀。吕不韦饮毒酒自尽。

《吕氏春秋》为杂家著作，吕不韦也被列为杂家第一人。所谓“杂家”，“采儒墨之善，撮名法之要”，通过采集各家言论，综合百家之长，兼收并蓄，自成一家。

李斯之死

李斯

李斯是古代赫赫有名的秦朝丞相。他的才干、文章与书法，当时均属一流，可惜功成名就的李斯，死得很惨。他被秦二世与赵高处以极刑，夷三族，腰斩咸阳。

今天，回顾这位名相的生平与结局，很值得千古文人深思。

李斯（公元前284—公元前208），汝南上蔡人，他生于“七雄争霸”的战国时代，原是楚国一个掌管文书的小吏，与韩非皆为荀子学生。他年轻时理想远大，极有政治眼光，先赴秦国当了吕不韦的“食客”，以其才干崭露头角，颇得吕不韦器重。李斯当上小官后，上书秦王嬴政，提出离间各国君臣之计，进而并吞六国、一统天下之谏议，赢得秦王赏识，官居长史。后因“郑国渠”事件，嬴政下逐客令，欲将各国入秦之人驱逐出境。李斯上《谏逐客书》，此文洋洋洒洒，逻辑严密，气势夺人，文采洋溢，被鲁迅誉为“秦之文章，李斯一人而已”。此文得秦王好感，把李斯追回。李斯因此文而加封为廷尉，为秦朝九卿之一。

秦王统一天下后，李斯出任丞相，他辅助秦始皇建立中央集权制，修筑长城，创立“书同文”，统一货币与度量衡……中国第一个中央集权王朝的建立，李斯之功大矣。尤其他用小篆写《苍颉篇》以资示范，对规范汉字起了重大作用，他又倡导推广隶书，使隶书成为秦国官方正式书体。李斯曾随嬴政出巡，刻石之文皆出于李斯之笔，因其字圆浑挺健，刚柔并济，后人称其为“书法鼻祖”。

秦始皇执政时，李斯的才干得以充分发挥，但他同时迎合秦始皇专制独裁统治，“焚书坑儒”给其人生写下了很不光彩的一页。

作为一人之下，万人之上的一个文人，李斯当时活得很风光。但俗话说“伴君如伴虎”，秦始皇又是个多疑而专断的皇帝，李斯把功劳全归秦始皇，把错误全归自己，处处小心，战战兢兢，显示了他与众不同的周旋能力与忍耐心。

秦始皇死于东巡途中，临终前欲传位于长子扶苏，李斯为赵高所惑，合谋篡改遗旨。胡亥篡位后，诛杀扶苏与大将军蒙恬。胡亥为秦二世，重用赵高，赵高用计害李斯，李斯落得悲惨下场。

李斯从一介布衣，历经政治风险，走到丞相之位，最后死于小人之手。究其原因，是其私心太重所致。

不可否认李斯是个极其能干的人物。他有抱负，有谋略，有能力，有才华，但他缺少的是一个正直文人的公心。正由于他私心太重，急功近利，才导致他人生道路上的大不幸。

李斯在人生道路上至少做错了三件事。其一，当年他辅助秦王夺天下时，其老同学韩非应秦王之请入秦，李斯知韩非才干出众，心生妒忌之念，勾结韩非仇人，在秦王面前百般诋毁韩非，致使韩非入狱，身为廷尉的李斯不给韩非申辩的机会，派人用毒药逼韩非自尽。这件事不仅暴露了李斯的为人不仁，而且显示了他手段阴险。其二，秦始皇一统天下，穷奢极欲，焚书坑儒，严刑峻法，致使天下民不聊生，但身为丞相的李斯不仅不敢劝谏，还极力为个人私利而处处奉迎君主，并力主焚烧民间收藏的诸子学说，严禁私学。其三，胡亥阴谋篡位，诛杀扶苏与蒙恬，李斯为保自身，轻信赵高之言，认定扶苏即位，一定会用蒙恬为相，他为自身利益考虑，成为“篡改伪造遗诏”的主谋之一。故李斯之死，实乃其私心作怪，咎由自取也。

秦二世二年，李斯父子腰斩于咸阳，夷灭三族。李斯与其子在受刑之际，无比后悔。他对儿子说道：“吾欲与若复牵黄犬俱出上蔡东门逐狡兔，岂可得乎？”其悲怆之情，溢于言表。李斯之死，可为后代文人之鉴。

萧何之污

萧何

萧何（前257—前193），年轻时勤奋好学，为沛县小吏，掌管过人事，当过狱吏。他为人随和，好结交三教九流人物，如狱椽曹参、屠夫樊哙、吹鼓手周勃、车夫夏侯婴、亭长刘邦……其中刘邦长得器宇轩昂，放荡不羁，曾犯法，萧何庇护了他。两人遂成莫逆。

当时陈胜、吴广起义，刘邦与萧何、曹参等人起兵攻占县城，萧何想推刘邦为县令，刘邦不肯。萧何便把县中很有威望的十个人写在纸上，让刘邦抓阄，结果刘邦拆开一看，正是自己的名字。其实，萧何当时在十张纸条上都写了刘邦。

刘邦起兵后南征北战，萧何一直负责招纳人马、管理粮草。后来兵发咸阳，秦王子婴设计杀了赵高，开门投诚刘邦。刘邦率军队先入咸阳，将士们见宫殿巍峨、街市繁华、美女成群，纷纷动手强抢，刘邦更是走进胡亥寝宫飘飘然起来。而萧何一进咸阳，便急奔御史府，将秦朝户籍、地形、法令等图书档案一一清查，分门别类，为今后制定法令找到了根据，众人无不佩服，刘邦也大感惭愧。

当时兵强马壮的是项羽，他占据梁楚九郡，自立为西楚霸王，并将刘邦赶至巴蜀之地。刘邦憋气想与项羽决一死战，萧何等人极力劝阻，刘邦这才听从，入蜀广招人才。

韩信原是项羽部下，未得重用。他转投刘邦，刘邦也瞧不起韩信，让他管理粮草。萧何偶然与韩信一谈，发现他是不可多得的帅才，多次向刘邦举荐，刘邦始终不用。韩信一气之下不辞而别，萧何发觉后当即策马追赶，终于以诚意把韩信追回汉营。

在萧何的努力下，韩信官拜大将军。在后来的“楚汉之争”中，韩信率军渡陈仓，战荥阳，从屡战屡败到连战连胜，最后终于在垓下设十面埋伏，一举歼灭项羽全军，为刘邦建立汉王朝立下头功。

萧何则坐镇关中，保障粮饷，安抚百姓，恢复生产，让百姓自行推荐年过五十、有德行、能做表率的人为“三老”，并免除徭役，教化民众。萧何办事精明，施政有方，稳固了后方。后来咸阳改名为长安，皇城城内的最早规划与设计者便是萧何。

刘邦平定天下后，论攻城拔寨，韩信之功应为第一，曹参、樊哙、周勃也战功赫赫，但刘邦却让萧何排首座。原因是刘邦好几次全军溃败，全靠萧何派出军队来补充；在缺少粮草时，也是萧何在汉军危急中保证了供需。萧何位列众臣之首，而韩信却被刘邦剥夺了兵权。

刘邦率兵亲征陈豨，韩信称病未出。刘邦妻子吕雉想诛杀韩信，便与萧何密谋，萧何派人传旨韩信，声称陈豨已死，众臣进宫去朝贺。韩信还是不肯去，萧何亲自至韩府，劝韩信道：“你尽管有病在身，也得勉强去一次，以免皇上生疑。”

聪明一世的韩信太相信萧何的厚道了，他一踏进宫门，便被吕后布置的刀斧手捆绑，韩信大喊：“萧丞相快来救我！”结果是韩信翌日被斩首，吕雉还杀了韩信的父、母、妻三族。

萧何因此被刘邦封为相国，在封邑晋爵之日，众宾客道贺。唯有萧何门客原秦朝东陵侯召平素衣进来吊丧。萧何见状发怒，召平却说：“公勿喜乐，从此后患无穷。”据召平分析，刘邦喜怒无常，他原来潜在的对手是韩信，如今韩信一除，唯有萧何了。今派五百名士兵保护相国，其实是监视萧何，萧何顿时惊出一身冷汗。

萧何不得已用召平计，以低价强行购买百姓土地房屋，价值上千万。民众愤而控告萧何，刘邦大喜，把百姓告状信公之于众：“堂堂相国居然向百姓渔利。”萧何自污，令刘邦十分高兴。

萧何还因刘邦要扩大上林苑打猎加以劝阻，晚年被刘邦关进牢房。后来刘邦放了萧何，说：“你为百姓说话，是贤明的相国，我要扩大花园作乐，我不过是像桀、纣一样的君主。”一番话说得萧何胆战心惊。

萧何临终前一直生活在唯唯诺诺、提心吊胆之中，卒年 64 岁。

贾谊之识

贾谊

贾谊（前200—前168）是河南洛阳人，自幼好博览群书。他曾随荀子的弟子张苍学《春秋左氏传》，后又崇尚道家，写过《道德论》《道术》等论著。贾谊还喜爱屈原的诗歌。他18岁能诵《诗经》《尚书》，以写得一手好文章而显露才名。河南郡守吴公十分赏识青年才俊贾谊，便把他召到门下。汉文帝刘恒即位后，吴公当上廷尉（最高司法长官），便向汉文帝推荐了贾谊。汉文帝召来贾谊一谈，任命为博士。当时，贾谊才21岁，成为西汉王朝中最年轻的博士。

汉代博士充当皇帝咨询，汉文帝提问，让博士回答。那些年长者乃至花甲博士常常被问得瞠目结舌，唯独贾谊每次皆对答如流。一年后，汉文帝将贾谊破格提升为太中大夫。

贾谊学识广博且颇有政治见解，他写出了立论深刻而发人深省的《过秦论》，建议汉文帝吸取秦亡之教训，制订新的汉代典章制度。汉文帝二年，贾谊又写了《论积贮疏》，主张重农抑商，大力恢复农业生产。同时建议汉文帝让封侯的贵族离开京城，去自己的领地，当时任绛侯的周勃被免了丞相之职，被迫去了自己封地，其他列侯也只能纷纷仿效，但贾谊这个主意得罪了功臣元老。当汉文帝再次欲提拔贾谊时，周勃、灌婴与张相如、冯敬这些自恃功高者，便对提拔年轻而资历浅的贾谊提出了反对意见。

更让贾谊想不通的是，汉文帝居然重用了一个不学无术的邓通。平心而论，刘恒在历代皇帝中还算是一位比较好的君主，但他有个毛病，喜欢做“上天梦”。一天晚上，他梦到自己要上天，但上不去，正在这时，一个“黄头郎”从后推了一把，汉文帝就飘飘然到了天上。翌日，刘恒便去寻找“黄头郎”，结果在河边找到一个头戴黄帽的年轻人，此人容貌与他梦中所见的“黄头郎”很相似，刘恒一问之下，才知道此人叫邓通。刘恒便把他召进宫来，封邓通为上大夫。

贾谊与邓通同为上大夫，心里很恼火。邓通没有读过几本书，只会拍汉文帝马屁。清高孤傲的贾谊便把汉文帝宠爱的佞臣大大讽刺了一番。邓通自然不甘心，到处说贾谊的坏话。

老臣反对，佞人攻击，终于导致汉文帝渐渐疏远了贾谊，他把贾谊派到长沙去当太傅。

贾谊在湘水边，想起才情横溢而投河自尽的屈原，不由触景生情，写了一篇《吊屈原赋》，心中的满腹牢骚，尽吐于纸上。

有人把这篇文章呈给汉文帝，刘恒读了也不舒服，幸亏汉文帝还有涵养，原谅了贾谊。

不久，汉文帝将贾谊召回朝廷，君臣言谈甚欢。汉文帝问的问题，贾谊一一作答，让刘恒再次感叹自愧不如。

可汉文帝依旧没有重用贾谊，原因是贾谊上了《谏铸钱疏》。汉文帝因宠爱邓通，把铜山赐给邓通，还允许他私自铸钱币，“邓氏钱”遍布天下，贾谊气愤之极，他指出私人铸币必贻害无穷。汉文帝当时很尴尬，铸钱是他允许的，他除了将蜀郡的铜山赐给邓通，又允许吴王刘濞开山铸钱。皇帝说的话，不可反悔。

贾谊想断邓通财路，邓通便肆意攻击贾谊。汉文帝无奈，便把贾谊派到他爱子梁怀王刘揖那里当老师，毫无疑义，汉文帝还是爱贾谊之才的。

贾谊也想尽力当好老师，不料，梁怀王入朝骑马时摔死了，贾谊身为太傅，深深自责，他痛哭了一年，33 岁的贾谊因心情抑郁死了。

没有人怀疑贾谊的才气与能力，后人还把贾谊列为“中国古代十大散文家”之一。苏轼在《贾谊论》中如此分析：“呜呼！贾生志大而量小，才有余而识不足也。”此论极是！贾谊年轻时太锋芒毕露，遇到挫折后不懂得容忍，对付佞人缺乏策略，他在逆境中没有默默以待而观其变。这皆为贾谊之“识”不足也。

郅都之鹰

郅都

郅都生卒年不详，他是西汉时一位以严刑峻法闻名于世的大臣。山西省洪洞县人，最早在汉文帝时任郎官，即君主的侍从之官。至汉景帝刘启执政时，升为中郎将。郅都是个壮汉，有力气，威武勇猛，好独来独往。

有一天，郅都随汉景帝去上林苑，刘启的宠妃贾姬也陪同在侧，行间，贾姬因内急去了山边的厕所，不料一头野猪窜了出来，冲向厕所。汉景帝急了，赶紧用目光示意郅都，让他去救。郅都却不为所动，刘启欲亲自拿了武器去厕所，郅都立即跪下说："陛下可以看轻自己，但一旦发生意外，大汉的江山与太后娘娘该怎么办?"汉景帝便站着不动了，幸亏野猪后来又奔入丛林，贾姬为此深恨郅都，但窦太后闻讯，却十分看重郅都，赏他黄金五百。

这是郅都在西汉政治舞台首次亮相。他做的第二件事便是奉命去治理济南郡。济南郡在西汉时是个皇亲国戚、宗族大姓居住的地方，有头有脸的就有三百多家，如瞯氏家族，世代豪强，称霸地方很久，屡次与官府作对。原来的济南太守只能眼睁睁看着他们胡作非为，郅都一上任，立即下察民情，果断将作恶的首要分子及其家人一起抓了起来，有人来托情，有人来送礼，郅都一律拒之门外，法不容情，他把几个为首的杀了，还杀了他们全家。不过一年时间，济南郡居然太太平平，路不拾遗，当地大小官员都唯郅都马首是瞻。

郅都当上中郎将后，掌管京城的治安警卫，相当于御林军总头目，与权重位高的大官们有了接触，有人以为郅都会主动与诸侯、大臣搞好关系，可郅都却偏偏不。郅都坚持以法治之，有人劝郅都以委婉的方式处理人事关系，郅都说：“已倍亲而仕，身固当奉职死节官下，终不顾妻子矣。”意思是说：我已经离开父母出来做官，就要奉公守法，以身殉职，哪里还管得上妻子与儿女？对于家人托他的私事，他一律不看。而对于朝中的高官贵族来拉关系，他压根儿不放在眼中。如当上丞相的周亚夫，是名臣周勃之子，又功劳显赫，汉景帝处理许多朝政大事都要听听周亚夫的意见。但郅都见了周亚夫只作揖，不行大礼。因为他本身廉洁无欲，也不求与他人搞好关系。不过几年，旁人便暗中送了郅都一个绰号：苍鹰。意思是说郅都如一只凶猛尖刻之鹰，令人侧目而视。什么权势熏天的人物，只要被郅都的鹰眼发现其人有罪，立即如鹰一样快捷逮其归案，以严法治之。

汉景帝长子刘荣本是汉景帝立的太子，因其母亲栗姬失宠，被废为临江王。刘荣在公元前 148 年，因侵占宗庙地修建宫室一事，被人告发，郅都毅然将其召到中尉府审问。

刘荣早知郅都处事严峻，法不容情，敢于向上问罪，便心生恐惧，请求郅都给他纸与笔，他要亲自写信给父亲汉景帝认罪。郅都却不给他书写工具。在关押期间，窦太后侄子窦婴买通狱吏，给刘荣送去纸和笔，刘荣向汉景帝写完谢罪信后，害怕郅都察觉严治，惊吓中在狱中自尽了。

窦太后本来最喜欢的便是长孙刘荣，为此深恨郅都用法严苛不肯宽容，便命汉景帝处置郅都。汉景帝只得将郅都罢官还乡，不多日，因雁门关匈奴来犯，又任命郅都为雁门关太守，准他独立处事。

匈奴也闻郅都为人严苛，便撤军远离，并在军中操练，将郅都之形立为木偶，命骑兵争相射之，惜匈奴兵也畏郅都之威名，竟无一人射中。匈奴头目大惧，便使离间计，传言郅都要谋反，传得沸沸扬扬。

窦太后中计，立即下令将郅都抓捕，汉景帝以“郅都是忠臣”欲释放，窦太后曰：“临江王难道不是忠臣？”她因痛失爱孙，将郅都处死。“西汉之鹰”一死，匈奴则又犯雁门关。

卜式之羊

卜式

卜式是西汉武帝时的一个传奇人物。他出身于农耕畜牧家庭，从小是个羊倌，以牧羊为生，卖羊致富，后来还以牧羊为例，说出了一套治理国家的方法。

卜式生卒年不详。他生于河南洛阳，全家以耕种畜牧为生。卜式长大后便与其弟分家，把田宅财物分给弟弟，自己带了一群羊出外居住，当时族人皆以为卜式是个傻子，不料几年后，卜式牧羊有道，羊群可观，家有羊数千头，乡人称卜式为牧羊能手。

几年后，卜式的弟弟因不务正业，坐吃山空，倾家荡产。卜式获知便救济弟弟，几次把羊分给其弟，让他重新创业，而卜式由于做牛羊贸易生意日益兴隆，居然成了西汉当时的“牛羊大鳄”。

当时西汉的牛羊业市场并不被人看好，由于汉武帝连年出征匈奴，对外战争让老百姓负担加重，不少人家连饭都吃不饱，怎么有钱买牛羊呢？市场一萎缩，许多做牛羊生意的商人都破产了。但卜式却是一个例外，原来他卖牛羊可以让客户先牵走，过一段时间再来付款；或者先付一小部分定金，接着分期付款，这个方式自然受买主青睐。因此，不过几年时间，卜式便把中原五省的牛羊贸易全垄断了。

当时商人赚了钱都喜欢浑水摸鱼，偷税漏税，但卜式却很诚实，主动纳税。听说一些地方发了洪水，或者闹了饥荒，卜式都会第一时间捐款，当时西汉出兵抗击匈奴，他上书要捐出家中的一半财产以资助边疆。

这事被地方官上奏给汉武帝，汉武帝自然满心欢喜，亲自召见，想奖励一下卜式，给他一官半职。

卜式被带上朝廷，汉武帝微笑着问道："你想当官吗？"不料卜式连连摇头。汉武帝不解："为什么呀？"卜式老老实实回答："臣自幼牧羊，羊倌不知道当了官该做什么，所以我不愿当官。"汉武帝想了一想，他以为卜式一定遇到过为难的事，便问："你有什么仇人？你说出来，寡人替你报仇。"卜式仍摇摇头，说："臣生来与人无争。乡里有贫者，我就借钱给他；遇到不善良的人，我就教他多做好事。我用诚意去感动他们，久而久之，我周围的人都很欢迎我，敬重我，我还会有什么仇人呢？"

汉武帝没有办法，想了一想，又问："你觉得怎样才能消灭匈奴？"

卜式想了一会，才开口："臣觉得有贤能的人应为大节而死，有钱财的人应该把钱捐赠给国家，那么我们有了义士与金钱，还有什么事情办不成呢？"

汉武帝对这个主意很感兴趣，他让卜式退下后问丞相公孙弘："爱卿以为这个办法可好？"公孙弘回答："他这个办法，是特例，非人之常情，如果将卜式的方法加以推广，就会扰乱法纪。"于是，汉武帝没将卜式树为典型，但仍将卜式任命为齐国相，即封疆大臣。

齐国，即山东，当时山东富裕，但连年战争，山东当地农民逃亡严重，卜式上任后第一件事不仅将山东百姓的苛捐杂税全免了，而且还贴出告示，由政府发钱，鼓励百姓回乡务农。

武帝一听，恼了，卜式搞减税，怎么没向自己汇报呢？当时主张盐铁经营的官吏也一个个向汉武帝上告卜式。

不料八个月后，山东生产居然上去了，而卜式也成了大功臣。汉武帝又接见了卜式，卜式说："官吏管理老百姓，就好比牧羊，你要让羊长得肥，只有对羊充分照顾，让其健康成长，政府先免税，再发钱，就让农民看到了希望。"这个养羊理论，后来引起很大反响。据说，北宋王安石推行"青苗法"，也脱胎于此。

卜式由于表现突出，便被汉武帝封为御史大夫。但不久，他与同样商人出身的大臣桑弘羊在一些问题上发生了矛盾，汉武帝便不让卜式再管事了，让他当了太子的老师，教太子学问。卜式在当太子太傅期间，很怀念他当年当羊倌的生活。他最终平静地度过了晚年，得以善终。

汲黯之鲠

汲黯

汲黯（？—前126年）是西汉名臣，汉景帝时为太子洗马。汉武帝刘彻继位，任命汲黯为谒者之官。官职不大，但成为君主之耳目，负责接待宾客或奉命出使。东越有战事，河内郡发生火灾，汲黯皆奉命去视察，据实奏告。由于河内郡烧毁了一千多户人家，灾民上万，汲黯凭借所持的符节，开仓赈济灾民，当地县令告汲黯滥用职权，幸亏汉武帝知汲黯为人贤明公正，免其罪。但汲黯任中大夫后，因屡次据理直谏，刘彻便将他派到东海郡任太守。

汲黯治理地方，挑选得力的郡丞与书吏去办，他讲一个大原则，对小事并不苛求，东海郡一年后太平无事，百姓安居乐业，汲黯回京升任为主爵都尉。

汲黯的办事能力为朝野所赞誉，他为人耿直，不讲情面与官场潜规则。他见了不平事，如骨鲠在喉，不吐不快。朝内那些高官贵族，十分傲慢，汲黯却瞧不起他们。太后之弟田蚡当上宰相，一些高官都对他行跪拜之礼，田蚡接受跪拜而不还礼，汲黯见田蚡却从不下跪。汉武帝招揽文学之士与儒生们歌功颂德，汲黯冷不防劝谏："陛下欲望很多，但只在表面上施行仁义，那怎么能做出尧舜的政绩呢？"汉武帝闻之恼怒，退朝后说："此人太愚直了！"一些大臣也纷纷为汲黯担心，汲黯却说："天子置百官，是让辅佐之臣一味阿谀奉承，陷君主违背正道吗？"

汲黯一生多病，他不能上朝，托庄助向汉武帝请假，刘彻问："卿看汲黯这个人如何？"庄助正色说："他曾辅佐少主，坚守信念。利诱与威胁，不能夺其志也。"汉武帝叹了一口气，表示敬重汲黯。丞相公孙弘有事见刘彻，刘彻连帽子都不戴，大将军卫青入宫，刘彻在床沿上接见，他一方面显示对二人亲热，另一方面也很随便。而刘彻每次见汲黯，都正冠戴帽，因为他知道汲黯是个很讲究礼仪的人。

汲黯不因汉武帝敬重他而不敢直谏，廷尉张汤更改刑律法令，用酷刑办案，汲黯当面指责："你身为正卿，大肆破坏法令，令天下人恐惧，会断子绝孙的！"大将军卫青因其姐卫子夫当上皇后，地位尊贵，汲黯只对他行平等之礼，卫青为此对汲黯很尊重，遇事多向他请教。

淮南王刘安欲反叛，出兵前犹豫再三，他独畏汲黯，对手下说："汲黯好直谏，守节死义，难惑以非。"

当时，西汉王朝与匈奴屡有战事，汲黯一再主张和亲，他说兴兵讨伐，战士与百姓最苦。在他一再努力之下，西汉王朝与匈奴一度停战，匈奴浑邪王率众降汉，朝廷决定征发两万辆车去接运，官府因车辆与马匹不够，便向百姓借马，老百姓为此只得牵马远行。汉武帝一怒之下，要杀长安县令。

汲黯当即直奏："长安县令是无罪的。陛下如要开杀戒，首先杀了我吧！浑邪王率几万部众前来归降，汉王朝也不必把他们捧为宠儿。我们倘因此苛责自己的百姓并加以杀戮，此举是不可取的。"

汉武帝听了沉默，不予赞同，他本想借匈奴归降来大搞庆祝活动，以扬国威，却被汲黯泼了冷水，于是说："我很久没有听到汲黯的话了，今天他又一次信口胡说了。"

朝廷当天并没办汲黯的罪，过数月，将汲黯下狱，后大赦，汲黯归隐于田园。

过了几年，汉武帝改铸五铢钱，他知淮阴郡是个交通要塞，太守责任重大，想来想去就任命了汲黯。汲黯称病辞谢，不肯接印，汉武帝只得说，"淮阴地方官与百姓关系紧张，我只好借你的威望，你生病可以坐在家中治理"。

汲黯知御史大夫张汤以奸诈谄媚得宠，便告大行令李息，请他奏告汉武帝，李息害怕张汤，不敢进谏。后来，张汤身败名裂，刘彻这才知汲黯当年之言，便判李息有罪。汉武帝叹曰："古有社稷之臣，至如黯，近之矣。"

董仲舒之窥

西汉大儒董仲舒（前179—前104），出身于书香门第，家中藏书甚富。董仲舒少年时专心攻读，常常忘了吃饭与睡觉。其父董太公很担心儿子长年累月废寝忘食，便在宅后造了个漂亮的花园，其姐邀请仲舒去游园，几次都被他回绝了，原因是他正在读《春秋》与《诗经》。后来花园内又造了假山与亭台楼阁，但董仲舒仍然拒绝了，于是便有了“三年不窥园”的佳话。

董仲舒

董仲舒一边研究学问，一边向人讲解儒学经典。董仲舒的讲课很有水平，吸引了诸多学生。有的学生后来成了官吏，有的人还当上了诸侯王国的国相，董仲舒为此被汉景帝赏识，当上博士。

董仲舒当上博士后，更激发了他去四处游学，他走出家门到许多地方设讲坛讲解儒学，整整三年，没回过一次家。由于他讲课很精彩，他的学生越来越多，他鼓励他的学生吕步舒等人也外出讲学。这样，董仲舒讲儒学的风气如滚雪球似的往来于各地，他广招门生，当时学生都尊董仲舒为老师。

汉武帝即位后，让各地推荐贤良文学之士，当时名气很大的董仲舒被推荐到朝廷。汉武帝连续三次向董仲舒作了策问，主要内容是天人之间的关系，后人归为“天人三策”。

第一次，汉武帝问了如何巩固统治政权。

第二次，汉武帝问了治理国家的权术。

第三次，汉武帝问了天人感应问题。

董仲舒一一作了详述，他不仅叙述“君权神授”的问题，还提出了

“罢黜百家，独尊儒术”的建议。他推崇孔子讲的“君君，臣臣，父父，子子”的论述，尤为汉武帝所赏识。

汉武帝对董仲舒的三次回答很满意，便派董仲舒到江都易王刘非属下当相国。刘非是汉武帝刘彻的兄长，为人粗暴蛮横，是一介武夫。但由于董仲舒名气大，刘非也视其为上宾，对他很尊重。董仲舒在与刘非相处中，发觉刘非很有野心，他自比齐桓公，想让董仲舒当管仲。董仲舒察觉后，婉言规劝，说：“孔子的弟子，即便是小孩子也羞于谈五霸，因为五霸先行欺诈后行仁义，这种耍手段称霸的人是很不光彩的。”刘非听董仲舒这么一说，他想说称霸的念头也无从谈起了。

汉武帝建元六年，长陵高园殿与远东高庙先后着火，一向对“天人感应”很相信的董仲舒，认为这是上天对汉武帝决策错误的警告，便起草一份奏章规劝汉武帝。不料那天大臣主父偃到董府做客，主父偃早年学纵横学，后来听说汉武帝重视儒学，也改学《周易》与《春秋》，这个人很投机，也很会耍手段，这次见了董仲舒的奏章，发觉是个好机会，就偷出草稿向汉武帝告密。汉武帝刘彻顿时大怒，欲将董斩首，后经大臣劝谏，才免其死刑。罢官后的董仲舒便回家继续讲学。

董仲舒后来又做过胶西王刘端的相国，刘端也是刘彻的兄长，脾气蛮横暴烈，前几任相国都被他杀了，董仲舒日子过得胆战心惊，他做了四年相国，就以年老有病为由，辞职回家。董仲舒重新埋头读书、写作和在小范围内讲学。当时朝廷有大事，也派大臣来征求他的意见，董仲舒能直言回答，他对盐铁官营政策表示了坚决反对。董仲舒卒时，年75岁。

汉武帝对董仲舒提出“大一统”观点颇为赏识，对“独尊儒术、罢黜百家”也很赞同，因为这有利于刘彻的独裁统治，而对“天人感应”就不大认同了。董仲舒一方面提出以德治国，降低赋税，让民休养生息的举措；另一方面提出“大一统”的观念，他将儒学改造为有利于统治者的思想理论，对后代影响不小。

司马相如之媚

司马相如是汉赋大家，但他的大名在民间不胫而走，源于他与卓文君的爱情故事。

司马相如

司马相如（约前179—前118）是成都人，人很聪明，又长得英俊。他原名司马长卿，乳名犬子，因崇拜战国时赵国大臣蔺相如，自己把名字改了。他好读书，有才情，善辞赋，可惜汉景帝不好辞赋，他二十多岁用钱捐了个官职，任武骑常侍。后来司马相如投在梁王门下当食客，得以结交当时的辞赋家邹阳、枚乘、庄忌等名流，献《如玉赋》与《子虚赋》，获梁王赞赏。梁王死了，司马相如投奔故交王吉，王吉是临邛县令，他对司马相如好生佩服，殷勤招待。当地有个土财主卓王孙，早闻相如大名，便设宴招待司马相如。司马相如知道卓王孙有个守寡的女儿卓文君，长得玉貌花容，便在席间奏了一曲《凤求凰》，挑逗那个美人。卓文君本来好琴音，这个年仅18又有夫妻生活经验的美人，被三十多岁俊男的才气打动了，于是夜奔司马相如怀中。两人一合计，便连夜私奔了。

卓王孙闻讯大怒，女儿怎么能嫁给一个穷光蛋？于是一文钱不给。不料司马相如与卓文君来了一个狠招，卖掉家财，在临邛开了一家小酒店，文君当街卖酒。这下卓王孙傻了，县令王吉上门劝说，卓王孙无奈，承认了这门亲事，给钱百万贯，还送了一百个家僮。司马相如这才大富大贵，既得了美人，又得了一大笔财富。

司马相如的幸运才刚开始，汉景帝卒，汉武帝刘彻即位。刘彻此人好大喜功，又喜附庸风雅，还特别喜欢歌功颂德的辞赋。狗监杨得意也是四川人，他便把司马相如写的《子虚赋》献上，刘彻一读，大为欣赏，杨得意便把司马相如推荐给刘彻，司马相如到了长安，便说：“《子虚赋》是当年旧作，算不了什么，我知道陛下的皇家猎苑气势宏伟，我来写篇《上林赋》吧！”汉武帝大喜，便让司马相如写出来。

汉赋与唐诗、宋词、元曲虽同列为中国古典四大文学样式，但笔者私下并不欣赏汉赋，因为这种文学样式铺张排比，华而不实，除了辞藻华丽，内容大都很贫乏。司马相如献上《上林赋》，以恢宏壮丽的文字来表现盛世皇朝的气势与声威，大获刘彻欢心。原来汉武帝对上林苑很喜欢，他曾命文人作赋，司马迁不愿意，东方朔还婉言批评过，献媚的文人虽源源不绝，可惜文学才情都比不上司马相如，司马相如在赋中大肆炫耀汉武帝的排场与奢侈，刘彻岂能不乐。

司马相如以其“媚词”赢得高官。他又写了《大人赋》，歌颂汉武帝向往神仙。后来又以中郎将身份出使西南夷。其间，司马相如贪恋茂陵美女，想抛弃年纪稍大的卓文君（其实卓文君还是半老的美丽徐娘）。卓文君写了《白头吟》，司马相如读其诗，感其情，终于悬崖勒马，没有做薄情郎。

司马相如在官场上没有大作为，他只是汉武帝手下的一个弄臣。汉武帝时代的专制政治已经很压抑了，他连年征战，搞得民不聊生，统治越黑暗，统治者越需要歌功颂德，在他手下的大臣几乎都是以“媚态”出现的，只有司马迁等少数文人例外。

司马相如后来良心发现，对官场厌恶了，他称病回乡，还上书劝汉武帝打猎要适可而止。司马相如大概活到60岁，因糖尿病而逝世。卓文君多活了几年，他们的爱情故事也还算完美。

《汉书·艺文志》著录“司马相如赋二十九篇，现存六篇，另有《梨赋》等三篇”。司马相如除了以写辞赋出名，还写过《谕巴蜀檄》《难蜀父老》《谏猎赋》等散文。《谏猎赋》行文委婉，劝谏与奉承相合，获汉武帝赞赏。

中国历史上的弄臣很多，司马相如以歌颂皇帝而获高官厚禄，是御用文人成功的老祖宗。在他之后，弄臣无数，皆步相如之后尘也。

东方朔之诙

东方朔

汉武帝刘彻即位后，征召天下文学贤良，当即有齐人写了三千个木简的奏章上书。刘彻前后花了两个月，才把木简读完，于是将此人留在宫内，此人即后人誉为“智圣”的东方朔。

东方朔（前154—前93），字曼倩，自幼失去父母，由兄嫂抚养长大，13岁读书，15岁学击剑，16岁读《诗》《书》，19岁学习孙子兵法与战阵摆布。此时东方朔自以为文武俱佳，很想做一番事业。但他入宫后，一直未见刘彻召见，便心生一计，故意对给皇帝喂马的侏儒说：“陛下说你们既不能种田，又不会打仗，正打算杀掉你们呢！”侏儒吓得赶紧向汉武帝叩头求饶，刘彻当即召东方朔责问，东方朔笑曰：“我是迫不得已才这么骗他们，因陛下把我召入宫内又不用我，还不如把我放了，免得白白浪费朝廷粮食。”汉武帝见东方朔言辞诙谐风趣，便擢为侍郎。

汉武帝是个既雄才大略又自以为是的君主，他常出谜语，让侍从猜测，众人不知所云，而博学多知的东方朔每猜必中，颇得刘彻欢心。汉武帝喜打猎，欲划出百里良田扩建上林苑，众臣附和，唯东方朔据理反对：“此乃取民膏腴之地，上乏国家之用，下夺农桑之业。”还以秦造阿房宫而亡天下告诫刘彻。汉武帝闻言很不高兴，但东方朔说得有理，也就没怪罪于他。

汉武帝姑妈馆陶公主（即窦太后），其夫亡，在宫中守寡多年，在她五十多岁时，结识了一个年仅13岁、长得眉清目秀的董偃，窦太后见董偃貌好又嘴甜，便把他留在宫内，教他读书射箭。转眼间，董偃已18岁了，长得仪表堂堂而英俊倜傥，窦太后便与他同进同出，形同夫妻，这事闹得京城中的百姓议论纷纷。汉武帝闻讯后，便去窦太后家作客，对姑妈说："朕想见见你家的主人翁。"窦太后也不难为情，引董偃见汉武帝，董偃很恭敬。汉武帝一下子也喜欢上了董偃，赏赐他许多物品。并召董偃入宫，与其一起斗鸡走狗，游猎蹋球。一次，汉武帝欲在内宫招待窦太后与董偃，东方朔上前阻拦，说董偃以人臣之名私侍公主，该杀；败坏男女风气、搞乱婚姻礼制，该杀；以糜丽奢侈来极耳目之欲，此为社会之大害，也该杀。汉武帝听了默不作声，然后说："我已摆好酒宴，下次改吧！"东方朔正言道："不可！"并数举列代君主淫乱误国之例，汉武帝只得改了地点。董偃因东方朔直言而失势，30 岁卒，后与窦太后同葬于霸陵。

东方朔一生正直而善于直言，但他也素知汉武帝反复无常又刚愎自用，因此东方朔每次进言时，或用诙谐之词，或用戏谑之态，他用他的聪明机智哄得汉武帝发怒不得，此为其聪明之处。

在汉武帝的专制与淫威下，当时入朝为官者大都依附奉迎，很多有才学的人则为避祸归隐深山，但东方朔却曰："小隐隐于野，中隐隐于市，大隐隐于朝。"汉武帝很喜欢大臣对其歌功颂德，便问东方朔："先生以为朕是怎样一位君主？"东方朔口若悬河："圣上功德，已盖三皇五帝，周公旦、邵公做您的丞相，孔子当御史大夫，姜子牙在您手下当将军……"东方朔一口气把历代贤士名人皆说成是汉武帝的大臣，由于说得那么认真，那么诙谐，让刘彻也不好意思板面孔发脾气。因此汉武帝对东方朔是又恨又爱，心中把东方朔视为"俳优"（古代从事歌舞、杂戏的艺人），对其治国良策从不采纳。东方朔为此感叹："用之则为虎，不用则为鼠。"如此定位，可见东方朔的智慧过人，司马迁则称他"滑稽之雄"。

东方朔不仅是西汉名臣，还是西汉著名词赋家，《答客难》《非有先生论》《封泰山》《责和氏璧》等作品，由后人辑入《东方太中集》。以机智而避祸难，得其善终者，东方朔为西汉名臣中第一人。

司马迁之愤

司马迁

有人问我最钦佩的文人是谁，我立马回答：司马迁。

我佩服司马迁，一是钦佩他的才识，他完成的《史记》，是中国第一部纪传体通史，被鲁迅誉为“史家之绝唱，无韵之《离骚》”；二是笔者敬仰他的为人。他忠而获罪，在忍辱负重中敢于“秉笔直书”，其勇气可嘉也。

司马迁（前145—前87），字子长，出生于今陕西省韩城县高门原。其父司马谈家贫而好学，所学甚杂，好黄老之学与占星学，后来官居太史令（管天文、历法的官员）。司马谈一直有修史之愿，便把愿望寄托在儿子身上，司马迁“年十岁则诵古文”，先随父亲学黄老之学，又师从孔安国学《尚书》，随董仲舒学《春秋》，两位国学大师的教授，让他从小打好了学问基础。

司马迁在《史记·太史公自序》中自述：“二十而南游江淮，上会稽，探禹穴，闚九疑，浮于沅湘。北涉汶泗，讲业齐鲁之都，观孔子之遗风，乡射邹峄，戹困鄱薛彭城，过梁楚”，后又“奉使西征巴蜀以南，南略邛、笮、昆明”。可见云游天下，让年轻的司马迁大开眼界。司马谈弥留之际，希望儿子完成其写一部通史的遗愿。司马迁在继任太史令后，得以接触皇家藏书，他32岁时开始著书立说，40岁左右撰写《史记》。

几年后，司马迁因替西汉名将李陵被俘作辩护，被汉武帝刘彻下了大狱。司马迁与李陵并不认识，他只说了几句公道话，何意令刘彻大动肝火，原因有二，一是李陵无罪，那么负责指挥战争的李广利便有责任。李广利虽无能，但他的妹妹却是倾国倾城的李夫人，刘彻之宠妃也。二是司马迁著通史《史记》，秉笔直书，对刘彻的曾祖父、父亲都有大不敬的言辞，而对刘彻重用田蚡、卫青、霍去病等人，或言其谄谀起家，或言其靠裙带得宠。好大喜功的刘彻一向专制独裁，早就对这个文人有一肚子的不满。

司马迁被下大狱，汉朝兴纳钱免死，要缴50万钱可免死，但司马迁“家贫，货赂不足以自赎”。除了上断头台，还有一条出路便是自受宫刑，割去男性生殖器。这对男人来说，是一种最大的污辱。司马迁经过激烈的思想斗争，意识到“人固有一死，或重于泰山，或轻于鸿毛”，他在悲愤中作出“身死心不死”的选择，因为他写作的《史记》尚未完成。

司马迁出狱后写《报任少卿书》，有一段：“是以肠一日而九回，居则忽忽若有所亡，出则不知其所往。每念斯耻，汗未尝不发背沾衣也。”司马迁忍辱悲愤著书之情跃然纸上，令读者心痛也。

西汉太始元年（公元前96年），司马迁出狱后被任命为中书令，职责是收发皇帝的机要文书，有人以为这是司马迁高升，但在司马迁看来，这也是一种人格污辱。因为中书令可自由进入皇宫，接近皇帝姬妾，这个工作最适合阉人担当。司马迁再次隐忍，朝夕写作，核对史实。他在这个职位上呆了六年，《史记》终于完成了。不久，司马迁神秘失踪（一说他“有怨言，下狱死”），这位伟大的大史学家，仅仅活了五十多岁。据近代学者王国维考证，司马迁活了约58岁。

司马迁完成《史记》后，担心此书不能传之后世，他“藏之名山，副在京师”，将两部《史记》，一部藏于皇家图书馆内，另一部交其女儿司马英保管。司马英嫁给汉昭帝时宰相杨敞，她生了两个儿子，次子杨恽继承了外公司马迁秉直无私的个性，他每次捧读《史记》，常热泪盈眶，深为有这样一个外公而骄傲。杨恽当官后敢于直言，他上书汉宣帝献出《史记》，汉宣帝采取开明举措，《史记》终于公之于众。

《史记》是中国史学史上一个划时代的标志，是一部“究天人之际，通古今之变，成一家之言”的历史巨著，“其文直，其事核，不虚美，不隐恶”的文风，为后人所敬仰。作者的千古之愤终于完成了千古一书，司马迁实在是中国最了不起的文人！

丙吉之伉

丙吉

丙吉（？一前55），字少卿，西汉时鲁国（山东）人，他年轻时研习律令，初为鲁国狱史，因工作认真，被升迁为廷尉右监，后因受牵连罪被免职。

征和二年，汉武帝刘彻执政晚年发生了一起“巫蛊之祸”，花甲之年后的刘彻疑神疑鬼，听信都尉江充妖言，便以为自己生病是有人用巫术作祟造成的。江充本与太子刘据有隙，他怕汉武帝一死，刘据即位，自己便要受制，于是带人在太子宫内挖出用桐木做的人偶，诬陷太子刘据要谋害父皇刘彻。刘据获讯，心中大恐，一急之下起兵诛杀江充，江充的党羽逃至汉武帝处，诬告太子举兵造反。汉武帝不问青红皂白，命丞相平乱，在长安城中激战五日，太子兵败，悬梁自尽，其父母妻儿也被害。皇后卫夫人也因此自杀，史称“巫蛊之祸”。

当时抓捕犯人多，丙吉被召回朝廷任监狱长，并奉命治理“巫蛊之祸”。丙吉这时见到了太子刘据的孙子刘询（当时名刘病已），刘询才出生几个月，因受其祖父之牵连，也被关入牢中。丙吉同情太子与其孙子刘询之无辜，便命狱中之女囚胡组与郭徵卿好生抚养刘询。在处理“巫蛊之祸”之案中，他又采取拖延之术，迟迟不结案。

过了四年，至后元二年，汉武帝日渐病重，他请来术士观气场，术士便说长安狱中有天子气。汉武帝一怒之下，命太监郭穰夜至监狱，将狱中犯人一律杀尽。郭穰至监狱，丙吉却不让进，并说：“狱中无辜者不可杀，况且有皇曾孙在。”郭穰不得进，弹劾丙吉抗旨，此时的汉武帝似乎清醒了，他没有杀丙吉，反而大赦天下。

刘询在狱中几次大病，都幸得丙吉命几位厚道的女囚日夜守护，用药治疗，才化险为夷，所用钱财，都系丙吉自家之私蓄。刘询被大赦后，丙吉找到刘询的祖母家，便将刘询送回祖母家收养。

丙吉为人正直不阿，大将军霍光很看重他，调他去做光禄大夫、给事中。汉昭帝去世后，没有继承人，霍光便迎昌邑王刘贺继皇位，但刘贺狂妄而行为不端，当上皇帝便肆意妄为，被众臣罢黜。这时，丙吉当即上书，说可以考虑刘询（即刘病已）出任天子。于是众臣迎接刘询当了大汉皇帝。

刘询登上皇位后，已淡忘自己幼年关在狱中的情景，不知当时曾得到丙吉的厚待，更不知丙吉抗旨救了自己性命。丙吉也不向任何人提起这段往事。刘询只知道丙吉为人正直而有学问，让他做了太子太傅，教太子读书。后又任命丙吉为御史大夫。

一直到公元前66年，霍光家族失势，刘询亲理朝政，这时有个叫则的婢女，让其丈夫上书，说自己当年在狱中曾抚养过当今皇上（即刘询），并说丙吉当时任监狱长，可以作证。

刘询下旨命掖庭令拷问，带婢女去见丙吉，丙吉说认识其女，但她当时没有厚待刘询，真正有功的是女囚胡组与郭徵卿。掖庭令根据调查，禀告皇帝，刘询这时才知道自己这一段身世，深深钦佩丙吉有功不显露，是一个厚道的正直之人。

刘询想厚赏胡组与郭徵卿，可惜两人已经亡故，便下令奖励其后人，并免去其后人的奴婢身份，赏钱十万。他亲自询问丙吉详情，丙吉却不肯多说什么，刘询更为感动。

刘询下诏：御史大夫丙吉对我有旧恩，诚为可贵，他居功而不炫耀，但天下事无有恩德不报答的，下旨封丙吉为博阳侯，食邑一千三百户。丙吉却上书辞谢封侯，并陈述不应受赏。汉宣帝大力鼓励天下大臣都来学习丙吉的操守。

据《吕氏春秋》载，伉，即抵御者，当年汉武帝派郭穰带兵去狱中杀囚犯，丙吉明知抗旨，也死命不让进。他不仅抵抗了杀戮，而且救活了一个监狱的众多囚犯，包括皇曾孙刘询。伉，也含刚强正直之意，伉行，即行为高洁，无疑，丙吉的作为确实不负此誉。

刘歆之惶

刘歆

刘歆（前50—公元23），字子骏，西汉王室楚王刘交的后裔，西汉名儒刘向之子。他自幼好学，熟读《诗》《书》《易》与《春秋》，以精通经学和善写文章著称于世。其父刘向死后，刘歆继承父业，在《别录》基础上，修订了中国历史上第一部图书分类目录《七略》。由于刘歆博学而擅长研究，他成为当时古文经学开创者，并在校勘学、天文历法学、史学与数学上均有突出贡献。

刘歆成为西汉后期名气最大的文化名人，并为另一个“政坛新星”王莽所赏识。王莽是西汉外戚王氏集团的一员，王氏家族中不少人生活侈靡，声色犬马，唯独王莽生活简朴，勤奋好学，又为人谦恭，礼贤下士。王莽是个孝子，生活十分检点，他24岁入仕途，常把俸禄分给门客和平民，卖掉车马救济穷人，他在朝野有很高的威望。后来。38岁的王莽任大司马，他的儿子杀死家奴，王莽逼其子自杀。因王莽名声太大，受傅太后与丁皇后外戚排挤卸职，百姓与群官都为他叫冤，汉哀帝只得重召王莽入京。

汉哀帝卒，其子汉平帝9岁登基，由王莽代理政务，由于西汉王朝日益衰落，王莽为博取民心，便进行改制。他想到了好朋友刘歆，王莽让刘歆成为他意识形态的核心成员：“首席知识分子”，即主管国家文化的光禄大夫，出任国师。王莽还大力推广刘歆的学术成果。

刘歆则为王莽改朝换代提供了“谶讳”学说，所谓“谶”，就是天的预言，刘歆通过分析自然界的预兆，从而验证王莽取得政权的合法性。在刘歆看来，当时的达官贵人荒淫无道，只有王莽廉洁奉公。在王莽带头下，有二百三十名高官巨富献出土地，救济贫民，王莽为此获得了民间3万余首赞歌。汉平帝卒，2岁的刘婴还未登基，王莽便当上了“摄皇帝”，他模仿《大诰》写了一篇文章，说明自己摄位是临时的，今后要把权力归还给小皇帝。后来，由于王莽当时的威望如日中天，在群臣的拥戴下，他终于以新朝替代西汉。

但王莽登基后的改制，并没有成效，一方面反对王莽的外戚与官僚不断挑起争端，另一方面王莽想在不触犯贵族、豪强、官僚的利益下，让平民百姓获利，只是一种天真的幻想。他对土地、货币与对外政策的改制，先后失败，在刘歆眼中，万众拥戴的改革家王莽逐渐成了孤家寡人。

由于天灾不断，王莽害怕别人也用“谶讳”来夺权。他就把新朝权臣甄丰、甄寻父子查获了，刘歆两个儿子与“谶讳”案的作案者甄寻是好友，甄丰自尽，其余三人被处死。

刘歆的女儿刘愔本是王莽第四个儿子王临的妻子，王临又是内定的太子，但作为国师的刘歆，为两个儿子无辜被诛而开始惶惶不安。

不久，又一件事东窗事发，王临与其母王皇后的侍女原碧发生私情，原碧也是王莽的妃子，原碧怕王莽知晓，便与王临商量如何毒死王莽。

这事让王莽及时察觉，王临与刘愔被赶出了未央宫。王临不死心，写信给母亲，结果书信落到了王莽手里，王临被逼自杀，而参与其事的刘愔也被逼自尽。

刘歆接连失去了两个儿子与一个女儿，并都死在王莽手中。这位国师整天惊恐万状，惶惶不可终日，他发觉自己一直支持的王莽，变得不认识了，他也对自己“文人从政”产生了莫大后悔。

新朝的局势越来越紧张。由于刘歆的声望，他被朝中越来越多的大臣所暗中拥戴，不少反对王莽的人都支持刘歆出来恢复西汉王室，刘歆一再婉辞，但最终还是动了心。

但刘歆还未动手，就被王莽发觉了，刘歆被逼自杀。

这个著名的经学家、文学家、数学家、哲学家、天文学家、校勘学家，在他73岁那年，死于非命。后人对其功过之评价，至今褒贬不一。

班固之失

班固

班固（32—92），字孟坚，今陕西咸阳人。他生于儒学世家，其父班彪、伯父班嗣皆为东汉学者。班固9岁能作文，16岁入太学，博览群书，打好了扎实的文史根基。

其父班彪好斟酌前史，曾作《史记后传》六十余篇。他死后，年仅22岁的班固在此文基础上开始撰写《汉书》。不料汉明帝永平五年，班固遭人诬告私改国史，书稿被查抄，班固下狱。幸其弟班超是东汉名将，他从边疆飞马返家辩冤，此举获汉明帝重视，他听了班超讲其父其兄几十年修史之辛苦，又读了书稿，对班固才华颇为赏识，遂召班固任校书郎，拜兰台令史，允许他浏览皇家图书。

班固从此奉旨修史，这是他人生的一大转折。他修史再也不用担惊受怕，还可借用各种官家记载。后继位的汉章帝对经学文章尤感兴趣，班固又擅长辞赋经学，颇获青睐。班固虽一小官，但汉章帝与众臣商讨议事，总让班固列席，汉章帝出外巡行，班固也陪同随行。班固虽春风得意，才华显露，但心中仍很郁闷，他此时年届40，仍未得以升迁，他便模仿东方朔的问答形式，写了一篇《答宾戏》，抒发了文人的苦闷，又鼓励自己坚定志向。此赋获汉章帝赞赏，将班固提升为玄武司马。

作为一名皇家史官，班固参加当时讲论五经的白虎观群儒大会，他记录整理了《白虎通义》，还系统评价了“两司马”（司马相如、司马迁）的文学成就，班固的四句排列文学样式，成为四六句的雏形。

至建初七年，50岁的班固完成了《汉书》。这本书历时二十余年，从汉高祖起，至王莽被杀，十二帝王，共二百三十年。《汉书》成书后，引起轰动，各方学者争相阅读，班固也成了人所皆知的著名学者，但他获取荣誉的同时，依然自觉官卑职小，这也成为他的心病。他 57 岁时，10 岁的汉和帝即位，由 30 未到的窦太后临朝，具体掌控大权归侍中窦宪。

窦宪是窦太后兄长，拥有很大势力。后来窦太后宠幸都乡侯刘畅，视为男宠。窦宪心怀不满，暗中将刘畅杀了。窦太后很恼怒，软禁窦宪。正巧南北匈奴交战，窦宪就以带兵出征匈奴立功赎罪，窦太后顺水推舟同意了。

由于班窦两家历史渊源很深，班超与窦宪皆为东汉骁将，窦宪领军欲灭匈奴，58 岁的班固求进心切，主动投到窦宪麾下，任护军。窦宪击败匈奴，班固作《燕然山铭》歌颂。后又入窦宪幕府，主持笔墨之事，撰写《窦将军北征颂》，成为窦宪身旁的红人。

窦宪因平定匈奴威名大盛，朝臣进退皆由他一人决定，刺史、守令出其门下，尚书仆射郑寿、乐恢等大臣被迫自尽。

永元四年，窦宪私欲扩张，欲密谋杀汉和帝，事泄被革职，被逼自尽。班固与窦宪关系密切，受株连而免职。洛阳令种兢素与班固有宿怨，借窦宪案对班固罗织罪名，班固被捕入狱，不久死在狱中，卒年 61 岁。后汉和帝为其平反，将害死班固的狱吏处以死罪。

班固开创了纪传体断代史的体例，《汉书》亦为官方修史第一部。其书行文严谨规范，正史中的“地理志”系《汉书》首创，书内还保存中国最早的一部图书目录。并记载了西域五十多个国家或民族的历史，成为珍贵历史资料。

天文学家张衡的后裔张辅认为班固所记有失，一是记事应简约，司马迁叙 3000 年历史，只用 50 万字，班固叙两百年事却用 80 万字，对于中等微小之事司马迁不记，班固却详述。第二良史记事，应对善行鼓励，对恶行要行监诫，《史记》记载历史接近真实，班固因奉旨撰史，在评述历史事件时有所保留。如对评述晁错等人评价不确。若论辞采，《汉书》也不如《史记》文采洋溢、刻画细腻。

但班固修史苦心仍为后人佩服，论其所失，盖因班固热衷于官位，《汉书》完成后他已声名卓著，因不甘寂寞，依附窦宪而招致横祸，此乃其所失也。

蔡伦之纸

蔡伦

蔡伦造纸，中国四大发明之一。麦克·哈特撰写《影响人类历史进程的一百名人排行榜》，提到八位中国人，孔子排名第五，蔡伦排名第七。蔡侯纸声名显赫，其经历却耐人寻味。

蔡伦（61—121），出生于一个铁匠世家。他自幼好学，面目清秀，18岁入宫当了小太监。由于聪颖伶俐，行事勤勉，翌年任小黄门（小太监班长），后为黄门侍郎。

机灵过人的蔡伦年纪轻轻就会审时度势，他见汉章帝刘炟身旁有五位宠妃，权衡后，很快依附上开国功臣窦融曾孙女窦贵人。不出他所料，建初三年，汉章帝册封窦贵人为皇后，惜窦皇后虽娇艳能干，却无儿子，而这一年宋贵人、梁贵人各生一子。因马太后宠幸宋贵人，刘炟在翌年立宋贵人之子刘庆为太子。建初四年，马太后卒，窦皇后成后宫主宰。她对生子的宋、梁二人很嫉妒，密令蔡伦严查两人行踪，同时收梁贵人之子刘肇为继子。适逢宋贵人生病，其家书“病思生菟，令家求之”被蔡伦截获。窦皇后大喜，她指使蔡伦上书诬陷宋贵人“挟邪媚道”，这个“菟”便是宋贵人行“巫蛊之术”的证据。宋贵人入狱，由20出头的蔡伦亲任主审官。在严审中，宋贵人被迫在狱中服毒自尽，并累及太子刘庆“失惑无常”，废为清河王，汉章帝另立刘肇为太子。

窦皇后虽已为刘肇的继母，但她怎肯放过梁贵人？在窦太后授意下，梁贵人之父梁竦因怨恨皇帝罪，致使他在狱中自杀。经不起严刑审问的梁贵人，也最终在关押中忧郁自尽。章和二年，汉章帝去世，不到10岁的刘肇即位为汉和帝，窦皇后临朝称制，成为窦太后。蔡伦是否参与梁贵人之死，说法不一，但未满27岁的蔡伦，因此被晋封为中常侍。

窦太后与其兄窦宪独断专权，窦氏势力遍布朝廷要职。到了永元四年，汉和帝刘肇察觉窦氏家族养了不少刺客，自己性命堪忧，他又无法与大臣接近，刘肇果断用中常侍郑众，与其密谋除掉窦宪。原先投靠窦太后的蔡伦，风闻内情，毫不犹豫反戈一击，主动参与刘肇平定窦氏叛乱，窦氏集团崩溃，蔡伦因立功而兼任为尚方令，兼掌制造兵器与宫内器物。

刘肇是东汉史上宽厚的皇帝，但日渐成熟的刘肇深知自己亲生母亲之死疑与蔡伦有关，蔡伦又曾是窦太后的红人，便开始疏远他。这时，见风使舵的蔡伦已投到邓绥邓皇后门下。

邓绥是刘肇第二任皇后，东汉名臣邓禹之孙女，她天姿万方而好舞文弄墨，喜组织文人编书。因西汉造纸技术较为粗糙，生产的麻质纤维纸，质地粗糙不利于书写。蔡伦为博得邓皇后之欢心，便将树皮、破布加上渔网、麻头作为纸材料，他试用切割、捶捣之法，切断纤维，化为纸浆，再捞起后为交织成薄片状的湿纸，把湿纸在太阳底下晒干，便制成了一种易于书写的纸，这一发明，令邓皇后十分高兴。蔡伦除改进和发明造纸术，还致力于冶炼铸造业，在他任尚方令时，就设计制造出“尚方宝剑”。27 岁的刘肇英年早逝，25 岁的邓皇后上位后为邓太后，她对蔡伦更加宠幸。

新继位的汉殇帝刘隆生下才百余日，邓太后临朝听政，封蔡伦为龙亭侯。两年后，刘隆卒，邓绥选定 12 岁的刘祜为汉安帝，朝政诸事由邓太后大权独揽，达十六年之久。至永宁二年，年仅 40 岁的邓太后突然去世。汉安帝刘祜才正式执政，这让蔡伦惊悚无比，因刘祜之父便是当年被废的太子刘庆，刘庆的生母正是遭诬陷而被逼死的宋贵人，也就是说新任皇帝的祖母死于蔡伦之手。

聪明一世的蔡伦万万没想到这个结局，他自知辩解无济于事，一生历经四帝二后、位列九卿的蔡伦，不得不饮毒酒畏罪自杀。披露蔡伦造纸与其人品的记载，最早见于蔡伦同时代十几位东汉史学家撰写的《东观汉记》，范晔的《后汉书》也有详细评述。蔡伦既是造纸的发明改进者，又是一个人品不堪的太监。想必蔡伦临死前也对此懊悔不已。

蔡东藩的《历朝通俗演义》写了这件事，柏杨在《中国人史纲》中指出：“中国人宁可永不用纸，也不要有这种丧尽天良被阉割过的酷吏。”因为在柏杨看来，丧失天良属人品的卑鄙，蔡伦不发明纸，中国也一定会有赵伦、张伦发明纸，中国人不可能永远没有纸用，只是晚几年用纸罢了。这恐怕是柏杨先生的激愤之词吧！

荀彧之佐

荀彧

三国鼎立，人才辈出。单以谋士而言，刘备麾下孔明、庞统、徐庶都擅长用兵谋划。孙权帐下四大都督周瑜、鲁肃、吕蒙、陆逊皆为一流谋士，还有张昭、顾雍、诸葛瑾等。曹操有荀彧、荀攸、郭嘉、贾诩、程昱五大谋士；重要谋士三十六人，如许攸、毛玠、杨修、陈群等；一般谋士五十七人，陈琳、阮瑀、应玚等。在曹操帐下谋士中，郭嘉料事如神，荀攸、贾诩、程昱各有奇策妙计，但地位最高的当推荀彧。

荀彧（163—212），字文若，今河南许昌人。他出身颍川荀氏，是荀子之后。荀彧少有才名，远见卓识让人惊异。南阳名士何颙与之交谈后，叹曰："此乃王佐之才！"一眼便看出荀彧不仅有谋略，而且有全局战略思想。

汉末，荀彧举孝廉，任守宫令。因董卓之乱，荀彧弃官回乡，冀州长官韩馥来请，荀彧谢辞。袁绍闻其名，待之为上宾，荀彧却认为袁绍此人不能图宏业。初平二年见曹操。曹操一谈之下，欣喜曰："这是我的子房（张良）啊！"封29岁的荀彧为别部司马。

曹操后征战陶谦、张邈、吕布，皆问计于荀彧，荀彧的分析与谋划，让曹操由弱变强，荀彧还对曹操建立根据地说了一番妙论，他举了刘邦守关东、刘秀据河内之例，建议曹操首先要巩固基地以控天下。荀彧对形势分析十分到位，后来又建议曹操"奉天子以令诸侯"，迎汉献帝于许昌，当时曹操手下诸将曾反对，荀彧又讲了晋文公迎周襄王、刘邦为义帝穿素服而让天下归心的例子，让曹操深为佩服。

汉献帝迁都许昌后，曹操被封为大将军，荀彧为侍中、尚书令，形成了曹操奉天子以令诸侯的有利局面。

袁曹官渡之战前，曹操自知力不能胜，孔融等人都持反对意见。但荀彧对局势以及对袁绍、审配、许攸、颜良、文丑、田丰等诸将谋士一一作了具体分析，后来的结果，皆与荀彧之预见相符，曹操再次深为叹服。

曹操杀吕布，胜刘表，灭袁绍、袁术的战略，皆由荀彧为之整体策划，此其功之一。为曹操推荐戏志才、郭嘉、荀攸、钟繇、陈群、司马懿等人才，此其功之二。由于曹操东征西伐，在他出战艰难欲退缩之际，皆得荀彧献良策，以粮草人才为后援。在曹操军中，荀彧确为“王佐之才”。后人又誉荀彧为西汉之萧何。

建安八年，曹操击败袁绍，统一北方后，上表请封荀彧为万岁亭侯。当时任尚书令的荀彧见了表文，将其压下不奏告汉献帝。曹操知其谦逊，又写信给荀彧：“你纠谬辅政，举荐人才，屡出妙计，周密谋划，已功过他人，请你不要推让了。”荀彧这才接受。汉献帝与曹操赏其财物，荀彧将所赐之物皆散发给族人与友人，他身居高位，却家无余财。

但荀彧与曹操并不是一类人。他讲仁义，对汉王朝尽忠，当曹操欲晋爵国公，加封九锡，获取大臣的最高礼遇时，荀彧站出来表示异议：“（曹公）本兴义兵以匡朝宁国，秉忠贞之诚，守退让之实；君子爱人以德，不宜如此。”

由此可见，荀彧希望曹操以君子之德来自律，但曹操只是个不讲信义的枭雄，荀彧提出“奉天子以令诸侯”，曹操后来篡改为“挟天子以令诸侯”，一字之改，是两者之间最大的不和根源。

曹操恼怒荀彧后，同年征孙权，他让荀彧到谯县劳军，荀彧一到，便将其留在军中，不再让他主持朝中日常之事。荀彧自知曹操手段厉害，内心忧闷，因病留在寿春，忧虑而死（一说曹操赠送一个食盒给荀彧，荀彧打开盒子，空无一物，知曹操心思，乃服毒自尽）。

曹操之子曹植对荀彧的评价是：“如冰之清，如玉之洁，法而不威，和而不亵。”《三国志》作者陈寿评之：“彧清秀通雅，有王佐之风。”

郭嘉之神

郭嘉

郭嘉（170—207）字奉孝，生于汉末，今河南禹州人。他少时很有识见，预测天下将大乱，便隐于乡间，不与世俗合流，只结交奇才英杰，内修兵书杂学。

建安二年，21 岁的郭嘉去见袁绍。袁绍世代名门，他与郭嘉交谈后，给其优厚礼遇，但郭嘉只待了十余日，便欲离去。袁绍的谋士辛评与郭图很惊诧，说："袁公今威望卓著，是汉末最强大的君主，你何意舍其而去？"郭嘉说："明智的人应审慎衡量其主人，袁公虽仿周公礼贤下士，但他却不知道如何使用人才，思虑多而难定论，喜谋划而少决断，他欲称霸天下，实在很难。"

郭嘉离开袁绍后，荀彧推荐他去见曹操，曹操与郭嘉共议天下大事，为其识见所钦佩，长谈后十分投缘。曹操当即说："能帮助我成就大业的就是他了。"郭嘉也表示："这才是我应辅助的主人。"

曹操当时帐下谋士如云，他封郭嘉为军师祭酒，即首席参谋长。在征战途中，曹操与郭嘉同车而议、同桌而食，几乎形影不离。曹操每一决策，都征求郭嘉的意见。郭嘉料事如神，让曹操心底暗暗叹服。当时管纪检的陈群向曹操汇报郭嘉行为不检，好色纵酒，不拘小节。曹操一方面表扬陈群，另一方面对郭嘉不问不闻，并暗暗为郭嘉的自由不羁喝彩。

曹操出征，郭嘉每一次都神机妙算，屡建奇功，他参与了几件大事。一是曹操出兵围吕布于徐州时，吕布坚守大半年不出，曹操欲收兵放弃，郭嘉建言："有勇无谋者若气衰力竭之时，便不久于败亡。"他献计水淹下邳，果然攻克徐州擒吕布。

二是刘备被吕布击败后投奔曹操，曹操帐下谋士程昱力主杀刘备，郭嘉却说：“曹公起兵，以诚信招揽英雄豪杰，刘备有英名，杀穷兵末路时来投者，恐损您的声望。”但郭嘉又说：“刘备有关羽、张飞相助，决不肯久居人下。”他建议软禁刘备，切不可放其出走。刘备乘郭嘉、程昱不在时，主动请命出战，曹操同意，郭嘉返回后蹙眉说：“放走刘备，必生变数。”曹操后悔莫及。

三是袁曹开战前，众将士皆担心袁绍兵强马壮，战之不胜，郭嘉却提出了曹操“十胜”之见，其中分析袁绍外表宽厚而内心猜忌，优柔寡断与是非不分，都点出袁绍的致命弱点。而在败刘备、胜刘表、防孙策方面，郭嘉皆有独特高见，为曹操所叹服。

曹操在官渡一战击败袁绍，袁绍病逝后，曹操准备进攻袁绍两个儿子袁谭与袁尚，郭嘉则建议退兵。他为曹操分析了二袁兄弟间的矛盾，“以待其变”。果然，曹操南攻刘表后返回许昌，二袁倾轧已为事实，曹操用郭嘉计，各个击破，赢得轻松。建安九年郭嘉被封为洧阳亭侯。

为了统一北方，曹操决定北征乌桓，当时几个谋士皆担心刘备挑拨刘表来袭击曹操大本营许昌，郭嘉又一次力排众议：“明公尽管率军去远征，我料定刘备无法给您添麻烦，因为刘表自知能力不及刘备，必然会防刘备。两人互相制约。”郭嘉又分析平定乌桓之策，“胡人自恃偏远，现在必然不备，我军突然发动攻击，可一统北方”。曹操立即进兵柳城，郭嘉一路上献计：“宜兵贵神速，轻兵速进，攻其不备。”白狼山之战，张辽率先锋部队大破单于，俘虏二十余万人。

由于连日操劳，气候恶劣，郭嘉更因水土不服、操劳过度而于途中去世，年仅 38 岁。曹操为之痛哭：“奉孝最少，吾欲托以后事，不期中年夭折，使吾心肠崩裂矣。”至赤壁受挫，曹操再次怀念郭嘉而大声痛哭：“如果郭奉孝尚在，吾何至于遭受如此大败！”

郭嘉逝世于公元 207 年，这一年刘备将隐居隆中的诸葛亮请出山。可惜这两位三国时的智者无法一较高低了。

杨修之逞

杨修

杨修（175—219），字德祖，出身于世代簪缨之家，其曾祖父杨震、父亲杨彪，都官至太尉。杨修本人自幼聪颖好学，建安年间举孝廉，除郎中，后来担任丞相曹操的主簿，“总知内外，事皆称意”，颇受曹操器重。

作为当时的名门贵公子，杨修的学问与名声俱佳，建安名士祢衡曾评议建安文人：“大儿孔文举（孔融），小儿杨德祖（杨修），余子碌碌，莫足数也。”

杨修以才名在曹操幕下当官，他不拘小节而恃才旷达。曹操造一园林，落成后去观看，他在园中兜了一圈，临走没说什么，只在门上写了一个“活”字，工匠狐疑，不解其意，请教杨修。杨修笑曰：“门内添活乃阔字，丞相嫌你们把园门造得太宽了。”工匠依言改造，曹操复视，喜之。问工匠何解此意，答曰：“幸有杨主簿赐教。”曹操口中说好，心中忌之。

塞北有人巴结曹操，送了一盒奶酪。曹操在酥盒上竖写“一合酥”三字。众臣无解，杨修让大家分食之，大臣们不敢吃，杨修笑曰：“一合酥，即一人一口酥也。”曹操脸上有喜色，心中甚不快。

曹操一生多猜疑，心狠手辣，深恐他人害己，便对左右近侍说：“我梦中好杀人，你们见我睡着了，切莫近前。”一天，曹操在床上故意落被于地，一近侍为之覆盖，曹操执刀杀之，复睡之。翌日，曹操佯惊问：“何人杀我近侍？”众人告，曹操厚葬之。左右皆以为曹操是梦中误杀近侍，唯独杨修叹惜曰：“丞相非在梦中，君乃在梦中耳！”曹操闻之，自此深厌杨修。

曹操出兵汉中攻刘备，被困于斜谷，进退两难之际，有厨师送上鸡汤。曹操见碗中有鸡肋，便随口说：“鸡肋！鸡肋！”杨修闻之，便叫士兵赶紧收拾行装返朝。大臣夏侯惇惊而请教杨修，杨修曰：“鸡肋者，食之无味，弃之可惜，丞相要班师回朝了。”夏侯惇从其言。翌日，曹操闻之，传杨修，以“造谣生事，动乱军心”，将杨修斩首。

由此可见，杨修之死，与其好“逞”有关。逞者，有施展、卖弄、炫耀之意。若论人的聪明，杨修绝不亚于曹操。曹操“御军三十余年，手不舍书……登高必赋，被之管弦，皆成乐章”。由于他爱好文学，礼下贤士，确实笼络了一批文学才俊。但曹操本人心眼极小，猜疑甚多。他本想弄点文字游戏，显示自己的高明与聪颖，不料都让杨修揭穿了，还让曹操好几次下不了台。由此可见，以曹操为首创立的建安文学，既是他组织的一个文学社团，吸收汉乐府之长，较真实反映了汉末的社会现实；又是曹操笼络汉末文人的一种手段。曹操需要一批有名气，又肯为他所用的文人，孔融不是，祢衡不肯，杨修又恃才羞辱他，“宁肯我负天下人”的曹丞相当然不客气要动刀了。

更重要的原因是，杨修犯了古代文人之大忌，参与了夺嫡之争。当时，曹操选接班人，拟定在两个儿子曹丕与曹植之间选择，曹植才华横溢，其言其行颇有些类似曹操年轻时的浪荡风采，曾一度深得曹操之喜爱。曹植的智囊集团中，有丁仪兄弟与杨修等人，杨修曾助曹植通过考验。而曹丕的智囊是司马懿、陈群、吴质等人，司马懿老谋深算，吴质工于心计。故名闻天下的才子杨修，要论算计绝对比不过曹丕手下的几个谋士，况且曹丕本人的政治能力与心计手段也强于兄弟曹植。

曹丕被立为继承人后，曹操深知谋士的力量，于是借“鸡肋”一事杀了杨修，也为儿子曹丕日后登基扫除了障碍。另据《三国志》载，杨修是袁术之甥，曹操对名门贵族与清议复古派文人，一向深恶痛绝。

可惜杨修“聪明反被聪明误”，成了古代政治与权力相争的牺牲品。

司马懿之装

司马懿

司马懿（179—251），字仲达，世代官宦之家，其父司马防有八子，皆有作为，人称“司马八达”。司马懿少时好博览群书而心怀天下。

曹操起兵，知其名，请他做官。司马懿称患风痹症，以此推辞，其实他是看不起曹操“赘阉遗臭”。曹操怀疑，派人去司马懿家中探视，司马懿躺在床上，一动不动，似乎真的染上风痹症。曹操当上丞相后，再次召他为文学掾，并扬言，如不出仕，将逮捕他。司马懿只得出山。曹操挟天子以令诸侯，司马懿开始支持曹操，这是司马懿审时度势，料定曹操必取汉代之。

在曹操手下为官，司马懿一以才干著称，二是为人低调，能隐忍。他日渐获曹操重视，任太子中庶子佐助曹丕，他助曹丕击败曹植而获成功。曹操对司马懿一直另眼相看，曹操兄弟曹洪志大才疏，曹操便想让司马懿去帮助曹洪，但司马懿耻于与曹洪为伍，又一次装假，说腿跌坏了，拄拐推辞。不久，曹操出征，司马懿立即扔掉拐杖欣然从命。

曹操东征孙权，司马懿为军中参谋，谋划决断，屡献良策。曹操察其“有雄豪志”，又见他有“狼顾相”，心中很忌讳，便叮嘱曹丕，此人日后会干预曹魏之事，须谨慎防之。惜曹丕十分信赖司马懿，处处维护他。

曹操去世，曹丕为魏王，他内外事皆托于司马懿，司马懿对付孙权、刘备井井有条，曹丕对其更为器重。这年十一月，曹丕登基，为魏文帝，司马懿封为尚书，又任督军、御史中丞、侍中，政权军权皆在其手中。司马懿每次受封，总是推辞，曹丕只得说：“朕夜以继日处理国家大事，无须臾片刻休息时间，如今册封你是要你为朕分忧。”司马懿才接受了。

曹丕病重，令司马懿、曹真、陈群、曹休为辅政大臣，临终告其子曹叡勿疑几位重臣。曹叡登基，司马懿击败孙权，又擒孟达。司马懿屯兵宛城，曹休不服，贸然出兵，为陆逊所败，曹休病死。

司马懿对峙诸葛亮，《三国演义》褒孔明贬司马，但《三国志》载，司马懿任大将军大都督，他主张以守为攻，张郃欲出兵，据《汉晋春秋》载，张郃不听司马懿劝告，主动出击而战死。《晋书·宣帝纪》载，司马懿大胜蜀军。诸葛亮两出祁山，皆受挫而返。

青龙二年，蜀相诸葛亮率十万兵马再次伐魏，司马懿渡渭水，在渭南筑垒阻止，断诸葛亮东进之路，他“坚壁拒守，以逸待劳”，相持百余日，诸葛亮送去妇人服饰给司马懿，讥笑他妇人之识，司马懿不为所动，诸葛亮无奈，只得分兵屯田。

司马懿三弟司马孚来信问军事，司马懿回答：“亮志大而不见机，多谋而少决，好兵而无权，虽提卒十万，已堕吾画中，破之必矣。”

不久，诸葛亮派使者求见，司马懿不谈军事，问孔明起居饮食，知每日只吃三四升，劳顿批阅，他送走来使后说：“诸葛亮将要死了！”他巡视诸葛亮营垒，叹曰：“天下奇才也。”当月诸葛亮病故于五丈原，众人欲追，司马懿以“穷寇莫追”而收兵。

司马懿后平定辽东，时年魏明帝去世，齐王曹芳即位，司马懿与曹爽为辅助大臣。曹爽专权，司马懿又装病，他上奏罢黜大修宫殿，建议魏国节用务农，国力大增。

正始二年，司马懿率兵击败东吴。曹爽此时多树亲党，屡改体制。司马懿再次装病不问政事。曹爽派李胜去探望，司马懿卧床如死尸。李胜回复曹爽：“他只剩残余之气，形神已分离。”曹爽始安。

正始十年，发生“高平陵之变”，司马懿一举起兵，诛杀曹爽及其党羽三族。曹芳不得已任命司马懿为丞相，司马懿表面上固辞，其实已大权独揽。曹魏旧臣王凌因不满其专权，谋立曹彪为主，事泄，被逼自尽，被诛三族。司马懿于 73 岁去世，其子司马昭一反乃父行事风格，野心毕露，路人皆知。其孙司马炎灭曹魏称帝后，追尊司马懿为宣皇帝。

黄皓之蛊

黄皓

黄皓是襄阳人，无名之辈，生卒年不详。他自小乖巧伶俐。入蜀后喜蛊术，蛊术是将剧毒的蛇与蝎子等毒虫放入器物内自相啮食，存活的毒虫便称蛊，苗人以蛊术预测，风行一时，迷惑人心，黄皓很入迷。他后入宫当了小太监，以办事认真著称。

刘备一死，蜀后主刘禅17岁登基，当时权在丞相诸葛亮之手，刘禅并不在意，好玩乐，而黄皓喜献媚，花样百出，又会造风车，渐获刘禅恩宠，视黄皓为形影不离的玩伴。

诸葛亮一死，刘禅大权独揽，他规定蜀国不再设丞相之职。孔明临终时，将辅助刘禅之重任托付于蒋琬、费祎，蒋、费之后，由董允任侍中，董允刚直不阿，“上则正色匡主，下则数责于皓”。由于董允主持蜀汉大事，刘禅虽是皇帝，却不能重用黄皓，黄皓对董允也十分惧怕，只能暗中弄点小花样取悦刘禅，官职只是个黄门丞。

董允去世后，由陈祗任侍中，黄皓与陈祗有表亲关系，陈祗的资历与威望皆不及董允，他为了稳固自己地位，取悦刘禅，便与黄皓搞好关系。刘禅不久将黄皓升为中常侍、奉车都尉。中常侍传达皇帝诏令、掌管文书，奉车都尉则掌陪皇帝出行，黄皓身兼两个重要职位，便成了侍奉刘禅左右第一红人。黄皓擅长风车之术，人称“车鹰”，更获刘禅之青睐。

黄皓除精于风车之术，还以神秘蛊术吸引刘禅。巫蛊的神秘莫测与离奇古怪，令好玩乐的刘禅感到十分新奇，颇为刺激，两人的关系便日渐密不可分，黄皓待陈祗一死，便开始染指朝中权力。

刘禅的弟弟刘永为人正派，对巫蛊之术与阿谀献媚的黄皓很看不惯，曾向胞兄刘禅当面指责黄皓是小人，黄皓怀恨在心，就不断在刘禅面前离间兄弟之情。刘禅起初不信，久而久之，便开始疏远刘永，而刘永几次欲见刘禅都被黄皓阻隔，以致竟十多年无法见到刘禅。蜀汉大臣见黄皓的权力越来越大，不少人便附和与听命于黄皓，唯有大臣罗宪独持己见，黄皓为之憎恨，在他游说之下，将罗宪贬为巴东太守。

景耀二年，由樊建任尚书令，董厥、诸葛瞻（诸葛亮之子）为辅。当时樊建支持大将军姜维北伐，但董厥与诸葛瞻却认为姜维连年带兵征伐，毫无建树，应休兵停战，以防守为主。两派关系形同水火，黄皓由刘禅支持，以中常侍干预朝廷决策，处处反对樊建，这令姜维忍无可忍，他上书朝廷，要求刘禅将黄皓处死。但刘禅接见姜维时，却轻描淡写地一笑了事，说："黄皓只是个小人物（小人），回头我让他向你道个歉吧！"

姜维听了，大为泄气，他又见不少朝臣与黄皓称兄道弟，"枝附叶连"，黄皓根基已很深。他"惧于失言"，便向刘禅请求，自己愿"沓中种麦"，屯田自保，以避内祸，从此不敢再回成都。

景耀六年，姜维听说钟会在关中练兵，欲攻蜀汉，他赶紧上书刘禅，为防患于未然，请调张翼、廖化驻守重镇。但黄皓却用蛊术迷惑刘禅，说"鬼神"能预测天下凶吉。刘禅由黄皓陪同，问于巫蛊之术，结果是无事，刘禅深信不疑，便把姜维的上书搁置一旁，也没把姜维上书一事告诉朝廷大臣。

当邓艾大军穿越险境，如天兵而降，蜀国将士慌作一团，诸葛瞻御敌无方，最后一道防线被攻破，在位四十一年的刘禅选择投降。黄皓也想"邀功求赏"，但邓艾知其"奸诈阴险"，将其收监。因邓艾身缠诸事，无暇顾及处死黄皓，黄皓乘机用重金贿赂邓艾身边之人，求得免死而逃脱，其下场无记载。小说《三国演义》写黄皓被司马昭凌迟处死，系罗贯中个人之见。陈寿评黄皓："操弄威权终至覆国"，钟敬伯评曰："西蜀基业，卒为黄皓所蛊。"

蛊者，剧毒之虫，黄皓面带媚笑，心如毒蝎，他以蛊乱政，蜀国亡，黄皓之罪，大矣。

阮籍之醉

阮籍

阮籍（210—263），字嗣宗，是魏晋时代的名士，又是超级酒徒，但他醉酒之意非在酒。

阮籍位列“竹林七贤”，其父阮瑀是“建安七子”之一，曹操当时发布的文书，皆出其之手。可惜阮籍3岁丧父，家渐清贫，阮籍自幼好学，8岁能作文，少年时爱击剑，志向远大，抱有济世安民之才。但阮籍很不幸，他生活在幼帝曹芳在位期间，当时辅政大将军曹爽与太尉司马懿明争暗斗，政局十分险恶。曹爽曾召阮籍为参军，阮籍在政治上虽倾向曹魏皇室，但又察觉曹爽处事骄横刚愎，只有匹夫之勇，很难是老谋深算的司马懿的对手，故托病辞职回乡。一年后，曹爽果然被司马懿所杀，曹魏政权也被司马氏集团所掌控。阮籍对此十分苦闷，常常一整天不说一句话，有时会放声大啸。或闭门读书，或登山临水，采取不褒贬是非、明哲保身的处世哲学。

但阮籍名声在外，司马懿并没有放过阮籍，立即召他入幕为从事中郎，掌谋划与文翰，用今天的话说，即司马懿的秘书，官不大，权力却不小。可阮籍从内心厌恶司马氏集团的阴险残忍，他只当个挂名秘书，从未起草文书。司马懿每次请他赴会，他都喝得酩酊大醉，以醉酒来掩饰自己心中的蔑视与厌恶。

后来，阮籍听说兵营中缺一名步兵校尉，因兵营多美酒，当了校尉就可整天泡在酒中，于是他请求去当校尉，司马懿允应了。

司马懿死后由其子司马师即位，司马师卒，由其弟司马昭接替，他有谋士钟会，此人极有心计，在司马昭面前好搬弄是非，说阮籍的坏话。司马昭便让钟会去试探阮籍，阮籍含笑置酒相待，两人开怀痛饮，钟会知道酒后易吐真言，便喝到一半，问阮籍对政事的看法，阮籍只顾喝酒，不知所云，钟会连试几次，皆没找到构陷阮籍的罪名。

司马昭打听到阮籍有一女，容貌秀丽，便想纳作儿媳，几次派人登门求婚。阮籍自知回绝必遭杀身之祸，于是他天天沉醉于酒中。媒人来了好几次，每次都见他醉如烂泥，不省人事。这一醉，居然醉了六十多天，司马昭奈何不得，联姻之事，只得作罢。

司马昭几个下属都疑阮籍故意回避，便向主子献计，要弄明白阮籍是真醉还是假醉。

古代讲究礼法，父母死后，儿女不得饮酒。阮籍母卒，司马昭派人暗中监视，发觉阮籍与人照样弈棋、吃肉、喝酒，有人看不下去，便说："你自知以孝治天下，怎么重孝在身还如此放肆饮酒作乐？"阮籍听了，居然神色自若。监视者这才告知司马昭：阮籍确实是个酒徒。

阮籍除了好酒，还擅长吹口哨与弹琴，他在《咏怀》诗曰"夜中不能寐，起坐弹鸣琴。"相传阮籍曾创作《酒狂》的乐曲，据朱权在《神奇秘谱》中指出："籍叹道之不行，与时不合，故充世虑于形骸之外，托兴于酗酒以乐，终身之志。其趣也若是，岂真嗜于酒耶，有道存焉。"可见，阮籍之醉，正是他通过《酒狂》乐曲来反映他对司马氏集团大肆杀戮、排斥异己的黑暗统治之不满，那种文人且恐且忧、且避且躲的无奈与痛苦，让阮籍处世一直如履薄冰。阮籍醉酒，既是自我麻醉的良方，也是自我保护的手段。

阮籍是魏晋时代最著名的诗人之一，是"正始之音"的代表人物。他创作的八十二首《咏怀》抒情诗，充分显示了他在醉态中的清醒，表现了诗人对国事的关切，那种"以忧思独伤心"的情怀宣泄了作者内心的积郁与豪放旷达的精神风貌。

阮籍卒于54岁，他是建安以来全力创作五言诗的诗人，另有名作《大人先生传》，这篇赋体散文写大人先生对儒家礼法之士的反驳，以虱子作比，字里行间透溢出对儒家礼法的讽刺，显示了作者犀利的文风。据说还著有《达庄论》，阐述无为的可贵，可惜没留存于世。

嵇康之琴

稽康（224—263），字叔夜。自幼聪颖，好博览群书，喜习各种技艺，是魏晋时代罕见的美男子，“身高七尺八寸，风姿特秀”“爽朗清举，肃肃如松下风”。这位仪容端雅、英俊潇洒的男士不事修饰，以“龙章风姿”而引人注目。他娶妻长乐亭主，为沛王曹林（曹操第七子）之孙女。后拜郎中、中散大夫。世称“嵇中散”。

嵇康

嵇康喜好老庄，潜心山野。他一次在山泽丛林中采药，恍惚间忘了返回途径，路遇砍柴者，其悠然自得的神态，见者疑其为神仙。嵇康在汲郡山中见到隐士孙登，两人谈得投机，一起漫游，孙登与嵇康心神交会后，临别时直言忠告：“兄性情刚烈而才气俊秀，必为世人所妒，今后只怕要遭遇灾祸。”嵇康友人王戎也说：“我与嵇中散交往二十余年，未见其有不悦之色。他给我留下意趣疏远、心中放达的印象，但我也知他有刚烈嫉恶、放肆直言的另一面。”这与孙登所见相合。

嵇康因其才名之高，位于“竹林七贤”之首，他与阮籍、山涛、向秀、刘伶、王戎、阮咸常在山阴县的竹林中唱歌、喝酒，直露胸臆，高谈阔论，议论时弊。

“竹林七贤”都自称玄学之士，但各人面对现实，态度不一，嵇康、阮籍、刘伶、阮咸皆“越名教而任自然”，喜用作品揭露社会黑暗与讽刺司马氏集团的虚伪残忍。尤其嵇康、阮籍仕魏而对势大滔天的司马氏集团持不合作态度。在“竹林七贤”中，山涛（字巨源）是年纪最长的老大哥，也是“竹林七贤”的发起者与组织者。他与司马懿是老乡，而司马懿的正妻张春华又是山涛的姑姑。在他生活的时代，司马懿与曹魏集团正明争暗斗。嵇康不愿参与其内，请辞了。后来，山涛见嵇康与司马昭关系很僵，便想充和事佬，推荐嵇康去接替他的官位，他一认为嵇康的才干与能力在自己之上，二也想缓和两者的关系。不料引起嵇康极大反感，一怒之下，写了一封《与山巨源绝交书》，言辞激烈，把山涛骂得很难听，山涛没有回击，坦然接受，对嵇康表示了愧疚。

嵇康在《与山巨源绝交书》中列出自己“七不堪”“二不可”，骂的虽是山涛，但笔锋直指的是大将军司马昭。这封信令权势炙天的司马昭大为恼火，也为嵇康招致杀身之祸埋下了伏笔。

嵇康对当政者司马氏集团公开叫板，众人皆为其担心，但他依然故我，沉浸于山野之间，以琴酒诗画自娱自乐。嵇康年轻时夜宿洛西华阳亭，当晚弹琴自娱，收琴时见背后有一老者，他随口问：“老人家会弹琴，请指教。”老者谦逊一笑：“略知一二。”后来才说：“你的指法娴熟，惜感情不够，把悲壮的古曲弹得太柔弱了。”嵇康虚心求教，老人奏琴，或如海浪击岸，或如喁喁私语，悲壮而凄凉，仿佛亭外的湖水也在呜咽。嵇康学习了这首古曲《广陵散》，琴艺大进，后来嵇康成为中国古代十大音乐家之一。他曾作《长清》《短清》《长侧》《短侧》四首琴曲，称为“嵇氏四弄”。嵇康还写了一篇《琴赋》，他说：“余少好音声，长而习之，以为物有盛衰而此无变，滋味有厌，而此不倦。”嵇康的诗赋书画俱佳，但他以为琴（音乐）最能吸引自己，琴也被他视作人生中感情的最好寄托。

嵇康的四言诗，清峻爽利，意趣洒脱。其书法工于草书，“精光照人，气格凌云”，他画的《狮子击象图》《巢由洗耳图》也列入《历代名画记》，可惜已失散。

由于嵇康对司马昭采取不合作态度，被杀。行刑当日，三千名太学生集体请愿，请朝廷赦免，未获同意。嵇康临刑前神色不变，抚了一曲《广陵散》，然后长叹：“《广陵散》如今绝矣！”从容就戮，海内士人无不痛惜！

钟会之诬

钟会

钟会（225—264），曹魏太傅钟繇之子。钟繇是大书法家，楷书之祖，他晚年得子钟会，钟会自幼聪颖乖巧，英俊洒脱。钟繇当年领两个儿子钟毓、钟会去见魏文帝曹丕，钟毓吓得全身冒汗，而钟会却神色自若。曹丕问钟毓："你怎么出这么多汗？"钟毓低声说："皇上天威，臣战战兢兢，汗如雨下。"曹丕又问钟会："你怎么不出汗？"钟会依样回答："皇上天威，臣战战兢兢，汗不敢出。"曹丕为此哈哈大笑。

钟会少时好读书，出口成章，伶牙俐齿，能言善辩，与人抬杠，妙语如珠。当时大臣蒋济去钟繇家做客，见钟毓便称赞；见钟会，则大为吃惊，他说："钟会这孩子的眸子与人不一样，不怯场，胆子大，长大必成奇才。"钟会是名门之后，又因"敏慧夙成，少有才气"，19岁担任秘书郎，后为尚书郎，29岁晋封为关内侯，年纪轻轻便成了众口交誉的名士。

有"高富帅"之称的钟会，年轻时很崇拜嵇康。嵇康为"竹林七贤"之首，嵇康不仅文章写得好，而且长得"龙章天姿，天质自然"，是魏晋时大师级的人物，据《世说新语》记载，钟会还是文学青年时，嵇康名气已很大，钟会便带了自己撰写的《四本论》想求教于嵇康，但又怕嵇康看不上。"于户外遥掷，便回急走"。估计丢进去的文章，嵇康根本就没看到，或看到也未读。

后来，钟会当上司马昭属下的大官，自以为可以与嵇康平起平坐了，就打扮得很豪华，乘了车子，带了一些锦衣仆人大摇大摆去嵇康家拜访。嵇康正在院子里打铁，留给钟会一个古铜色的后背，钟会见嵇康一副旁若无人的样子，一向傲慢自负的他，很觉无趣，便悻悻然想走人。嵇康这才抬起眼皮问：“闻所闻而来？见所见而去？”钟会这位大少爷也撂下一句：“闻所闻而来，见所见而去。”嵇康当时十分淡然，而心生嫉恨的钟会，将以前自己对嵇康的敬仰迅速变成了仇恨。

司马昭权倾天下，他本来想拉拢嵇康，钟会乘机赞美嵇康是当代的“卧龙”（即孔明），但口气一转，说：“嵇康越有才，对您越有害，他的存在，对您司马氏的江山是个祸害。”他的一番谗言诬告，触动了司马昭敏感的神经，但司马昭对嵇康还没动杀心。

不久，嵇康的好友吕安被其兄吕巽诬告“不孝”，吕安锒铛入狱后，嵇康为此鸣不平，钟会又向司马昭诬陷嵇康，“这个人属于社会不安定分子，他的话对当今政治不满，影响很坏”。司马昭在钟会的巧言挑拨下，将一代名士嵇康处死。另一说是担任司隶校尉的钟会直接命人杀了嵇康。嵇康在刑场上，抚琴弹了一曲《广陵散》，从容赴死。

景元年间，钟会支持司马昭伐蜀计划，被任命为镇西将军。公元263年，钟会、邓艾与诸葛绪分兵三路攻蜀汉。钟会命许仪为先锋，当经过一座桥时，钟会马陷坑中，他顿时暴怒，将许仪斩首，全不顾许仪之父许褚当年屡次救曹操之功。

邓艾本想约诸葛绪一起偷渡阴平，诸葛绪胆小，率军与钟会汇合。钟会却以诸葛绪畏缩不进为由，将其装入囚车，送回洛阳。朝廷曾封钟会为陈侯，钟会不受，他虽在外打仗，但朝廷大小事，官吏之任免，钟会无不插手。

平蜀后，姜维归顺钟会，钟会早有独立之心，他害怕邓艾，又密报司马昭，诬称邓艾欲谋反，司马昭信其言，命钟会将邓艾打入囚车，钟会亲率大军入成都，他怕功高盖主，决定假传郭太后遗诏，讨伐司马昭，不料诸将不服，全军混乱，钟会最终死于兵变，卒年40。

纵观钟会一生，此人名门之后，文才与口才俱佳，才思敏捷而巧计百出，擅长行草，尤工隶书，逸致飘然。可惜这位“官二代”恃才轻狂，品质龌龊，巧言惑众，又屡次诬陷他人（嵇康、诸葛绪、邓艾等），最后在兵变中被士兵用乱箭射死，此乃小人之果报也。

贾南风之丑

贾南风

贾南风是西晋权臣贾充之女，她身材矮小，皮肤青黑，眉间有痣。她公公司马炎（晋武帝）第一次见到她，便惊叹曰："丑而短黑。"但这个貌不出众的女人，后来居然成了太子司马衷的皇后，原因是司马炎看中贾家的地位显赫与朝中势力。贾充是曹魏豫州刺史贾逵之子，但他却投靠大权在握的司马昭，并亲自指挥弑杀魏帝曹髦，于是被司马昭指定为辅政重臣。司马炎自知儿子司马衷有点弱智，让他娶行事干练的贾南风为妻，补其子之愚；另一个原因是杨皇后受贾充夫人郭槐贿赂后一直坚持两家联姻。

贾南风一做司马衷妻子，立显凶悍霸道，她嫉妒宫中所有美妃，一旦发现某个妃嫔怀孕，便以戟猛击其腹部，令怀孕者一个个流产。司马炎获悉后十分恼怒，将其囚禁，想废掉她，但皇后杨芷与大臣杨珧、荀勖竭力为贾南风求情，司马炎只得作罢。

司马炎临死前，想任命司马亮为辅政大臣，但杨皇后父亲杨骏篡改诏书，排斥了司马亮。司马衷当上皇帝，贾南风也一跃为皇后，她恩将仇报，对太后杨芷出言不逊，并对救过她的杨珧与太傅杨骏视为眼中钉。

贾南风暗中派人联络汝南王司马亮、楚王司马玮，让两人领兵讨伐杨骏。司马玮领兵入城后，诛杀杨骏、杨珧、杨济三族，贾南风将杨太后杨芷废为庶人，杨芷在冷宫中被活活饿死。

贾南风初次得手，便让族兄贾模等亲信与司马亮、卫瓘、司马玮、司马繇共同辅政。由于贾南风行事暴戾，司马繇最先提出异议，要废去贾南风，贾南风预先获悉，用司马衷名义将司马繇流放外地，又利用司马玮与司马亮之间的矛盾，假传诏命让司马玮杀司马亮与卫瓘，待二人被杀后，又谎称司马玮矫诏杀人，将其诛灭。从此，贾南风专权横行，贾模为散骑常侍，名臣张华为侍中。

贾南风不仅貌丑、性戾，且好淫荡，她喜欢结交帅哥，先引诱身材高大、肤色白皙的御医程据为其男宠，后来又与美男子潘岳等人鬼混。贾南风素好喜新厌旧，她又令人在洛阳皇城内遍寻美貌年少，将其诱骗入宫，贾南风与之昼夜宣淫，更为恶劣的是她玩腻后，便暗中杀人灭口，使洛阳城内接连不断发生英俊男子神秘失踪事件，受害家族纷纷上告官府。据《晋书·后妃传》载：有一英俊小吏述其奇遇，他被神秘带入内宫，“见一妇人，年可三十五六，短形青黑色”，此矮胖中年妇人主动上前搂抱，在哄骗威逼之下，小吏只得与之欢寝。这个小吏可能侍候贾南风较为出色，居然幸而出宫，“惟此小吏，以后爱之，得全而出”。此事传出，官府心知肚明，不再追究失踪案了。

由于贾南风擅长权术，行事诡诈，她将朝中大事依托张华和裴頠，张华当年因受杨骏猜忌而不得参与朝政，在张华与裴頠的努力下，司马衷、贾南风执政八年，天下不乱。

不料贾南风地位巩固后，又想谋害废掉太子司马遹（司马衷与谢玖所生），她强行灌醉司马遹，让他在醉中写谋反文字，由此将司马遹废掉，引起朝中大臣愤怒。贾南风为防事泄，让太医程据与黄门孙虎去毒杀太子，司马遹不肯服毒药，孙虎用药杵击杀之。

借太子被害，赵王司马伦率兵进宫，他派齐王司马冏捉拿贾南风，贾南风被擒，向远处的司马衷喊叫：“陛下，您眼睁睁看着自己老婆被废，还不救我？”她听说是赵王与梁王起兵，便恶狠狠说：“只恨当年没杀了这俩老狗。”

司马伦杀贾南风党羽贾谧、赵粲、贾午、程据多人，并处死司空张华与裴頠等大臣，以金屑酒毒死贾南风，这个暴戾残忍的淫后死时43岁，后人评曰：“以凶狡之性，役下愚之质。”

贾南风不仅貌丑，其内心更是丑陋凶残暴戾，她是“八王之乱”的罪魁祸首，并由此引发了“五胡乱华”，使中国社会进入一个混乱期。

王献之之悔

王献之

王献之（344—386），字子敬，小名官奴，会稽人，是“书圣”王羲之的第七个儿子。

他自幼聪颖好学，随其父王羲之练习书法，他 7 岁时正在写字，王羲之悄悄至其身后，突然去抽儿子手中的笔，竟没抽掉，王羲之夸道：“此儿后当复有大名！”

王献之 10 岁那年，书法小有声誉，便有点骄傲，其父却不赞，对他说：“你的字要站得稳，有骨架，须把这几缸水写完。”

王献之又苦练了五年，自以为字写得很不错了。他写了一个“大”字让父亲王羲之点评，王羲之便在“大”字下点了一点。王献之不明其义，便把“太”字让母亲评点，其母仔细揣摩后说：“唯有这一点似你父亲。”王献之大为惭怍，从此日夜苦练，并认真学习各种书道艺术，兼收并蓄，字体润秀，飞舞风流，终于成为当时著名的书法家，与其父合称“二王”。

王献之 21 岁娶了表姐郗道茂，王郗两家早就指腹为媒，且两人从小青梅竹马，亲密无间，成婚后更是十分恩爱。美丽贤淑的郗道茂是有名的才女，她为王献之生一女儿，名玉润，可惜玉润不到 1 岁就夭折了，郗氏并未再孕。王献之对此倒不介意，与大他一岁的妻子整日吟诗唱和，绘画写字，游山玩水，夫妇感情如胶似漆，日子过得不亦乐乎！

王献之相貌英俊，举止潇洒，又极富才情，被当时誉为“风流为一时之冠”，这样的美男子便引出了平地风波。

东晋简文帝司马昱的女儿新安公主司马道福，早就倾慕王献之，她因有婚约，只好嫁给大将军桓温次子桓济。后来，桓济欲篡兵权被贬，新安公主乘机离婚，并央求父亲将自己许配给王献之。

简文帝司马昱很为难，因为王献之是有家室的，自己的女儿又不能嫁给对方作小妾。但女儿一而再地坚持，非王献之不嫁。

简文帝没办法，便找王献之商量，说自己的女儿十分爱慕他，自己也想招他为婿。

王献之闻之蹙眉，他回到家中想了很久，抗旨不行，他就选择了自残，用艾草烧伤了自己一只脚，以跛足为由来推辞这门婚事。

不料新安公主铁定了心，当即表态，哪怕王献之两条腿都瘸了，自己也非嫁他不可。

在权力的力量下，王献之只得与日益恩爱的妻子分手。王献之迎娶了金枝玉叶、如花似玉的新安公主。这位刁蛮任性的公主相貌也很娇丽，婚后一直很喜欢王献之，但王献之心中却放不下郗道茂，他知道她离婚后一直未嫁，不由在《思恋帖》上写道："思恋，无往不至。省告，对之悲塞！未知何日复得奉见，何以喻此心！惟愿尽珍重理。迟此信反，复知动静。"在另一《奉对帖》亦表达了此意。总之，王献之一直旧情未忘。

郁郁寡欢的郗道茂死了，王献之心中十分失落，一次去金陵踏青，偶然买到一块古砚台，到了三月三，他又捧了砚台去当地，不料一个17岁纯净少女见之说："这是我家砚台呀！"王献之问之，才知那美少女叫桃叶，因家贫将祖传砚台出卖，王献之为之题诗："三月桃花里外红，黄蜂采蜜在花中，两人来看池中水，不知何时再相逢？"又到三月三，王献之又到金陵赏玩春色，一少女投水，救之，正是桃叶。桃叶家贫无路可走，王献之纳其为妾，写了不少诗歌大秀与其恩爱，其中一首："桃叶复桃叶，渡江不用楫。但渡无所苦，我自迎接汝。"金陵的秦淮河畔从此有了"桃叶渡"的佳话。

王献之被召为驸马后，官运亨通，官至中书令，新安公主也为他生了一个女儿，名王神爱。王神爱13岁时嫁给痴呆皇帝司马德宗，这也是王献之一生之遗憾。

据《世说新语》载，他病重将死时留下一言："不觉有余事，惟忆与郗家离婚。"可见其心头之悔，亦为其一生之痛也。

裴松之之注

裴松之

在中国二十四史中，“前四史”学术价值颇高，尤其是《史记》，被称为“史家之绝唱，无韵之离骚”。《三国志》也是一部很有分量的断代史，作者陈寿原在蜀汉为官，因不肯屈从宦官黄皓，屡遭贬黜。蜀亡后，陈寿在晋朝为官，因为人正直，仕途不顺，他埋头著述，完成了《三国志》。

西晋史学家陈寿著的《三国志》，叙事精略，记事翔实，取舍材料十分严慎，但记载史实也有前后矛盾之处，全书只有“纪”和“传”，而无“志”与“表”。

至南朝宋代，裴松之接到宋文帝的御旨，要他为《三国志》充实和完善史实。裴松之（372—451），字世期，山西人，他从小好读书，8岁已熟知《论语》《诗经》，10岁后开始博览群书，他对历史十分有兴趣，后任国子博士、中书侍郎，他受命后说：“寿书铨叙可观，事多审正。诚游览之苑囿，近世之嘉史。然失在于略，时有所脱漏。臣奉旨寻详，务在周悉。上搜旧闻，傍摭遗逸。”由此可见，裴松之对陈寿著的《三国志》是肯定的，但陈寿毕竟是个人修史，搜集史料不够充分，有些记载太过简略，裴松之的任务是“上搜旧闻，傍摭遗逸”，为原书的行文作补记，也就是“注”。

为陈寿的《三国志》作注，裴松之压力不小，因为南朝离三国毕竟隔了近二百年，他一方面除了出外访问遗址，考证三国一些事件发生的经过，听年长者之回忆；另一方面对所记载的地名、人物、事件，进行一一查书考证。裴松之是个“兼听则明”的史学家，他不仅对字音、文义、校勘、名物、地理与典故六大类作了周密考证，纠正陈寿所记之瑕，而且对同一事件，裴松之在博览群书后，作了广采博引，将几种不同的看法一一作为注，附在文后，大大丰富了原书的内容。比如对某一历史人物的评述，裴松之引了诸家对其优劣之评议，让读者自己从中分析得出结论。又比如对评传之人，补充其生平与他一生之重大事件，注的成分大大多于原著，史料详实而补其过略。裴松之的文学才情也胜于陈寿，他对一些历史人物与历史事件的描述，既详实又生动，他的注有不少鲜活的形象与事件曲变的交代。裴松之对赵云的注，就有许多生动的记述，为后来罗贯中写《三国演义》提供了丰富的想象空间。

裴松之在史学考证上，既严谨又注意文采，并注重细节。如对荀彧之外貌，陈寿一笔带过，裴松之就引《典略》《平原祢衡传》作补充。在纪传体的体例上，裴松之根据“事义相类”的原则，对《三国志》的人物分类作了新的调整。

据清人钱大昕统计，裴松之引书达一百四十余种，赵翼则认为引书有一百五十一种，宋文帝惊叹为“不朽”。唐代以后也有人批评裴松之的“注”太过庞杂繁芜。当今流传的《三国志》版本，陈寿的《三国志》36 万余字，裴松之的注 32 万字，所引史书二百余种。

陈寿被史学界称为“善叙事，有良史之才”，因此他著述的《三国志》对历史与人物评述，成就高于《后汉书》，但他的记载比较注重平实，写法严谨，而裴松之的注则强调对历史人物的活性描写，对场景有生动细致的刻画，以文学手法来写活历史人物。他还通过注凸现他个人对历史的看法，因此丰富了《三国志》的史料价值与文学价值。

裴松之虽任过一些官职，但他毕生心血都花在《三国志》的注上，他先后任永嘉太守，通直散骑常侍与南琅邪太守，65 岁以太中大夫退休。他回乡后读书休闲，卒于 80 岁，为当时高龄之人。

裴松之的注，是中国文史学上的“四大注”之一，其他三部是《世说新语注》《水经注》与《文选注》。

沈约之惧

沈约（441—513）是齐梁时的文坛名人。他少时的经历有点坎坷，虽世代为官，但他 12 岁时当太守的父亲被杀，从此家贫如洗。他小小年纪向族人乞讨为生，遭人侮辱，沈约不声不响把讨来的米倒在地上，扬长而去。后来沈约富贵回乡，却不计前嫌，为族人赞颂。

沈约

沈约天性聪颖，博学强记，他白天读的书，晚上便能背出来，因精于典故，且文采洋溢，年轻时便成了当地的才子。齐朝初，他任文书，又奉命校订四书。因文才出众，很得太子萧长懋欢心，被升为太子家令，兼著作郎，后又当上御史中丞。

最让沈约骄傲的是，他与兰陵萧衍、陈郡谢朓、南乡范云、乐安任昉等八人合称“竟陵八友”，这些齐梁期间堪称翘楚的文人雅士声名显赫，他们登高抒怀、弈棋品茶、吟弄山水，成一时之盛事。谢朓是当时首屈一指的诗人，沈约以文学与史学见长，但若以才干与胆识而言，萧衍最为出众。

齐明帝萧鸾逝世，尚书令让沈约撰写遗诏，封左卫将军。继位者萧宝卷是齐明帝次子，为人暴虐残忍，诛杀大臣，朝野一片惊恐。与沈约交情很好的萧衍在永元三年起兵讨伐萧宝卷，萧衍成功后，拥立南康王萧宝融称帝，齐朝大权已归萧衍。沈约、范云成了萧衍的亲信，萧衍信佛，好慈善，才思敏捷，文笔华丽。沈约欣喜地以为，自己跟上了一个好主子。

萧衍封沈约为骠骑司马，君臣关系密切，沈约便试探性提出让萧衍代齐的话题：“如今百姓知道齐朝已完了，都说天下应归您主宰。”他还从天象、人事作了分析。萧衍沉吟后回答："让我想一想。"沈约又进言："周武王讨伐商纣王，进城后百姓都认定周武王是君王，周武王没有违背民意。您的圣明，朝野都知道，大臣对您很忠诚。"沈约再次提议，范云附和，萧衍最后点头了。沈约于是拿出了写好的诏书与官员设置文书，萧衍很满意。萧衍登基后，沈约被任命为尚书仆射，食邑千户。范云等二十多位知名人士前来道贺，此时的沈约春风得意，他不仅是齐梁文坛盟主，而且成了梁武帝萧衍的最大功臣、一等红人。

文人沈约走到了政治舞台的前列，被人前呼后拥，不可一世，举止上有点忘乎所以了，他的文人气质便在政坛上逐渐暴露出来。一次豫州向梁武帝进献栗子，萧衍兴致很高，要与沈约比赛谁知道栗子的典故多。沈约还算知趣，故意比萧衍少讲了三个，以此示弱。可沈约一出宫，文人的轻狂让他对人说："这老头好面子，不让他一些，他会羞死的。"隔墙有耳，这话自然传到萧衍耳中，萧衍大为恼怒。

朝中大臣张稷当年对萧衍不敬，外放后死于叛乱，萧衍对张稷仍耿耿于怀，很想追究其罪。沈约完全忘了栗子之事，便信口开河："此事已过，不必再计较。"碰巧张稷与沈约是亲家，萧衍当时板起面孔反问："卿言如此，是忠臣乎？"当场拂袖而去。

沈约回家后忧心忡忡，精神恍惚，跌倒在地。夜里梦到萧宝融拿剑割下了自己舌头，醒来时想起自己为萧衍谋划逼死萧宝融之往事，不由得浑身冷汗，惊恐万状，卧床不起。

萧衍听说沈约病了，派御医徐奘为他诊病，沈约正巧捧着赤色奏章在默默祈祷："禅代之事，不由己出。"徐奘不敢隐瞒，奏告梁武帝，萧衍怒不可遏，几次派人去痛责沈约。沈约惧怕无比，惶惶不可终日，没多久，竟被活活吓死了。

这位文坛盟主、南朝第一藏书家在高位上去世了，年73岁。他除留下两万册藏书，还有两个贡献：一是他在文学上开创"四声八病"之说，规范平、上、去、入四声之律，由于他提倡声律与对仗，使古体诗逐步走向了格律严整的近体诗，时称"永明体"。二是他在史学上开创了"因事附见"的编纂方法，这在中国文学史、史学史上皆有记载。

萧衍之禅

萧衍

《昭明文选》是中国古代最早的优秀文本，是南朝梁武帝长子萧统招聚文人编选的。萧统痴迷文学，是受其父影响，惜萧统早逝，谥昭明。其父萧衍却在位四十八年，活了85岁，其人其事似可一议。

中国信佛的人很多，不少皇帝都推崇佛教，大兴佛寺，但能“以佛化治国”且又舍身去佛寺为奴的皇帝只有一位，那就是梁武帝萧衍。

萧衍（464—549），字叔达，小字练儿，南兰陵（今江苏常州）人。他“少时习周孔，弱冠穷六经”，又好音乐诗赋，并擅长书法围棋。与沈约、谢朓、范云等七人为文友，时称“竟陵八友”。萧衍除文才出众，颇有政治识见与军事才能，他依靠家族背景，先当参军，后任黄门侍郎，又当上雍州刺史。因附和萧鸾为齐明帝，为齐朝重臣。萧鸾病逝，拥立南康王萧宝融为齐和帝。后逼迫萧宝融禅让，建立了南梁。他当上皇帝后，亲自写《春秋答问》，倡导朝野学习风气。他勤于政务，不分春夏秋冬，每日五更天起床批阅奏章，还在宫前设立两个盒子，一曰谤木函，一曰肺石函。大臣有什么建议与意见，可写成文字投入肺石函内；寻常百姓也可对国家批评或提出建议，投入谤木函内。萧衍对官吏的选拔也极讲究，清廉是第一条，有政绩的县令可破格提拔为太守。萧衍为了治贪，自己在衣食住行上以身作则。据史记载，他“一冠三年，一被二年”，萧衍平日吃的是蔬菜与豆类，每天只吃一顿饭，以粥充饥，冬天批改公文，手都冻裂了。这在古代皇帝中极罕见，难怪钱穆先生评他：“俭过汉文，勤如王莽。”

但萧衍不是政治家，他对于辅佐自己登上帝位的范云、沈约等老友，建国后多次批评他们，因为萧衍很害怕开国功臣来夺他的皇位。而对于自己皇室亲属却一味包庇宠幸，萧衍恢复了士族制度，提高诸王地位。这样，范云、沈约等人不久病死，一些有才干的大臣将领也离开了朝廷。

萧衍由重儒转向信佛，是由于两件事对他的刺激。一是其弟萧宏横行不法，窝藏凶手，但萧衍顾及亲情，反而加封其官职。这更助长萧宏胡作非为，居然和侄女（萧衍之女）通奸，两人又密谋夺取天下，派人去刺杀萧衍。结果刺客被抓，萧衍之女无脸见父自尽，萧宏也因恐惧而病死。二是萧衍次子萧综，为吴淑媛所生。吴淑媛原是东昏侯萧宝卷的妃子，跟萧衍生活的第七个月生下萧综。萧衍也不怪罪，对萧综还很信任，让他率兵打仗。后来吴淑媛告其子，萧综才知父亲是东昏侯，便投了北魏。

这两件事对萧衍打击很大，他开始悉心研究佛经，先后著有《大品》《净名》《三慧》等百卷佛经，并把儒家的“礼”、道家的“无为”与佛家的“因果报应”糅合在一起，创立了“三教同源说”，为中国古代思想史上写下新的一页。

萧衍皈依佛门后，反对杀生，自己以素食为生，他还下令全国信佛，在梁朝建佛寺达二千八百四十六座，当时和尚尼姑有八十二万人。萧衍 50 岁后远离后妃，还四次入寺舍身，最短一次是四天，最长一次是五十一天。萧衍重禅非坏事，但他完全忘记了自己是一国之君，轻国家治理，又接纳反复无常的叛将侯景投顺。侯景本是凶残小人，欲求婚于王、谢两家，萧衍没答应，侯景竟怀恨在心，勾结萧衍之侄萧正德作乱，攻破建康，萧衍被侯景软禁后活活饿死，终年 85 岁。侯景将王、谢两家人屠杀，几乎灭绝。六朝古都，白骨成堆，此亦萧衍之罪也。

萧衍从小是个孝子，一生都在劝人行善，但处事优柔寡断，他对治理国家缺少政治手段。萧衍的“六艺”都很出众，他写过不少七言诗，七言诗始于曹植，但对诗形式的规范，萧衍是有功劳的。

中国皇帝的平均寿命不到 41 岁，萧衍与中国历史上年龄最长的皇帝乾隆相比，年龄仅差四岁，如果他不是被活活饿死，恐怕他会成为中国历史上最长寿的皇帝。至于他的文才一点也不弱于乾隆，可惜他缺少的是政治家的能力，最后害己，而且误国殃民。

和士开之狎

和士开

和士开（524—571），本姓素和氏，先祖是西域胡人。素和氏到中原经商，改名和氏。和士开的父亲和安是个曲谄之人，因钻营拍马，东魏时任中书舍人，为高欢赏识，任黄门侍郎，升仪州刺史。

和安之子和士开，生得唇红齿白，五官俊俏。因其聪明伶俐，反应灵敏，很讨人喜欢。和安送儿子到国子监学习，接受良好教育。和士开年轻时已善观风云气色，见什么人说什么话。他第一个投靠的对象是北齐宣文帝高欢的第九个儿子高湛。

高湛长得俊美奇伟，气度端庄，众人见其仪容都很惊叹。和士开奉承高湛，两个美少年打得火热，有同性恋之嫌。高欢之子高洋当上皇帝后，暗中观察，发现和士开虽处事灵巧，但举止轻浮，眼神中有一股狎气。他就把和士开流放到马城（今河北怀安西）。

但高欢之弟高湛非常舍不得，因为他热衷于玩一种握槊（一种棋艺）的游戏，和士开对此很擅长，而且和士开生性乖巧，善于谄媚，又多才多艺，会跳胡舞，弹得一手好琵琶，两人在一起谈论男女淫乱的事，很合他口味。在高湛再三请求下，和士开重返京城。当时高湛封为长广王，和士开做了王府参军。高洋死后，传子高澄，高澄被杀后，高湛继承了皇位，和士开当上侍中。和士开吹捧高湛："您不是天人，是天帝。"高湛回答："卿非世人，乃世神。"

由于两人都好淫乐，常在一起喝酒，讲些不堪入耳的话，谈论女人风情的曼妙。李祖娥是先帝高洋的皇后，长得月貌花容，也是高湛的嫂嫂，高湛却把她占为己有。由于高湛长期居住在李祖娥的昭信宫内，冷落了皇后胡氏，胡氏是个风流荡妇，她耐不住寂寞，便主动勾引英俊貌美的和士开。和士开起初有点惧怕，不料高湛察觉后，反而成全了他们，让和士开手把手教胡氏学“握槊”，两人眉来眼去，就好上了。

和士开心中明白，高湛与其兄高洋一样，十分迷恋于淫乐，他鼓动高湛占有更多的女人，凡是他见到貌美的女子就抢入宫中，高湛对此乐不可支。和士开为了巩固自己的地位，讨好太子高纬，便劝高湛做太上皇，这样不理朝政就有更多时间纵情享乐。高湛听其言，让位于太子，从此在深宫中与酒色为友，不过三年，高湛亡，其子高纬继承皇位。

高湛去世后，胡氏成了太后，她与和士开的亲密关系不再避人耳目，宫中议论甚众。但许多大臣怕得罪太后，纷纷向和士开献媚，和士开被封为淮阳王，成了当时北齐王朝的第一红人。

和士开先以男宠身份取得高位，后与皇后淫荡不堪，故他非常担心地位不稳，就一方面排斥异己，如河南王高孝瑜曾上奏高湛，说和士开与国母胡氏对坐“握槊”，有失体面，和士开便将高孝瑜诬陷致死；另一方面大量提拔自己的亲信，看相术士解德选会献媚巴结，被任命为参军。他与胡长粲、高阿那肱一些酒肉荒淫之徒自称为“八贵”，令老百姓怨声载道。

高纬的弟弟琅琊王高俨是个敢作敢为的人，他知道胡太后妹夫冯子琮近日与和士开发生了矛盾，便与大臣王子宣等人联合，写了奏章弹劾和士开，列举了和士开大量罪行，建议高纬逮捕法办。奏章由冯子琮巧妙夹在其他公文中一起送进宫，素来不理朝政的高纬连看也没打开来看，就大笔一挥，批准照办。

高俨得到圣旨，立即召集大将军库狄伏连在神兽门外率众埋伏，和士开那天正准备上朝，便被埋伏的众军士擒获斩首。高纬事后闻知，后悔莫及。

和士开死时仅47岁。他一生奸诈好弄权术，想不到死在别人的圈套里。他专权八年，是北齐亡国的主要原因。和士开斩首那日，洛阳全城欢腾，正如李白药在《北齐书》记载：“和士开淫乱，多历数年，一朝被剿除，朝野上下都大快人心。”

孔范之谀

孔范

孔范系孔子的第三十世孙，生活在南朝，生卒年不详，约公元595年前后在世。他在中国历史上名不见经传，但其对陈朝之亡是有罪的。作为一个谄谀的小人，读其人其事，颇有启迪。

孔范，字法言，会稽山阴（今绍兴）人。他少时好学，博览群书，陈朝太建中，曾任宣惠江夏王长史。陈叔宝即位，很会钻营的孔范找到了机会，陈叔宝也称陈后主，性聪颖，好文墨，工于书法，才情虽弱于李煜，但亦为古之有才情的君主。他即位后，周围聚集了一批文人骚客，以尚书令江总为首，其次如尚书顾总，以擅长写靡丽艳诗而得宠，好舞文弄墨的孔范也混杂在这些帮闲文人之中。孔范的文章用词以瑰丽见长，颇得达官贵人青睐，被陈叔宝授都官尚书。这些君臣整天在一起饮酒听曲，做了曼词艳语便让好事者传抄下来取乐。陈叔宝幼年"生于深宫之中，长于妇人之手"，当上皇帝后，更好声色，耗巨资大修"藏金之屋"。还将宫内十几个才色兼备、略通文墨的宫女，册封为"女学士"。文才稍次者，封为"女校书"。这些嫔妃与孔范等媚臣杂坐联吟，飞觞醉月地玩弄靡靡之音。又把那些被陈叔宝看上的艳诗，谱上新曲，令宫女按歌度曲，如《玉树后庭花》《临春乐》即是代表作，其诗《玉树后庭花》曰："丽宇芳林对高阁，新装艳质本倾城。映户凝娇乍不进，出帷含态笑相迎。妖姬脸似花含露，玉树流光照后庭。花开花落不长久，落红满地归寂中。"正因陈叔宝沉湎于荒淫玩乐，果然应了"花开花落不长久"，陈朝灭亡，《玉树后庭花》也成了千古"亡国之音"。

上有所好，下必逢迎。这也是封建专制社会中君臣之间的一种互动。陈叔宝好荒淫取乐，孔范不惜与陈叔宝宠爱的孔贵人结为兄妹，以此充当狎客的角色。陈叔宝自恃聪明，最不喜欢听别人的批评，孔范便挑好听悦耳的事讲，声调也是温软的，报喜不报忧，曲尽其媚。孔范还好表现自己，做了一点事，整天挂在嘴上宣传，唯恐他人不知。他写的艳诗，得了陈叔宝一个微笑，更要张扬得世人皆知。孔范还有一个本事，当陈叔宝穷奢极欲之举，受到朝内大臣批评时，孔范当即为后主掩饰，以此博得陈叔宝欢心，于是恩遇日进，得意于一时。

其时，隋文帝杨坚有削平四海、统一天下之志，便派大将韩擒虎、贺若弼兵发江南。隋兵屡战屡捷，陈朝告急文书送至朝廷，仆射袁宪上奏出兵抵御，陈叔宝不想打仗，便征求众臣意见，孔范抢先说："长江天堑，古以为限，隔断南北，今日隋军，岂能飞渡?"陈叔宝一听，正中下怀，依旧与嫔妃在酒楼取乐。又有急报城关陷落，孔范却说："边将欲作功劳，妄言事急，臣每患官卑，虏若渡江，臣定做太尉公矣。"这些奸佞阿谀之臣除了陪陈叔宝花天酒地吟诗，还谎编传言，控制舆论，编造莺歌燕舞的好消息，说隋军战马在路上中邪死了许多。孔范还为此打趣："可惜，此是我马，何为而死?"惹得陈后主与众美姬笑作一团。

陈叔宝之父陈霸先本勤于政务，留下不少良将谋臣，大臣毛喜屡次谏诤，被陈后主贬谪出朝。右卫将军傅縡看不惯江总、施文庆、沈客卿等狎客媚臣，上奏请陈叔宝戒酒色，远小人，结果被陈叔宝赐死。老臣章华对陈叔宝将"谄佞谗邪"之辈"升之朝廷"发表异议，也被斩首。孔范窥知陈叔宝心思后乘机进言："外间诸将，起自行伍，统不过一匹夫敌，若望他有深见远虑，怎能及此?"陈叔宝竟信其言，将擅长带兵的大将革职，剥夺兵权，而让一些酷吏媚臣得以升迁，令陈朝人心涣散。而隋兵连捷的告急文书也被孔范等人压下。不久，陈朝终于灭亡。

隋文帝登基，孔范又想投其所好，据史载："隋文帝以其奸谄，流之远裔。"好作秀的孔范最终没有出头日子了，其终不详。

杨坚之误

杨坚

中国历史上的好皇帝屈指可数。如果要我说出五个好皇帝，窃以为隋文帝杨坚便是其中之一。

杨坚之父杨忠是周王朝的开国功勋，官封隋国公。杨坚（541—604）14岁入仕，其父杨忠死后，杨坚袭父爵。他“貌瑰伟”，“美须髯”，“武艺绝伦”，引起朝臣褒贬。齐王宇文宪屡次向北周武帝宇文邕进言，说杨坚“相貌非常，臣每见之，不觉自失，恐非下人，请早除之”。内史王轶也说“杨坚貌有反相”，宇文邕便让相士赵昭私下为杨坚看相，赵昭与杨坚友善，便说杨坚不过是将军之相。宇文邕这才放过了杨坚。待宇文赟即位，他对杨坚猜疑更大，不止一次说要杀杨坚，但杨坚处之泰然，几次化险为夷，杨坚后来想了一个办法，说自己有出藩之意，宇文赟高兴地同意了。杨坚离开朝廷后，宇文赟越发沉湎女色淫乐，22岁就死了。他7岁的儿子周静帝宇文阐即位，杨坚返回朝廷，后来迫使周静帝下诏禅让。杨坚即位后，又废梁灭陈，终于一统天下。

隋文帝杨坚的功绩在于：一是结束了中国两百多年的分裂；二是确立了三省六部的中央机构（持续到清朝），改变了“民少官多”的用人制度，并废郡，将三级地方机构改为州、县二级制，淘汰大量冗官；三是九品以上官员，一律由中央任免，禁止地方官录用僚佐。并规定官员奖罚制度，为三年任期制；四是开创科举取士，让有能力的寒门子弟脱颖而出，科举制一直留存了一千三百多年；五是统一币制，废除古币与私人铸造钱币；六是颁布“人过五十，免役收庸”，“战亡之家，给复一年”等仁政措施。杨坚在位时还微服出访，纠正冤案，事必躬亲，识拔人才。其制定的《开皇律》以缓刑薄赋、与民休息为内容，并打击地方豪强，抑制贪官污吏来加强中央集权。

杨坚新政，使隋王朝呈现一派繁荣景象。隋朝“开皇之治”，也为后来盛唐的辉煌打下了基础。杨坚被列入“全世界一百名出类拔萃的帝王”名录。他开创的科举取士制为后来的英美两国政要称赞，并借鉴其利。

更难得的是，杨坚本人节俭爱民。他幼时生长在寺庙中，素衣素食，他当上皇帝仍旧重素不重肉，不戴金玉饰品，教育儿子与大臣要节俭，说奢华难能久治长安。其妻独孤皇后原是鲜卑大贵族，周朝大将军独孤信之女，其人聪颖机智，每次临朝，独孤皇后与杨坚同辇而进，至阁乃止。她暗中监察朝政大小事宜，婉言进谏，协助隋文帝治国，时称“二圣”。独孤皇后治国不讲情面，其表弟崔长仁奸淫妇女，杨坚本想免其罪，独孤却将其处以死刑。独孤皇后庄言慎容，但生性妒忌，不容杨坚近女色，杨坚子女，皆由独孤所生，后宫佳丽，如同虚设。有一女子偶尔与杨坚有染，即被处死。宫内竟无花粉美饰。

杨坚本传位于长子杨勇，杨勇好学而性宽厚仁慈，但缺点是率意任性，不会矫饰，其生活奢侈，颇多美姬。独孤皇后本对美艳女子绝无好感，又见太子宫内美姬如云，就对杨勇徒生反感。

杨坚次子晋王杨广性狡诈诡谲，好矫饰逢迎，他宫中美女亦无数，但为了取悦母后，故意将他与姬妾所生骨肉掐死，造成他只有与原配夫人所生之子。一次杨广闻讯杨坚夫妇来晋王府，便将全府美姬隐藏，留下几个又老又丑的宫女，还让她们身穿粗布服饰，博得杨坚夫妇的好感。后又陷害杨勇，并假仁假义哭诉，“未能感化长兄，臣儿之罪”，最后导致杨勇被废。

杨坚病重时，杨广趁机调戏杨坚之妃，杨坚顿时醒悟：“独孤诚误我，枉废我儿。”急召杨勇。杨广闻讯，竟勾结大臣杨素暗中害死父亲，伪造诏书，逼其兄杨勇自缢，夺取了皇位。

作为一个节俭勤政之君，纵能洞察一切，开创历史，但最后还是被其选定的接班人所害，此乃杨坚致命之误也。

封德彝之揣

封德彝

封德彝（568—627），别名封伦，字德彝，今河北景县人。他祖父封隆之是北齐太子太保，父亲封子绣曾任通州刺史。封德彝少年时“才略过人”，被长者认为日后“必能致位卿相”。他最初在隋朝大臣杨素手下当行军记室，颇得杨素常识，后结为姻亲。

隋开皇末年，隋文帝派杨素督造仁寿宫，杨素命人大动土木，“规构鸿侈”，造得相当豪华。杨素本想拍杨坚马屁，不料崇尚节俭的隋文帝一看之后，大为恼火，当面训斥杨素：“殚百姓之力，雕饰离宫，为吾结怨于天下。”杨素大惧，赶紧把封德彝找来商议对策，封德彝轻松笑道：“公当弗忧，待皇后至，必有恩诏。”杨素听了半信半疑。翌日，隋文帝果然变怒容为笑颜，还嘉奖杨素说：“公知吾夫妇老，无以自娱乐，而盛饰此宫邪?”杨素回府后便问封德彝何以未卜先知，封德彝一语道破：“至尊性俭，故初见而怒，然雅听后言。后，妇人也，惟丽是好，后心既悦，帝虑必移。”一番话说得杨素大为佩服，他连连夸奖封德彝说：“揣摩之力，非吾所及！”从此，杨素越发器重封德彝，把堂兄的女儿嫁给了他。

由此可见，封德彝的“才略过人”，即“揣摩之术”。他特别善于揣摩与分析形势和上司的心理，擅长察言观色，投其所好。隋炀帝执政时，他帮助大臣虞世基弄权，“阴为裁画”，败坏朝政；但同时又暗中投靠宇文化及，待宇文化及发动政变，他摇身一变为宇文化及的内史令。宇文化及兵败后，封德彝又归附唐高祖李渊。

唐高祖李渊的太子李建成与秦王李世民之间时有明争暗斗，封德彝决定脚踏两只船，他一方面维护李建成的太子地位，另一方面又跟从李世民东征王世充，与两个人的关系都打得火热。他曾暗中对李渊说："秦王自恃有功，位居太子之下，心中不服，若不早立他为太子，则要尽早采取措施。"但当时"高祖将行废立，犹豫未决，谋之于伦（封伦），伦固谏而止"，由此可见，李渊当时想废李建成立李世民之际，曾找封德彝商议过，封德彝这次是对李世民投了反对票。并暗示李建成要保太子地位，赶快下狠心干掉李世民，但与此同时，封德彝又对李世民大表忠心，大拍马屁，让李家兄弟两个对手，都以为封德彝是自己的心腹谋臣。

李世民当上皇帝后，对助己夺位有功之臣封赏，封德彝由吏部尚书升为尚书右仆射（宰相），封邑六百户。贞观初年，一些大臣上书唐太宗，请他"耀武扬威，讨伐四方"，封德彝也上奏，称百姓骄逸难以教化，赞颂秦朝暴政，西汉王道霸道兼用。幸亏魏徵对此反对，劝谏唐太宗施行仁政，驳斥了封德彝的言论。唐太宗最终采纳了魏徵之谏。

由于封德彝擅长把官场的人际关系经营得四平八稳，其阳奉阴违、两面三刀之术，也让很多人吃足了苦头。当时左仆射（宰相）萧瑀与封德彝商议国事，封总是一味附和赞同，可一到唐太宗李世民面前，封德彝总会说出不同意见，并且让李世民对他的意见刮目相看。但当唐太宗李世民要他推荐人才时，封德彝却始终不推荐，唐太宗批评他不尽力，封德彝回答："非不尽心，但于今未有奇才耳。"这让唐太宗为之恼火："君子用人如器，各取其长，古之致治者，岂借才于异代哉？正患己不能知，安可诬一世之人。"

封德彝的品格虽然低下，但手法十分阴险，"所为秘隐，时人莫知"。他"外谨慎，居处衣服陋素"。也就是说，从表面上看，封是个"廉洁之士"，外表和气，服饰与住宅都很简朴。其实，封"交官府，贿赠狼藉"，只因为封"善矫饰，居之自如"，"人莫能探其膺肺"。

封德彝卒年 59 岁，赠司空，谥号明。但不久，大臣唐临追劾封德彝"乃肆奸谋，荧惑储藩"，要加以严究。唐太宗李世民通过调查，这才认识了封德彝的两面三刀与"揣摩之术"，黜其赠官，削其所食实封，改谥缪。这个左右逢源的奸佞终于落得了应有下场。

魏徵之谏

魏徵

在古代，“文死谏，武死战”。综观一部中国封建史，魏徵可称得上最有名的谏臣之一。

魏徵（580—643），字玄成，唐代巨鹿（今河北）人，少时孤贫，当过道士。隋末战乱，他投瓦岗起义军，曾献计十条，惜李密不用。瓦岗军失败，魏徵在唐太子李建成手下掌管图书文籍，任太子洗马。当时李建成与秦王李世民兄弟关系形如水火，魏徵很有眼力，他看出李世民志向不凡，手下骁将众多，便劝李建成早下手为强：杀李世民。“玄武门之变”后，李世民杀李建成、李元吉，有人向秦王告发魏徵，李世民派人找来魏徵，责问道：“你何故挑拨离间我们兄弟？”魏徵坦然自若回答：“可惜太子未听我言，要不然也不会有今天这个结局。”李世民见魏徵刚直而有胆略，便把他收在帐下，任詹事主簿。

秦王李世民登上帝位后，想励精图治，便召集众臣贡献良策，众臣见李世民礼贤下士，纷纷献计献策，其中以魏徵的谏议最有水平。他进谏的主要内容是要李世民先医治隋末战乱带来的创伤，除去隋炀帝奢侈靡华之风，让百姓休养生息，并废除隋末的严刑峻法，在王法面前，大臣与平民犯罪一律同法。当时大臣皇甫德曾言辞激烈上书：“修洛阳宫，劳人；收租，厚敛。”唐太宗勃然大怒，要治皇甫德讪谤之罪，魏徵谏道：“激切不是讪谤。”致使唐太宗顿然醒悟：“朕若责此人，则谁敢言之。”古代皇帝都以封禅为帝王盛事，一些爱拍马的大臣纷纷歌颂唐太宗英明，屡次提出要东封泰山，魏徵却泼了唐太宗冷水，他认为尽管“贞观之治”让天下国泰民安，但粮仓还不够坚实，如千骑万马东巡，一路上必然劳民伤财，他几次请唐太宗以“亡隋为鉴”。由于魏徵多次在朝廷上反对唐太宗的举措，使唐太宗屡次下不了台，唐太宗一次退朝后，余怒未息骂道："总有一天，我要杀了这个乡巴佬！"不料，长孙皇后却换了礼服，向唐太宗祝贺，唐太宗忙问何故？长孙皇后奏道："英明的天子才有正直的大臣，魏徵如此正直，正因陛下英明。"唐太宗这才转怒为喜。

由于魏徵敢于直谏，纠正唐太宗不少失误，唐太宗常常把他引入内宫相见。一次，唐太宗正在宫内赏玩一只异国进贡的鹞子，正赏玩得高兴时，魏徵闯了进来，唐太宗怕魏徵说他玩物丧志，赶紧把鹞子藏在怀里，想快快打发魏徵，待他走后再玩。不料魏徵早已看在眼里，禀报公事喋喋不休，唐太宗又不敢拿出鹞子，待魏徵出外，那只鹞子早已憋死了。

有一次，唐太宗问魏徵："我看隋炀帝学问不错，也知尧、舜之好，桀、纣之坏，为什么会干出这么荒唐的事来？"魏徵从容谏道："一个皇帝单靠个人聪明是不够的，必须虚心倾听大臣的各种意见，才不会办错事。"魏徵帮助唐太宗树立了"兼听广纳"的胸怀，他主张的"兼听则明，偏信则暗"，也成了"贞观之治"的良策，魏徵也成了唐太宗的股肱之臣。

魏徵一生为官清正，生活十分简朴。贞观十六年，魏徵染病，唐太宗去慰问，魏徵不顾重病，仍直言唐太宗近日有言行不一的做法。唐太宗见魏宅内竟无正堂，便下令停止宫内建造小殿，用其木材为魏宅修了一个正堂。魏徵卒于贞观十七年，时年63岁。唐太宗亲自撰写碑文，还将魏徵的画像置于凌烟阁内，又对众臣言道："人以铜为镜，可以正衣冠；以古为镜，可以见兴替；以人为镜，可以知得失。魏徵没，朕亡一镜矣。"

魏徵死后，随李世民征战四方、屡建奇功的唐初名将侯君集（名列凌烟阁二十四功臣之一），因卷入太子李承乾谋反事件，被处死。因魏徵生前与侯君集相善，并向李世民推荐过侯君集有宰相之才，唐太宗疑其为侯党，派人推倒了魏徵的墓碑。贞观十九年，李世民亲征高丽，虽胜之而后悔，慨然叹道："魏徵若在，不使我有是行也！"遂重立魏徵墓碑，祭祀魏徵。

在中国历史上，刚正不阿、敢于直谏的大臣不知有多少，魏徵以面陈谏议五十件，上疏二百余策，文字谏议"数十余万言"而名垂青史，这与李世民敢于纳谏的胸怀有关。惜古之君王李世民者，凤毛麟角也。

李义府之佞

李义府

唐人李义府（614—666）出身寒微，容貌俊秀，乖觉伶俐，很讨人喜欢，8岁时名扬乡里，21岁因文才出众被推荐至长安，获御史马周赏识。

一日，唐太宗在上林苑宴请众臣，李义府随马周入席，唐太宗在席间以“咏鸟”为题，欲试众人才情。他话音才落，李义府抢先吟道：“日里飏朝彩，琴中闻夜啼。上林如许树，不借一枝栖。”唐太宗闻言大喜：“我当全林借汝，岂独一枝耶？”后经马周推荐，唐太宗面试李义府，李义府从容对答如流，被封为监察御史、诏侍晋王（即太子李治）。

唐代监察御史仅八品，但却掌管监察百官、巡视郡县、纠正刑狱、肃整朝仪之权。李义府“貌状温恭，与人语必嬉怡微笑”，很会与人搞关系，处事也勤勉，还专门写了一篇《承华箴》的文章开导李治，唐太宗为此下诏，让李义府与一些文才佼佼者共修《晋书》。

表面一本正经的李义府，其实私心很重，他到洛州巡视，见狱妇淳于氏姿色出众，就嘱大理丞毕正义为妇人雪罪，后事情败露，李义府推得一干二净，毕正义被迫自杀，御史王义方知情弹劾，李义府玩弄手腕，贬王义方出京。这只是李义府在仕途初试手腕。

唐太宗、马周病死后，顾命大臣长孙无忌全面掌权，李义府对长孙无忌亦笑脸相迎，但长孙无忌对这个举止温恭、口吐莲花的李义府却看不顺眼。他发现李义府做了一点事，就喜欢处处作秀，很看不惯。长孙无忌欲把这个佞臣调到四川壁州去当司马。

李义府消息灵通，他获悉后，便去求教中书舍人王德俭，王德俭为人狡诈且多智，为李义府出了个主意，让他上书唐高宗恳请册封武昭仪（即武则天）为皇后。

当时满朝文武都反对唐高宗“废王立武”，李义府上书后，当天就获唐高宗与武昭仪接见。原来李治宠爱武氏，几次欲立为后，却无朝臣支持，李义府此举，让李治喜出望外。他问李义府何以支持“废王立武”？李义府当即回答：“立武昭仪为皇后，是顺应民心，我只是说出了天下老百姓的心声。”这句话说得李治、武则天笑逐颜开，翌日即提升李义府为中书侍郎。

随着武则天立为皇后，武氏地位越来越高，李义府在朝中也日益显赫。武则天杀害长孙无忌后，将李义府升为宰相。

但李义府得意了没几天，就闷闷不乐。原因是他出身卑微，又是靠谄媚武氏上位，许多朝臣看他不起，送了个“李猫”的绰号给他，议论他“阴贼褊忌著于心”。

正在这时，有个出生“赵郡李氏”贵族的李崇德向李义府献媚，他把李义府名字添入族谱，李义府从此成了名门大族中的一员。李义府也当即把李崇德提拔为五品官位。而一些看不起李义府的小人也纷纷来与李义府套近乎、攀亲戚，这让出身庶族的李义府大喜过望。

这出闹剧不久，一些正直的官员公然与李义府叫板，杜正伦便与李义府互骂，这个杜正伦很有来头，是唐高宗的亲信。最后唐高宗各打五十大板，两人同时贬官。

李崇德马上翻脸，把李义府从族谱中除名。但不到一年，武则天又让李义府当了宰相，李义府上任后即把李崇德下狱，还命他撞墙，李崇德最后惨死。这事让朝臣们对李义府侧目摇头。

李义府为取悦唐高宗，请术士望气，术士骗他，若家中有2000万缗即可升官。李义府开始卖官捞钱，长孙无忌死后，其孙长孙延没官职，李义府开出给700缗可获六品官位。他勒索不久，案发，被唐高宗免去宰相之职，流放巂州。

李义府一直幻想重返长安当官，但唐高宗没反应。公元666年大赦天下，因李义府阴柔谄媚之佞行，未被列入大赦名单。李义府不久在郁郁寡欢中病死，卒年53岁。

骆宾王之坎

“初唐四杰”之一的骆宾王（619—约687），义乌人。其父为县令，早亡，家贫。他自幼聪颖好学，被誉为“神童”，那首流传至今的《咏鹅》诗，即为他童年时所作。骆宾王因才名被道王李元庆赏识，为东台详正学士。道王让他自述其能，他自负而耻于自炫，更不屑于交际。才高遭妒，因事被谪。后入蜀，在李义府幕下，李义府征讨叛乱，文檄多出其手。李义府时称“李猫”，为人笑里藏刀，骆宾王不久离职而去。

骆宾王

初唐时，近体的绝句与律诗还处于摸索阶段，当时流行的是七言歌行，骆宾王在蜀中与卢照邻（亦为“初唐四杰”之一）吟酒唱酬，引人注目。骆宾王“富有才情”，他吸取六朝乐府中辘轳辗转的形式，又加入律诗的对仗与韵律特点，成功写出了长篇歌行《帝京篇》。此诗词句整齐而流利，音节婉转而和谐，形式灵活而跌宕，抒情叙事，声情并茂。《帝京篇》成为当时的绝唱，骆宾王也一举成名。骆宾王之后的张若虚（《春江花月夜》作者）以及盛唐的王维、李颀，中唐的白居易、元稹，乃至清初的吴伟业，他们的长诗都不同程度受到了骆宾王《帝京篇》风格的影响。

骆宾王写《帝京篇》走红后，因才名显赫，更加敢于直言议政，褒贬是非。仪凤三年，他调任长安主簿，不久升迁为侍御史。当时武则天与高宗并称“二圣”，唐天子犹如傀儡。作为一个传统文人，骆宾王相当看不惯武氏的所作所为，多次直言上书，讽刺武氏乱政。武则天重用酷吏，当时满朝文武大臣都以沉默对抗，而骆宾王却敢于直言讽刺武则天，批评其弊，不久被武氏下狱。

骆宾王在狱中写了一首非常有名的五言诗《咏蝉》，其诗曰："露重飞难进，风多响易沉。无人信高洁，谁为表予心？"托物寄兴，寓意深远。骆宾王的五言诗脍炙人口，虽其诗平仄声调还不够规范，但格高韵美，词句朗耀，字里行间有一种清新俊逸之气，为后代文学家胡震亨、何景明所赞赏。

翌年，李唐政权大赦，骆宾王出狱。后出任临海县丞，他认真治理地方，时人称其"骆临海"。公元684年，武则天废中宗独揽大权，令骆宾王十分震惊，这年秋天，李唐名将李勣之孙李敬业（原名徐敬业）在扬州起兵反武则天，骆宾王赶去投诚，任艺文令，掌管机要文书。李敬业以勤王之名，要匡扶唐中宗复位，请骆宾王写《讨武曌檄》，以此号召天下。

骆宾王鄙视武氏专权，并有男宠张易之兄弟，立即一挥而就写成檄书。其文慷慨激昂，有气吞山河之势，文章一出，数十万人投诚李敬业，其文写武则天："入门见嫉，蛾眉不肯让人；掩袖工谗，狐媚偏能惑主"，"人神之所同嫉，天地之所不容"，"试看今日之域中，竟是谁家之天下"，一时传为名句。武则天当时读此文，读到"一抔之土未干，六尺之孤何托"两句，为其才情所动，不由叹道："宰相安得失此人？"

不久，李敬业兵败被杀，骆宾王的归宿有几种记载：《新唐书》载，"亡命不知所之"；《资治通鉴》载，骆宾王与李敬业同时被杀；《朝野佥载》称骆宾王投江而亡；而孟棨的《本事诗》另有一说，"当敬业之败，与宾王俱逃，捕之不获"，"敬业得为衡山僧，年九十余乃卒。宾王亦落发，遍游名山。至灵隐，以周岁卒"。

另据《灵隐寺志》载，宋之问被谪江南，夜游灵隐寺，见月色皎洁，不由吟道："鹫岭郁岩峣，龙宫锁寂寥"，苦思不得下句，一老僧问之，宋如实而告，老僧出口成章："何不接'楼观沧海月，门对浙江潮。'"宋之问十分惊讶，翌日寻访，寺中僧人才告知，此老僧乃骆宾王。另据《潜阳唐夏骆氏宗谱》载，共有十四篇文章（多为官员或名士）提及骆宾王"由灵隐至淤潜"（於潜）。此说难辨真假，也许是后人对才华横溢而一生坎坷的骆宾王的归宿寄予了一种美好的愿望吧。

徐有功之议

徐有功

徐有功（640—702）出身于书香门第，祖父徐文远是国子监博士。徐有功少举明经，后任蒲州司法参军，当时蒲州百姓称其“徐无杖”，因徐有功任官三年，升堂时审犯人居然没有用过一次大刑，他每次用感化教育的方法，令犯罪者惭愧认错，并有不少人从此悔悟自新。

徐有功因民间有佳誉，便不断升迁为司刑丞、刑部郎中、侍御史等职，他长期在司法任上为官，既能下察民情，不肯冤枉一个好人；又好议政，敢于发表明辨是非的见解。

永昌元年，武则天以皇后身份临朝执政，后来她又自称“圣神皇帝”，改国号为周，以武姓取代李姓皇帝，这便引起李氏旧臣与李氏宗室的一致反对，唐宗室李冲、李贞与徐敬业先后举兵讨伐，武则天一方面派兵镇压，另一方面重用酷吏，以此震慑在朝大臣。为了及时了解官吏动向，她命人在全国各地设立告密箱，凡告密有功者，皆加重用。于是，来俊臣、周兴这样一些市井无赖便被提拔为司法要臣，成了徐有功的顶头上司。

由于告密之风日盛，冯敬同密告魏州贵乡县县尉颜余庆与当年起兵的唐皇室李冲有关，武则天当即命令来俊臣将颜余庆逮捕至京城提审。来俊臣办案一向好揣摩女皇心思，便用严刑拷打，判颜余庆为“魁首”（主犯），予以处死。此案转到司刑寺，司刑丞徐有功觉得证据不足，他是一个敢于直言的人，便以武则天颁布的《永昌赦令》为据，认定颜不符“魁首”，至多是个“支党”，结论应该是“流放”。

来俊臣对此很恼怒，而另一酷吏魏元忠也上奏武则天，要将颜余庆按“魁首”罪处以死刑，徐有功不服，他当即奏道：“陛下已发布《永昌赦令》，魁首（李冲、李贞）已诛，读颜余庆之供词，他仅为漏网之支党。如陛下赦而复罪，又如何面对天下人？”武则天见一六品小官居然敢反驳她的命令，发怒责问，徐有功却神色自若，慷慨陈词，武则天终于平息怒火，她冷静下来才发觉徐有功议之有理，改死罪为流放。

徐有功在司刑寺任职三年，纠正不少冤假错案，救人无数。后升迁至刑部员外郎（五品），担任复核判决重任。酷吏周兴一日交徐有功一份唐宗室李仁褒兄弟谋反案，徐有功阅后说道：“兄弟俩练武比箭，岂能定为叛逆造反？”周兴便诬陷徐有功袒护谋反之罪，将徐有功定为死罪。武则天明知徐有功忠心护法，但对他屡次敢于顶撞自己十分不快，于是她虽没同意周兴主意，但还是将徐有功削职为民，这一次，徐有功连与武则天争辩的机会也没有。

长寿二年，武则天又启用徐有功，任命他为侍御史（六品）。他上任后，润州发生一起庞氏案，庞氏原是唐睿宗李旦的岳母，因女儿德妃被武则天处死后，心智失常，在夜间焚香驱鬼，当地官吏薛季昶为迎合武氏，捏造庞氏咒骂武则天，将庞氏判为死刑。徐有功上奏：“滥杀无辜之人，有关大唐法律法度，请陛下三思。”薛季昶乘机挑拨：“徐有功为死囚强辩，目无皇上，应斩首。”徐有功下殿后回家，有位好友赶来，劝徐有功早想办法逃走，但徐有功决不肯一走了之，他坦然回答：“权不能大于法，若我为执法而死，也死而无憾。”

徐有功后被押赴刑场，他毫不畏惧，武则天在一些老臣劝谏下，免其死罪，又将其流放，而那个庞氏也改判为流放。

徐有功在司法任上办案十五年，办大案六七百件。他三次被酷吏构陷为死罪，但他三次被赦后也不阿谀奉承，始终以事实为依据断案，矢志不渝。徐有功一生公正无私，武则天心中对其暗暗佩服，徐有功死后被追赠为大理寺卿，唐中宗即位后加赠徐有功一品头衔。

宋之问之谄

宋之问

在初唐诗坛，陈子昂与“初唐四杰”排在前列，其后便是沈佺期、杜审言、宋之问，宋写的五言诗还不错，最有名的是“近乡情更怯，不敢问来人”。但其人其行，却令时人所不齿。

宋之问（约656—约712），字延清，名少连，汾州（今山西汾阳）人，其父宋令文“富文辞，且工书，有力绝人”，宋令文不仅文章写得好，擅长书法，还力气过人。他被唐高宗封为左骁卫郎将，还当过东台详正学士，负责图书旧籍校理。宋之问受其父影响，亦工文词，上元二年中进士，以才名与杨炯被召分直内文学馆。武则天执政，宋之问自言“攀君王之桂树”，写了不少歌功颂德、献媚武氏的诗文，因此从九品升为五品学士。并出入侍从，礼遇尤宠，相当于武则天的文学顾问。

武则天雅好文学，喜欢上朝时出题命群臣赋诗，左史东方虬诗先成，武则天赐其锦袍，待宋之问把诗献上，武则天对其“绮错媚婉”之文风更为欣赏，于是夺东方虬锦袍转赐宋之问。这件事今日看来是内阁文人争宠，可当时却是统治者对靡丽浮华文风之奖誉，宋之问自感“志事仅得，形骸两忘”，得意得很呢！

武则天有媚臣（男宠）张易之、张昌宗兄弟，正直朝臣皆不屑与其二人为伍。宋之问却能放下文人的清高与自尊，倾心媚附“二张”，不仅与一些帮闲文人大写献媚之词，而且居然为张易之捧溺壶，不以为耻反以为荣。

宋之问为人好作秀，性格浮躁浅薄，凡是可以扬名炫耀的场合，总少不了宋之问出头露面，表演一番。他好写一点粉饰太平、浮华空泛的宫廷文章，认为媚事武氏及张氏兄弟，是升官的捷径与保障。由于宋之问“伟仪貌，雄于辩”，被武则天任命为左奉宸内供奉，这奉宸院内供养的是一些从各地挑选来的年轻英俊男子，以陪女皇之需。这与无行文人的标准很相符合。

神龙元年，宰相张柬之与太子等人逼武则天退位，诛杀二张，迎唐中宗复位，宋之问的好运从此告结。他被贬泷州（今广东罗定县）参军，在途中写下了“近乡情更怯，不敢问来人”，一个炙手可热的四品朝官，不仅丢了京官，而且还多了一顶“附逆二张”的帽子，他想回乡一次，越走近老家却越害怕见到熟人。这两句话的感情色彩很浓，也很真实地反映了他离乡回家时的复杂心情。当时的宋之问恰似“惊弓之鸟”。

但宋之问不甘寂寞，很会钻营，次年武三思取代张柬之，他见机会来了，便赴洛阳见老朋友张伸之、王同皎，对他们又吹又拍，张盛情款待宋之问，席间谈及欲谋诛宰相武三思，宋之问假意迎合。离席后即派人去朝廷密告，张、王获罪，宋之问以出卖朋友之行擢任鸿胪主簿，“由是深为义士所讥”。

宋之问不久又上书歌颂武三思父子功德，请造唐中宗神武颂碑，这次拍马让他又获赏识，迁考功员外郎，并入选修文馆直学士。期间，宋之问拍马拍错方向，因媚事安乐公主，为太平公主所忌，被贬越州。不久，又一次宫廷政变，李隆基联手太平公主杀韦后与安乐公主，宋之问被赐死于桂州（今桂林），卒年 56 岁。

有人因宋谄媚武氏而被赐死为其惋惜，其实大错。据《辞海》载，宋之问外甥刘希夷也系上元进士，擅长诗歌，诗风委婉华丽，有“年年岁岁花相似，岁岁年年人不同”之句。宋之问欲占为己有，希夷不允，宋之问竟暗中派人用土囊将其弄死，刘死时还不到 30 岁。娘舅因妒才而嫉杀外甥，无行文人充当杀人凶手，宋被赐死，实是罪有应得。

宋之问擅长五言诗，文辞华丽，对律诗定型作了颇多尝试，存辑本《宋之问集》二卷。

上官婉儿之弄

上官婉儿

上官婉儿（664—710），今河南陕州人，是初唐诗人上官仪的孙女。上官仪在贞观初擢进士第，授弘文馆直学士，在唐高宗龙朔二年，官至宰相。由于武则天在朝中飞扬跋扈，令唐高宗李治十分郁闷，上官仪建议废后，李治让他起草诏书。不料武则天涕泣陈请，娇态媚上，事遂中辍。唐高宗与武则天又复和好，这让武则天从此深恶上官仪。至麟德元年，武则天杀上官仪与婉儿的父亲，刚出生的上官婉儿与其母郑氏沦落为奴婢。

上官婉儿从小聪颖早慧，在郑氏教育下刻苦攻读，少年时即能吟诗作文，名声在外。她14岁那年被武则天召入命题作文，婉儿文不加点，须臾而成。武则天见其辞藻华丽而文理流畅，下令免其奴婢身份，并让婉儿掌管宫中诏命。由于婉儿个性强，又初涉宫中事务，不久因罪欲诛，武则天怜其文才，仅处黥面而免死罪。

从此，上官婉儿变了一个人，她完全忘却祖父、父亲被杀之旧事，开始曲意伺奉武则天。她在与武则天的朝夕相处中，逐渐学到了武则天精明强干而极有心计的处世之道。她从一个有杀父之仇的女儿，演变为一言一行以武则天为楷模的女强人。由于她日益获武氏信任与器重，武则天让她参与朝廷政务，处理百司奏表，上官婉儿权势日甚。

唐高宗卒后，唐中宗即位。武则天以太后身份临朝，她令众臣献应制诗，为提高女人的地位，武则天让上官婉儿品评诗之优劣。当时，以沈佺期与宋之问的诗名最盛，两人又互不服气，上官婉儿对两人诗句的格律、声韵、诗风一一作了分析，“称量人才，其所甲乙藻鉴特精”，满朝文人在武氏淫威下服其点评。上官婉儿评诗，很重视诗的格律，客观上对唐代律诗的定型起到了作用。

武则天废李唐自立为帝，上官婉儿凭其才干又成为武周王朝的政治核心人物。唐中宗复位后，上官婉儿再度专掌起草诏令，并拜为昭容。上官婉儿深得唐中宗、韦皇后恩宠信任，她曾劝说唐中宗设置昭文馆学士，选李峤等二十余人为馆内文士，提高文学地位，推动诗歌创作。

上官婉儿自己诗作很多，虽为应制之作，但间有佳句，其诗“才思鲜艳，笔力疏爽”。由于上官婉儿的提倡，初唐吟诗作赋成风，一些诗人也被引入宫中参加宴乐，不少文人还以被上官婉儿品评诗作为荣。中书侍郎崔湜与上官婉儿私通，竟被荐为宰相。崔湜在主持铨选时多有违失，依靠上官婉儿与安乐公主为其辩护而不失其位。

神龙二年，武三思依靠韦后与安乐公主等人的支持，大杀朝臣张柬之、桓彦范、敬晖等大臣，权倾一时。在腥风血雨中，上官婉儿不仅安然无恙，还成了武三思的情人。

太子李重俊在景龙元年与羽林军头目李多祚带三百余人，杀武三思等人，并搜捕上官婉儿。上官婉儿逃至内宫扬言：“观太子之意，是先杀上官婉儿，然后再捕弑皇后与陛下。”唐中宗、韦后保护了上官婉儿，太子兵败被杀。

景龙四年，太平公主权势日盛，上官婉儿又依附太平公主。当年六月，唐中宗被韦后与安乐公主毒死，上官婉儿与太平公主密谋欲立李重茂为太子，相王李旦参决政事。不料，临淄王李隆基率羽林军入宫杀韦后及其党羽，上官婉儿执烛迎接，并将遗诏献给李隆基，想求其不治死罪，但李隆基察觉上官婉儿弄权日甚，反复无常，其人不可不杀，遂令人斩其首级于旗下。开元初年，李隆基怜上官婉儿之文才，将其诗作编成二十卷文集，令大臣张说为之作序。

综观上官婉儿一生，确实风云变幻，跌宕起伏。她先后周旋于唐高宗、武则天、唐中宗、韦后、太平公主之间，在唐初政治舞台上，她或韬晦，或大胆，或雅致，或淫乱，或沉着，或借力，弄权于文人墨客与各派政治势力之间，长袖善舞长达三十年，卒时正好44岁。无论对其是褒是贬，她在当时也算得上是女中丈夫也。

周兴之恶

周兴

周兴原是唐代的一个小人物，生于何年不详，他是长安京县人，少年时学过律法，在唐高宗时担任过河阳（今河南焦作市）县令，因办事能力强，有人向朝廷推荐周兴。唐高宗亲自召见他，有提拔之意。但后来唐高宗发现周兴未参加过科举，唐代以科举取士，于是便把周兴升迁的事搁了下来。很有“官瘾”的周兴一再托人打听，但都没有回音。宰相魏玄同出于同情心，见周兴等得可怜，便婉转告诉周兴，让他回县城不必再等待了。周兴本来心胸狭窄，嫉妒心又重，于是便怀疑是魏玄同从中作梗，魏的一片好意反而使他产生了怨恨，并决定日后一定要残忍报复。

唐高宗卒后，由太子李显即位，即唐中宗。唐中宗的母亲武则天非常强势，屡受挤压的李显不服，因而被武则天废了，另立李旦为唐睿宗，并大改体制，为自己登基作准备。为此引起满朝文武的不满，英国公李敬业首先举兵反对，被武则天派兵镇压了。

武则天因李敬业起兵一事，发现朝廷内外有一股拥护李唐王朝而反对自己的势力。于是她下令鼓励告密者：州县有人上京告密，沿途官吏要派遣车马相送，并在途中提供食宿。所告之事经她核实，轻则赠金银财宝，重则授官封爵。由于武则天大力支持“告密”，一大批酷吏应运而生，其中索元礼、周兴、来俊臣便是此类恶棍。在唐太宗执政时，有人告密房玄龄谋反，唐太宗听也不听，便将此人杀了。他认为兴告密之风，必然有违开明盛世。当时朝廷曾明令规定，官吏不准投书告密。但周兴却赌了一把，写了一封告密之信，投给武则天。武则天赏识周兴的勇气，任为掌管狱制。

由于周兴不断参与告密行动，不久又从尚书都事提拔为秋官侍郎，在他的告密中，上千无辜者因其告密而被处死。

大臣郝象贤的祖父曾在唐高宗时任宰相，在高宗病重时，因反对武则天摄理政务而引起武则天怨恨，现在有人诬告郝象贤，武则天便命周兴审郝。周兴伙同索元礼、来俊臣设计制作了许多可怕的刑具，让被告者见之而惧，很多无辜者经不起酷刑而求速死，因此对于罗织的罪名只得招供。周兴揣摩武则天的心意，便宣布对郝家灭门。郝象贤在赴刑场路上大声辱骂武则天，周兴便让人用木头塞在郝象贤的嘴里。从此以后，犯人处死，开了用木头堵嘴的先例，此乃周兴作恶之一。

武则天要夺取李唐天下，便开始清洗李唐宗室，具体执行人便是周兴，周兴先后将唐太宗李世民的弟弟韩王李元嘉与鲁王李灵夔、唐太宗妹妹常乐公主与其丈夫赵瑰等几家人满门抄斩。周兴还以媚谄之态向武则天献计，剥夺李姓宗室的皇族身份。在三年中，周兴所杀李唐宗室与朝廷名臣不知其数，京里百姓见自己的孩子啼哭，就说周兴要来了，孩子便吓得不敢哭。弄得京城内外，人人自危。

对于魏玄同，周兴当然不会放过，魏被诬陷入狱，监察御史房济知魏玄同冤枉，便对魏说："大人何不告密，冀得召见，可以自证。"魏玄同叹了一声："人杀鬼杀，亦复何殊，岂能作告密人邪！"他临死前的掷地之声，如一颗流星划破历史黑暗的天幕。这个曾任唐高宗、武则天两代的宰相，惨死于周兴之手。

武则天重用周兴等酷吏，也是利用他们。她一方面起用狄仁杰、姚崇、郭元振等名臣，另一方面也随时准备杀死臭名昭著的酷吏，有人告发周兴与左金吾大将军丘神勣合谋造反，武则天便命来俊臣审理此案。来俊臣请周兴赴宴，他在宴席上请教周兴："囚犯若不认罪，有何法让其招供。"周兴说："这很容易，设一大瓮，用炭火烧旺，请囚犯入瓮，他岂能不招？"来俊臣面孔一板，说武后让我审你，令周兴入瓮，周兴顿时惶恐万状，叩头服罪，此乃"请君入瓮"一词的由来。

周兴害人无数，作恶多端。武则天将其流放，在流放途中，周兴因结怨太多，被仇家所杀，终于恶贯满盈而死于异乡。

张九龄之仪

张九龄

唐朝开元年期，世称盛唐之盛世，出了一位贤相张九龄。

张九龄（673—740），字子寿，今广东韶关人。他是西汉张良之后裔，世代为官。九龄自幼聪颖好学，五六岁会吟诗作对，誉为“神童”。他七岁春游宝林寺，在路上摘了朵桃花，这时韶州太守来进香，他赶紧将花藏于袖中，不料已被太守看见。太守见这小孩子举止神色自若，便说：“你莫非想吃供果？我出个对子，你对上了，给你吃。”张九龄不怯场，一口允应。太守指着小九龄袖子说，“白面书生袖里暗藏春色”，张九龄接口应道：“黄堂太守胸中明察秋毫。”太守一惊又出一对子，“一位童子，攀龙攀凤攀丹桂，”张九龄抬头见佛，信口回答：“三尊大佛，坐狮坐象坐莲花。”众人无不赞叹张九龄小小年纪才思敏捷。

张九龄好学不倦，在长安二年登进士第，为考功郎沈佺期赏识，授校书郎。长安三年，当时文坛领袖张说阅张九龄文章，连声称赞。张九龄于神龙三年应吏部考试，授秘书省秘书郎。唐玄宗李隆基为识拔天下文士，亲自策问，张九龄因其对策优等，升为右拾遗。因此，张九龄初入仕途，一帆风顺。

张九龄为人正直，敢于直言，屡次与上司发生矛盾。当时任相的姚崇深为唐玄宗器重，张九龄几次提出不同意见，令姚崇不满，被贬到岭南。后来张说当了宰相，照说张说十分赏识张九龄，张九龄却不附从，他对吏部考察人才重皇城、轻地方的政策提出异议。张说安排唐玄宗东巡泰山封禅，让其亲信随同，张九龄认为此举不妥，他建议张说改变随行人员名单，重选清流高品之士为随员，但张说不听，结果遭致非议。御史中丞宇文融乘机弹劾张说，张说被罢免了知政事官职，张九龄也受牵连调出京城。

开元九年，张说第三次出任宰相，他推荐张九龄当了集贤院学士。两年后，张九龄任集贤院副知院事，奉旨代撰敕文。张九龄长得仪表堂堂，风度飘逸，其仪态超群，风度皆在众臣之上。他对御而作，不需草稿，援笔立成，深为唐玄宗所倚重，先后调任中书侍郎，后为工部侍郎。开元二十一年，张九龄任中书门下平章事（宰相），兼修国史。

张九龄不仅学识超群，而且善观人之邪恶，李林甫不学无术，因会奉承皇帝，也窃居高位，他想推荐牛仙客掌管政事，遭张九龄几次回绝。唐玄宗宠爱的武惠妃欲废太子而立自己儿子一事，游说张九龄，遭张九龄怒斥。对于李林甫、安禄山其人其事，张九龄也早就明察秋毫，几次劝唐玄宗远离奸佞，并断定安禄山有作乱之相，可惜唐玄宗李隆基晚年昏庸，不纳忠言。

张九龄曾保举长安尉周子谅为监察御史。周子谅话凶吉惹怒玄宗，累及张九龄。张九龄由于每次上朝总是讲社会弊端，总是强调要以“王道”替代“霸道”，奉民生为主，反对穷兵黩武，薄征徭，选良吏。唐玄宗对此烦极了，趁机将张九龄降职。于是，李林甫大权独揽，唐玄宗与杨贵妃则天天歌舞升平。

张九龄虽被罢相，但他为人处世的风度却一直被唐玄宗记在心中，李林甫每次向唐玄宗推荐宰相之才，李隆基总要问：“卿推荐之人，风度如九龄否？”让李林甫等人甚为尴尬。

张九龄不仅是一代贤相，而且在文学上颇有建树，张说赞其“后出词人之冠”，他写的“海上生明月，天涯共此时”为千古绝句，他写的诗委婉蕴藉而托物言志，如《感遇》十二首，《西江夜行》《望月怀远》都为时人称颂。张九龄被贬后，于开元二十八年回乡扫先人之墓，患病去世，终年 68 岁。

唐玄宗后因安禄山作乱，逃离长安，他在仓皇逃难途中，想起了张九龄对他的多次提醒，更是痛悔不已。后派人至广东曲江祭张九龄，追赠为司徒。

窦怀贞之艳

窦怀贞

窦怀贞（？—713）出身名门世家，祖父窦彦官居隋朝西平太守，父亲窦德玄任唐朝左相，但这个“官二代”从小无浮夸张扬之风，好刻苦攻读，中进士后授清河县令，因其政绩显著，又升任为越州都督、扬州大都督府长吏。年少气盛的窦怀贞给同僚一个很不错的印象，他衣服朴素而不好玩乐，不少人都很看好其前程无量。

神龙二年，窦怀贞因名声远扬，被提升为御史大夫，兼检校雍州长吏。当时执政的是刚复位的唐中宗李显，他对窦怀贞很赏识。在李显被武则天幽禁之际，其妻韦氏对丈夫柔顺体贴，因此李显复位后，处处让妻子三分。其妻韦皇后性格强势，她仿照武则天，开始干预朝政，而李显却宽容随和，任妻决策。

窦怀贞见韦皇后大权独揽，朝内一些正直之臣被贬被杀，便转换门庭，投到韦皇后手下，他以避韦皇后父亲韦玄贞之名讳，将自己名字改为从一，以示其对韦皇后“从一而终”。李显、韦皇后在除夕之夜决定准备一个特别节目，在君臣守岁迎新之际，唐中宗对窦怀贞说：“听闻你久无妻子，朕为之操心，今替你做主，让你续娶一位新夫人。”由皇帝赐婚，窦怀贞顿时受宠若惊，连连拜谢。

不一会，众宫女引出一位身穿嫁衣、头戴红巾的女子，窦怀贞当即吟诗一首，众臣皆以为这是一位绝色佳人，待红布揭开，却是韦皇后的乳母王氏，众人皆大吃一惊，因其乳母年过半百（一说已近花甲），是蛮婢出身，面容已衰，身躯肥硕。但40开外的窦怀贞却哈哈大笑，脸露满意之色。李显当场诏封王氏为莒国夫人，由于古代乳母的丈夫称为

"阿艳"，窦怀贞在哄笑中竟以"国艳"自称，更引起众人满堂大笑。

窦怀贞以为攀上韦皇后这条线后仕途会一路高升，从此处事更为谨慎，他深知韦皇后宠信太监，于是对没有长胡须的男人也恭敬三分。监察御史魏传弓欲弹劾内常侍辅信义，他赶紧劝阻，魏传弓大声反驳："这些内侍败坏王纲，岂能不管？我纵然死了，也无足为憾。"

好景不长，景云元年，李隆基发动政变，诛杀韦皇后、安乐公主，窦怀贞深感吃惊，他闻声立即回府杀了王氏，将妻子首级献上，并改"从一"为"怀贞"，恢复原名。李隆基父李旦当上唐睿宗，他将窦怀贞贬为濠州司马。后一年，又将窦怀贞召回朝廷，任殿中监。几月后又升任为侍中，依旧行宰相之职，窦怀贞能屈能伸，逃过一劫。

窦怀贞揣摩形势，发现当上皇帝的唐睿宗十分信任太平公主，他开始向太平公主献殷勤，每次退朝后必到太平公主府上汇报请安。

唐睿宗对女儿金仙公主、玉真公主很宠爱，为两位公主营建道观，耗资数万，朝内大臣纷纷劝阻，唯有窦怀贞一人支持，他不仅支持，而且亲临道观现场督工，其族弟与大臣都劝阻："您身为宰辅，不去好好辅助天子管理国家大事，却整日忙于修道观，成何体统？"

当时，国库亏空，官员太多，各地水旱灾情严重，终于在朝廷大臣的连日劝奏下，唐睿宗只得将韦安石、窦怀贞、张说等五位宰相同时罢官，窦怀贞贬为左御史大夫。

过了半年，窦怀贞再次拜相，兼太子詹事。这年夏天，有道士为其看相，预测他近日有灾。窦怀贞信其言，辞职，唐睿宗不允，任命他为右仆射。当年八月又升迁，进爵魏国公。

其时，李旦退位，李隆基登基为唐玄宗。太平公主不服，她羽毛已丰，七位宰相中有五人是其亲信，决定密谋自立，窦怀贞起兵响应。不料，事泄，李隆基平叛，压错宝的窦怀贞逃入沟中，最后自缢身亡。唐玄宗李隆基知其反复无常，命人取其首级，并改其姓为"毒"。艳者，红得发紫也。曾经在政坛上红得发紫的窦怀贞，最后黑了。

李林甫之嫉

李林甫

李林甫（683—753），小字哥奴，他从小读书不多，心眼很小，好斗鸡走狗，游手好闲。长大后喜音律，善机变，城府颇深。他曾祖父李叔良是唐高祖堂弟，凭借这层宗室关系，他先当了千牛直长（仪仗侍卫）。很有野心的李林甫自然不满足当个低级禁卫军官，于是他不择手段巴结权贵，因其舅姜皎推荐，终于当上国子司业。

李林甫进入官场后，政治嗅觉十分灵敏，暗中贿赂太监与宫女，皇帝的喜怒哀乐他最早知道。当时武惠妃宠倾后宫，李林甫屡次向武惠妃效忠："愿保护寿王（武惠妃之子）为万岁计。"武惠妃由此感激，在唐明皇前极力为李林甫美言。"枕头风"果然有效，李林甫擢升黄门侍郎。不久，李林甫又出任礼部尚书，与裴耀卿、张九龄同列相位。

盛唐政坛，人才辈出，唐明皇先后任用姚崇、宋璟为相。当时任相的张九龄为人正直，学问渊博，裴耀卿则敢于直谏，在许多事情上与唐明皇据理力争。李林甫对张、裴的声望与才华十分嫉妒，于是他窥伺上意，暗中挑拨离间。唐明皇在位已久，怠于政事而好纵情享乐，于是便对事事逢迎、媚态十足的李林甫渐生好感。

唐明皇因节度使牛仙客据边有功，欲擢升牛仙客为相，张九龄曰："边地重臣目不识丁，岂能位相？"唐明皇很恼火，李林甫乘机大表赞同。大臣严挺之的妻子被休后，嫁蔚州刺史王元琰，王犯罪入狱，严挺之欲救之。李林甫乘机奏告，欲将严连坐。张九龄、裴耀卿救之，李林甫再诬张、裴、严为朋党，唐明皇本来就对张、裴的直谏很恼火，于是将张、裴罢相，严挺之贬为洛州刺史。

李林甫当上右相，唐明皇任命李适之为左相。李适之是唐太宗的曾孙，以精明强干著称，李林甫对李适之表面上十分恭敬，笑脸相迎，使其不设防。李林甫一次故意说："华山山下有金矿，皇上还不知呢！"李适之上了奏章。唐明皇大喜，问李林甫，李林甫说："此事我早已知悉，只是华山是陛下本命王气之所在，不可动土。"唐明皇闻言，遂觉李适之做事草率，远不如李林甫考虑周密，便对李适之逐渐疏远。李林甫曾对大臣说："明主在上，不要多嘴多舌，你们没见那些仪仗马吗？一言不发可享受三品马料，而叫一声则被废弃不用。"李林甫以"马料论"扼杀了言路。他独自把持朝政，官吏任命皆由李一人决策。他选官不看德行与能力，谁有才华必置之于死地。不学无术，能谄媚者则步步高升。

唐明皇后来发现朝中人才缺乏，便下诏搜集天下有才之士，让"通一艺以上"的读书人到皇城选拔，由他亲自面试。李林甫获悉后十分震惊，他亲自初选，扼杀有才之士。由他确定的人选最后再进行诗、赋、策略三项考试，结果无一人及格。李林甫上表庆贺："因陛下英明，野无遗贤。"晚年糊涂的唐明皇居然很相信。

李林甫自知结怨甚多，每次出行有百人护卫，夜宿府中，为防刺客，一夜要换好几个房间，连家人皆莫知其所在。

李林甫在盛唐年间居然能把持朝政十九年，一方面谄媚逢迎唐明皇，另一方面他老谋深算，以术驭人。他领衔完成《唐六典》，将唐代法律规范化，此亦有功。《资治通鉴》这样评价李林甫："口有蜜，腹有剑。"他以强势树淫威，当时力大如牛的番将安禄山，在寒冬中拜见李林甫，也骇怕得汗流浃背。李林甫一死，"安史之乱"才爆发。杨贵妃族兄杨国忠骄横不可一世，但心中独惧李林甫。杨国忠在李林甫病重时去谒见，李林甫对他说："我快要死了，后事拜托于你。"杨国忠面对病重的李林甫汗流满面，连称不敢。

李林甫才疏学浅，他亲戚晚年得子，他写词祝贺，将"弄璋之喜"写成"弄獐之喜"，遂成官场笑话。李林甫因无知而嫉妒贤能，不让有才华的读书人脱颖而出，终于成了天下文人共同的仇敌。

天宝十一年，李林甫卒，被杨国忠与安禄山告其谋反，唐玄宗命人劈棺，取其口中珠子，剥下金紫朝服，以庶人之礼葬之。

卢杞之妒

卢杞

卢杞（？—约785）家世很牛，其祖父卢怀慎与其父卢弈皆为唐史上的英雄，卢杞受荫而入仕途，但他很难获上司赏识，盖因其貌丑陋，据《新唐书》载："体陋甚，鬼貌蓝色。"初次见他，令见之者惊吓而害怕。

倘若一个人生就这副尊容而心地善良，慢慢会被人接纳而受尊重，而卢杞因见众人目光怪异，便心生恶念，逐渐养成了妒嫉周围一切优秀人才的阴暗心理。

为了升迁，卢杞习惯于穿破衣、吃粗饭，做事勤勉，终于做到虢州刺史。当时唐德宗的生母沈氏，在"安史之乱"中失散，唐德宗下旨寻访，高力士的养女伪称是"太后"，卢杞便进宫奏报。唐德宗第一次见卢杞外貌，大惊失色，细问之下，才知卢杞是宰相之后裔。卢杞趁机摆出自己的政绩。原来虢州有官猪三千头，糟蹋农田，成为麻烦，卢杞上奏请示，唐德宗下旨猪放沙苑。卢杞再写奏章，认为沙苑属同州，去那里也会成为民患，建议杀猪以享百姓，德宗准旨。唐德宗对卢杞这一番表白，不由得对其大生好感，称赞道："虽职守虢州而忧及他方，真宰相才也！"

卢杞由此入阁，与杨炎同为宰相，杨炎"美须眉，风骨峻峙，文藻雄丽"，令站在一旁的卢杞顿生压抑感，杨炎又不把卢杞放在眼里，唐朝有"会食制"，杨炎与卢杞同桌，自觉大失身份，常借故不赴。卢杞心中怀恨，借李希烈屯兵不进之事，告发杨炎，唐德宗此时正厌杨炎，便将其罢相。卢杞又奏杨炎的家庙有王气，欲谋反。唐德宗贬杨炎为崖州司马，卢杞派人在途中将杨炎秘密处死。

卢杞第二个目标是张镒，他知其威望很高，便推荐张镒以中书侍郎出任凤翔陇右节度使。另一位70岁老臣李揆被誉为“门第、人物、文章当世第一”，卢杞请他出使吐蕃，李揆对唐德宗说：“我不怕远，只怕死在途中，辜负了陛下的使命。”唐德宗动了恻隐之心，想收回成命，卢杞却坚持成命。颜真卿是三朝元老，为人正直，卢杞欲除之，推荐其出使叛将李希烈军中，结果刚直的颜真卿被李希烈杀害。

卢杞为相三年，陷害杨炎、张镒、李揆、颜真卿、严郢、刘暹等大臣，整个朝政，由他一人掌控，凡稍有才者，卢杞皆灭之。他让关播入阁，因关播敦厚胆小，有一次关播见卢杞行事不端，想站出来发言，被卢杞用目光阻止。卢杞后对关播说：“我一向认为你庄重谨慎，不多说话，所以推荐你，你怎么刚才起来发表意见?”吓得关播从此一言不发。

唐德宗即位时，崔祐甫为相，以宽容道德治天下，颇获赞誉；卢杞为相，以刑法严治天下，不让朝臣与百姓说话。卢杞令其亲信赵赞加重百姓赋税，又打击商贾，使朝野怨声载道，军队发生动乱。至建中四年十月，唐德宗只得在卢杞等随从的陪同下，出逃奉天。

唐德宗一行在奉天受叛将朱泚率军队围攻。李怀光率兵来救，卢杞知悉李怀光认为皇帝逃难错在宰相谋议不当，他心中十分害怕，便对唐德宗说：“不能让李怀光在此朝见，陛下让李怀光乘胜收复京城，并限定时间。”唐德宗同意此奏，差点逼反李怀光，众情喧哗，朝野人士皆责卢杞，唐德宗不得已，罢免卢杞宰相之职，贬卢杞为新州司马。

卢杞被免后狂妄自称：“我必定会再任宰相。”不久，唐德宗任命卢杞为饶州刺史，起草诏书的袁高不肯写，面见内阁卢翰说：“卢杞如改授大郡长官，恐怕有失天下人，望相公坚持奏论。”卢翰不敢得罪唐德宗，袁高只得将此事公之于众，谏官赵需、宇文炫十几人纷纷上疏，皆指责卢杞罪大恶极。唐德宗问宰相李勉：“众人议论卢杞奸邪，我为什么不知道?”李勉曰：“卢杞奸邪，天下人尽知，唯有陛下不知，这正是他的奸邪之处。”

不久，精于搞陷害、排挤、倾轧、报复的卢杞死在澧州。后人评卢杞：“谄媚之人说话像忠心，狡诈之人说话似可信。”

李泌之智

唐开元年间，思想活跃，民间常通过儒、道、佛的辩论会来识拔人才。一次，一位九龄童以口才犀利而引人注目，唐玄宗李隆基笑而奖之，不料那小孩却说：“我母舅家的七岁孩子，比我聪明多了。”

李泌

李隆基半信半疑，召其入宫面试。当时他正与燕国公张说弈棋，便以“方圆动静”为题，张说人称“燕许大手笔”，随即吟道：“方如棋盘，圆如棋子；动若棋生，静若棋死。”话音才落，那七龄童脱口而出：“方若行义，圆如用智；动若骋才，静若得意。”众人惊喜，此小儿日后便是唐代著名智者李泌。

李泌（722—789），生于京兆，貌奇异，双眉连发。性聪慧，好读书。贤相张九龄喜之，常召其至府中。张九龄有两个朋友，严挺之刚直，萧诚圆滑，张九龄因萧诚会说好听顺耳的话，常常夸奖他。李泌却斗胆直言：“公起布衣，以直道至宰相，而喜软者乎？”张九龄想不到一个七岁儿童如此正直，改称李泌为小友。

不少神童出名后江郎才尽，从此默默无闻。李泌长大后却读书不倦，藏书万卷，人称“书城”。他 17 岁那年吟《长歌行》，对自己未来作了规划：一要建功立业，二要学道问仙。

天宝十年，唐玄宗想到了李泌，便召入宫中，29 岁的李泌精通儒道佛，还是讲《易经》的高手，他为玄宗在朝堂上讲《老子》，妙语如珠，令闻者无不叹服。唐玄宗封李泌为待诏翰林，并让太子李亨与其为友。

李泌历仕玄宗、肃宗、代宗、德宗四朝，四个皇帝都视李泌为好友，赐其高官厚禄，让他入朝议论国事，但李泌始终以布衣和道士身份周旋于官场之中。因李泌深知伴君如伴虎，朝中历来多奸臣。玄宗时，李泌颇受青睐，但其人品正直，不屑与杨国忠为伍，杨国忠以李泌“谤议时政”将其赶出京城；肃宗即位，便请李泌出山，但肃宗好听信张良娣谗言，重用鱼朝恩与李辅国，迫使李泌上南岳修炼十二年；代宗也极佩服李泌，任命李泌为翰林学士，但唐代宗又好用小人元载与常衮，这两个奸相视李泌如眼中钉，将其派往外省；德宗拜李泌为相，但又信赖奸人卢杞，李泌几次直谏，令德宗动怒，几乎欲杀李泌全家。

李泌四次归隐，五次出京，但始终以其智慧在佞臣小人的诬陷中伤中成功脱身。究其原因，一是李泌不恋官位，不贪财物，不居功自傲。皇帝赏赐，他婉言谢绝；同僚厚赠，他一律不收。李泌至中年不娶，以素食为生，代宗再三力劝，李泌才娶了李暐的外甥女卢氏为妻。他隐居南岳时，曾遇懒残和尚，此和尚貌不出众，行为怪异，平时以残羹剩饭充饥，旁人都看他不起，李泌却视其为高僧。一次，懒残在深夜念经，李泌跪而听之，懒残和尚骂他，李泌不生气。懒残和尚把吃剩的半个芋头扔给李泌，李泌恭恭敬敬接了，吃了下去，懒残只说了一句：“你这个小子可做十年太平宰相。”李泌在德宗时只做了两年宰相，于 68 岁卒。但他在四朝任官，皇帝皆以其为高参，“权逾宰相”，真的行了十年宰相之职。

既用其智慧避祸，又用其智慧平叛，并成功处理了官场中较为复杂的人事关系，这就是智者的最高境界。在今天南岳福严寺石壁上，有李泌题写的“极高明”三个大字。极高明，也可以说是李泌修炼后达到的最高境界。

像李泌这样早慧而极有能力的人，古代还有不少，但不少聪明人在功成名就后就被皇帝杀了，或者在同僚的倾轧中死于非命。李泌则在有起有落的仕途中，可进可退，最后得以善始善终，在古代的智者中极为罕见。

李泌死后被人传颂，他下棋赋诗一事还载入《三字经》：“泌七岁，能赋棋。”看来，古来聪明多少人，真正智者是李泌。

王叔文之败

王叔文

中唐“永贞革新”的发起者王叔文，被新旧唐书与《资治通鉴》都斥为“小人”，其实另有一说。

王叔文（753—806），浙江山阴人，他曾任苏州司功，因善弈围棋，入宫当唐德宗太子李诵的侍读。唐德宗李适晚年贪欲昏庸，竟鼓励大臣向皇帝送礼，称之为“进奉”。有的臣子天天送，称“日进”；有的臣子月月送，称“月进”。李适还怂恿宦官敲诈勒索，太监借口向外采购物品，在京城见到喜欢的东西便说“皇家采购”，以低价征收，名曰“宫市”，闹得京城百姓与商贾叫苦连天。

一天，几位侍读陪伴李诵聊天，谈到“宫市”的可怕，李诵听后很愤慨，表示要奏告皇上严惩，众侍读一齐叫好，唯独王叔文一言不发。众人走后，李诵便问王叔文何故，王叔文说，按唐代规矩，太子“不宜言外事”，陛下（唐德宗）在位久，如疑太子收人心，何以“自解”？李诵惊得拜谢，自此特别信赖王叔文的为人与睿智。

王叔文性耿直，很有思想，他想等太子即位后革除唐代弊政，便与另一侍读王伾结为知己，又联络了韦执谊、柳宗元、刘禹锡、韩泰、凌准等官员。在他们摩拳擦掌之际，不料，李诵未登基就中风了。他全身瘫痪，口不能言。唐德宗见太子如此状，甚急。公元805年，唐德宗卒，李诵勉强即位，为唐顺宗。

唐顺宗命王叔文为翰林学士（皇帝机要秘书），执掌朝政大权。由于唐顺宗无法上殿，他的圣旨由妃子牛昭容与太监李忠言转达给王伾，王伾再转达王叔文。王叔文敢于任事，做事雷厉风行，他当即制订了几条举措，一是禁止官吏向皇帝进奉的陋习；二是将贪污虐民的唐德宗亲信京兆尹李实贬到外地做官；三是罢“宫市”，宫中所需不准太监假借皇命采购；四是不准“五坊”（雕坊、鹘坊、鹰坊、鹞坊、狗坊）的地痞流氓恶霸欺压百姓；五是将三千名宫女与教场女妓六百余人释放。这些举措无疑极得民心，京城百姓纷纷欢呼新政。

王叔文深知这些举措必然要得罪宦官集团，就让大将军范希朝为神策军总指挥，去替代宦官头子俱文珍（可惜未成功）；并召中唐时敢于直谏的名臣陆贽返京任职。在此期间，剑南西川节度使韦皋曾派人到长安，要求统领三川之职，遭王叔文严拒。

宦官首领俱文珍、刘光琦因太监权力被削弱，便内外活动，串通韦皋与河东节度使严绶、荆南节度使裴均向中央政府发难。俱文珍还与急于登基的太子李纯密谋，以太子监国为名，削去王叔文翰林学士之职，改任户部侍郎，王叔文官职是升了，但却无法批阅全国各地的机要文件。在这危急之时，祸不单行，王叔文母亲突然病逝，按惯例，王叔文必须回乡奔丧，王叔文一离开长安，五个月“永贞革新”之火被扑灭。王叔文、王伾、柳宗元、刘禹锡等人被贬到偏远地区当小官（即“二王八司马”事件）。翌年，已当上皇帝的李纯将王叔文赐死。

王叔文改革弊政，为百姓所欢呼，何以如此短命？首先是封建社会的改革，都是寄托在皇帝身上，李诵虽有治弊之愿，但一个中风之人无法行走，口又不能言，无法指挥全局。其次李诵依靠的“二王八司马”，都是五六品的中低级官员，王叔文任翰林学士，没有品级，而中唐时宦官集团与藩镇割据的传统势力已很强大。随着唐顺宗李诵的疾病加剧，王叔文等人只能成为政治的牺牲品。

对于“永贞革新”，《旧唐书》《新唐书》《资治通鉴》等史书上称王叔文集团为“邪党”，源于韩愈撰的《顺宗实录》，韩愈指王叔文“诡谲多计”，又斥“二王八司马”是“群小用事”。而宋人范仲淹、王安石，清人王夫之却撰文对王叔文改革给予了很高评价。

韩愈之鸣

韩愈

“不平则鸣”是韩愈创造的一个成语，他一生都在不平则鸣。

韩愈（768—824），字退之，河南洛阳人，世称韩昌黎。其父韩仲卿是县令，后任秘书郎。韩愈生下不久，其母去世，3岁时又丧父。从小寄居在兄长家，韩愈自幼好读书，日记字数千，7岁时已读了不少诸子之作。19岁赴京赶考，自恃才高，却名落孙山。韩愈在京中寄宿，连考四次，最后才中了第十三名。

唐人中了进士，还须经吏部考试合格才能做官，韩愈连考三年博学辞宏科，均未合格。由于手中银子全花光了，韩愈只能移居洛阳，他心情大坏，三上宰相书，低声下气自我推荐，招致后人非议。后经友人穿针引线，韩愈与美貌的卢氏小姐订婚。卢小姐见韩愈为做官事心急气浮，便劝慰他：“科场失意常有事，欲成大器，必先退之。”韩愈遂起名“退之”。

韩愈蒙妻子鼓励，决定另谋出路，先后写出了《送穷文》《进学解》等名篇，另一方面应聘到汴州当观察推官，从地方入仕。这段时间，韩愈还结识了孟郊、李翱、张籍等文友，启发了他提倡古文运动的念头。贞元十七年，34岁的韩愈被任命为国子监四门学博士，正式进入京城官场。博士官是个闲职，但韩愈在那里有机会接触许多文人雅士，韩愈为年轻考生写推荐文章，不少人陆续登科。随着韩愈文名日盛，不少举人与国子监的生员纷纷拜韩愈为师，“韩门弟子”渐有起色。韩愈后来陆续写出了《送李愿归盘谷序》《送孟东野序》《师说》《杂说》《祭十二郎文》等名篇，其文笔气势充沛，语言平易流畅，造句奇崛，音调和谐。在唐代散文家中，韩愈的文章浑然天成，读来回肠荡气，文中的“业精于勤”“行成于思”“爬罗剔抉”“闳中肆外”“力挽狂澜”“兼收并蓄”“同工异曲”“佶屈聱牙”“动辄得咎”“书山有路勤为径，学海无涯苦作舟”……皆为韩愈之创造。

韩愈在文学上声望日起，在仕途上却风波不断。贞元十九年，韩愈写《御史台上论天旱人饥状》，告发京兆尹李实在饥年横征暴敛，李实是唐德宗晚年最信任的佞臣，结果韩愈被贬到千里之外、瘴疟盛行的阳山县当县令。永贞元年，王叔文推行“永贞革新”，外制藩镇，内抑宦官，韩愈则站到王叔文集团的对立面，对王叔文谩骂指责。元和元年，因韩愈“日与宦者为敌”，又得罪强藩，结果被贬。元和七年，再次被降职。元和十年，淮西军阀吴元济叛乱，韩愈任行军司马（相当于参谋长）讨叛，在“元和中兴”中立了功。元和十四年，韩愈写《论佛骨表》劝谏，引起唐宪宗暴怒，欲将韩愈处以极刑，幸亏裴度等人群起救护，韩愈才被贬潮州任刺史。

韩愈在潮州任官八个月，为当地百姓做了不少好事。他创作了《祭鳄鱼文》，又为逝去的柳宗元写了墓志铭。因韩愈忠而获罪，不久终于返京任职。韩愈在长庆元年任兵部侍郎，并劝服叛将王庭凑。韩愈57岁那年，回韩庄别墅休养，当年十二月去世。宋神宗追封韩愈为昌黎伯。

综观韩愈一生，他因怀才不遇，每遇事不平则鸣，很敢于直言。他的文章在唐代则独步天下。但其性格弱点也相当明显，他一生急功近利，年轻时为了做官，多次干谒求告，言辞低下，士人对其有“摇尾乞怜”之讥。此外，韩愈性格倔强耿直，脾气急躁，好为人师，对其文友有颐指气使之举。唐代文人好纳妾，韩愈家中妻妾成群。为了对付美艳妻妾，韩愈服硫磺（白居易：“退之服硫磺，一病讫不愈。”）。据宋人陶谷《清异录》载：“昌黎公愈晚年用硫磺末搅粥饭，啖鸡男，不使交，千日，烹庖，名‘火灵库’，公间日进一只焉。”“始亦见功，终致绝命。”可惜这位“文章巨公”死得太早了。

韩愈的文章“发言真率，无所畏避”，不仅慷慨激昂，而且写得自然随意，如话家常，生动活泼，他写的序与墓志铭则别开生面。故宋代苏轼誉之“文起八代之衰”。

薛涛之情

薛涛

唐代是一个相对开放的社会，不仅男人风流倜傥，女人也敢于标新立异。武则天做女皇帝且不说，唐代女诗人的队伍也各具特色，蔚为可观。上官婉儿是中国最早的女评论家，诗写得也不错。李冶是天宝年间的女诗人，生得玉貌花容，善弹琴，尤工诗，早年与陆羽、刘长卿、释蛟然吟诗作对语出惊人，洒脱多情，后看破红尘，归依道观，但内心相思之苦不绝，以《相思怨》一诗闻名。鱼玄机自幼聪颖过人，年轻时好与温飞卿、李近仁、李子安为友，写的诗颇为浪漫，李亿与之相恋，她便嫁给李亿为妾，因李亿夫人容不得她，不得已才出家当了道士，后死于酷吏之手。与这三位女诗人相比，薛涛更胜一筹。

薛涛（约770—832），字洪度，长安人。其父薛郧，仕宦入蜀，不幸早亡。薛涛早慧，8岁能诗，通晓音律，多才艺。少女时，已出落得楚楚动人，性格活泼，好交际。因家贫，她16岁入乐籍。贞元中，韦皋镇西川时，令薛涛侍酒赋诗，因其才情横溢，且姿色出众，韦皋重其文才，奏为校书郎，虽未实授。但“女校书”之名不胫而走，后人称乐妓为“校书”，典出于此。

当时十五六岁的薛涛便当了剑南节度使韦皋的女秘书，后来又成了韦皋的情人。一些达官贵人为了求见韦皋，纷纷向薛涛送礼。薛涛本是不拘小节的女子，也就照单全收，而且红极一时。韦皋因此吃起醋来，一生气把薛涛由官妓降至营妓，送到松州军营去“慰问”士兵。这种粗鲁的蹂躏令薛涛欲哭无泪，她无奈之中写了《十离诗》，诗中把自己贬为狗，其中一篇是：“驯扰朱门四五年，毛香足净主人怜。无端咬着亲情客，不得红丝毯上眠。”韦皋读其诗，这才把薛涛召回，但薛涛对韦皋的心已经冷了。她想离开韦皋，韦皋不准。韦皋在 61 岁那年暴死，35 岁的薛涛这才重新活跃在文坛上。

当时与薛涛唱和的文人雅士不少，有王建、元稹、白居易、牛僧孺、令狐楚、裴度、张籍、刘禹锡、张祐等二十余人。其中既有达官贵人，也有著名诗人，可见薛涛社交圈子十分广泛。因她风姿动人又中年未嫁，有人便疑她作风不正派。作为一个颜如桃李、胸有才情的女校书，她其实自有苦衷。

薛涛交往的骚人墨客实非寻常之辈，有这么多名人对其赞美，她眼界之高是可想而知的。况且婚姻这个东西，历来讲究的是缘分。薛涛当时与元才子（稹）过往甚密，元稹曾写诗赞美她：“锦江滑腻峨嵋秀，幻出文君与薛涛，言语巧偷鹦鹉舌，文章分得凤凰毛。”薛涛还赠元稹的诗近似暧昧：“诗篇调态人皆有，细腻风光我独知。”“老大不能收拾得，与君开似教男儿。”可见两人有一段深深的恋情。据《清异录》载，薛涛爱元才子很深。可惜元稹不愿娶比他大十岁的风尘女子为妻，人到中年的薛涛只能是“泪湿红笺怨别离”。

笔者曾去成都访望江楼，见薛涛井，在那里还购得今人制作的“薛涛笺”。薛涛当年把诗句写在自制的粉红色松花小笺上，此物有情趣而又很浪漫。今见薛涛笺上有“欲问相思处，花开花落时”，“不结同心人，空结同心草”，似可寻觅当年女诗人内心的寂寞与苦闷。

薛涛活了 64 岁，卒后葬在成都。“小桃花绕薛涛坟”，今天是不复再见了。我在望江楼上见一长联，上联是“此间寻校书香冢白杨中，问她旧日风流，汲来古井余芳，一样渡名桃叶好”，下联是“西去接工部草堂秋水处，同是天涯沦落，自有浣笺留韵，不妨诗让杜陵多”。读之，不觉嗟叹几分：男人多情，封建社会是可以容纳的；女人浪漫，归宿只能是“夜深闲共说相思”。

后人将薛涛、李冶、鱼玄机与刘采春，并称唐代四大女诗人，又将薛涛与卓文君、花蕊夫人与黄娥，合称蜀中四大才女。薛涛今存诗作九十余首，有《锦江集》。

元稹之薄

元稹

中唐诗人元稹（779—831），字微之，河南洛阳人。他自幼丧父，其母郑氏亲授诗书。元稹少时聪颖，15岁以明两经擢第，21岁初仕河中府，25岁与白居易同科及第，元稹为头名，授秘书省校书郎。因元稹才气横溢，28岁又列才识兼茂明于体用科第一名；元和初年，应制策再名列第一。他不仅仕途春风得意，还获得一位佳人的芳心。当时任太子太保三品大员韦夏卿的小女儿韦丛看上了元稹，下嫁给了这位校书郎。此时的元稹刚直不阿，与白居易结为知交，后来两人同为唐代新乐府运动的创始人。

元稹不久升任为监察御史，美貌的妻子韦丛任劳任怨，几年中为他生了五个儿女。可是元稹的命运发生了大的变化，首先是恩爱可人的妻子韦丛因病去世，五个孩子也相继夭折。其次元稹因直言触犯宦官权贵，被贬江陵。元稹为贤妻去世写了几首有名的悼亡诗。如："昔日戏言身后意，今朝都到眼前来。衣裳已施行看尽，针线犹存未忍开。尚想旧情怜婢仆，也曾因梦送钱财。诚知此恨人人有，贫贱夫妻百事哀。"又如："曾经沧海难为水，除却巫山不是云。取次花丛懒回顾，半缘修道半缘君。"此两首诗皆为千古情诗之佳作。可惜，想"修道""懒回顾"的元才子，在吟诗那年便在江陵纳了妾，那位小妾是元稹好友李景俭的表妹安仙嫔。

安仙嫔给元稹生了一个孩子，三年后病逝。元稹经历了早年丧父、中年丧妻又丧儿女的遭遇。他离开江陵，出任通州司马，得到昔日名相权德兴的关照，在权府，涪州刺史裴郧的女儿裴淑与元稹一见钟情，两人结为伉俪。

元稹在仕途遭受打击后，转与宦官妥协，正好有个太监崔潭峻是文学爱好者，特别推崇元稹的诗，由其向皇帝推荐，元稹从祠都郎中、中书舍人做到宰相，后又受另一宦官排挤，贬为同州刺史。元稹一生在仕途上无多大政绩，从早期反宦官到后来与宦官成哥儿们，后人有所指责。

在文学上，元稹受王建、张籍影响，与白居易发起的新乐府运动在中国诗歌史上确有贡献，他还是“次韵相酬”的创始者，他写的《连昌宫词》也与白居易的《长恨歌》并称。元稹还首创古文制诰，自编诗集、文集多种，其五言小诗《行宫》亦为千古绝唱，其诗曰：“寥落古行宫，宫花寂寞红。白头宫女在，闲坐说玄宗。”

元稹除吟诗，还创作了《莺莺传》(由元人王实甫改编为《西厢记》)，关于元稹是否是“始乱终弃”的张生，历来说法不一。“元稹以张生自寓，述其亲历之境”，这是鲁迅一家说法。综观元稹一生，元才子多情而艳遇不断，他除拥有韦丛、裴淑、安仙嫔两妻一妾外，还与女诗人薛涛、女艺人刘采春有一段交往。

薛涛是中唐有名的女诗人。元稹30岁出差去蜀中，与41岁的薛涛相会。薛涛是见过世面的女子，但当她读到元稹写的诗文时，不由为之心动。元稹还赞誉薛涛是当时最杰出的女诗人，他们日日相伴在绵江畔，40初度的薛涛仿佛回到了青春年华，后来元稹离开蜀中，两人还相约“勿忘我”。当时元稹的妻子韦丛尚未去世。

元稹的妻子韦丛、小妾安仙嫔先后亡故，他娶裴淑后，工作频繁的调动，裴淑又不愿跟从元稹奔波于异地，于是，元稹曾想与薛涛重续情缘，但他当上越州刺史后，却意外遇见了江南歌手刘采春。刘的美貌与歌喉，让元才子欣喜若狂，他又疯狂爱上了这位江南美妇。他给了刘采春丈夫一笔钱，将刘纳为小妾。他们一起度过了七年光阴，后来元稹不太喜欢刘采春了，也不那么宠她了。郁郁寡欢的刘采春以跳河的方式结束了自己年轻的生命。这恐怕是后人指责元稹薄幸的另一个依据吧。

唐文宗大和五年，元稹因暴病去世，年仅53岁。由白居易为其撰写墓志铭，赞“元才子”尤工诗，每一章一句出，“无胫而走，疾于珠玉”。《旧唐书》载，“善状咏风态物色，当时言诗者称‘元白’焉”。

温庭筠之舛

在中国词学史上，温庭筠是个才华出众的人物，可惜他因行事多舛而致命运坎坷。

温庭筠

温庭筠（约812—约866），原名岐，字飞卿，并州祁（今山西祁县）人。他是唐初名臣温彦博之裔孙，可惜到温庭筠出生，家境每况愈下，他幼年迁居江淮，后定居陕西，自称“杜陵游客”。

温庭筠少年时就多才多艺，聪捷而爱好填词，尤善鼓琴吹笛。《旧唐书》记载他“能逐弦吹之音，为侧艳之词”，开北宋词人柳永放浪之先行。温庭筠的诗写得清新而委婉，有“鸡声茅店月，人迹板桥霜”一联，为千古绝句，北宋文坛泰斗欧阳修对此赏识不已。

温庭筠作词有六十六首之多，是中国第一位专力填词的文人，历代文学家誉之：“词这种形式是到了温的手中才真正被人们重视起来。”他作词才思艳丽，工于小赋，每入试，押官韵作赋，凡八叉手而八韵成。由此可见，温庭筠不仅词作得好，而且出手不凡，“八叉手”即完成一首词，大有超越曹子建七步成诗的本领。我不妨录一首《忆江南》：

梳洗罢，独倚望江楼。

过尽千帆皆不是，斜晖脉脉水悠悠。

肠断白萍洲。

温庭筠的词，工于抒情写景，有情调色彩之美，很注意修辞的华丽，被奉为“花间词”的鼻祖。因温庭筠才情四溢，他的诗名与李商隐同，人称“温李”；其词风格浓艳精巧，与韦庄齐名，又称“温韦”。总之，以其才情而论，在当时文坛是叫得响的名人。

可惜温庭筠有如此才华，却屡试不第。由于他名气大，交际广，先是卷入一场政治权力之争，杨贤妃谗害庄恪太子，温与庄恪太子有旧而未能及第。沉默多年后，他以词风浓艳精巧又活跃于文坛与官场。唐宣宗李忱好赋诗，出了一个上句有“金步摇”，让朝臣对，未果，便让天下文人应对，温当即对“玉条脱”，唐宣宗当即赏赐，温也由此名盛。

当时宰相令狐绹权倾天下，很看好温庭筠，温也自由出入相府。令狐绹知唐宣宗喜欢词牌“菩萨蛮”，便请温帮忙填新词，温一挥而就，令狐绹大喜，并再三叮嘱温对外勿言。不料，温庭筠好酒，一饮酒便口无遮拦，把代作词的事讲了出去，这事闹得令狐宰相十分尴尬。温庭筠还与人言“中书省内坐将军”，讽刺令狐绹胸无点墨，这样一来，令狐绹深恨之，唐宣宗本欲起用温庭筠，令狐绹以“有才无行”奏之，故温庭筠因恃才傲物不得录用。

温庭筠43岁那年，又去应试。当时由沈询主持春试，沈询也爱其才，特让温庭筠帘前试之。可惜温庭筠还是闹出了乱子，他自恃聪明，暗中帮八个考生作弊，结果又是名落孙山。

咸通六年，温庭筠终于被朝廷聘为国子监（当时最高学府）助教。翌年由他主持一次考试。由于温庭筠屡次在考场受压制，他这次主试，力求公正，将考生诗文公布于众，杜绝因人取士之风。而对一些指斥时弊的作文，他大力颂扬，这就触怒了当朝权贵。温庭筠再次被贬，并不久抑郁致死，时年54岁（一说66岁，其生卒年有多种记载）。友人送他出京城赋诗：“凤凰诏下虽沾命，鹦鹉才高却累身。”可谓一语中的。

在唐代诗人中，温庭筠列晚唐名诗人之列。而北宋词的形成，又与温庭筠的“花间词”开宋词之先河有关。可惜他行事多舛，性格不够成熟而屡经风波，致使其落魄一生。

温晚年潦倒不堪，还喝酒犯禁，被巡逻兵打落牙齿，他告到朝廷，令狐绹因念旧仇不理，一代词人命运可谓惨也。

温庭筠称为“花间鼻祖”，现存词作在唐人中居首位，大都收入《花间集》，后人辑有《温庭筠诗集》《金荃词》。

李商隐之憋

李商隐

李商隐是晚唐最出色的诗人之一，他与温庭筠合称“温李”，与杜牧合称“小李杜”，但他生不逢时，仕途坎坷，憋屈了一辈子。

李商隐（约813—约858），字义山，他生活在唐末衰乱之世，又不幸卷入“牛李党争”的旋涡中。李商隐的祖父、父亲都当官，但他10岁那年，父亲去世，家境渐入困境。李商隐是长子，少年时为他人“佣书贩舂”（即抄书挣钱）。由于从小孤贫，家境衰微，让李商隐养成了忧郁、敏感、勤奋、清高的个性。李商隐刻苦攻读，16岁就以文章赢得赞誉，这时候他得到了他同学令狐绹父亲的赏识，他就是晚唐骈文家令狐楚。李商隐拜令狐楚为师，在令狐楚悉心指点下，李商隐的骈文进步很快。后来李商隐与令狐绹同年赶考，学问一般的令狐绹高中进士，而颇有才情的李商隐却落第了。原因很简单，晚唐科举考试很不公平，朝中无背景的寒士很难脱颖而出。李商隐当时曾给令狐绹写过一信，“尔来足下仕益达，仆固不动”，心情相当失落。后来大概在令狐楚的照应下，李商隐24岁中了进士，由于令狐楚是“牛党”中坚人物，李商隐一入仕途便被打上了“牛党分子”的烙印。

但在翌年，令狐楚突然去世了，这让李商隐很难过也很惋惜。但他的才华仍为许多官员所欣赏，泾原节度使王茂元特聘李商隐为幕僚，经过朝夕接触，王茂元对其十分赏识，提出把美丽的女儿许配给李商隐。李商隐未加仔细思考便接受了，他成了“李党”王茂元的女婿。

这件事在当时引起议论纷纷，一个“牛党”的学生，居然背叛恩师的提携，忘恩负义成了“李党”分子。但婚后的李商隐陶醉在温柔乡里，因为他的夫人王氏不仅才貌俱佳，而且性格十分温存。

从此，李商隐的仕途蒙上阴影，他经过授官考试，任秘书省校书郎，但由于他背叛师门，不久即被踢出朝廷中枢，到地方任县尉。正直的李商隐为替“死囚”减刑，得罪了上司，他因不堪忍受上司的污辱，请了长假。就在李商隐处境尴尬之际，“李党”中坚人物李德裕当上了宰相，李商隐提拔的好运眼看要来了。但事不凑巧，李商隐之母突然去世，当时官员有“丁忧三年”的规定，李商隐只得返乡，更不凑巧，岳父王茂元也在这时去世了。

李商隐本以为过了三年可以青云直上，但支持“李党”的唐武宗去世了，唐宣宗一上台，就免去了李德裕宰相职务，还把“李党”人物一齐赶出中枢，又将“牛党”人物一一提拔。

李商隐回皇城是没有希望了，为了糊口，他又开始担任地方官员的幕僚，但这样寄人篱下的处境很憋屈。李商隐想起了自己少年时要好的同学令狐绹，便写信向令狐绹求援，但令狐绹毫不犹豫拒绝了。由于李商隐依附的官员或被贬职，或已病故，因此李商隐的中年生活过得很沮丧，整日郁郁寡欢。而在这时，他心爱的妻子王氏也突然去世，这让遭受失业、丧妻双重打击的李商隐一时不知所措。他在四川当幕僚时对佛教产生了兴趣，与当地的僧人开始交往，并捐钱印佛经，甚至想出家当和尚。对于一直追求的仕途，他已心灰意冷了。

在生命的最后三年中，李商隐终于被调到京城当了盐铁推官，这个职务的待遇还不错，但李商隐只干了两年，又被辞退。他归家不久即郁郁而终，终年45岁。

李商隐是有才情的，他的《无题》诗写得尤其好，但有才气的人不一定有处世能力，再说李商隐的运气实在太憋，他成了“牛李党争”的牺牲品。唐诗范本《唐诗三百首》没有亏待李商隐，选了他二十二首诗，在数量上名列第四，这是后人对他的很高评价。

李商隐的诗作，今存“咏史诗”、“咏物诗”、“无题诗”多种，其骈文也相当出色，现存《樊南甲集》《樊南乙集》各二十卷。

杜荀鹤之谒

杜荀鹤

说到杜荀鹤，油然想起他写的诗："君到姑苏见，人家尽枕河。"他的诗很有才情，可惜身处晚唐末年宦官专权、藩镇割据的年代。

杜荀鹤（约846—906），字彦之。其身世流传不一，据宋人范致明主编地方志《池阳记》载：荀鹤，牧之微子也。《唐诗纪事》《唐才子传》与《艺苑雌黄》皆言及，杜荀鹤是杜牧小妾程氏所生，程氏为杜牧夫人所不容，复嫁杜筠，生下杜荀鹤；另一说是程氏生下杜荀鹤后改嫁杜筠。《池阳记》还引杜牧诗为证，"长林管林闲风月，曾有佳儿属杜筠"，这个"佳儿"即指杜荀鹤。

对于这段记载，杜荀鹤的诗文中没有记载，周必大的《二老堂诗话》对此民间传说质疑，杜牧的《樊川文集》未收入这首诗。杜荀鹤则自言为"寒族"，撇清自己与杜牧的关系，故其身世说法不一。

杜荀鹤一生曾多次赴京应考，均不第。身经战乱，目睹民生疾苦，他先后写出了《再经胡城县》《山中寡妇》《乱后逢村叟》等写实诗篇，脍炙人口的是《春宫怨》，为晚唐诗作名篇。

杜荀鹤虽才气横溢，却苦于无人赏识。古代的读书人，自科举设置，无一不走考试之路。但晚唐局势动荡，科场腐败，时风侈靡，中举者大都为公卿子弟所把持。而杜荀鹤"三族不当路，长年犹布衣""空有篇章传海内，更无亲族在朝中"，他光靠自己的才情与苦读很难及第。于是干谒，找官吏与名流引荐，也成为不少读书人求仕之路，杜荀鹤想凭借自己的诗名获当权者的赏识与重视。于是，他不断写干谒诗以期遇到知音，先后干谒过池州、明州、江州、潭州、衡州等州刺史，也向一些朝官或社会名流献诗，这些干谒诗大都诉说自己的才干与所处困境，赞扬对方的才德，进而提出希望，希冀这些朝官与知名人士推荐自己，如《投裴侍郎》：“只望至公将卷读，不求朝士致书论。”又如《投崔尚书》：“闭户十年专笔砚，仰天无处认梯媒。”《投李给事》：“相知不相荐，何以自谋身。”杜荀鹤写的干谒诗多达三十多首，占其诗集的十分之一。

杜荀鹤途经大梁（开封），献《时世行》十首给当时唐末最大割据势力梁王朱温，诗中提出“省徭役，薄赋敛”，未见回复。朱温亲信敬翔劝杜荀鹤“稍削古风，即可进身”，杜荀鹤又献《颂德诗》三十首给朱温，欲谒见朱温。朱温既不拒绝，也不回复，杜荀鹤只得在开封旅馆内住了一两个月，进退两难。因朱温脾气火暴残虐，他想见一个人，人如若不在，便追究有关官员责任，甚至当场杀人，杜荀鹤只能每天苦等。

某日，朱温突召杜荀鹤，他指天说道：“天好像要下雨了？”亲兵汇报：“天边无云有太阳，雨点很大。”朱温当即问杜荀鹤：“秀才，你见过无云太阳雨吗？”遂命杜荀鹤以此作诗。杜荀鹤大笔一挥写道：“同是乾坤事不同，雨丝飞洒日轮中。若教阴朗都相似，争表梁王造化功。”

此诗大获朱温赞赏。后经朱温推荐，杜荀鹤于大顺二年中了第八名进士。当时杜荀鹤已46岁。朱温又赏杜荀鹤锦衣钱财等物。过了几年，朱温胁迫唐昭宗移驾洛阳，由自己掌控天下，当时百官任命皆由他做主。他授杜荀鹤为翰林学士，任主客员外郎。

这一年大约在公元906年，在科举上奔波三十多年、受尽势利白眼与冷遇的诗人，终于有了一个官位。但杜荀鹤获官职时已患重疾，“旬日而卒”，因此唐史上有“五日翰林”之称。自杜荀鹤于大顺二年中举，至906年去世，这十几年中，诗人几乎没有留下“鼓与呼”的好作品，而他的干谒诗亦为时人所抨击：“老而未第，求知己者甚切。”诗中多恳求之言，“几乎哀鸣”，尤其对朱温的吹捧，更成为其一生之瑕。

杜荀鹤进士及第后，因有朱温赏识，表现出高人一等、仗势欺人之态，并在文章中挖苦讽刺其他官吏乡绅，遭致众怒，当地缙绅朝官欲谋机会暗害诗人。这些记载，未必确实，但杜荀鹤谄媚朱温而谋取功名官禄，是他一生的耻辱，包括那些干谒诗，也毫无价值可言。

李振之枭

李振

李振（？—923），唐朝司空李抱真曾孙，祖居西域。他年轻时聪明好学，但科举考试屡次落第，后入军队任职，被任命为台州刺史。上任前，浙江东部有人造反，李振没法赴任，为之郁闷不已。

李振很能干，苦于身处晚唐末年乱世。他途经汴州，去见刺史朱温，朱温粗鲁骁勇，恶读书人，以江湖豪杰自许，先参加黄巢起义，后又叛变归顺唐朝。朱温与李振一谈，发现李振有过人的才智，视为奇才，就请他留下来当幕僚，后任节度副使。

唐王朝当时掌控在宦官刘季述等太监手中，他们欲废唐昭宗，另找小皇帝更易摆布，便把目光投向割据一方的朱温，向朱温求援。李振奉朱温命到京城后，听了刘季述的想法，心中愤恨倍加，晚唐的宦官败坏朝政，使许多有才的读书人报国无门，他想到自己屡试落第，便当场痛加斥责，刘季述因害怕朱温手中拥有重兵，只能唯唯诺诺。李振一走，刘季述便囚禁唐昭宗，推出皇太子李裕当皇帝。

李振汇报给朱温，朱温早就想废唐而代之，但一直在犹豫，李振为之谋划，并自愿再入京城，他联合宰相崔胤与大将孙德昭诛杀刘季述，拥立唐昭宗复位。朱温为之大喜，他事后对李振的谋略佩服得不得了："爱卿所谋正合我意。"

一个书生凭其三寸不烂之舌，搞定了唐王朝，朱温成了唐昭宗的头号大功臣。李振的表演才拉开序幕，他去青州劝节度使王师范率家人离职而去，并再三保证他与其家人安全，王师范心存感激，翌日带全家人离开青州，途中被朱温将王师范全家七十余口杀尽，连3岁小孩都未留下。

在李振策划下，唐昭宗为朱温胁迫迁都洛阳，朝廷形式成摆设，胆小的大臣争相巴结朱温。朱温残虐任性，不按规章制度，随意贬谪官员。李振对唐朝有功名的旧臣更充满厌恶，他颐指气使，以泄当年落第不平之气。由于李振是朱温身旁二号人物，一些朝臣对他敢怒不敢言，私下称李振为“鸱枭”（不祥之鸟），李振知晓后，不觉恼怒，向朱温进言：“衣冠浮薄之徒皆朝廷难制者”，极力鼓动朱温大动杀戒。

朱温此时对李振言听计从，况且他本来恶读书人久矣。当时朝廷要臣皆由朱温指定，柳璨及第不到四年，性轻佻，好巴结，朱温任其为相，另封张廷范为太常卿，朝臣裴枢、崔远、独孤损等人反对，裴枢说：“张廷范本以乐舞、戏谑为业，他怎么可以当太常卿？”朱温一怒之下将三人革职。朱温又任命吏部侍郎杨涉为相，杨涉与家人相对而泣：“这是我家之不幸，将会累赘后人。”

天祐二年，朱温敕令裴枢、独孤损、崔远七人自尽，李振命士兵将附合裴枢等被贬官的三十多位“衣冠清流”带到滑州白马驿，一起杀尽。被杀的包括左仆射、右仆射、吏部尚书、工部尚书等各部要员，众多尸体被投入河中，河水为之浊流，世称“白马之祸”。朝野读书人皆为之惊恐无比，李振“鸱枭”之绰号更响了。

朱温称帝后，李振位及户部尚书，又任崇政院使，掌管朝政大事，落魄书生位及重臣，何等得意。朱温称帝当年，出征途中急病昏死过去，他自觉病危，欲传位于养子朱友文，为其亲子朱友珪获悉，联络统军韩勍率亲兵五百，当场弑父篡位，人称“屠夫皇帝”的朱温一命呜呼。

朱温死后，梁废帝朱友珪没有重用李振。后唐李存勖攻下后梁，李振便与同为朱温亲信的敬翔商议如何去见新君，敬翔抱定为国而死，李振便自己走了。敬翔望其背影慨然长叹：“李振枉为大丈夫，当初他与我共为梁王（朱温）策划，今日先主去了，他还想求见，纵使新君赦免其罪，他又有何面目再入建国门！”由于叛臣段凝等人离间，李振虽屈膝认罪，仍被处死，连累族人同诛。叛臣段凝自以为得计，不久被流放，后又处死。

冯道之滑

冯道

冯道（882—954）是五代时的一个名人。他生于后唐中和二年，卒于后周显德元年，历经后唐、后晋、后汉、后周四朝十个皇帝，在乱世中前后拜相达二十余年，这是中国官场中极为罕见的。

五代在中国历史上是一个较为混乱的时代，当时兵戎相见，官吏贪暴放纵，可冯道却能在不同的朝代滑来滑去，处之坦然。在激烈动荡的倾轧中，他一直保持着不倒翁的位置。此人的做官之道，实在很值得探究。

少年时的冯道，勤勉好学，刻苦节俭。他先在唐末天祐年间任刘守光的参军，因敢于直言而惹恼主子，后刘守光兵败，他投靠张承业，张承业见其有才，把他推荐给李克用，任河东节度掌书记。李克用之子李存勖与后梁交战，元帅郭崇韬要求裁减闲散人员，李顿时大怒，欲另择师，命冯道起草文告。冯道不从，直言此举之利弊，遂使李、郭和好。由此可见，初入仕途的冯道血气方刚，颇有胆识，很敢说话。

李存勖称帝后，冯道被破格任命为户部侍郎、翰林学士。朝廷赐其美女，他不爱，另置他室。朝廷赐其金银财宝，冯道不用，慷慨救济乡里贫民。因此，冯道的名气越来越大，出任后唐宰相，他在任相期间还识拔了不少有才识的寒门弟子。但官场的激烈争斗也让冯道渐渐磨去了棱角，慢慢变了一个人，他开始揣摩上意，对左右形势举棋不定。唐闵帝未死之前，冯道就走了一着险棋，他率百官去迎接新主李从珂。后唐亡，冯道又投靠后晋，被儿皇帝石敬瑭封为宰相，对他恩宠倍加。冯道曾代表石敬瑭出使辽国，辽国主子耶律德光责备冯道，你身为后晋大臣，却无功于后晋，冯道竟不能对。耶律德光又讽刺冯道："尔是何等老子？"冯道回答："无才无德痴顽老子。"这让耶律德光十分高兴，又对冯道封官许愿。后周灭后汉，冯道又被任命为首相，郭威诱杀刘赟，冯道佯装不知而躲过一劫。沧桑沉浮，人事变迁，冯道却在乱世中官越做越大。冯道卒于73岁，谥文懿，追封瀛王，其墓在今山西省运城市。

冯道身居高位二十余年，除识拔人才，也做了一些有利于文化的工作。比如他曾主持校订了《九经》，并推动雕版印书，是"五代蓝本"的有功者，成为中国大规模官刻儒家经典的创始人。

冯道自号长乐老，他对自己有一个评价。在一篇《长乐老自叙》中写道，他自知后人对其言其行会有非议，因此文内有"有愧于历职历官"之句，他喜欢"时开一卷，时饮一杯"，"老而自乐，何乐如之"。平心而论，冯道还不算是一个十分凶残贪婪的官吏，但他作为好几个朝代的宰相，却在兴利除弊中很少有所作为，他奉行的是明哲保身、迎合强胜的人生哲学。由于乱世的凶险，环境也造就了冯道处世的圆滑。

对于冯道的评价，历来不一。大史学家司马光在《资治通鉴》中，对其评语是"为人清俭宽弘，人莫能测其喜愠"，且又"滑稽多智"。后人还赞冯道"厚得稽古，宏才伟量"。但大文学家欧阳修对此另有一说："道为人，能自刻苦为俭约……可谓无廉耻者矣，则天下国家可从而知也。"

冯道之滑，是应对那个乱世的一种方法，其实也有他的无奈。不过，作为身居高位的宰相，他的圆滑、顺变与随和，是冯道不得已而为之。以"痴顽"来脱身于灾祸，或许可以明哲保身，但对国家、百姓的安危，那是一种缺位。当然，这种"不倒翁"官僚也是中国封建专制制度下的特有产物。正如黄仁宇所言："冯道替一般人民请命，保存了传统统一政府行政的逻辑。一般的作史者，对这样一位'视丧君亡国亦未尝以屑意'的'无才无德痴顽老子'又不能随便褒贬，也只好把他当作例外的人物看待，让他去自命为'长乐老'了。"

赵普之谋

赵普

赵普（922—992），字则平，幽州蓟（今北京）人，自幼学习吏事，后为节度使刘词的幕僚。

赵普性沉默，为人淳朴宽厚，喜怒不形于色，但参与议事，常常一语惊人。他后被举荐至朝廷，与武将赵匡胤友善，同为后周世宗柴荣之亲信。赵匡胤性豪放，武艺超群，一次捕盗贼百余人，欲斩。赵普审而辨之，将无罪者一一释放，赵匡胤赞其有谋。

柴荣病卒，其子柴宗训仅 7 岁，即位不久，陈桥兵变，众将推举殿前都点检（军事最高武官）赵匡胤黄袍加身。赵匡胤自述是被迫的，但兵变必有策划者，旁人皆曰赵普，因赵普心思缜密，点子多。赵匡胤建立北宋王朝，封赵普为右谏议大夫。

宋太祖赵匡胤因兵变而得天下，即位后很不放心掌兵权者。赵普为此献计："杯酒释兵权"。一日，赵匡胤设宴招待众将，席间自叹"吾终夕未尝敢安枕而卧也"，众将忙问何故，赵匡胤曰：担心有人夺位。众将赶紧下跪效忠。赵匡胤依赵普计，曰："人生如白驹过隙……汝曹何不释去兵权，择好便田宅市之，为子孙立永久之业，多置歌儿舞女，日饮酒相欢以终天年。君臣之间，两无猜疑，上下相安，不亦善乎？"翌日，众将皆辞兵权。赵普又献计"三权分离"：枢密院由文官所掌，有发兵之权；殿前司等三衙统兵，但无发兵之权；大权归皇帝。由此开创北宋文官掌兵权之职，武将皆屈居文官之下，此策不易兵变，但北宋武将从此无权，军队实力日渐衰弱，最后导致宋徽宗被金人所俘获。

两年后，赵匡胤罢免宰相范质，赵普为相。赵普任相十年，一直担心宋太祖微服出访，故而回家也不敢换便服，但他曾多次推荐自己赏识的人当官，赵匡胤不同意，他依旧再三举荐，直至让某人上位才肯罢休。

于是，赵匡胤渐渐发现赵普毛病不少。一次南唐李煜送赵普五万白银，被举报了；后来吴越国王暗中行贿赵普的瓜子金，也被发现了。这让赵匡胤对赵普固执地为人求官产生了怀疑：莫非赵普受贿卖官？

赵匡胤一查，赵普果然问题不少，有人说赵普违法经商（北宋严禁官吏经商）；有人举报赵普之子与李崇矩之女违法成亲（北宋规定宰辅之子女不得通婚）；有人说赵普用一块空地换了对方的菜园子；有人讲赵普经营旅店谋利；还有人击鼓鸣冤，说赵普受贿包庇恶人。失宠的赵普终于被免去宰相，去河阳三城任节度使。

三年后，赵匡胤突然去世，留下“烛影斧声”之成语。据说害死赵匡胤的是其弟赵光义，赵光义也好谋略，极有心计又心狠手辣，南唐后主李煜降宋后，宋太祖惜其才，将其软禁。赵光义却容不得李煜，将其毒死。赵光义登基后，急忙改了年号，又逼死了赵匡胤的两个儿子。据史记载，赵光义称帝还与赵普有关。

皇帝驾崩传其子，赵匡胤卒后为何传其弟呢？因赵匡胤其母杜太后临终前曾召赵匡胤嘱咐，并让赵普记录遗命：他日帝位先传光义，光义再传光义之弟光美，光美再将皇位传赵匡胤之子。杜太后、赵匡胤已死，只有赵普是赵光义即位的见证人。

赵光义称帝后，曾问赵普：“赵爱卿，朕的皇位日后传儿子好？还是传给弟弟好？”赵普曰：“当初太祖错了，陛下还要一错再错吗？”这为赵光义传子奠定了基础。赵普又一次官居相位。

赵光义当上皇帝后，赵普奉承其主。后来，赵普因犯错被罢免，但赵光义亲自为赵普出京饯行赠诗，可见君臣感情不错。公元988年，67岁的赵普再次被召回任相。赵普卒于公元992年，终年71岁。

赵普，三度任相，一生享尽荣华富贵。他有“半部论语治天下”名句，其实赵普虽有谋略，一生读书并不多，但其处世之谋略，却实非寻常读书人所能企及。

潘美之秘

潘美

一部《杨家将》家喻户晓，书中的杨业（杨老令公）因与辽军作战时被困，奸臣潘仁美拒发救兵，致使杨业寡不敌众，身受重伤，为辽军所获，被俘后绝食而亡。

其实《杨家将》中的潘仁美并无其人，历史上的出征主帅乃北宋名将潘美。

潘美（925—991）年轻时风流倜傥，入仕后沉默寡言，处世谨慎，为宋太祖赵匡胤年轻时的好友，他曾追随赵匡胤灭南汉、伐南唐、征北汉，功勋卓著。赵匡胤称帝后，潘美深受重用。赵匡胤后为其弟赵光义所害（见《续湘山野录》“烛影斧声”记载）。赵光义夺取皇位，即宋太宗，命令潘美率兵出战，大破辽军，潘美被封代国公。太平兴国八年，又被任命为忠武军节度使。

雍熙三年，宋太宗下诏命潘美、曹彬率军北伐，潘美与曹彬兵分二路，由潘美率兵攻打燕云十六州之寰州。曹彬出师不利，全军覆没，唯曹彬一人单枪匹马返回。赵光义命潘美把四个州的百姓迁徙到内地，任务十分艰巨，当时任副帅的杨业便向主帅潘美提议：“辽军士气正旺，我们不能与其正面对抗，我率部队驻扎在应州，让百姓进入石碣谷，辽军来攻前，我派一千名弓箭手埋伏在谷口，并令骑兵中路支援，可保护全体百姓成功迁徙。”

潘美尚未表态，监军王侁反驳杨业：“我们带领几万精兵无须畏敌，应大张旗鼓进军树威。”另一将领刘文裕随声附和。杨业虽骁勇，但他作战经验丰富，觉得这次出战必然失败，对此保持沉默。王侁又话中有话：“杨将军不是号称‘无敌’，怎么看到辽军如此害怕？难道你另有心思?”杨业说:“我不是贪生怕死,是时机不对,白白让士兵牺牲却立不了功。”潘美开始表示沉默,他情知杨业的建议是正确的,但监军是皇帝的心腹,自己又是赵匡胤生前爱将,他怕受牵连,最后默认了王侁的决策。杨业临上阵时哭着对潘美说:“我是北汉降将,皇上没有杀我,交我兵权,本想选择良机再战,但今天只得率先死命抗敌。”杨业违心地率小部队从大石路直奔朔州,兵败战死。

这次战败,潘美被削秩三级,一年后任真定知府,不久任并州通判,数月后病逝,终年 67 岁。

潘美的记载,与小说中的潘仁美两者相差很大,潘仁美是文官,官居太师,而历史上的潘美是武将。潘仁美因其女为皇妃而升为国丈,潘美也有一个女儿嫁给日后登基的宋真宗。对于杨业贸然出征一事,潘美确有责任,但他也有其难言之隐,有些话秘而不宣,致使他降职后不久郁闷而卒。

潘美的心病,盖因他是宋太祖赵匡胤生前之好友,因 50 岁的赵匡胤突然驾崩,外人都很怀疑是被其弟赵光义暗害,对此传闻,潘美不可能不知道。赵光义当上皇帝后,逼赵匡胤之子赵德昭自杀,另一个儿子赵德芳也死得不明不白。赵光义对追随赵匡胤的心腹亲随潘美等人也有所防范,潘美出征任主帅,他另派亲信监军王侁监控。唐代以来,监军的权力很大,甚至权在主帅之上,潘美这一点心中很清楚,他虽有作战经验,但深知功高震主,在决策上不得不屈从于王侁。杨业出兵后,王侁与潘美安置伏兵于陈家谷口接应,但等到中午未见杨业率兵马返回,王侁便认定杨业乘胜追击辽兵去了,决定撤兵,潘美当时确想阻止,但态度不够坚决,最后还是依从王侁之言。对杨业之死,潘美确有不小的责任。

从《宋史》《辽史》来看,潘美并非是祸害杨业之主角,只因他是赵匡胤的亲信,内心害怕被赵光义借故除去,便选择了明哲保身的方法,附和监军王侁。而这一点,潘美当时至死也不敢说出来,这就是他心中的难言之隐,其苦衷只能秘而不宣。

李沆之圣

李沆

宋朝（南北宋）约有一百三十五位宰相，宋真宗时宰相李沆被誉为“圣相”。

李沆（947—1004），字太初，河北邯郸人。他在兴国五年登进士第，后任著作郎，宋太宗赞赏其文字与为人：“端庄稳重，真贵人也。”他入弘文馆当值，又因其学识不凡担任寿王赵恒的老师，赵恒于至道三年即位，为宋真宗。李沆为户部侍郎、参知政事（副宰相）。

咸平二年，李沆呈重修《太祖实录》五十卷，当时编撰人员皆加官受赏，李沆恳切推辞。咸平五年，李沆加职尚书右仆射，与宰相吕蒙正共同主持朝政。

在李沆为相时，获“光明正大”之佳誉。李沆性直率、讲诚信，但他接待朝臣时沉默寡言。大臣马亮称其“没口的飘葫芦（即无口匏）”，其实李沆是不好乱议论他人。秘书监胡旦曾与李沆同任知制诰，他被贬后，许久未被召用，便去拜访新任参知政事的李沆，他一开口就数落五个人的缺点，以此赞扬李沆。李沆听了很不高兴，他觉得一个大臣如果以指责他人来吹捧自己，很不合适。在李沆为相期间，胡旦一直未被起用。

另一位副宰相寇准因与丁谓交好，多次在李沆面前称誉丁谓有才，但李沆始终不用，寇准性直，便以此询问。李沆反问：“视丁谓之为人处世，可以让他位居别人之上吗？”寇准再荐，李沆笑道：“今后你会后悔的。”后来，寇准被上位的丁谓排挤诬陷，这才信服李沆之眼力。

李沆不仅对朝臣秉公而断，对皇帝的诏命也敢于直言，宋真宗因宠爱刘娥，想让李沆以宰相之口提议刘娥为贵妃，他派使者拿了手诏去见李沆，李沆看完，当着使者的面，用烛火把诏书烧了，说：“你告圣上，李沆认为不行。”宋真宗因李沆是自己老师，只得作罢。驸马都尉石保吉是宋太祖女婿，想谋求兼相之职，宋真宗征求李沆意见，李沆回答：“奖励制度适用于本人亲干实事，石保吉凭借皇亲关系，我若授以官职，必为时人非议。”李沆任相多年，从未向宋真宗写过私人密奏，宋真宗问：“他人都有密奏，您为何没有？”李沆沉着回答：“臣蒙皇恩授以宰相之职，公事公开，何必再写密奏？臣以为写私人密奏者，不是说他人的坏话便是谄媚之辈，臣对这种小人很看不起，怎能明知其错还去照做呢？”

有长者声誉的李沆为人清廉，他的住宅大厅较狭小，有人劝他扩建修缮一下，李沆说：“此宅要留给子孙的，作为宰相官署的大厅确实是太小了，但作为一般人的大厅，已够宽了。”李沆妻子见外墙壁坏了很久，屋前栅栏也坏了，便告诫仆人不要修理，以此试探李沆反应。但过了一个月，李沆始终不说，其妻这才告李沆，李沆说：“不能因家中小事，改变我一贯的做事风格。”

李沆为人公正无私，但仍有人非议。有个书生写了书状在路上拦住批评李沆，李沆谦逊道谢：“让我回家仔细阅览。”书生大怒：“你居大位而不能兼济天下，又不引咎辞职，您惭愧吗？”李沆恭敬回答：“我屡次请求辞退，无奈皇上不准许。”一直和颜悦色对待暴怒者。宋真宗见有臣子上书指责宰相过失，十分不快，想严加责备，李沆却说：“朝廷要广开言路，如果言之有理，应予表彰奖励。臣无才能，如被罢免，亦进谏之人的功劳。”

李沆一生好读《论语》，有人问他多读何益，李沆说：“我是宰相，要学《论语》中所言：‘节用而爱人，使民以时。’圣人之言，终身受益。”

景德元年，李沆因病而逝，享年58岁，宋真宗非常悲伤，在灵前痛哭：“沆为大臣，忠良纯厚，始终如一，岂意不享遐寿！”追赠太师，谥号“文靖”。

宋代有不少贤相，但被誉为“圣相”仅李沆一人。叶梦得赞他“专以方严重厚镇服浮躁，尤不乐人论说短长附己”，概括了李沆“圣相”之德。

王旦之清

王旦

王旦（957—1017）生于后周显德四年，因其出生在凌晨，故名旦。王旦是兵部侍郎王祜之子，天生相貌奇陋，华山道人见其异相，便断言："其人日后大贵。"

王旦从小好学不倦，性格沉默寡言，做事极认真，他23岁进士及第，任大理评事，后赴平江任知县。因其文才了得，任著作佐郎，参与编修《文苑英华》。王旦33岁在弘文馆当值，后步步高升。因其岳父赵昌言出任参知政事要职，王旦上奏为避嫌，不赴吏部任职，改为礼部郎中。

宋真宗即位后，王旦为中书舍人，后任参知政事。王旦为官，行事坦荡而谨慎，平时与群僚很少谈笑，常常默坐无言。宋真宗在朝中遇到难事，众臣意见不一，王旦会缓缓说出一番话来，令四座叹服。王旦从朝廷回家，进入静室独坐，其弟不解，以此问赵安仁，安仁曰："刚才议论国事，王旦不打算实行而考虑再三，他是深忧社稷也。"

不好言语的王旦，善于思考，以知人而闻名于世。王旦情知官场混浊，一生处世稳重，洁身自好。景德三年，他被宋真宗任命为宰相，为相十二年，秉公处事，虽家中宾客不绝，却无人敢因私情来求王旦。在北宋朝廷中，王旦以清名自居，勿与浊流为伍。

王旦知人善任，很了不起。王旦位及宰相，大权在握，但他严于律己，不好结党营私，又清廉坦荡，他说话不多，群僚欲与其亲近，往往难以与他深交。王旦考察下属，必亲与其人交谈，在起用人才之际，又多方征求意见，对识拔之人，观其人其行，严加考察，然后荐之。故王旦所保举之人，皆得重用。当朝奸佞丁渭几次在宋真宗面前说王旦坏话，王旦知之，也不辩解。幸亏宋真宗知王旦为人，不与小人合污。当时史官修撰《真宗实录》一书，记载当时才俊，大都为王旦所荐，但王旦从不张扬，也勿对他人言。他死后，众臣阅《真宗实录》，方知王旦用人为公，从不因荐举人才而受人恩惠。

王旦任相时，与寇准同朝为官，寇准为人敢说敢做，但刚愎自用，也喜欢找碴，王旦对此不卑不亢。一天宋真宗召见王旦，称赞王旦处事井井有条，又告王旦，寇准常说王旦的坏话。王旦也不生气，说："我做事公正，这是应该的，有人议我之恶，说明我任相日久，必有不足之处。寇准做事竭心尽力，这是值得我学习的。"宋真宗听后半晌无语。

寇准后被罢官，他厚着脸皮去见王旦，请王旦帮忙他保住宰相头衔的虚职，王旦断然拒绝，寇准对此恨之入骨。后来，国家任命下来，寇准保留了使相头衔一职，他在见到宋真宗时流泪谢恩，宋真宗淡淡地说："你这个职务，是王旦爱卿推荐的。"寇准闻之，大为惭愧。

王旦知人之深，对群臣考察衡量都有一个度，他虽推荐重用了不少人才，但他从不自己告诉升官者，也不接受任何贿赂与厚谢。

王旦61岁病重，宋真宗亲自和药喂之，并请王旦推荐辅臣，王旦却不回答，真宗再三询问，王旦这才勉强说："以臣愚见，不如用寇准。"宋真宗说："寇准刚正狭窄，您再考虑一个。"王旦回答："其他人，臣不知也。"王旦死后一年，宋真宗任命寇准为相。

王旦请生前好友杨亿撰写遗表："原为宰相辅臣，未替宗族亲戚求一官半职。每天亲自处理各种重要事务，稍减忧劳之心。"他又告诫子弟："我家盛名清德，应致力于俭朴，不许太奢侈，勿将金银财宝入棺。"宋真宗闻之感叹，赐银五千两，王旦病中辞谢："家中已多财物，请陛下赐平民。"王旦死后，谥文贞。中国历史上第一个获"文贞"谥号是初唐的魏徵。宋仁宗赵祯时改"文贞"为"文正"。"文正"乃北宋年间对逝者的最高评价，在北宋文臣中共有九人获此谥号，如李昉、范仲淹、司马光。司马光认为"文正"是文人道德的极至，是人臣极美的谥号。谥号都是人死后才盖棺论定的，北宋后有方孝孺、李东阳、汤斌、曾国藩等大臣获此谥号。

寇准之奢

寇准

寇准（961—1023），字平仲，是北宋前期的名相。他在仕途上虽三起三落，但颇有政绩。在辽国大举进攻北宋时，宋真宗与一些朝臣害怕了，准备迁都，正是“主战派”寇准力挽狂澜，鼓动宋真宗亲征，他自己则亲临前线，最终使宋辽达成“澶渊之盟”，并换来北宋后来一百二十年的太平。

寇准出身书香门第，他出生不久，父卒，家境由此而贫。寇准母亲教儿子读书，寇准十分努力，熟读《春秋》，终于在 19 岁中了进士，先授大理评事，后任成安知县。寇准在治理地方上精明强干，政绩斐然。于是在仕途上青云直上。他受宋太宗青睐，年纪轻轻便进入北宋领导阶层。

在古代，北宋的文人是最幸福的，他们敢于说话，还好与皇帝抬杠，这是因为宋太祖建国后规定：让文臣说话，说错了，也不准杀。当时，年少气盛的寇准刚正不阿，尤其敢与皇帝争论。一次朝廷议事，宋太宗与寇准意见相左，寇准据理力争，触犯龙颜，太宗拂袖而去，群臣皆很尴尬，寇准却紧追几步，扯住太宗龙袍说：“我还没汇报完毕呢！”宋太宗怒曰：“寡人不想听了！”寇准当时比宋太宗小 22 岁，硬是拦住皇帝去路，相持后，宋太宗只得坐下听寇准讲完。

淳化二年，天大旱，宋太宗向大臣询问，众臣皆以“天象无常推委”，寇准却突然说：“大旱之证，盖刑有所不平也。”宋太宗很生气，问什么事做错了。寇准便以当时两位官员受贿后处置不公为例：一个受贿少而被杀，另一个受贿多而只打了几板子。原因是后者有个兄长是朝廷副宰相王沔。宋太宗事后处理了王沔。寇准在朝廷上卓尔不群、锋芒

毕露，幸亏宋太宗不与他较真，还夸道：“朕得寇准，犹文皇（唐太宗）之得魏徵也。”(《宋史·寇准传》)

寇准 33 岁因“临事明敏”而推为宰相。他虽排在四位宰相之末，但宋太宗明确告知其他三位，要以寇准为中心。寇准后来在仕途上三起三落，一是欣赏他的宋太宗死了；二是他处事刚愎自用，不大会团结同僚；第三，他生活太奢侈了。

北宋时规定 700 文为一贯，如用一贯钱请一桌人吃饭，很丰盛了。这一贯钱够普通五口之家吃一个月的大米。那么寇准如何高消费呢？据《宋史》与《清琐诗话》载，第一，他经常请客，还一请好几桌；第二，请客吃饭要点蜡烛，当时蜡烛为奢侈品，每根蜡烛 300 文左右；第三，寇准喜欢听艳歌、看艳舞，他召官妓来家中跳西域性感舞蹈。唱得好，跳得好，他就赏绫罗绸缎，一大匹绫罗要 6 到 7 贯，够五口之家吃半年大米！有人对他“一曲清歌一束绫”劝阻，寇准哈哈大笑：“人间万事何须问，且向樽前听艳歌。”一副十足的大少爷派头。

寇准做人没有城府，他当官时有了钱就把一个月收入（金钱细软）摆在厅里向同僚朋友摆阔，后来他三次贬官离开京城，一到地方任职，依旧大搞奢侈之风。这恐怕是寇准一生的一个毛病。

寇准除了摆阔还嗜酒，他请客时好强人所难。一次宴会上，寇准请枢密副使曹利用喝酒，曹不肯喝，寇准大动肝火，就说：“我宰相给你敬酒，你怎么给脸不要脸?”曹利用原是寇准手下的一个武将，现在也升到与副宰相同级别的官阶了，便有点不服气。寇准一恼，便骂曹利用是一介匹夫。另一次，寇准喝多了，结果羹汤洒了一胡子，众人皆笑，被他一手提拔起来的丁谓赶紧上前为寇准擦拭。不料寇准面孔一板，当众人面指责丁谓拍马屁！结果，丁谓从此恨上了寇准。

后来，正是曹利用与丁谓的恶意中伤，让寇准下台。尤其是小人丁谓更让寇准在晚年吃足了苦头。喝酒误事，确实有令人意想不到的恶果。

天圣元年，寇准病逝于雷州，宋仁宗下诏为其立神通碑，亲撰“旌忠”二字，谥号“忠愍”。存《寇忠愍诗集》三卷。

王钦若之邪

王钦若

赵匡胤陈桥兵变后，成了宋太祖。他建立北宋王朝后规定："南人不得坐吾此堂。"接替赵匡胤的宋太宗赵光义虽有谋害其兄之嫌，但也坚持其兄之嘱，"不用南人为相"。一直到宋真宗赵恒即位，起用王钦若为宰相，这才打破了这一祖宗法规。王钦若也成为北宋王朝的第一位南人宰相。

王钦若（962—1025），字定国，今江西省新余人。他身材矮小，相貌平庸，但从小天赋异禀，出口成章。因其出身寒门，家境贫困，乡里有祭社，王钦若便去讨祭肉吃，有人问他何德何能？王钦若脱口吟了两句诗，"龙带晚烟归洞府，雁拖秋色过衡阳"，当即获佳誉，这两句诗后来被宋真宗读到了，称赞王钦若写得落落有贵气。

王钦若在太宗淳化三年中了进士，在同僚中，他以口才好、能力强著称，但像他这样毫无背景的南人想在北宋朝廷内平步青云，谈何容易。他在管三司（盐铁、度支、户部）欠款时，有个度支判官建言免了历年拖欠的钱粮，王钦若一听，计上心来，马上意识到这是个邀功请赏的机会，便连夜赶写好奏章。

翌日，宋真宗问王钦若："先帝难道不知？"王钦若从容回答："先帝固知之，殆留陛下收人心尔。"王钦若此言极为高明，既维护了先帝宋太宗高明的政治形象，又让宋真宗借此收买人心。宋真宗闻之大喜，即下令减免历年钱粮欠款一千余万，又释放了三千多名囚犯。此举大得人心，王钦若因此也被召为翰林学士，后又授左谏议大夫。

宋真宗提拔王钦若还有一个重要原因，是王钦若会投其所好。王钦若知道宋真宗迷信道教，曾做过一个天书在泰山的梦。他就亲自伪造《天书再降祥瑞图》，并让地方官吏献给朝廷，还让人在泰山上制作黄绢。他还卖力地建祥源观，为宋真宗上玉皇尊号。对此，宋真宗皆信以为真，觉得王钦若所作所为很投缘，终于把他提升为副宰相。

王钦若办事精明能干，又擅长化险为夷。他在任科举主考官时，有个叫任懿的考生，通过与王钦若友善的一个僧人惠秦，送了350两银票给王钦若妻子李氏，李氏受贿后暗中把任懿的名字写在家奴祁睿的手臂上，让祁睿进考试院给王钦若送汤饮时密告。王钦若从家奴祁睿嘴中知道了受贿银两数字。

这场交易成功后，不料走漏了风声，御史中丞逮捕了祁睿、任懿，并上奏请宋真宗法办王钦若。王钦若却推脱得一干二净，他的理由是：第一，祁睿是前几天才到王府当差（其实祁跟随王多年）；第二，他与僧人惠秦从未来往。鉴于王钦若是宋真宗眼中的红人，司法官员不敢深究，只将考官洪湛严办，这便引起满朝大臣愤慨。

宰相寇准敢于直言，在他反对下，宋真宗只得把王降职，让他与杨亿去主修《册府元龟》。《册府元龟》与《太平广记》《太平御览》《文苑英华》合称“宋四大书”。王钦若在修书过程中，宋真宗褒奖某人，他必将其名列于前；宋真宗发现修书有不完善之处，王钦若则推托是杨亿所撰。总之，王的巧嘴很会惑众。

宋真宗卒后，13岁的宋仁宗赵祯即位，当时由太后刘娥垂帘听政，王钦若又以献《迁叙图》得宠，王钦若因向太后献媚，不久又复出任宰相。王钦若一生好神仙、瑞符之事，自言少时至褒城道中遇异人授艺，故宋真宗、太后刘娥皆为其所惑，而王钦若办事能力之强，做事之到位，也为其受青睐之故。

王钦若项有附疣，时人称其“瘿相”。他卒于63岁，赠太师、中书令，谥文穆。“国朝以来宰相恤恩，未有钦若比者。”宋仁宗过了若干年后才知王钦若行事之弊，叹曰：“观其所为，其奸邪也。”

因王钦若“奸邪险伪”，《宋史》作者称其“天书之诬造端于钦若……钦若以赃贿干吏议”，“王钦若、丁谓、夏竦，世皆指为奸邪”。

丁谓之鬼

丁谓

丁谓先祖是河北人，五代时迁居苏州。此人相貌不佳，脸如顽猴，一对斜眼，张目仰视。但他自幼聪捷机敏，读书过目不忘，长大能书会画，并精通音律，口才又很出众。北宋文学家王禹偁读其文赞道："自唐朝韩愈、柳宗元后，二百年始有此作。"将其女许配丁谓，又逢人吹捧丁谓乃"今日之巨儒"。

丁谓（966—1037），字谓之，后更名介言。他不仅多才多艺，博闻强记，而且擅长随机应变，颇有急智，为人八面玲珑。他在32岁中了进士，在苏州任刺史时，也为家乡做了些好事，"乡人至今德之，祠于万寿寺"。丁谓的经济手腕也极高明，他在任三司使后，制定多项财政举措，皆有利于北宋经济发展。

但丁谓此人心术不正，又好作秀，为了谋取权力而曲意媚上。当时宋真宗赵恒很迷信仙道，热衷于修道场、做法事，丁谓迎合其好，自称是神仙丁令盛之后裔，将一只小龟献给宋真宗，称是太上老君的化身，使赵恒信以为真。丁谓还怂恿宋真宗去泰山封禅，赵恒顾虑经费不足，丁谓为迎合皇帝，以三司名义向朝中内库借银10万两，还命令沿途各州贡献财物，这次封禅不仅耗费钱财800万贯，而且劳民伤财，各州百姓苦不堪言。丁谓却因献封禅瑞图而大受宋真宗青睐。

宋真宗迷恋奢侈，想在皇城营建玉清昭应宫。一些正直朝臣皆反对，丁谓却极力支持，还与反对者辩论，以效其忠心。结果这一宫殿的建造又耗费了大量民脂民膏。

丁谓因其机敏，曾得名相寇准提拔，被推荐为副宰相，丁谓也以寇准门生自居。后来寇准因醉酒使胡子沾了羹汤，丁谓殷勤为之擦拭，寇准当场斥其拍马屁，这让丁谓在大庭广众下很没面子。从此他恨上了寇准，他表面上仍对寇准很恭敬，背后却使出一连串阴招，一方面千方百计给寇准罗织罪名，另一方面在宋真宗面前挑拨离间，说寇准坏话。

这时，迷恋鬼神的宋真宗真的病了，他早年曾想立刘妃为皇后，遭到寇准、王旦、向敏中等大臣反对，但宋真宗受奸相王钦若怂恿，还是把刘妃封为皇后。宋真宗在病重时有两个选择，一是把皇位传给太子，二是让刘皇后掌权。以丁谓为首的“拥后党”大搞阴谋诡计，他们在不让宋真宗知道的情况下，让刘皇后假传圣旨，罢免寇准职务，降为太常卿。这一矫诏，宋真宗一直被蒙在鼓里，临死前还有气无力地问太监：“为什么这些天我看不到寇准呢？”他至死也不知他心中的重臣早已被撤职了。

丁谓暗中使阴让寇准罢官，他还不满足，先把寇准赶出京城，知相州、徒安州，后又贬到道州。他对与寇准有隙的宰相冯拯说，我就要让寇准晚年多吃点苦头。冯拯知丁谓手段毒辣，便唯唯诺诺同意。丁谓本想把寇准贬到广东琼州（即今日三亚市，当时甚荒凉），后来自觉有点过分，便将寇准贬到雷州（今广东湛江），苏轼当年也被小人章惇贬于此地。

丁谓虽满口礼义道德，但做事鬼鬼祟祟，好弄权使阴，故被当时朝臣列入“五鬼”之一（其他四人是王钦若、林特、陈彭年与刘承珪）。

丁谓机关用尽，其下场也很悲惨。他与曹利用狼狈为奸赶走寇准，这两个人又为利益而互斗，曹利用攻击丁谓勾结内侍架空刘皇后，结果丁谓被赶出京城。小人的政治同盟是不会巩固的，当年对丁谓言听计从的冯拯立即起草诏书，将其政治盟友丁谓贬到崖州，丁谓家被抄，搜得“四方赂遗，不可胜纪”。

机敏一世又显赫一时的丁谓，从此“流落贬窜十五年”，后卒于光州，因其“多希合上旨，天下目为奸邪”，故被《宋史》列为“奸邪之臣”。

刘娥之谜

刘娥

中国有出戏剧《狸猫换太子》，出于元杂剧《金水桥陈琳抱妆盒》，由石玉昆写成公案武侠小说《三侠五义》。讲宋真宗时，刘妃与太监郭槐合谋，以剥皮狸猫调换李宸妃所生之婴儿（即宋仁宗赵祯），后李宸妃被打入冷宫。宋真宗卒，赵祯即位，包拯陈州放粮，途中遇到双眼已盲的李宸妃告状，包拯为其申冤，刘妃自尽，郭槐服法，李妃还朝当上皇太后。

书中讲的刘妃是否暗害李宸妃？历史上是否有“狸猫换太子”？

刘妃真名刘娥（969—1033），世称章献明肃皇后。她自幼生于蜀中，父母双亡，寄人篱下，因其天生丽质且歌喉动人，生性又聪明乖巧，擅长拨浪鼓的乐器，年纪轻轻便在当地小有名气。后嫁给银匠龚美为妻。她 15 岁与丈夫入京，两人贫穷无助，龚美只得把妻子刘娥卖了，指挥使张耆便把貌美的刘娥献给三皇子赵恒。赵恒一见倾心，日久缠绵，因其面容憔悴为其父宋太宗察觉，便将刘娥赶出皇府，赵恒暗中命张耆将刘娥藏于张府，私下相会。

赵恒即位后，即为宋真宗，他立即将刘娥接入宫中。当时内宫争宠激烈，难得刘娥很会做人，默默忍让，巧于周旋，她在 36 岁时被封为美人，后晋升德妃。刘娥虽得宋真宗宠幸，但一直没有怀孕，这便成了刘娥的一块心病。大中祥符三年，刘娥的侍女李氏因侍寝宋真宗生下一个男婴。刘娥将其收为己子，百般宠爱，这个男婴便是日后登基的宋仁宗赵祯。

刘娥因有子赵祯，44 岁时被册封为皇后。刘娥虽得宠封为皇后，但出身微贱，一直遭到当朝重臣王旦、寇准、李迪、向敏中等人的极力反对，只有丁谓、曹利用几个佞人附和。宋真宗册封刘娥为皇后的诏书，翰林学士杨亿拒绝起草，宋真宗不得不另召他人。

由于宋真宗迷醉于酒色，一些奏章来不及阅览，皆由刘娥代为处理至深夜，刘娥勤奋好学，参与处理政事井井有条，深得宋真宗信赖。

宋真宗多病，刘娥渐渐把持朝政，宋真宗开始不安，便向心腹内侍周怀正透露心事，密告宰相寇准，欲起草"太子监国"诏书，以分刘娥之权。不料此事泄密，周怀正遭捕被杀，寇准罢相。宋真宗病重后，不见寇准其人，问其左右，左右之人皆不敢答，刘娥已权倾内宫。

公元1022年，宋真宗驾崩，遗诏是："尊皇后为皇太后，军国大事权取皇太后处置。"13岁赵祯即位，刘娥临朝听政，她不久将丁渭、曹利用贬出京城。

刘娥自恃精明强干，身穿帝王龙袍上殿，当时京中有人传言：刘娥与武则天类似。刘娥闻讯后问群臣："唐之武后是什么女主？"朝臣回答："唐之罪人，差一点断送大唐江山。"刘娥听后沉默不语。

不久，殿中丞方仲弓上书，奏请刘娥"行武后故事"，宰相程琳也献上《武后临朝图》，暗示刘娥可以仿效武则天称帝，刘娥犹豫再三，询问朝中大臣意见，众臣皆不敢言，唯独刚直的鲁宗道直言："此为，将置当今皇上于何处？"刘娥沉思片刻，遂将奏章撕碎，掷于地上，说："我不做对不起大宋列祖之事！"

刘娥死后，24岁的宋仁宗才获悉自己非刘娥所生之子，自己亲生母亲是李宸妃，而李宸妃生前不能与亲儿相认。赵祯伤心悲痛欲绝，八王爷赵元俨趁机奏道："李妃娘娘死得不明不白，怕是被刘皇后害死的。"

李宸妃是否死于刘娥之手？从小深受刘娥宠爱的赵祯带了这个疑团，先派兵包围了刘娥生前的皇宫，然后亲自去李宸妃灵柩所在地洪福院查看。赵祯率众臣打开棺木，见到了下葬的李宸妃真容，她在水银养护下，面色安详，貌与生前相仿。赵祯仔细观看母容，这才明白母亲生前没有被暗害，刘娥虽不让自己与亲母相认，但已厚葬其母。赵祯心中疑团始解，又想起自己从小受刘娥的种种怜爱，遂在刘娥灵柩前焚香祭拜："我明白大娘娘一生清白。"并将刘娥陪葬于宋真宗的永定陵内。

因"仁宗认母"一事流传甚广，遂由此编出各类戏剧风行至今，其实刘娥之谜早在宋仁宗赵祯时已揭开了。

赵祯之贤

赵祯

北宋是中国古代史上的一段黄金岁月，在宋代皇帝中，宋仁宗赵祯被誉为“贤主”。

赵祯（1010—1063），原名赵受益，8岁立为太子，赐名赵祯。赵祯天性仁恕宽厚。他13岁即位，由刘太后代为处理国事，赵祯24岁时太后去世，他才亲政。

赵祯即位后，百司奏请扩大苑林，赵祯摇头阻止：“我得先祖之苑圃，已感十分宽广，岂可再扩建！”他一天退朝回宫，手拿一份奏章，为其梳头的老太监问：“陛下读什么奏章?”赵祯说：“本朝冗员严重，谏官建议减少宫中侍从与宫女。”太监仗着一向为赵祯宠信，便说：“臣家皆有歌伎舞女，陛下侍从并不多，这岂不太过分了！”赵祯听了，即传主管太监，按名册将二十九名宫女与梳头太监削减出宫。皇后忙问：“梳头太监是陛下多年亲信，为何削减?”赵祯正色曰：“他劝朕拒绝谏官的忠言，朕岂能将此人留在身旁。”

赵祯知人善用，器重范仲淹、韩琦、文彦博、富弼、包拯、狄青、司马光等文臣武将，擢拔欧阳修、王素、余靖和蔡襄为谏官。谏官王素见王德用进献一批绝色美女，便劝赵祯勿多亲近女色，赵祯心中不舍，说：“这些女子，朕很中意，卿就让朕留下吧！”王素正色道：“臣今日进谏，正怕陛下为女色所惑。”赵祯犹豫后命太监：“每人各赠三百贯，送她们出宫。”王素见宋仁宗脸有泪水，又奏：“陛下也不用匆忙办理。”赵祯叹口气说：“朕只怕将她们留久了，不舍送她们出宫。”

赵祯遵遗训“与士大夫共治天下”，他对读书人最宽容。苏辙当年赴京考试，在试卷上写道：“听路人说，皇帝整日与宠妃饮酒作乐，不理朝政。”考官胡宿要严办苏辙恶意诽谤罪，复考官司马光不同意。宋仁宗看了试卷，说：“朕设科举考试，本就欢迎天下敢言之士畅所欲言，不应罚而要奖励。”苏辙先中进士，后来做到副宰相。

包拯弹劾赵祯宠妃张氏的伯父张尧佐平庸无能，不宜为三司使（相当于财政部长），因怕赵祯不听，大声陈述，唾沫飞到宋仁宗脸上，赵祯一面用衣袖擦脸，一面仍耐心听完。宋仁宗拗不过包拯，改授张尧佐节度使（州长），包拯率七个言官与宋仁宗论理，赵祯很生气地说：“节度使只是一个粗官。”言官唐介不客气地直谏：“太祖（赵匡胤）也当过节度使，恐怕不是粗官？”赵祯无奈，回宫对张妃发火：“你想要一个节度使，你难道不知包拯是御史吗？”

赵祯虽为九五之尊，但不事奢华，俭朴律己。赵祯一次用餐，咬到一粒沙子，引起牙痛，赶紧对一旁的宫女说：“千万别声张，传扬出去，这可是死罪。”内侍献上蛤蜊，赵祯忙问从哪里来，多少钱，内侍答：“从远道运来，共二十八枚，每枚一千钱。”赵祯生气地说：“我常告诫你们要节省，这两万八千钱的蛤蜊，朕吃不下。”

赵祯自 24 岁亲政，常常亲自披阅奏章至深夜。一日晚上肚子饿，想吃羊肉热汤，但忍着没说出来。翌日上朝时，面色不好，大臣问后便说：“陛下何不降旨命人去采办？”赵祯说：“朕如一开口，宫人以为惯例，御厨便会夜夜宰杀，以便所需，一年下来要杀羊数百只，为朕一碗饮食，创此恶例，朕于心不忍。”

仁宗在位时，把权力交宰相，有近臣向他要官，他不好意思拒绝，写了手诏，请宰相提拔，但最后被否定。原来赵祯早与宰相打过招呼，不必遵行，退回即可。

嘉祐八年，赵祯逝世，“京师（开封）罢市巷哭，数日不绝。虽乞丐与小儿，皆焚纸钱哭于大内之前”，消息传至洛阳，焚烧纸钱烟雾飘满全城，乃至“天日无光”。辽道宗闻之号啕痛哭：“四十二年不识兵革矣。”辽国历代皇帝“奉其（赵祯）御容如祖宗”。

赵祯在位四十二年，国家安定，他去世后，中书门下与枢密院官员见宋仁宗所用床帐、垫具皆陈旧灰暗，久未换。韩琦回忆：“仁宗皇帝曾言，朕居于宫中，生活享用全是百姓膏血，不可随便浪费。”赵祯世称“贤主”。贤者，有才有德之人，其所好与民相同。赵祯不负此誉。

司马池之璞

司马池

司马池（980—1041）祖上历代为官，是晋朝安平王司马孚后代。祖父司马政死后赠太子太保，父亲司马炫死后赠太子太傅。他家境很富裕，但其幼年丧父，稍稍长大就痴迷读书，为了专心致志，小小年纪的司马池便把家产让给了伯父与叔父，令族人对司马池刮目相看。

司马池是个孝子，第一次进京赶考前，母亲患病在床，他不肯离家，但母亲一定要他去开封，他不得已到了京城，心神不宁，临考前一天，听一考生说其母病危，他赶紧急急返回，母亲已逝，他号啕大哭一场。到了景德二年，15 岁的司马池考中进士。

司马池分配在永宁县当主簿，他每天上下班骑驴子，作风廉洁，对其顶头上司陈县令不卑不亢。一次，司马池因公事去见陈县令，照理陈县令应该坐东首椅子，司马池坐西首椅子。但陈县令见他进来，却坐在北面的椅子上不动，想给他一个下马威。司马池走上前，把陈县令拉起来，请他在东首椅子坐下，自己这才在西首的椅子上坐下，令陈县令大为尴尬。

陈县令怀恨在心，一直想报复司马池，但司马池做事兢兢业业，勤勉清廉，无可挑剔，他对上司“不阿谀以随其曲，不求疵以彰其过”，做事极有分寸，让陈县令无从下手。

但上司往往不喜欢太耿直而敢于坚持原则的下僚，司马池在下层官吏中做了十七年，前后调动九次，或降职或平调，都没升迁。他在光州任职时，朝廷大兴土木，命各地上缴木材，光州知州盛度下了死命令，众县令敢怒不敢言，唯光山县令司马池回答：“三天内将木材上缴，绝对完不成。”上司发怒，司马池却态度坚决。三天后，光州四个县在三天内都没有完成任务，因司马池体恤百姓的难处，身先士卒，百姓主动配合，在四个县中，还是司马池这个县最早完成任务。此事让司马池美名远扬，光州知州盛度事后也向朝廷表扬了司马池。

由于司马池秉公办事，终于被西京留守刘烨看中。刘烨是洛阳世代贵族，当时歌女刘娥因姿色出众被宋真宗封为贵妃。刘娥是个能干的美女，她知宋真宗无子，便让侍女李氏亲寝皇帝，生下一子，占为已有，后来刘娥当上了皇后。但刘娥自知门第太低，便想与刘烨认亲，这本是刘烨飞黄腾达的机会，但刘烨至死不从，以装死逃过一劫。刘烨为人很正直，十分爱才，他便推荐司马池到洛阳为官。

一年后，司马池出任秘书省著作郎，枢密使曹利用知其能干，让他任群牧判官，当时大臣都向群牧司买马，但买了马，又都赊账。曹利用要司马池将大臣们所欠的马费讨回来。这事很不好办，司马池接手后首先向曹利用索讨，他说：“令之不行，由上犯之。您所欠的马费不少，理应先还。”曹利用不得已说：“我原来以为已偿还了。”他只得缴了马费，他一带头，司马池催账顺利，此事居然很快解决了。

司马池后又任开封府推官、凤翔知府，宋仁宗因知司马池做事踏实，能力又强，想提拔他任知谏院，但司马池多次恳辞，宋仁宗不解地问宰相：“别人都喜欢升官，只有司马池一再谦让，实在难能可贵。”硬是让司马池加上直史馆长的头衔。后来又升为尚书兵部外郎，并兼管侍御史等杂务，留在宋仁宗身边处理各种难缠之事。

由于司马池在杭州任知府时不与同僚拉拉扯扯，一切秉公而断，引起转运使江钧、张从革嫉妒，他们联名弹劾司马池，司马池因此降职调到虢州任知州。不久。江钧、张从革的亲戚犯法受查处，有人劝司马池也弹劾江、张二人，以报前仇，司马池坦然说：“我决不做此类事。”司马池之德誉为朝野所服。司马池 62 岁死于任上，赠太师，追封温国公。

司马池一生以诚信办事，人品如浑金璞玉，被宋仁宗誉为“为国为民的真君子”。如果说他的政绩还不算十分显赫，但他有理由骄傲，因为他培养了一个杰出的儿子，那就是“中国二司马”之一的司马光，一位中国伟大的史学家。

张先之谑

张先

北宋初期，政治相对开明，前期几个皇帝对文人也较宽容。因此北宋文人大都潇洒自如，既好议政，又擅填词。“痴儿了却公家事”，一个个寄情于山水，吟诗填词，令歌女弹唱。除了王安石、司马光两位不爱声色，晏殊、欧阳修、柳永、苏东坡一代才子们，皆是歌坊常客，其中以张先最为典型。

张先（990—1078），字子野，湖州乌程（今浙江吴兴）人。他是天圣八年进士，曾任安陆县知县，后任嘉兴判官，因其诗文好，获晏殊赏识，辟为通判，后在渝州、虢州、安州为官。治平元年官至尚书都官郎中。考察张先一生的政绩，没有什么突出表现，他在按部就班之余，把大量精力花在吟诗填词上，在艺术上显示了独特的艺术天赋。

张先先后与梅尧臣、欧阳修、苏轼、赵抃、蔡襄、李常等文士为好友，在这个文人圈内，张先算是个天性疏放、诙谐风趣的人物。他一生“善戏谑，有风味”，74岁退休后，还与一些文朋好友登山临水，吟唱抒怀。其诗句凝练，用词含蓄，造语工巧，情韵浓郁，比喻新颖，意象丰富，尤其擅长写身边事、眼前景。他写男欢女爱、相思离别之词，更见其风格清新，描写男女心理活动细腻，故其慢词之誉，与柳永齐名。张先著述有一百集，《宋史·艺文志》载“张先诗词二十卷”，可惜其诗词大都失传。今人编《全宋词》，仅存一百六十五首。

张先好戏谑，就是喜欢与人开玩笑，也敢于做他人不敢做的事。他年轻时爱上一个小尼姑，旁人劝他莫惹事，他却在尼姑庵中与俏尼姑眉来眼去，被老尼察觉，为了不让两人相见，老尼将小尼姑关在池塘中一个小岛的阁楼上。张先闻之，夜雇一船工，划舟过去，到了阁楼下，让小尼姑放下绳梯，爬上去与她幽会，两人缠绵一夜，张先临别还写一首《一丛花》的词表深情，弄得那个小尼姑后来寝食不安。

张先一生诗酒风流，最让人吃惊的是，他 80 岁又做了新郎，娶的新娘才 18 岁。大诗人苏轼闻讯，便戏老友："诗人老去莺莺在，公子归来燕燕忙。"当日婚宴，众人要新郎吟诗，张先当众吟诗一首："我年八十卿十八，卿是红颜我白发。与卿颠倒本同庚，只隔中间一花甲。"引得众人哄堂大笑。苏轼为之唱和："十八新娘八十郎，苍苍白发对红妆。鸳鸯被里成双夜，一树梨花压海棠。"众人亦大笑。

张先 80 岁婚后，那 18 岁的新娘居然先后为他生下二男二女，张先有七子两女，儿子张升后来当了宋朝宰相。他最大的儿子与最小的女儿竟差了六十岁，这为宋代之奇事，也为中国千年之罕见。

张先像个老顽童，但他的诗词确有独到造诣。"浮萍破处见山影，小艇归时闻草声"，"相送行人溪水西，回时陇月低"，"花不尽，月无穷，两心同"，"何年断离肠，西风昨又凉"，张先的这些诗词，大抵属于花间词风格。

张先早先作《行香子》，词中有"心中事，眼中泪，意中人"之句，被时人誉为"张三中"。张先则笑曰："我有'三影'之妙句，如'云破月来花弄影'，'娇柔懒起，帘压卷花影'，'柳径无人，坠风絮无影'。"后人遂称张先为"张三影"。

清代词学理论家陈廷焯评张先词："才不大而情有余，别于秦（观）、柳（永）、晏（殊）、欧阳（修）诸家，独开妙境，词坛中不可无此一家。"又说："晏殊、欧阳修承温庭筠、韦庄之体，但声色未开。秦观、柳永、苏轼、辛弃疾、姜白石的词气局一新，而古意顿失。唯张先适得其中，有含蓄处，亦有发越处。规模虽隘，却气格近古。"陈廷焯的词论未必公允，但亦可见张先的词风确实独具一格，有其妙处，开承上启下之词风。

张先卒于 88 岁，米寿也。

宋祁之诫

宋祁

中国历史上有不少文学兄弟，如曹丕与曹植，陆机与陆云，苏轼与苏辙，北宋的宋庠与宋祁也是名动一时的“双状元”。

宋祁（998—1061），湖北安陆人。先祖是宋国国君宋微子，他高祖宋绅曾任晚唐御史中丞，后因言获罪，全家便迁居雍丘县。宋祁少年时生活贫困，与其兄宋庠刻苦攻读。在北宋天圣二年，宋祁与宋庠同举进士，当时礼部拟宋祁为头名进士，宋庠为第三。但章献皇后刘娥已临朝称制，她认为弟弟不能排名在兄长之前，改宋庠为状元，宋祁排名延至第十。当时人称“二宋”，又将宋庠与宋祁誉为“双状元”。

宋祁初为军事推官，后经孙奭推荐，升任大理寺丞、国子监直讲，为太常博士、尚书工部员外郎，修撰《起居注》。当时修撰《起居注》的官员都要有一定文学修养，起居注是由史官或亲近皇帝的大臣负责记录皇帝的言行，包括皇帝的饮食与每日生活状态。由此可见，宋祁在30岁时已在朝野有很高声誉。

宝元二年，42岁的宋祁出任盐铁勾院，知制诰，后又升任天章阁侍制，至国子监。他见西北战事频繁而北宋财政吃紧，便写了一份“三冗三费”的奏章，对冗官、冗兵、冗僧与三费（如道场斋醮多、寺观多与公用靡费多）的现象给予直言批评，颇获佳誉。

庆历元年，吕夷简居相位，宋庠与其政见不一，被罢官，宋祁也被贬往寿州、陈州任官。庆历三年，宋祁的才情让他重返京城，任龙图阁学士。

五代时有刘昫等人撰的《唐书》，但宋仁宗认为《唐书》“纪次无法，详略失中，文采不明，事实零落”，于庆历四年下诏重修，由欧阳修主持这项工作，为区别于两本唐书，刘昫撰的为《旧唐书》，欧阳修、宋祁撰的为《新唐书》。《新唐书》列传部分，由宋祁负责编写，欧阳修因年龄小宋祁九岁，他为尊重前辈，在统稿时没有修改列传部分，招致记事前后矛盾。这一工程长达十几年，宋祁后因撰《新唐书》有功，升为左丞、工部尚书。

宋祁与其兄宋庠在年轻时勤奋苦学，成名后宋庠仍很低调，处事谨慎，在官场上步步高升。而宋祁因才情横溢而引出一段风流余波。一次宋祁罢宴回府时，路过繁台街，正巧一支皇家车队经过，宋祁让过一边，不料车内有人轻唤一声："小宋！"宋祁抬头望去，只见车帘掀起，一个妙龄宫女对宋祁嫣然一笑。宋祁看得呆住了，待车队远去，宋祁诗兴大发，回家写了一首《鹧鸪天》的词，词中有"画毂雕鞍狭路逢，一声肠断绣帘中。身无彩凤双飞翼，心有灵犀一点通。金作屋，玉为笼，车如流水马游龙。刘郎已恨蓬山远，更隔蓬山几万重。"

这首词很快在京城传开了，也传到宋仁宗耳中，他便问近侍："是谁叫小宋？"一个宫女便羞涩地站了出来，说是她随口叫的，请圣上恕罪。宋仁宗哈哈大笑，翌日就召宋祁上殿，宋祁诚惶诚恐，羞愧难当。宋仁宗却不怪罪于他，反而打趣："蓬山不远。"便把那个宫女赏给了宋祁。

宋祁除了这首诗出名，他还写了"红杏枝头春意闹"的诗句，被人誉为"红杏尚书"。

宋祁功成名就之际，在生活上开始放纵了，他经常饮酒作乐至通宵达旦。宋庠看不下去，便托人带信给弟弟，问宋祁还记得少年时吃剩饭的日子吗？但宋祁一笑了之，依旧花天酒地，并影响其儿子言行。宋祁儿子与张贵妃门客张彦方居然伪造公文，以卖官收取佣金。此事一出，被包拯察觉，立即弹劾宰相宋庠，宋庠不得不引咎辞职，宋祁也晚节不保，被贬亳州，这才懊悔万分。

嘉祐六年，宋祁因病去世，他临终前写了遗诫，告诫儿子："吾学不名家（学问尚未成一家），文章仅及中人，不足垂后（文章很一般，不值得传世）。为吏在良二千石下，勿请谥，勿受赠典。"又劝儿子今后不要再追逐名利和奢华，崇尚节俭为重。他对自己身后事也交代得清楚："一口简陋的棺木即可，丧事从简。"

宋祁之诫，可为志得意满者之戒。

包拯之刚

包拯

在中国封建史上，有不少贤臣循吏，但称得上铁面无私的清官，则凤毛麟角，北宋之包拯可以誉之。

包拯（999—1062），字希仁，庐州合肥人。其父包令仪曾任刑部侍郎，据包拯自述："生于草茅，早从宦学。"他少时寄居在一座古庙里刻苦攻读，28岁考中进士，踏上仕途。由于包拯父母体弱多病，后来又父母双亡，他便辞官守孝在家，以至十载不仕，故欧阳修誉他"少有孝行，闻于乡里"。此后，包拯在政治舞台上一展所学，他先后任知府、转运使、监察御史、御史中丞、户部副使、龙图阁直学士等职，他在仕途上敢于直言，见贪官污吏及平庸之臣，无论官高权重，都敢于弹劾。如包拯七次弹劾酷吏王逵，把这个不可一世的皇帝宠臣拉下马；他弹劾宋仁宗最亲信的太监阎士良"监守自盗"，他四次弹劾皇亲郭承佑，让皇帝有点下不了台。在包拯三十年仕途中，在他弹劾下被罢免的重臣多达三十余人，不少还是炙手可热的权贵。正因如此，民间便有了《打龙袍》《打銮架》《乌盆记》等四十多部戏曲文本。故事中包拯的最大对手是国丈兼宰相庞吉，据查，宋仁宗时并无庞吉而实有宰相庞籍，庞籍是宋真宗时进士。仁宗即位时，真宗皇后刘娥垂帘听政，宠籍力谏不妥，并在仁宗时反对皇妃干预朝政，由于他整顿军纪，收复失地，被册封颍国公，以太子太保退休。庞籍并没有一个漂亮的女儿当贵妃，包拯打宠吉是戏曲家的编造。

但宋仁宗时，包拯确实扳倒过一位显赫的国戚叫张尧佐，他是张贵妃的伯父。由于张贵妃娇丽得宠，平庸的张尧佐频频高升，出任掌管全国财政的计相，他加重苛税而令朝库枯竭，包拯便据理弹劾，但宋仁宗抵不住爱妃的“枕头风”，反而要提拔张尧佐为“宣徽使”，包拯在廷辩时义愤填膺滔滔不绝，以至于唾沫星子溅了仁宗一脸，迫使宋仁宗耐心听完，因包拯力谏，张尧佐无奈辞去职务。经包拯多次劝谏，终于让宋仁宗作出了后妃家庭成员今后不得任国家军队要职的规定。在“庆历新政”时，包拯为解决冗官积弊，他力主严格选拔官员，淘汰冗杂，对年满 70 岁的官员采取强令致仕。

“包拯戏”中说包拯由其兄嫂扶养成大，后其亲侄犯罪，包拯挥泪斩侄子，那也是杜撰。包拯有二子，长子包繶，青年早亡；晚年得一子包綖，包拯临终前立下遗训：“后世子孙仕宦有犯赃滥者，不得放归本家，亡殁之后，不得葬于大茔之中，不从吾志，非吾子孙。”因包拯尽心效国，他除主持开封府，还被任命为三司使，负责全国经济工作，并被提拔为枢密副使（相当于副宰相），劳累过度的包拯在 63 岁时病逝，包拯谥号“孝肃”，追赠礼部尚书。宋仁宗赵祯亲自到包拯家吊唁，发现包拯“居家俭约，衣服饮食如初宦时”，欧阳修评：“晚有直节，著在朝廷。”

综观包拯一生，他做了三件大事，一是敢于直言，无论是达官显贵，还是皇亲国戚，只要胡作非为，他一律弹劾。二是为官清廉，他在端州任职时，由于爱民如子，临行前当地百姓制好一方端砚送他，包拯坚辞不要。其堂舅犯了法，包拯严加审问，打了其堂舅七十大板。三是大力平反冤狱，智破疑案，让受冤百姓重见天日。他身边虽无张龙、赵虎以及南侠展昭等武士，但包拯以一身正气、两袖清风而不怒自威。

包拯能秉公执法，“举刺不避乎权贵，犯颜不畏乎逆鳞”，缘于包拯“无欲则刚”，他一生无私心，因此才能一生刚直不阿。另一原因是北宋君主以“士大夫与皇帝共治天下”为纲，宋仁宗赵祯又对文臣十分尊重。如若在明清两朝，朱元璋、朱棣独裁专权，康熙、雍正、乾隆权倾天下，有敢于犯上执法的包拯则亦无能为力了。

包拯有奏议十五卷，今存《包孝肃公奏议》。

梅尧臣之抑

梅尧臣

在北宋文坛，梅尧臣与苏舜钦齐名，合称“苏梅”。梅尧臣诗文俱佳，学问也好，但在考场屡次受抑，仕途郁郁不得志。

梅尧臣（1002—1060），字圣俞，安徽宣城人。他生于农家，家贫而酷爱读书。少年时文名已盛，但考试却名落孙山，因家贫，后随叔叔到河南当主簿（今日之文书）。他担任过几个县的县令与知县，都是小官，与他当时的诗名之盛极不相符。

梅尧臣在当地方官时，体察民情，微服私访农家，写出了不少反映农家生活的诗篇，如《田家语》：“谁道田家乐，春税秋未足！”又如《陶者》一诗揭示了贫富差距悬殊的社会现象：“陶尽门前土，屋上无片瓦，十指不沾泥，鳞鳞居大厦。”除了反映农民生活的《小村》等诗篇，他还写了不少咏景状物的好诗，其诗风平易而深刻，笔法凝练而又自如，在新巧中显示老辣，描写山水之美，也别具一格，引起众多文士喜爱。当时“语诗者必求之圣俞（即梅尧臣）”，经梅尧臣辅导的学生都高中进士，但他自己却“累举进士，辄抑于有司”，这让胸怀大志的梅尧臣十分尴尬与痛苦。

梅尧臣当时交往的朋友很多，不少朋友还是当时名臣，如韩琦、范仲淹、尹诛、富弼、欧阳修都是与梅唱酬和诗的朋友，范仲淹与梅尧臣的妻兄还是同科进士，私交甚笃。范仲淹在《鄱阳酬泉州曹使君见寄》一诗中也把梅尧臣引为知己，并说两人政见与意趣十分相同。因此，梅尧臣一直把范仲淹视为能援手帮他改变困境的支柱。范仲淹在康定元年出任陕西经略安抚副使，他有职有权可以举荐人才，范当时就推荐欧阳修掌书记，但欧阳修婉言谢绝了，可能是觉得这个职务有点屈才，也可能为了“避谤”，坚持“同其退不同其进”的操守。欧阳修当时知道梅尧臣屡试未果，了解梅急于报效国家、博取功名的渴望，就向范仲淹举荐了梅尧臣，但范仲淹却毫无表示。

为此，梅尧臣写下《桓妒妻》一诗影射指责范仲淹。康定二年，梅尧臣赴湖州任盐税官，欧阳修设宴为其饯行，自恃才高的梅尧臣喝得大醉，为自己养家糊口而不得不去做一个为清流鄙薄的盐税官而无奈自嘲，同时也发泄了对范仲淹的强烈不满。

而与梅尧臣关系甚好的尹诛、富弼也无援手帮助梅尧臣摆脱困境，梅尧臣后来又当过签书忠武军、镇安军节度判官、监永丰仓等地方小官，一直处于郁郁不得志的境况之中。在此期间，梅尧臣对范仲淹的积怨加剧，他认为范仲淹当时被贬，自己曾大力声援，而范仲淹显达后却未援手于自己，他认定范是一个恩将仇报的小人，他情绪化地攻击范仲淹，但范仲淹却未回击。

至皇祐三年，在欧阳修等文臣一再大力举荐下，宋仁宗召见面试了“穷极而后工”（欧阳修语）的梅尧臣，赐其进士出身，随后将梅尧臣升为国子监直讲。这是梅尧臣扬眉于京城的真正亮相，当时他已超过了50岁。

欧阳修任主考官，梅尧臣协助阅卷，他在众多试卷中发现了一个人才，把这个考生的试卷推荐给欧阳修。欧阳修也认为此考生才气横溢，但他疑此考卷为自己门生曾巩所作，故录为第二名，但揭榜后才知考生是四川眉山人苏轼。可见，苏东坡才情的发现，梅尧臣亦有一份功劳。

梅尧臣后官至尚书都官员外郎，在欧阳修主持撰写的《新唐书》工作中任修撰人员。可惜书成之后，还未将《新唐书》送呈宋仁宗阅，梅尧臣就去世了，终年58岁。在欧阳修的举荐下，宋仁宗将梅尧臣一个儿子起用为官。

“梅圣俞以诗知名，三十年终不得一官职。晚年与修《唐书》，书未成奏而卒，士大夫莫不叹惜”，此为欧阳修对梅尧臣之评价。陆游曾推举欧阳修的文章、蔡襄的书法与梅尧臣的诗歌“三者鼎立，各自为家”。

富弼之德

富弼

北宋政坛，人才辈出，苏东坡曾言：“韩、范、富、欧阳，此四人者，人杰也。”富弼自27岁入仕途，四朝为官，一直至70岁退休，仍关心朝廷大事，留下遗奏两份。他一生清廉敬业，其“官德”尤为朝野所赞誉。

富弼（1004—1083）河南洛阳人，自幼刻苦攻读，稍大提笔能文，为当时长富弼十五岁的范仲淹所赏识。当时范仲淹已在官场崭露头角，他听说皇帝下诏求贤，就为富弼准备书房与书籍，让富弼写出了对政事的独到见解。富弼26岁以茂才异等（突出人才）入仕，历任直集贤院、知谏院。因其学识渊博而文采洋溢，当时被称为“洛阳才子”。范仲淹赞富弼有“王佐之才”（即辅佐君王之才），还把富弼的文章推荐给当时的宰相王曾、晏殊浏览，晏殊爱才，欲将女儿许配给富弼为妻，范仲淹与知贡举陈祥从中撮合，富弼成了当朝宰相的东床快婿。

富弼自入仕途，便立下正直为人的自律。他受晏殊、范仲淹青睐，但在行事中仍敢于坚持己见，当时山东一带兵变，盗贼屡侵百姓之家，而当地县官却不敢平乱，反而以礼相送，富弼对范仲淹说：“这些县官拿着朝廷俸禄，却姑息养奸，应定死罪。”范仲淹说：“地方政府兵力不足，贸然围剿，只能劳民伤财，这是权宜之计。”不料，富弼红着脖子与恩师范仲淹争执起来。有人劝富弼：“你太过分了，难道忘了范先生对你的大恩大德？”富弼沉着应答：“我与范先生交往，乃君子之交。先生举荐我，并不仅仅因为我与他观点一致，而是赏识我遇事敢于发表自己的见解。我报答他就不能放弃自己的主张。”范仲淹事后叹曰：“富弼不同俗流，颇有主见，这是我赏识他的原因。”

富弼在庆历二年出任知制诰，他发现有官吏伪造僧侣名册，以图其私。富弼当即参奏，请予严办。不料此事涉及宰相吕夷简，但富弼并不害怕。吕夷简想报复富弼，但经过调查，知富弼一身正气，从未有出轨之事，他对待官位很低的小吏与平民也以礼相待。这时正好辽国进犯，吕夷简就极力推荐富弼出使辽国，众臣都知吕夷简之险恶用心，为富弼出使捏了一把汗，但富弼却向宋仁宗奏道：“人主忧虑臣下耻辱，臣下不敢爱惜生命贪生怕死。”宋仁宗大为感动。

富弼出使辽国，不卑不亢，有礼有节，据理力争，维护了北宋政府的尊严，他“谋动三国”，奠定了宋、辽、西夏三国鼎立之格局。

由于富弼“以一言息南北百万兵”，宋仁宗要给他升官，富弼却拒绝：“国家有急，义不惮劳，奈何逆以官爵赂之？”在封建体制下，不少人在跑官要官，富弼却能一辞再辞，他向宋仁宗奏道：“愿陛下思其轻侮之耻，坐薪尝胆，不忘修政。”

古代官吏在父母去世后，须停职守丧。富弼在母亲去世后，因官居宰相之职可以不行“丁忧之制”。宋仁宗五次下诏起复，富弼却五次上书坚辞，一可见其孝顺之心，二可见其官德品行之美，富弼不恋官位，此真君子也。

富弼一生克己奉公，据《宋稗类钞·品行》载，富弼出任枢密使时，宋英宗登基后将其父遗留器物赐给朝廷重臣，后又把富弼单独留下，另赐几件贵重的器物，富弼叩头谢恩后坚决推辞，宋英宗不乐。富弼却奏道：“额外的赏赐，臣若收之，今后何意劝谏陛下？”

富弼的官德，还在于在他一生爱民。河朔发大水，当地百姓流浪讨饭为生，富弼一方面用政府粮食救济灾民，另一方面亲自带头，并规劝部属都拿出自己的粮食去慰问灾民，共救济五十余万灾民，并招募流民入军队达万人。

元丰六年，80岁的富弼去世，他的遗奏写道：“盼望陛下采纳忠言，远离邪臣，停止战争，让百姓得到休息，并识别君子与小人的界限。”宋神宗为之撰文祭奠，追赠“太尉”，谥号“文忠”。

文彦博之信

文彦博

文彦博（1006—1097）自幼聪颖过人，童年时与同伴一起踢球，球入一树洞，伸手去取不得。机智的文彦博取来一桶水，倒入树洞，水满而球出，乡人赞其机敏。文彦博少学经术，好学不倦，21岁中进士。当时主考官是刘筠，注重识拔人才，这一科举中的进士，如文彦博、韩琦、包拯等人皆成为北宋有名的政治家。

文彦博先出任翼城县知县，通判绛州，后升迁为监察御史、殿中侍御史。文彦博在仕途中一直坚持诚信、谦让、宽厚、包容的处世原则，在少年时就为自己准备了两个罐子，做一好事，就在罐子中扔一颗红豆，做一错事，就丢一颗黑豆，并经常检查两个罐中的豆子数量，以此来督察自己的品行。

宋仁宗宠妃张贵妃之父因做过文彦博家的门客，张贵妃便主动结交文彦博，称其为伯父。后来，文彦博去成都当知州，成都以蜀锦闻名，张贵妃便让文彦博在上元节前用蜀锦制作衣服送至京城。上元节那天，宋仁宗见张贵妃穿了蜀锦衣衫，娇丽动人，不由问起，张贵妃便说是成都知州文彦博送来的，宋仁宗一高兴，便任命文彦博为枢密副使，不久又升为参知政事（副宰相）。这件事让监察御史唐介获悉，他就上奏章弹劾文彦博走“夫人路线”，宋仁宗对此十分尴尬，只得将文彦博贬到许州，同时把唐介也贬到春州，文彦博当时并不辩解。过了几年，宋仁宗思贤心切，欲重新起用文彦博为相，文彦博接到圣命后却推辞：“唐介所言，正当臣罪。陛下召臣未召唐介，臣不敢行。”（见宋人邵伯温《邵氏闻见录》）宋仁宗这才将唐介恢复为监察御史，文彦博方肯入京为相。不久，唐介也被委任为参知政事，与文彦博共同主持朝政，两人

“相知为深”，传为一时佳话。

文彦博任相期间，喜欢发现人才与重用人才，王安石初露头角时，就受到文彦博推荐而给予提拔。尽管后来两人政见不一，但文彦博与王安石的私交一直很好。

文彦博凡事讲究一个“信”。信者，诚实可靠，为人讲信誉。他处事光明磊落，故北宋朝臣中，包拯与文彦博为至交好友。

文彦博历任仁宗、英宗、神宗、哲宗四朝宰相，他出将入相达五十余年，成功抵御西夏入侵，亲自提出裁军八万，精兵简政，减轻了宋朝百姓负担，被后人称为贤相。

北宋文官好奢侈之风，大吃大喝之风盛行，文彦博对此很看不惯，他晚年与富弼等人创办一个“洛阳耆英会”，仿白居易“香山九老会”形式，请年迈而口碑好的士大夫定期聚会。当时富弼 79 岁，文彦博 77 岁，王尚荣 76 岁，赵丙、刘几、冯行 75 岁，其他人都在 70 岁之上，只有司马光未到 70 岁，按要求是不能加入的，但司马光声望高，学问好，又肯做事，便成为“洛阳耆英会”中的老幺。在富、文两位牵头下，司马光撰写了“洛阳耆英会序”，一、规定用餐时不论职务高低、年龄大小，都不可违反规则；二、每桌菜肴四至五个，果脯之类的小碟总数不可超过二十个。三、菜肴不可有珍馐。这个小聚会，反映了北宋退休官员的节俭美德，也为北宋官场佳话。

绍圣四年，章惇执政，此人将文彦博与司马光归为一党，文彦博从太师降职为太子少保。同年，文彦博逝世，享年 92 岁。奸臣蔡京为相时，将文彦博、吕公著、司马光归为“元祐党人”，禁止“元祐学术”，成为一时闹剧。

文彦博工书法，信佛教，宋神宗见年已 80 的文彦博身体健康，便说他“摄生有道”，文彦博回答：“臣处事任随其意，悠然闲适而自得其乐，不因外物而伤和气，不做过分的事。”后人赞其高论。

欧阳修之美

欧阳修

北宋文坛，人才辈出，文坛盟主，欧阳修也。

欧阳修（1007—1072），字永叔，号醉翁，晚号六一居士。他是四川绵阳人，与李白同乡，其才情不弱于李白，且多才多艺。他的诗词在北宋风靡一时，散文数一数二。他善弹琴，好金石，能弈棋，是“文人书法”开创者。他主修《新唐书》与《新五代史》，是名重一时的史学家。在政坛上，他曾官居副宰相，治理地方政绩堪与白居易媲美。他还举荐了众多人才，如包拯、富弼、韩琦、文彦博、王安石、司马光、曾巩、三苏父子……有政坛伯乐之美誉。

他尤其赏识苏洵与苏轼，留下一段佳话。布衣苏洵求见欧阳修，带了张方平的推荐信，在北宋政坛，欧阳修与张方平政见不一，但他读了苏洵之文，力荐苏洵。嘉祐二年，在他当主考官时，读一考生文章，惊呼此人了得，欲录头名。某考官劝欧阳修，一旦让此考生出人头地，三十年后就无人知晓欧阳修了，欧阳修胸襟开阔，没有埋没此考生。此考生便是大才子苏东坡。由此可见，欧阳修荐拔人才出于公心。

宋仁宗曾请欧阳修选接班人，欧阳修推荐三个人：王安石、吕公著、司马光。此三人，与欧阳修私交并不好，王安石虽是他的学生，但骄傲不可一世，自比孟子，说老师是韩愈；吕公著因反对范仲淹，迁怒欧阳修；司马光则对欧阳修有非议之辞。但欧阳修却不因个人私怨而埋没人才，其境界非常了不起。

欧阳修的仕途，由于他正直而敢于直言，屡经挫折，但他在文坛的地位，却是北宋才俊一致公认的领袖。他后来贬官至滁州，迁亳州，住颍州，与民同乐，政绩可书。

但名重一时的欧阳修有个致命的缺陷。他天生长得丑，身材矮小，脸色苍白，高度近视，唇不包齿，总之，这张脸在文人中间太丢人了。以致当时风流宰相晏殊初见他，皱起眉头说道："原来是个目眊瘦弱之少年。"说完，扬长而去。

欧阳修尽管长得丑，但他娶的三房夫人都是如花似玉，而且还都是高官的千金。第一房夫人的父亲是胥偃，翰林学士兼汉阳知州。胥小姐命薄，18 岁去世。欧阳修继娶杨氏，亦高官之女，两人也很恩爱，可惜杨氏嫁后一年也去世了。他鳏居两年又娶薛氏，薛氏也是丽人，其父官职更大，位居户部侍郎，相当于今天的财政部副部长。

长相难看的欧阳修何以屡得美女之青睐？我想原因是：文章是文人的第二张脸。

且不说欧阳修诗词文章俊美，而且他精于书法，推广古文，在弹琴、品画、饮酒、喝茶、弈棋方面显示了极美的情致。他写的《秋声赋》《醉翁亭记》《朋党论》《六一诗话》……哪一篇不是美文？他写的诗清新可喜又意味深长："春风疑不到天涯，二月山城未见花。残雪压枝犹有桔，冻雷惊笋欲抽芽。夜闻归雁生乡思，病入新年感物华。曾是洛阳花下客，野芳虽晚不须嗟。"欧阳修写的小令委婉精致，四处传唱，成为当时歌伎最喜欢的曲儿。

欧阳修在颍州度过 65 岁生日，苏轼、苏辙、曾巩、张方平赶来祝贺，王安石、司马光也寄来贺诗贺信。

酒宴上，有洛阳美女伴在欧阳修身边，向他请教："您写的'人生自是有情痴，此情不关风与月'，那情痴不关风月，与何有关？"

欧阳修答非所问："我笑起来样子难看吗？"

洛阳女子答道："您不难看，因为您慈祥。"

欧阳修笑了，他是个内秀的文人，活了 66 岁。

欧阳修的语言文体平易晓畅，纡徐委婉，既简洁凝练又圆润轻快，创造了一种平易近人的新风格。他领导的北宋古文运动结束了骈文自南北朝以来长达六百年的统治地位，而且欧阳修本人也成为一代文章大师。

苏舜钦之悖

苏舜钦

苏舜钦（1008—1049），字子美，汴京人。他是北宋风头很健的诗人，景祐元年的进士，性格慷慨而豪迈。宋初文坛兴“骈四俪六”浮靡文风，苏舜钦却不受其束缚，大力提倡古文革新运动，为欧阳修所赞誉。在政治上，苏舜钦支持范仲淹的“庆历新政”，成为革新派的一员大将。

苏舜钦诗文俱佳，当时文坛有“苏梅（尧臣）”之称。因其“状貌魁伟”一表人才，为宰相杜衍看中。苏舜钦本是官家子弟，其父苏耆为工部郎中、河东转运使。他当上宰相女婿后，更加敢于直言，他曾先后上书议政，《上三司副使段公书》《咨目七事》《乞纳谏书》等奏章，皆要求皇帝广开言路，惩治弊政，这些上书的言辞很尖锐，并点名批评宰相吕夷简，既为范仲淹、杜衍、富弼、欧阳修所赏识，同时也因他“无所回避，群小为之侧目”。

当时与北宋革新派对立的保守派领袖便是宰相吕夷简，吕的口碑很差，与其狼狈为奸的还有一个王拱辰。王拱辰是天圣八年的头名进士，宋仁宗当场召见赐状元，王拱辰却不受，说：“这次考试题目，我碰巧做过，所以侥幸得了第一。”他愿把状元让与他人，宋仁宗赏识他的诚实，并赐名“拱寿”。王拱辰先当翰林学士，后迁御史中丞，他在政治上反对范仲淹的“庆历新政”，因此对出言激进的苏舜钦更视作眼中钉，时刻想抓苏舜钦的小辫子。

机会来了。庆历四年秋天有个“赛神会”，好事的苏舜钦便想请京中名士才子聚会吟诗，于是他出了一份钱，但要办个像模像样的宴会，资金不够，于是与同僚刘巽商量，两人一合计，发现官所内有一大堆陈年的旧公文封套纸，便决定把这一大堆废纸卖了，用这笔钱办宴会绰绰有余，苏舜钦还请来两个颇有姿色的“女伎”在宴会上助兴。于是苏、刘召集京中才子聚会的消息传开了。

其中有个人想报名参加，他叫李定，此人名声不好，后来苏轼陷入“乌台诗案”，李定是帮凶之一。苏舜钦一不讲情面，二很会看人，当即一口回绝。李定碰了钉子，便向王拱辰打小报告。

那天酒会很热闹，吟诗填词，不亦乐乎！苏舜钦本好杯中物，当晚诗兴大发，喝得酩酊大醉，众文士亦其乐融融。

翌日，负责纠察与弹劾百官之职的王拱辰便让其亲信御史刘元瑜上奏，揭发苏舜钦挪用公款，还“招伎玩乐”，罪名是“监守自盗”。

由于人证俱全，范仲淹、杜衍与富弼都爱莫能助，而与王拱辰有连襟关系的欧阳修为之说情。王拱辰则公事公办，把案子上升到震动朝野的“进奏院事件”，其结果是苏舜钦与刘巽“俱坐自盗除名”，苏舜钦被削职为民，赴宴的十余名才子则被逐出京城。苏舜钦的岳父杜衍也被牵连下台。刘元瑜为之对宰相表功说：“一网打尽。”（这即是“一网打尽”的成语出典。）

王拱辰将苏舜钦诸名士“一网打尽”，这可以看出北宋官吏制度的清廉严明，把一堆废纸卖了换酒喝，便是犯罪。苏舜钦之“悖”，是违背大宋官律，犯了错误。至于吕夷简、王拱辰借此整倒支持“庆历新政”的革新派，那只是另外一说了。

倒霉的苏舜钦丢官之后，闲居苏州。他看中了五代时吴越国广陵王钱元璙当年造的一座花园，便花四万两银子买下，在园内建了一个亭子，取名“沧浪亭”，他为此写了一篇《沧浪亭记》，记其兴衰，并与欧阳修、梅尧臣等人在园中吟诗唱和。可惜仅仅过了四年，在官场不得意的苏舜钦还未享尽园林之乐，就在郁郁寡欢中去世了，卒年仅 41 岁。

清幽古朴的沧浪亭后来屡易其主，几经兴衰，至今仍傲立于苏州三元坊附近，成为中国私家园林之典范。可惜许多游人都不知道此园林最早的主人是北宋诗人苏舜钦，吾为之而叹惜！

司马光之诚

司马光

北宋名臣司马光（1019—1086），字君实，号迂叟，世称涑水先生，他一生坚持诚信。其父司马池以清直仁厚闻名于世。司马光幼年剥胡桃皮，皮不去，婢女用热水烫后去皮，司马池问是谁剥的，司马光说是自己剥的，其父斥之：“小子怎敢说谎？”司马光脸红而惭，把此事记于纸上，从此不说谎言。清人陈宏谋曰：“司马光一生以诚为本。”

司马光少好学，7岁读《吕氏春秋》，圣人之道，朝闻夕思，数十年如一日。19岁中进士，后任地方官，得庞籍推荐入京为官。由于司马光处事稳重，勤于职守，与王安石、包拯等人志趣相投。后出任御史中丞。宋神宗上台推行王安石新法，司马光反对，他在《与王介甫书》中批评王安石“急功好利”。他认为县官靠权柄放钱收息，要比平民放贷收息危害更大。他指出青苗法给地方官员带来更大腐败空间，官吏借改革之名，提高贷款利息，加重农民负担。其实司马光与王安石都是竭诚为国，但由于双方政见不一，不少大臣劝司马光弹劾王安石，但司马光选择了退让与远避。他离开京城，一心扑在主编《资治通鉴》。

宋神宗驾崩，王安石被免职，66岁的司马光重新被召回开封，出任宰相。当时不少人主张全盘否定王安石，说王安石奸诈，但司马光说“介甫无它，唯执拗耳”。王安石去世，司马光又善待王安石安葬事宜，可见其君子坦荡之风。

司马光一生清廉，做官后不喜华美衣饰。仁宗皇帝有次接见，在酒席上人人戴花取乐，唯司马光正襟危坐，拒不戴花。其家中老仆，一直称司马光“君实秀才”，一次苏轼来访，闻之笑曰：“你家主人已是宰相，大家称其‘君实相公’。”老仆大惊，改称呼，司马光跌足大叹：“我家老仆，被子瞻（苏轼）教坏了。”北宋时生活富裕，士大夫纳妾蓄妓之风甚盛，晏殊、欧阳修、韩琦、苏东坡都不能免俗，唯司马光与王安石、岳飞三人，是一生不纳妾的名人。尤其司马光夫人张氏多年没有生育，张氏便背着司马光买了一个美女，悄悄安置在卧室内，司马光见之不加理睬，进了书房。那美女跟进书房搔首弄姿，媚笑奉迎，司马光板起面孔把她赶走。张氏还不死心，又安排美貌丫环服侍，司马光依旧不为所动。因张氏不育，司马光收养族人之子司马康为养子。那年元宵，张氏欲去观灯，司马光惊异：“家里有灯，何必出外观看？”张氏笑曰：“不止是看灯，也去看看游人。”司马光笑曰：“看人？难道我是鬼么？”

最令人感动的是，司马光身居高位，却一生清贫如洗。嘉祐年间，皇帝曾赐金钱百余万与珍宝丝绸给司马光，司马光坚辞不要。其夫人张氏去世，司马光竟无钱下葬，只好把家中仅有三顷薄田典当出去，才置棺办丧。司马光晚年体弱多病，其友刘贤良拟用五十万钱买一婢女供其使唤，司马光又婉言拒之：“吾几十年来，食不敢常有肉，衣不敢有纯帛，多穿麻葛粗布，何敢以五十万市一婢乎？”

司马光一生最大功绩是完成史学巨著《资治通鉴》，这部书有二百九十四卷三百万字，把一千三百六十二年的史实按时代先后，以年月为经，以史实为纬，顺序记载，对重大历史事件的前因后果都叙述清楚明了，如李渊被迫让位，玄武门之变，均秉笔直书。为主编此书，司马光自述“臣今筋骨癯瘁，目视昏近，齿牙无几，神识衰耗，目前所为，旋踵遗忘。臣之精力，尽于此书”。司马光与西汉大史学家司马迁并称中国史坛“二司马”。

元丰八年，皇太后向司马光征询治国方略，司马光建议“广开言路”，对农民施以“行政”，并将被贬的刘挚、范纯仁、李常、苏轼、苏辙等人召回朝廷任职，文彦博、吕公著等老臣也被召回。他因“龄发愈衰，精力愈耗”，几次辞职，皇太后与众臣一再挽留，司马光在实现其政治主张的同时，又将《资治通鉴》作了最后一次校定。翌年（元祐元年）九月，司马光因病逝世，获赠太师、温国公，谥号文正。灵柩送往夏县时，京师休市，万众凭吊，沿途各地画其像祭祀，仿佛在哭自己的亲人。

王安石之拗

王安石

王安石（1021—1086），字介甫，抚州临川人。他是中国北宋时有名的改革家。王安石是千古文人中唯一能影响国家命运的政治文人。他的诗、词、散文成就都很高，被誉为“唐宋八大家”之一。

王安石父亲王益当过通判。他自幼看书，过目不忘。其长相牛耳虎背，目睛如龙。王安石平时走路埋着头，作趋奔状。其貌甚怪，其性就更异乎于常人了。首先，他一生很少洗澡，一般也不换衣服，脏衣破鞋与青灯古籍为伴，古籍中冷僻字，别人不认识，他了如指掌。其次，他性格古怪，在社交场合中我行我素，北宋的名人如韩琦、欧阳修、富弼、司马光、苏东坡都与他合不来。有一次宋仁宗请大臣钓鱼，王安石“忝陪末座”，他一条鱼也没钓起来，却把几十颗钓鱼用的鱼饵吃光了，宋仁宗皱眉“视之良久”，王安石照吃不误。第三，王安石夫人吴氏有“洁癖”，但他每天脏衣破鞋入房，身上有虱子也不管。家里有一只雕花大床是公家的，夫人最好享受，王安石却坚决退掉。吴氏为讨他喜欢，买了个美妾送给丈夫作“生日礼物”，王安石当场板起面孔辞掉。这在士大夫纳妾成风的北宋时代，王安石以不恋女色而引人注目。

王安石入仕之初，曾得宰相文彦博推荐，欧阳修也举荐他为谏官，后又任命他为群牧判官。王安石在嘉祐三年作上达万言的《上仁宗皇帝言事书》，系统提出变法。治平四年，宋神宗登基后，诏为翰林学士兼侍讲，王安石推行变法，触动了上层官僚利益，引起非议。他以“天命不足惧，人言不足畏，祖宗之法不足守”的精神特立独行。但由于其性格古怪，容不得一点不同意见，得罪了不少人，而附和他的人中不少是小人，这些小人急功近利，搞得民怨滔天，引起众臣反对。但王安石始终固执己见，不以为然，置反对之声于耳外，他的神经在中国文人中是够坚强的。因此，王安石自负三十年，视天下为俗流，得了一个“拗相公”的称号。

王安石变法，想从地主手中夺利，以减轻农户债务，但实施之后，地方官吏为政绩而强行摊派，并暗中加息，结果招致农户逃亡，“过眼青钱转手空”，这些都是王安石事前没想到的。司马光、苏东坡曾向王安石建言，王安石根本听不进。王安石规定官方控制盐、铁、茶、酒专卖，同时打击私贩，但实施后，私贩入狱一万余人，产盐地的百姓三月不知盐味。由此可见，王安石改革的效果与他的初衷大相径庭。

王安石与苏东坡都是当时才高八斗的文人，但政见不一，苏轼考试的文章为欧阳修等考官赞为“文义灿然”，王安石却贬为“全类战国文章”，并扬言自己若是考官决不会录取。苏轼当时只有呵呵，可其父苏洵却愤而写了一篇《辨奸论》，说王安石“阴贼险恶”，“面垢不忘洗，衣垢不忘浣”，“食犬彘之食，囚首丧面”，“不近人情者”，“是王衍、卢杞合而为一人也”。此文言辞激烈，王安石岂能容苏轼留在京城为官？于是，苏东坡只能出走杭州。

王安石变法依靠的是皇帝支持，而不懂得团结更多的大臣。后来宋神宗动摇了，在文彦博等众大臣的一致反对下，赵顼只得让王安石辞职。后人评曰“法非不良，而吏非其人”，意思是说王安石用人不当。欧阳修评其文“长于议论而短于感情”，这恐怕也是对王安石为人的评定。

王安石的一生活得很累，他一辈子廉洁自律，他的学识很高，但用人不当，吕惠卿、章惇、李定、沈括、蔡确……在品行上都无法与王安石相比，而皇帝一变脸，这些小人争相落井下石。倒是反对变法的欧阳修、司马光、苏东坡，在感情上还与落魄的王安石保持相通。

王安石诗文俱佳，他的议论文刚劲峭拔，独树一帜，与其书法和为人风格完全一致。王安石卒后留下《临川先生文集》，诗一千六百余首，词二十余首，文章百余篇，另有学术专著等，皆为后人所推崇。

刘恕之谔

刘恕

刘恕（1032—1078），字道原，北宋史学家。其父刘涣与欧阳修为同年进士，性刚直而好读书。其子刘恕受父影响，亦迷恋史书，书过目成诵。有客至，言孔子无兄弟，8岁的刘恕随即插嘴："以其兄之子妻之。"（见《论语》）众皆愕然。刘恕13岁见宰相晏殊，晏殊学识广博，却被这个孩子不断的发问而难住。

北宋时，朝廷对能讲经义的考生进行单独考试，未成年的刘恕也进了考场，他对主考官的提问对答如流，先谈原著注疏，再列举先儒之点评，最后才发表自己见解，令众考官大为惊异，列为头名。刘恕入国子监讲经书，又名动京师，推为第一。刘恕18岁被赐进士第。

王安石闻刘恕大名，爱才，欲让他去"制置三司条例司"任职，刘恕性直率，当面顶撞王安石，并辞而不就。当时王安石位居宰相，一言九鼎，一些与他有不同意见的大臣或沉默不语，或随声附和，而刘恕却以谔谔直言，气得王安石恼怒而变色。

司马光奉旨编《资治通鉴》，此书工程浩大，宋英宗让司马光挑阁中英才做助手，司马光首选博学强记的刘恕，说"专精史学，唯刘恕耳，考证差缪，最为精详"。刘恕也以司马光为至交，欣然应命，成为《资治通鉴》第一副主编，"遇史事纷错难治者"皆由刘恕去考证辨析。

因为史学不为当时科举之项目，不少考生为求功名往往轻视，而刘恕笃爱文史，皆性之所好，他尤擅长于魏晋南北朝史。一次随司马光游历百山，见道旁有碑，碑上为五代列将，一些将领之名鲜为人知，刘恕却一一道出其生平，众人叹服。刘恕闻亳州知县宋次道家中藏书甚富，前去借阅，宋次道备美味佳肴款待，刘恕一口推辞："此非吾所为而来也，殊废吾事。”他以抄阅宋氏藏书为乐。苏轼为此赞之：“十年闭户乐幽独，百金购书收散亡。”

北宋时的官员还较廉洁，但能为当时众臣一致钦佩者仅二人，一为包拯，二为刘恕。这年冬天，刘恕从洛阳南归，司马光见天寒风大，刘恕身无御寒之衣，送了他几套衣裤和一床褥子，不料刘恕再三推辞，一向以简朴著称的司马光为此动怒，刘恕只好勉强收下。后来刘恕与司马光在颍州见面，刘恕竟将司马光那日所赠原物奉还。司马光乃刘恕平生之知己，几件衣物又不值钱，刘恕却执意不收。刘恕此举，实属有点不近人情也。

刘恕把一生心血都献给了史学，后半生的精力都付予《资治通鉴》。他为考证一个细节、一段史实，不尽余力而辛劳。司马光说刘恕：“家人呼之食，至羹炙冷而不顾；夜则卧思古今，或不寐达旦。”熙宁九年，刘恕为了与司马光商议修书之事，风尘仆仆赶往洛阳，南归途中遇风寒，引起右手右脚偏瘫，卧病在床时，“苦学如故，少闲，辄修书”。47岁卒，其父刘涣葬之，白发人送黑发人，人生之悲也。

谔者，直言也，刘恕性狷介，好臧否评品人物。“泥古非今，不达时变”，爱在大庭广众揭他人之短，自然不讨人喜欢，为此，刘恕也意识到这个弱点，自省平生有“十八蔽”“二十失”，如好说大话而智谋不够；夸夸其谈而辨识能力很差；不贪名利而好发独特之声；想急于成功而头脑迟钝；怕运动而又不能安于心静之境；做错了事而不肯悔改；喜欢快乐而时常忧虑；放纵自己而又拘于小的礼节……刘恕这些自陈其短的反省，经其家人同意，由其同乡黄庭坚写在刘恕的墓志铭上。古人墓碑上的“盖棺定论”，几乎皆为歌功颂德之词，刘恕却自陈其短，且又说得那么尖刻，可见其人之谔谔也。

邓绾之蜕

邓绾

北宋进士邓绾（1028—1086），成都双流人，为人聪明、勤奋好学。他在宋神宗时高中礼部头名，风头很健，不久出任宁州通判，年纪轻轻当上地方检察长，也算仕途顺达。但邓绾志向很大，他认为做一个通判不足以施展其抱负，况且不是京官，对此很不满足。由于他在官场中擅长交际，渐成八面玲珑之人。

邓绾深知，在官场升迁须有后台，于是他跟紧了一个人，那人便是当时一人之下、万万人之上的王安石。王安石推行新法，引起韩琦、文彦博、欧阳修等老臣反对，与其平辈的司马光、苏东坡也认为实施新法举措有所欠缺，对此，力挺王安石的宋神宗有点犹豫。正在这时，邓绾献上一份奏章："陛下得伊、吕之佐，作青苗、免役等法，民莫不歌舞圣泽。以臣所见宁州观之，知一路皆然；以一路观之，知天下皆然。诚不世之良法，愿勿听谗言，愿勿移于浮议而坚行之。"邓绾在这份奏章中，先歌颂宋神宗的英明，把宋神宗比作商汤、武王的明君，接下来赞扬王安石，把王安石比作历史上的伊尹、吕尚之名臣，并说宁州及全国老百姓对实行青苗免役之法莫不欢欣鼓舞，老百姓都说是治世佳策。请神宗勿听信谗言，坚决执行新法。

邓绾此举，果然受到王安石的重视，由于朝内老臣大多持反对与观望态度，司马光、苏东坡、曾巩及其弟王安国都出面反对，王安石正愁无得力人手，就破格将邓绾推荐给宋神宗。宋神宗立马召见邓绾，君臣交谈后，欲升邓绾一级，由宰相陈升之授命他为宁州知府（相当于一州之长）。但邓绾获悉后却高兴不起来，他本希望自己到皇城任京官，便写了一封私信给王安石。王安石获悉后，便重新任命他为集贤院校理。

这件事传开后，同僚对邓绾有点瞧不起，有人甚至当面嬉笑他。邓绾听了却毫不生气，反而说了句直话：“笑骂从汝，好官须我为之。”意思说：别管你们如何开涮我，只要我能升官就可以了。

在邓绾的不断努力下，他官运果然亨通，由同知谏院、判司农寺，一直做到御史中丞、龙图阁待制，又升任翰林学士，成了王安石变法集团的重要一员。其间，邓绾对持中立态度的富弼等老臣刻意中伤，并以提拔人才为目标，组成了一个小“朋党”集团。

熙宁七年，王安石被免相，宋神宗让吕惠卿主持内阁。吕惠卿原本对王安石十分恭顺，但心中暗怀不满，他当即对王安石落井下石，不仅反对王安石实行的一系列变法政策，还公示王安石前些年写给自己的私信，对当年提携自己的老上司实行人身攻击。而一向朝秦暮楚的邓绾，也摇身一变，变成了吕惠卿的忠实助手。他惩治郑侠，原因是郑侠上书朝廷，指责吕惠卿结党为奸，闭塞言路。吕惠卿为了不让天下人说话，建议宋神宗下诏罢制科。邓绾居然不辨是非，为之呼应，充当帮凶。

时隔三年，王安石恢复相位，邓绾赶紧与吕惠卿撇清关系，带头举报吕惠卿抢夺民田等作恶多端之事，这时候，王安石对吕惠卿的反复无常已很明了，吕惠卿后被流放到陈州。邓绾怕祸及自身，又献言，请皇帝提升王安石之子及女婿上官位。他原以为这记马屁拍得恰到好处，不料宋神宗将邓绾上奏之事告之王安石。王安石大为不悦，他说：“官员为国家办事需正直才是，邓绾私下为臣乞求恩泽，这是伤害国家用人体制，应将其罢官。”宋神宗前后思量，也觉得邓绾论事荐人，有过失不当，对其奏章所言，不再重视。

过了一年，邓绾从御史中丞改任集贤院学士，元丰年间，又从京官调任地方官。

邓绾不甘寂寞，仍几次献奏章歌颂圣明，宋神宗知其佞而不理。

元祐初年，邓绾从扬州调至滁州，因其名声太差，无人与之为伍。邓绾从一个能干的官吏蜕变为一个钻营的小人，有一个蜕变的过程。他于 59 岁卒。

李定之谪

李定

苏东坡身陷“乌台诗案”，告密者是沈括，直接“授意者”为御史中丞李定。

李定（1028—1087），字资深，扬州人。据《宋史》载，李定“少学于王安石”。李定何年当王安石学生？大约在他35岁时，王安石因母亲吴氏去世，回江宁守孝，他于丁忧期间在江宁开馆授徒，其中就有李定、蔡卞等学生。

李定进士及第后，当过定远尉、秀州判官。熙宁二年，41岁的李定经北宋名臣孙觉推荐，赴京求仕，他先去谒见了知谏院的谏官李常。李常文思敏捷，任右正言，他知李定从南方来，便问起当地百姓对实施青苗法的态度。李定回答：“百姓很拥护青苗法，从中获益。”李常因与苏轼相善，便说：“今日朝廷正为此事争论不休，你千万不要信口乱说。”

李定允应后，去拜访王安石，并说：“我只是据实情而言，没想到一说此话，李常便责备我。”王安石听后很高兴，对李定叮嘱：“你等见了圣上，将实情禀告。”

翌日，王安石向宋神宗推荐李定，李定在宋神宗面前对答如流。宋神宗原先对实行新法有疑惑，见李定说得如此肯定，信以为真，起用李定进知谏院。因李定告密，李常被罢。

由于宋太祖留下“与士大夫治天下”的祖训，宋代前五朝与宋神宗执政初期，谏官的地位相当高。李定的任命书，被知制诰宋敏求、苏颂、李大临当日驳回，御史陈荐上书奏，李定在任泾县主簿时，其庶母仇氏死了，却隐瞒而不回家服丧，此为不孝。李定虽辩解自己不知为仇氏所生，故未服丧，但曾公亮等人仍坚持李定应服丧。后由王安石为之辩，改任李定为崇文殿说书。御史林旦、薛昌朝便弹劾，不宜让不孝之人居于劝讲之位，并弹劾王安石。王安石将两人罢免。这事闹得李定很尴尬，后调任知明州。

元丰初年，李定获王安石提携返京，任御史中丞。苏东坡在众臣议论李定不孝之事时，写了一篇谈孝道《贺朱寿昌得母》的文章，引起李定怀恨在心。当他读到苏轼赴杭州后写过一篇文章，便弹劾苏轼诽谤君父。据《宋史》载："(李定)劾苏轼《湖州谢上表》，擿其语以为侮慢。"擿者，有挑剔、揭发、指使之意。李定亲自授意将苏轼逮捕入御史台(乌台)。

在苏轼关押期间，李定亲自主持审讯，大刑侍候，严厉拷问，以《杭州纪事诗》等六十九首诗为证据，说苏轼"玩弄朝廷，讥嘲国家大事"。关在隔壁牢房的苏颂惊闻苏轼被严加拷问后赋诗："遥怜北户吴兴守(指苏轼)，诟辱通宵不忍闻。"在李定等人朝夕威逼之下，苏轼写了长达一万七千余字的"自白书"，还被迫交代了他与好友的往来信件，包括当朝驸马王诜曾向苏轼送礼，在案发前给他通风报信。御史台便以苏轼接受贿赂与"匿名谤讪朝政"两项罪名，交大理寺判罪。

大理寺的裁决是"追夺官阶，免职(或杖一百八十)"。由于皇太后对苏轼的眷怜，王安石也说了"盛世岂可杀名士"，宋神宗下诏，将苏轼贬至黄州当一个闲差。这个处分比大理寺的裁决轻一点，苏轼被囚乌台一百余天，受尽屈辱与皮肉之苦后出狱。但他的老师与好友二十余人受牵连被处罚，驸马王诜被削去一切官职，他的老师张方平与知制诰李清臣各罚铜三十斤，司马光、范镇、李常、孙觉、曾巩、刘挚、黄庭坚等，各罚铜二十斤，北宋文人本来就清廉无多余财，这次被罚得倾家荡产。李定把推荐自己进京的孙觉也处罚很严，以示其公正。

本来欲置苏轼于死地的李定，在崇政殿门外见苏轼出狱，对同僚说了一句："苏轼真是个奇才！"众人皆不敢应。

李定后来又上奏请治妄加议论之罪，狠劲不输当年。只是由于他恶搞苏轼引起众臣反感，后来一贬又贬，贬至滁州，元祐二年卒。他死无余财，儿子仍为布衣，并不因依附王安石而让儿子飞黄腾达。只因陷害苏轼，李定的不孝之名才彰显于世。

沈括之瑕

沈括

在北宋政治舞台上，沈括是个文理兼通的达人。他参与王安石“变法”，还写了一本《梦溪笔谈》。这本古代科学论著，内容相当丰富，涉及天文、地理、物理、光学、历法、医学、数学、文史、考古各种记载。“石油”一词的发明者，即是沈括。

但如果说到个人人品，沈括就不那么光彩四溢了。让苏东坡身陷“乌台诗案”那桩公案，其始作俑者便是沈括。

沈括（1031—1095），字存中，号梦溪丈人，浙江钱塘人。其父为官清正，其母知书达理。沈括在母亲的指导下，勤奋攻读，又好动脑筋，注重实地考察。其父卒后，沈括以父荫入仕，出任沭阳县主簿。嘉祐八年考取进士，当时的崇文院由史馆、昭文馆、集贤院三馆组成，汇聚北宋的文才佼佼者，沈括大苏轼六岁，虽然考取进士比苏轼晚了六年，但他却比苏轼早一年进入崇文院。过了一年，苏轼才调进史馆，与沈括为同事。

沈括以勤奋好学著称，平时说话较低调，但内心好出人头地，由于苏轼以才名显露于世，沈括表面上对其很尊重，但心中滋生嫉妒之念。王安石在宋神宗支持下“变法”，沈括虽不属主要干将，但暗中附会，屁股坐到“新法”的凳子上。苏轼则是温和的改革派，他主张改革吏治，尤其他出外考察民情后，两次上书批评“新法”欲速则不达。王安石是坚决的改革家，听不得一点反对意见，他的手下官员开始诬告苏轼。宋神宗是十分赏识苏轼的，连皇帝的母亲也是苏轼的“粉丝”。因此，王安石便将苏轼赶出京城，贬到杭州当通判。

不久，沈括以“中央督察”的身份赴杭州视察水利，宋神宗特意对沈括叮嘱，“卿其善遇之”，要沈括关心苏轼，沈括当即允应。到了杭州，苏轼热情款待，视沈括为老同事、好朋友，沈括表面上与苏轼谈笑风生，并问起苏轼新作，苏轼心无城府，马上把自己的诗作请沈括评判。沈括在喝彩之际，乘机把苏轼新作抄录一份。他一回到皇城，立即把他认为“反对改革”“诽谤皇帝”的诗句一一发现出来，并加“注释”，上报宋神宗。

由于沈括的发现，苏轼的诗句“根到九泉无曲处，世间唯有蛰龙知”——皇帝如飞龙在天，苏轼却要向九泉之下寻龙，岂非讽刺皇上？于是，王安石手下的恶棍李定、舒亶、何正臣、李宜便将苏轼逮捕入狱，苏轼的罪名是“愚弄朝廷”，其三十多位亲友也受牵连。由于御史台又名“乌台”，“乌台诗案”也成了北宋第一桩文字狱，并为明清两代惨烈的文字狱首先拉开悲剧的序幕。

苏轼身陷囹圄之前，曾与儿子苏迈约定，送饭只送蔬菜与肉食，若听到坏消息则送鱼。但那天苏迈有事，托朋友去送饭，没有把约定告诉朋友，那位朋友便送了熏鱼去监狱。苏轼见鱼大惊失色，便写了绝命诗：“与君世世为兄弟，再结来生未了因。”狱吏同情苏轼，呈宋神宗。宋神宗为之感动，王安石也为之求情，说“盛世岂可杀名士”，于是在狱中饱受李定、舒亶通宵污辱了几个月的苏轼终于死里逃生，被贬到黄州。苏轼出狱后长叹“平生文字为吾累，此去声名不厌低”，此诗倘为善于捕风捉影的沈括知道，一定也会大做文章。

沈括父亲的墓志铭为王安石所写，两家是世交。沈括入崇文院，出任三司使（掌管全国财政），王安石对他有知遇之恩，但王安石一下野，沈括便开始异议“新法”，王安石后又复出，宋神宗提出让沈括主管兵部，王安石痛斥“沈括壬人（小人），不可亲近”。沈括这么一个文理兼长的通人，死后却没有人给建碑，也无人为他写墓志铭。作为科学家，他是成功的，但其为人却相当失败。

据《萍洲可谈》载，沈括第二任妻子张氏骄蛮凶悍，驱逐原配之子，还虐待丈夫，曾一怒将沈括的胡须及皮肉扯将下来。沈括晚年痛苦不堪，其子女为之抱头痛哭。张氏卒后，沈括竟失魂落魄，一度投水自尽，救起后精神恍惚，于次年去世，终年 64 岁。

吕惠卿之twt

吕惠卿

吕惠卿（1032—1111），字吉甫，泉州晋江人。他是嘉祐二年的进士，先在真州任军事推官，以其才思敏捷获欧阳修赏识。后入京为官，经曾公亮推荐在集贤殿任校勘。当时集贤殿由王安石主持，两人在交往中，王安石对吕惠卿通晓世务的能力十分赞誉，吕惠卿则四处宣称："我吕惠卿读儒学，只知仲尼（孔子）可尊；读佛经，只知佛之可贵；而今，我只知介甫（王安石）之可师。"王安石也向宋神宗作了郑重推荐："惠卿之贤，岂特今人，虽前世儒者，未易比也。先学王之道而能用者，独惠卿而已。"

在"熙宁变法"中，"事无大小，安石必与惠卿谋之"。王安石推行青苗法、均输法、助役法、农田水利法，具体内容均由吕惠卿亲手拟就。吕惠卿在主管司农寺期间，成绩卓著，为上办事，十分认真，因此宋神宗对他很放心，尤其赏识吕惠卿口才了得，博学善辩。吕被任命为太子中允、崇政殿说书，后来又任国子监、军器监的主要官员。由于韩琦、司马光等大臣反对新法，抓住河北推行青苗法时曾用"强配"，并收息二分大做文章。宋神宗对此政产生犹豫："朕始谓（青苗法）可以利民，不意乃害民如此！"宋神宗一表态，王安石"称疾居家"，奏请罢职。这时，任"王安石变法"的二号人物吕惠卿充当了主角，他由王安石力荐，任参知政事（副相），配合宰相韩绛掌管朝政。

司马光曾向宋神宗进奏："惠卿憸巧非佳士，使安石负谤于中外者皆其所为。""惠卿为之谋主，而安石行之，故天下并指为奸邪。"宋神宗听不进去。司马光又告王安石："谄谀之士，于公今日诚有顺适之快，一旦失势，将必卖公自售矣。”王安石为此很不高兴。

不料，王安石罢相不久，吕惠卿就使出两招，一是借郑侠上《流民图》，指使其心腹邓绾等人诬告王安石弟弟王安国，并借李世宁一案败坏王安石名声。二是把王安石写给自己的私信偷偷交宋神宗阅，王安石信中一些措辞引起宋神宗反感，吕惠卿大行挑拨离间之实。

宰相韩绛看穿了吕惠卿的计谋，便上奏宋神宗，请王安石复相。吕惠卿听说王安石要重回朝廷，非常愕然。王安石复相后，认为吕人才难得，依旧任用吕惠卿。这时吕惠卿羽毛已丰，他大肆排斥异己，扶植亲信，把其弟吕升卿、吕和卿和妻弟方希觉提拔到重要位置。他制定五等丁产簿，让每个百姓自报家财，连家中禽畜都不许遗漏，还鼓励民间告发隐瞒家产者可获奖励，导致百姓互殴，民不胜其困。他在对百姓严法之际，还利用权力大肆为自家置办田产家宅。由于他私心太重，连宋神宗最终也看不下去了，他告诉王安石，王安石居然听不进去，宋神宗只好把吕惠卿多次诋毁王安石的进言，原封不动告之王安石，王安石这才大为惊愕。

这时，几位依附吕惠卿的朝臣也陆续弹劾吕惠卿，吕惠卿被贬出京。宋神宗因吕惠卿母亲卒，恩施其五万钱让他治丧。不料吕惠卿上书，要求再增补一万五千钱。大臣苏辙曾如此总结吕惠卿：“狡辩奸诈，诡计多端，兴起大狱，诬陷公卿。”尤其吕惠卿当年投靠王安石时，态度恭敬如学生对恩师，似儿子对父亲，其父吕畴病逝，由王安石为其作墓志铭，但王安石一罢相，吕惠卿则视之为仇敌，不遗余力辱骂诬陷。故王安石在晚年为之深悔，斥吕为“福建子”。

吕惠卿一生经历了北宋（仁宗、英宗、神宗、哲宗、徽宗）五朝，做官五十三年。由于吕惠卿先以谄媚而上位，后极力诋毁王安石，当时先后任相的章惇、曾布、蔡京皆不敢用他，他一直在朝外辗转为官至死。吕惠卿虽在“熙宁变法”中有政绩，但他对王安石恩将仇报，故时人曰其“twitter”。twitter者，巧言谄媚之佞者也。吕惠卿在《宋史》中被列入《奸臣传》，此论虽有分歧，但吕惠卿对王安石前后态度之大变，终究令士人所不齿。

章惇之独

章惇

章惇（1035—1106），字子厚，其父章俞年轻时行为不检，见其妻之母杨氏年轻守寡，颇有风情，遂挑逗撩拨，与杨氏生下一子，名章惇。

少年时的章惇貌美善文，自负才高，狂放不羁。嘉祐二年，章惇赴京及第，因其侄章衡为状元，章惇耻于其下，拒不受敕。两年后再赴考场，列一甲五名，又获开封府试第一，入仕为官。

章惇长苏轼两岁，对苏轼才情很佩服。两人曾同游仙游潭，高山绝壁间有一根独木为桥，章惇请苏轼过独木桥，去对面的崖壁上题字，苏轼情怯而摆手。章惇却不惧，在狭长的独木桥上行走自如，又吊着绳索悬到崖壁前写了两人名字。苏轼抚其背曰："君将来肯定会杀人！"章惇问何故，苏轼说："一个人不拿自己的命当回事，也不会把他人的命当回事。"

章惇因敢做敢为，获王安石推荐，进集贤院，后监修国史，又得宋神宗赏识，任三司使，后升任参知政事。因其父章俞、弟章恺侵占民田，遭弹劾，罢免。元丰五年，章惇升为副相。宋神宗死后，宣仁太后重用司马光、范纯仁（范仲淹之子）、苏辙等大臣，章惇与之争吵不休，痛骂司马光为"村夫子"，在刘挚等朝臣弹劾下，章惇被贬岭南。

元祐八年，宋哲宗即位，他启用章惇为相，章惇诋毁宣仁太后，并提议打开司马光、吕公著等人棺木，掘墓鞭尸，宋哲宗没有答应。

章惇执政后，将元祐党人分类排名，命蔡京等人追究各人罪责，兴起同文馆案，并剥夺司马光、吕公著赠谥，将刘奉世等三十余人贬职，将吕大防、刘挚、范祖禹、刘世安流放。章惇还提出追废宣仁太后，宫内皇太后、太妃们对此极恐慌，宋哲宗这才生气地对章惇、蔡卞说："你们不想让我死后进祖宗庙堂吗?"章惇欲废孟皇后，另立刘贤妃为皇后，将宫内侍女、太监严刑逼供，打得体无完肤，割舌断肢，孟皇后最终被废。

章惇对外开展强势外交，出征吐蕃，攻陷西夏。对内恢复免役法、保甲法与青苗法，力使熙宁新法得以重行于天下，成一时之盛。惜章惇脾气暴躁，行事过猛，打击面太广。宋军被陷金明寨，主将张兴战死，章惇勃然大怒，要将全军四千将士全部斩首，李清臣为之辩："如将四千士兵都杀掉，始必造成今后打仗，主将一死，余众会全部降敌。"章惇恨恨地把张兴亲兵十六人尽杀，此举也引起众臣担忧。宋与西夏和谈，西夏臣服北宋，辽国士兵百姓过天涧取水，章惇严令："如过界者，直接斩杀。"这个铁血宰相还请求宋哲宗下旨，命人去各地考察说谎之人，凡说谎者一律论罪，由于他掀起告密之风，朝野一片恐慌。有个因酒醉而说胡言的人，哲宗下诏免罪，章惇却下令处死。

宋哲宗于元符三年去世，向太后与章惇、曾布、蔡卞、许将商议立储君，章惇拟立简王赵似，向太后拟立端王赵佶。章惇目光锐利，他一见赵佶便语："端王轻佻，不可以君立天下。"但因曾布等人反对，赵佶仍为新君，即宋徽宗。

宋徽宗赵佶即位后，封章惇为申国公，夺其大权。陈瓘、丰稷、陈师锡、任伯雨、陈次升等人一起弹劾章惇，说其行为不轨，对朝官用严刑逼供，还钉足、剥皮、斩颈、拔舌。因此章惇一贬再贬。与章惇同行新法的曾布更是死命追究。章惇之子章援上疏，宋徽宗有哀怜之意，欲将章援升迁回京，曾布一再阻止。宋徽宗只得下令，章惇之子孙从此不得来京城为官。

章惇被称为"独相"，在他执政七年间，以专断独行著称。他清除司马光等元祐党人，处罚士大夫八百三十余家，重罪者达一千余人。他还下令，不经治科、进士而进入官场者一律解除官职。他虽用蔡卞、曾布、蔡京等人，但最终决策权仍归其一人，因此结怨甚多。章惇于 1106 年卒于湖州，年 72 岁。

苏轼之仁

苏轼

苏东坡是中国古代第一大才子，也是笔者佩服的第一大文学家。他才气横溢，诗、词、散文、书法皆为一流，他还是美食家、鉴赏家。在生活中，他是有伟大胸襟的智者。

苏轼（1037—1101），字子瞻，号东坡居士，生于四川眉山。从小博览群书，心喜山水风物，他祖上五代俱不当官，原因是“蜀人不好出仕”。其父苏洵勤奋好学，读书甚杂。苏轼生性放达，弱冠之年与其弟苏辙赴京赶考，他一考就是状元（主考官欧阳修因疑此卷为其门生曾巩所作，改为第二名），殿试又为第一。因其英气逼人，才学超群，令宋仁宗感慨万分：“朕得一位清平宰相。”

苏轼文章好，朝野公认，但名气太大，其仕途反而不通达。先是母亲程氏去世，丁忧三年；后任凤翔签判，太守陈希亮为砥砺后生，故意处处制约苏轼。不久，爱妻王弗病逝，父亲苏洵又去世，令他伤心事一件又一件。苏轼重回政坛，正逢王安石变法。王安石变法为社稷，但下面的人执行歪了，苏轼便提出不同意见，令身居宰相的王安石大为恼火，想把苏轼赶走。一心想改革的宋神宗因爱才，欲让苏轼去当太守，但“拗相公”王安石不允，只得让苏轼去杭州当了通判。

苏轼离京去了杭州，后又当了密州太守、徐州太守，他把几个地方治理得很出色，可朝中李定、舒亶等小人，炮制了“乌台诗案”，欲置苏轼于死地，幸亏王安石在关键时刻说了一句“安有盛世杀才乎”，苏轼出狱，被贬去黄州当了团练副使。苏轼为人率真，旷达乐观，无故加之而不怒，他比起被贬的韩愈大不同，没有乞怜之态。

王安石下台后，朝野都以为苏东坡可以重新出山当宰相，况且当时主政的司马光对他也十分器重，可苏东坡秉性耿直，他认为司马光的政策太守旧。司马光卒后，后来任相的章惇则十分妒忌苏轼，怕他回京后成为宰相的竞争者，竟连下三道谪令，先贬苏轼去黄州，又贬他去惠州。惠州是瘴毒滋生之地，苏轼的爱妾王朝云便死于此地。章惇还暗中派一个与苏家有世仇的人去广州做官，欲借刀杀之，可惜那个“杀手”为苏轼人品所感动，后来竟成了苏东坡的好友。

章惇无奈，只得又贬苏轼去儋州（海南）。此地更加荒凉，他的官舍是几间破屋，苏东坡却与黎族人为友，在贫贱中依旧过得十分开心。新皇帝宋徽宗即位，章惇失势，苏东坡奉诏回京，当地百姓喜极而泣。

苏轼从儋州抵达南昌，遇到章惇之子章援，他捎来一封父亲的长信，请求苏轼返京后当了大官放章惇一马。苏轼复信，在信中安慰章惇，还写了专治瘴毒的药方，以备章惇去当地之用。世人知之，皆痛哭而感怀东坡心胸之伟大。

苏轼一生被一贬再贬，但他每到一个地方，百姓闻讯而聚集，以瞻东坡之风采。

苏东坡晚年至常州，居无定所，他便托人在常州买一处房。那天他去看养老之所，走近闻一老太太大哭，原因是其子不孝卖掉祖业，东坡问之，才知其子正是卖主。苏轼将房子退还给老太太。老太太闻言仍泣之，苏轼再问，老太太实言相告，儿子不孝，你不买，他仍要卖给他人。苏轼叹口气说，我购房款不要了。

苏轼在常州腹泻，后病势渐重，用药无效，溘然长逝，与其师欧阳修同岁而逝，年66岁。

孔子说“仁”，是爱人的意思。苏轼的伟大在于他爱生活，爱百姓。包括他的政敌，苏轼也能以“仁”待之，这实在非常了不起！

苏轼的文学思想是文、道并重，他推崇韩愈与欧阳修对古文的贡献。他主张文章不仅仅是载道的工具，文章艺术，自身有独立的价值。他的散文姿态横生，翻空出新，韵味隽永，意境超然，无疑是中国古代文学一大家。

晏几道之痴

晏几道

在中国文学史上，父子皆为文学家的，除曹操与其子曹丕、曹植，苏洵与其子苏轼、苏辙，恐怕就是“二晏”，即晏殊与其子晏几道最有名气了。

晏几道（约1030—1106）是晏殊中年得子，晏殊是北宋时神童，5岁能写诗，14岁中进士，后来做到参知政事（副宰相），他40岁有了第七个儿子晏几道。晏殊在晏几道14岁时官拜宰相，当时声名远播，其词“无可奈何花落去，似曾相识燕归来”脍炙人口。晏几道自幼深受父母宠爱，又继承了父亲的文学细胞，7岁能写文章，14岁中了进士，文学才情一点也不输给其父。但这种珠围翠绕、锦衣玉食的生活在他25岁时突然结束了。这一年晏殊病卒，时年64岁。

晏殊一死，昔日的风光生活不复存在，“官二代”的富家子弟晏几道立刻感受到岁月的风霜雨雪，他的好友郑侠因进《流民图》，被囚监狱，在郑家中搜出晏几道写的一首诗，官府便认定是晏几道心有异议，要将其下狱，幸亏宋神宗顾忌晏殊的大名，对其儿子网开一面，但这件事让晏几道受惊不小。他去拜访自己父亲昔日的学生韩维，碰了钉子。从此，这位任性自在的公子哥儿心中郁闷，常常蹙眉发呆。他除了在好友去世后写篇悼文，便整日与志同道合的黄庭坚一起跑酒家，在小酒店里纵谈时势，吟词唱和。

据载，文才出众的晏几道因生活日益落魄，只能不断搬家，他每次搬家，书是第一等重要物件，他的妻子便说他像乞丐，舍不得丢一本书，晏几道做了一首诗劝其妻：“愿君同此器，珍重到霜毛。”虽是戏言，却道出夫妻二人爱好不一。晏几道当时有个红颜知已叫小苹，是他的至爱，只是没有结婚，有词为证："记得小苹初见，两重心字罗衣，琵琶弦上说相思，当时明月在，曾照彩云归。"

晏几道所处的时代，正是柳永慢词风行一时的时候，词人皆以写慢词为时尚，但晏几道依旧写他的小令，他的《小山词》有不少佳句被传诵，如"落花人独立，微雨燕双飞""梦后楼台高锁，酒醉帘幕低垂""红日淡，绿烟轻，流莺三两声"，他的词写得明白如话而又清婉真挚，脱尽花间词的造作与脂粉气，在凄美的语境中表现了缠绵悱恻的独特情感，在曲折委婉处独见其小令神韵。晏几道以秀句异彩称雄词坛。

黄庭坚似乎是晏几道一生中唯一的好友。他认为晏几道有四痴：第一痴，是他的父亲曾官至宰相，识拔了许多人才，门生故吏遍天下，晏几道却不愿依傍贵人之门，去逢迎官宦人家的权势；第二痴，是指晏几道虽是一个落魄书生，却敢直露胸臆，还时常议论他人文章之优劣，人到中年却一点不懂得人情世故；第三痴，是晏几道虽落魄了，但瘦了的骆驼比马壮，可晏几道依旧大手大脚花钱，他挥霍一时却苦了一家人在挨饿受冻；第四痴，是他处世天真，人家骗了他，他也不后悔，依旧对人一片真诚。

正因如此，晏几道的晚年过得寂寞贫困而又默默无闻，尽管他手头不宽裕，但傲气依然在，黄庭坚是"苏门四学士"之一，他的老师苏轼想拜访晏几道，晏几道竟拒绝相见。他的晚年，蔡京权势炙天，他派人去请晏几道写长短句，想让这位词坛有身份的当年贵公子吹捧一下自己，但晏几道只写了两首《鹧鸪天》，内容中竟无一词提及蔡京，让这位当朝宰相大为气恼。

至宋徽宗大观四年（1106），晏几道在寂寞困顿中逝世，享年 77 岁。他走了，他的《小山词》却辉映日月，流传千年，备受历代文学界好评。

魏玩之寂

魏玩

南宋理学家朱熹谈及宋朝女词人时说：“本朝妇人能文者，唯魏夫人（魏玩）及李清照二人而已。”明朝文学家杨慎在《词品》中也如此评：李清照、魏玩的诗词，可与秦观、黄庭坚媲美。

李清照的词名世人皆知，魏玩的文学造诣鲜有人晓，关于她的记载，史载不详，生卒年也无记载。

魏玩，字玉如，襄樊人，出身世族，生卒年不详。其弟魏泰好文字，性顽劣，青年时逞强称霸，在考试时，竟一言不合殴打考官，几乎把人打死，从此不为官场录取。魏泰善与人强辩，辞锋逼人。他在乡间倚仗姐夫之权势，横行不法。著《东轩笔录》十五卷。

魏泰倚仗姐夫之权势，这个姐夫便是魏玩的丈夫曾布。说起这段姻缘，魏玩在词中曰：“聚散匆匆，此恨年年有。”

魏玩自幼聪颖，才思敏捷，她工诗尤擅填词，在豆蔻初露之际，便由家人牵线，认识了曾布，当时曾布还是布衣，但她看上的是曾氏家族的文才，其父曾易占为太常博士，他生了七个儿子，时称“南丰七曾”，为首的曾巩，为“唐宋八大家”之一。曾布13岁丧父，由其兄曾巩带领，刻苦攻读，两人赴京赶考，双双上榜，同年进士。魏玩见丈夫入仕，心中自然喜欢不已。

曾布由其兄曾巩推荐，得王安石赏识，曾布上书，宋神宗亲自接见。从此曾布青云直上，先后出任太子中允、崇政殿说书、集贤殿校理。在王安石主持下，与吕惠卿共同推行青苗、助役、保甲等新法，升任起居注、知制诰、翰林学士。后与王安石、吕惠卿之见有异，被贬地方官，在饶州、潭州、广州等地为知州。

对于丈夫的升迁沉浮，魏玩并不在乎，她心中的苦闷，只是不能朝夕伴在丈夫身边。她曾受朝廷嘉奖，封鲁国夫人，人称魏夫人，但这位魏夫人婚后生活相当寂寞，原因是曾布一入官场，便把她丢在老家，无论是当京官还是去地方当知州，从不带魏玩同往。她在《菩萨蛮·春景》曰："溪山掩映斜阳里，楼台影动鸳鸯起。隔岸两三家，出墙红杏花。绿杨堤下路，早晚溪边去。三见柳绵飞，离人犹未归。"词中的"离人"即丈夫。

魏玩将日夜思念丈夫归来的浓情写成词句："渐消残酒，独自凭栏久""归来未有期，断魂不忍下危梯""泪湿海棠花枝处，东君空把奴分付"，最动人的是那首《江城子·春恨》："别郎容易见郎难，几何般，懒临鸾。憔悴容仪，徒觉缕衣宽。"又说："嫌怕东风，吹恨上眉端。为报归期须及早，休误妾，一春闲。"其词之美，其情之深，与朱淑真仿佛。

魏玩表面上生活很不错，她曾把同时的女词人朱淑真请来，两人互诉衷肠，一个嫁了个庸俗的商人，一个嫁了热衷仕途的官人。两个女人一怨一寂，说不尽的苦闷。

更令魏玩心酸的是，丈夫手下一个姓张的下属，年轻时离世，留下6岁孤女，魏玩同情她，收养了她，认其为义女，后又悉心调教她书画琴棋。张女亭亭玉立时，楚楚动人，竟被丈夫曾布勾搭上了，张女也自愿当小妾，从此，曾布浪迹天下，便由她的义女侍奉。受到丈夫与义女的双重背叛，难怪魏玩写的词伤心透了："我恨你，我忆你，你怎知。"魏玩终于抑郁成病，不久溘然去世。

曾布带了小妾回家奔丧，张女写了一首词："香散帘幕寂，尘生翰墨闲；空传三壶誉，无复内朝班。"她也知疼她一生的养母，活得寂寞。有人问曾布何意喜欢张女？曾布自然说小妾年轻美貌，还有一个原因，那就是他常常派机灵的张女去内宫打探消息。这般无耻，活现其人内心之圆滑精明。

舒亶之猛

舒亶

舒亶（1041—1103）字信道，浙江慈溪人，少有文才，作文倚马可待，身材魁梧如猛士，脾气够猛。一个武夫身胚，却好写婉约的诗句，“醉归旋拨红炉火”，“银缸明灭月横斜。还是画楼角送、小梅花”。

北宋治平二年，24岁的舒亶考取状元，可谓春风得意。他在台州当临海县尉时，以性格刚毅著称。当地盗贼出没，舒亶敢于执法。

他还曾一次单骑出使西夏，面对强敌，毫不示弱。舒亶由蜀人张商英所荐，为当时宰相王安石赏识，先提举两浙常平，后为监察御史。成为“王党三十人”之一。

王安石实行变法，舒亶是坚定的新党后辈，他行事很猛，先从严处理了郑侠、王安国两案。元丰二年春天，沈括视察杭州，骗来苏轼诗稿借以陷害，舒亶则根据苏轼的《湖州谢上表》奏章，上书弹劾苏轼。舒亶与沈括，都是宋神宗时有点才华的人，他们在苏轼未入政坛前，风头很健，苏轼横空出世，沈、舒便无人提及，这是两人陷害苏轼的私心。苏轼出任杭州、密州、徐州等地后，走访民间，对新法实施后引起百姓纳税加重是有看法的，这就让王安石大为恼火。沈括与舒亶依附王安石这棵大树，一起发力。最先上书弹劾苏轼的是监察御史里行何正臣，他要求对苏轼“大明刑赏，以示天下”。隔了几天，舒亶与国子监李宜之同时上书弹劾苏轼。舒亶写的奏章极有心机，他在面见宋神宗时，还上了一道劄子，把苏轼的诗句与王安石新法条例一一对照比较，以此认定苏轼“怀怨天之心，造讪上之语”，其罪当诛。宋神宗一连数天接到了弹劾苏轼的奏章，感到“舆论沸腾”，于是下旨“将苏轼谤讪朝政一案交御史台根勘闻奏”。随即，舒亶伙同御史中丞李定及何正臣、李宜之等人将苏轼抓进乌台（旧指御史台）。

监察御史舒亶无疑是这场宋代文字狱的重要打手之一，他伙同群小四方调查，查出苏轼寄赠黄庭坚、刘恕等人的诗文有一百多首，经一一推敲，上纲上线，认定是攻击新法，反对皇上。苏轼一案还涉及司马光、范镇、张方平、刘攽、刘挚、曾巩、苏辙等二十九位大臣名士。舒亶更狠，他奏请将司马光、范镇、苏轼、张方平、李常五人处死，一时黑云压城城欲摧。

“乌台诗案”结束，苏轼一些好友纷纷被削职发配，其弟苏辙遭降职处分，调高安。张方平被罚红铜三十斤，司马光、范镇等十八人，各罚红铜二十斤。

苏轼终于被新党赶出了京城，舒亶在新旧两党的激烈斗争中露了一次脸，被任命为御史中丞。这时，有人捧他，有人骂他，但舒亶我行我素。当年舒亶入京得到同为新党的蜀人张商英推荐，舒亶任御史中丞后，张商英拜尚书右丞，他想让女婿在科举中顺利中举，便把自己女婿的文章给舒亶过目，暗示希望舒亶帮他女婿一把。但舒亶不讲情面，认为张商英此举有违宋制，毅然上奏书告发，弹劾张商英以宰辅之重干扰谏官的工作，结果张商英受到了惩罚，被贬为江陵税官。

“乌台诗案”后，舒亶并未晋升，由于他欲置苏轼于死地，又性格执拗，好弹劾他人，据《宋史》载：舒亶“举劾多私，气焰熏灼，见者侧目”，得罪了不少文人，引起公愤。元丰六年，舒亶的烈性脾气又猛了一下，与尚书省发生矛盾，宋神宗为平衡新旧两党的力量，说“身为执法而罪妄若是，安可置也”，“命追两秩，勒停”。舒亶结果被罢免官职，在宋神宗执政期间，再也没有被起用。

舒亶后迁居鄞县月湖畔，其居曰“懒堂”，以教书为生。宋徽宗时，他再度出山，任龙图阁待制，翌年卒。舒亶著有《西湖引水记》，并有数十首小令存世。

在宋代历史上，舒亶本不值得记，但他因办“乌台诗案”而出名，其言其行，可为后代文人鉴之。

蔡京之舞

蔡京

蔡京（1047—1126），字元长，今福建莆田仙游县人。北宋权相。北宋政坛新旧两党斗争激烈，宋徽宗赵佶也非好侍候的主子，蔡京在仕途中四上四下，把持朝政达十七年之久。蔡京是北宋一流书画家，生活奢侈之极。兴花石纲之役，改盐法与茶法，曾引起太学生陈东聚众上书，斥蔡京为“六贼之首”。

蔡京，自幼聪颖，少年时出口成章，被誉为“才子”。熙宁三年进士及第，先任钱塘尉、舒州推官，后任中书舍人，他政治上推崇新法，办事精练能干。王安石对其颇为赏识，称天下如有三个宰相之才，其一为蔡京。而旧党元老吕公著也对蔡京相当器重，将子孙托付给蔡京。连王安石的对头司马光也对蔡京在元祐更化时的治理能力给予高度评价。由此可见，蔡京年轻时，是王安石推广新法的一员得力干将。王安石下台后，司马光出任宰相，将新法废除，王安石一党尽去职，唯蔡京还得司马光赞誉。宋哲宗执政，又推广新法，起用章惇为相，蔡京出任户部尚书。王安石在江宁去世，蔡京向民众介绍王安石与其新法，并在他执政期间，首次向社会推行居养院、安济坊和漏泽园制度，这是中国历史上首次养老救济制度在社会上推行。

由此可见，蔡京办事能力强，办法多，在新旧两党激烈斗争的北宋政坛，蔡京能够从四品官而上升为宰相，决非偶然。

蔡京为宋徽宗赏识，原因有二：一是蔡京有文才，诗文俱佳，还是一流书法家，他的书法姿媚而豪健，落笔痛快沉着，颇有艺术趣味，元代书家陶家仪论之：“其字严而不拘，逸而不外规矩……行书如贵胄公子，竞气赫奕，光彩射人；大字冠绝古今，鲜有俦匹。”当时有“苏、黄、米、蔡”四大家（因蔡京名声不佳，后人以其堂兄蔡襄代之），但狂傲的米芾自称其字在蔡京之下。

那年盛夏，蔡京坐在榻上歇夏，一个仆人为他摇扇，蔡京一时兴起，就在扇上题了老杜两句诗，赏了仆人。不料过了两天，那个仆人发财了，因为扇子被一个亲王用两万两银子买走。这个亲王便是日后当上皇帝的赵佶。可见，年轻的赵佶当年便是蔡京的粉丝。

二是擅长窥视人主之意，以奉承巴结为能事。赵佶当上皇帝后，他本来爱书画，爱热闹，爱美女，蔡京正好在这方面是行家，说古玩滔滔不绝，一落笔便是好字。而蔡京最擅长投其所好。赵佶喜奢侈，蔡京办事既富丽堂皇又风雅精致，从吟诗作画到赏玩石头，件件让赵佶高兴。虽碍于言论，蔡京几次被赵佶贬了，但赵佶一离开蔡京这位“知音”，又觉得生活中少了什么，玩什么，吃什么，谈笑赏玩之间，荒淫极乐世界，似乎都少不了长袖善舞的蔡京。一直到蔡京 78 岁，42 岁的宋徽宗赵佶还把蔡京请出来，请他再当一届宰相。

赵佶是风流天子，又很任性。为此，蔡京在官场上布了一张关系网。蔡京的堂兄是宋仁宗时的中央财政大员，其弟蔡卞，是宋神宗宰相王安石的女婿，官居左丞相。其长子蔡攸，是宋徽宗、宋钦宗的两朝宰相，其三子蔡翛当过礼部尚书，其五子蔡鞗为宋徽宗的驸马爷，其小儿子蔡絛则是蔡京的政治助理。

舞者，耍花样也。凶狠狡诈的蔡京在朝时很会搞关系，不仅许多朝廷大臣成其亲信，而且他对任何能亲近皇帝的人都以书画作“雅贿”，如有一个叫徐知常的道士，时常进宫去为皇后画符治病，蔡京便把自己的字托徐知常送给宫中的后妃与太监。大太监童贯也因受了蔡京的书画后不断为蔡京说好话。

上有所好，下必附之。蔡京在北宋政治舞台上长袖善舞了十七年，直至钦宗即位，蔡京被贬岭南，携带大量金银，但由于他臭名昭著，招致当地百姓憎恨，他沿途用钱买不到食物，蔡京为此感慨，“京失人心，何至于此。”80 岁的蔡京与其子蔡絛饿死于潭州。

邵伯温之见

邵伯温

邵伯温（1055—1134）字子文，洛阳人。其父北宋理学家邵雍终身不仕，声望卓著，与周敦颐、张载、程颢、程颐合称“北宋五子”。

北宋前宰相富弼、司马光及吕公著等洛阳名流敬重邵雍学识，常去邵家切磋学问，这让少年时代的邵伯温在聆听父亲教诲之际，以司马光等人为师。司马光长邵伯温三十六岁，却不讲资格辈分，与年轻的邵伯温结下忘年之交。

当时邵伯温家徒四壁，住在洛阳一所草棚内，由于邵雍学生访客多，当时学子去京城拜访，可不见朝官，但一定先要去拜访邵雍。为此，富弼、司马光、吕公著合凑了钱，在洛阳郊外给邵雍买了一处不大的宅园。从此，邵雍及其子邵伯温在园中自耕自种，过起了贫而无忧的安乐生活。

邵伯温是邵雍中年（45 岁）得子，邵雍亲自教儿子经学，更注重其道德品质的熏陶。邵雍卒于 67 岁。他病重时，司马光、张载、二程兄弟等贤士皆围其病榻前，邵雍临终交代两件事：一是“一切从简”，二嘱子邵伯温日后去蜀中避难。

后司马光为相，欲荐邵伯温做官，惜未果而逝。邵伯温任大名府助教小吏。蔡确因拥立哲宗为帝，任宰相，司马光之子司马康应召入朝。其同窗好友邢恕请司马康去他家河南。邵伯温知邢恕心术不正，便力阻：“你服丧刚满，应先去见皇上，不应绕道去见朋友。”司马康为难地说：“我已应允。”邵伯温正色道：“邢恕见你，必有事求你，你若从之，必后悔。”司马康不听邵伯温之规劝，去见邢恕，邢恕让司马康写一篇赞颂蔡确的文章，司马康因友情难却而撰。后来蔡确被罢免，邢恕也被追究，司马康这才后悔不已，深知邵伯温见识不凡。司马康病重时将其子托于邵伯温。

绍圣初年，本为邵雍学生的章惇欲擢用邵伯温，但邵伯温知章惇为人。他赴京先去吏部听候安排，再见章惇。章惇想荐邵伯温在朝为官，邵伯温一口谢辞，说自己能力有限，愿去郡县任吏。章惇惊疑中老大不快。邵伯温先做铸盐钱的小吏，后在环庆路帅府当幕僚。

宋徽宗执政时，蔡京把持朝政，邵伯温不愿同流合污，他曾上书数千言，写《辨诬》一书，驳斥对宣仁太后的诬谤。还讲了力戒劳民伤财、兴兵动武，请皇帝解除党禁，区分朝内君子与小人。邵伯温不合时宜的议论，在日益腐败的北宋晚期，如同几块小石子扔在大海中，波澜不惊。

邵伯温因母卒，为母服丧后，任永兴军耀州三白渠公事。该区宣抚使是童贯，当地官员争相去巴结，邵伯温赶紧出走，以避奸佞。邵伯温在职之内，勉力做些有利于百姓的好事。

宣和末年，朝政混乱，邵伯温记起父亲临终之嘱，遂居家迁入蜀中，他任提点成都路刑狱，住嘉州（今乐山），开始著述《邵氏见闻录》，他忆及往事：“吾自为童子，奉康节公（邵雍）几杖于左右，多天下之士，故自富文忠公（富弼）、司马文正公（司马光）、吕正献公（吕公著）而下，吾皆得从之游，其学道渊源，可尊而行之者，将终吾身焉。”由于他亲历熙宁、元丰、元祐、绍圣年间国事，对司马光、苏轼、王安石、程颐兄弟等人行状如实记载。他记了苏轼与程颐的矛盾，还有王安石阻挠宋神宗重用苏轼，吕惠卿挑拨王安石与苏轼的关系，吕惠卿、李定等人构陷“文字狱”，他还记载王安石“三大畏”的出典及“王荆公（安石）为相，寝食不暇，尽变更祖宗法度，天下纷然，以致今日之祸”。

《邵氏闻见录》系一家之言，其子邵博续写《闻见后录》作补充，对苏轼的赞美高于其父。《邵氏闻见录》为研究北宋历史提供了翔实史料。

邵伯温隐于翠屏山，卒于绍兴四年，享年 78 岁。他的学生南宋宰相赵鼎为其师写了墓志铭：“以学行起元祐，以名节居绍圣，以言废于崇宁。”对其一生作精辟概述。邵博后获进士，是其父死后四年。邵伯温曾在乐山上书写“弥勒大像”四字，其后代生生不息。香港影业界大亨邵逸夫称其后裔，详见《邵氏宗系汇集》一书。

周邦彦之贬

周邦彦

北宋词人周邦彦（1057—1121），字美成，号清真居士，钱塘（今杭州）人。他好读书，性散漫，精通音律。在宋神宗时为太学生，因献《汴京赋》为宋徽宗赏识，在议礼局当小官，为宋王朝制作礼乐。但他出名的是擅长填词，他写闺情的离愁别绪，写羁旅的思念之苦，皆格律精严而词风婉约。周邦彦擅长慢词，铺叙得情深谊长，读来婉约雅致，被人誉为“词家之冠”。

周邦彦一生填词无数，风格大抵相似，追求词句与音律之美。在仕途上，他不是很称职的官员，整日流连于歌坊茶楼，于是便成了民间的填词高手。他不仅结识了京城的歌妓，连色艺双绝的李师师也成了周邦彦的红颜知己。

李师师生得温婉灵秀，能歌善舞，处世不卑不亢，颇有大家闺秀之气度。她虽沦落风尘，却洁身自好，一般的公子哥儿及粗俗之辈，纵有千金相邀，也被拒之门外。当时“苏门才子”秦少游曾为之赋诗赞她：

远山眉黛长，细柳腰肢袅。
妆罢立春风，一笑千金少。
归去凤城时，说与青楼道：
看遍颍川花，不似师师好。

李师师除与秦少游相好，后来又结识了周邦彦，周邦彦本才气横溢，有才子佳人之缘，而李师师也雅爱文学，一个填词，一个唱曲，两人便对上了眼。

从此后，周邦彦再也不光顾其他风月场，只一心一意为李师师这位绝色佳人填词。

李师师的名声也传到官场中，传到年逾不惑而春心勃发的宋徽宗赵佶耳中。赵佶本是个爱慕风月又擅长书画的主，正月十五之夜，他带了内侍微服出外看灯，经过李师师的家，赵佶便走了进去，一见之下，赵佶被她彻底迷住了，当晚便宿在李师师家，那晚正好周邦彦不在。

宋徽宗一迷上李师师，从此六宫粉黛无颜色，三天两头去李师师家缠绵。这事让大臣们都知道了，北宋文人挺牛，敢当面批评皇帝，宋徽宗明知此事不妥，但心中又委实舍不得李师师的千般风情。于是，有谄媚小人献策，从宫中挖一条地道，直通李师师的家。这下宋徽宗与李师师幽会就无人议论了。

这事苦了周邦彦，周邦彦从此很难亲近自己心上人。李师师呢，伴了风流天子，心里也惦念着她喜欢的文人。

据《贵耳集》（下卷）载，一天晚上，周邦彦听说宋徽宗龙体不佳，便偷偷来与心上人幽会，两人刚交杯时，宋徽宗却从前房地道中钻了出来，李师师赶紧让周邦彦藏于床下。

宋徽宗满面春风，带来江南新进贡的橙子让李师师品尝，李师师特意取出并州产的小刀将橙子切开，此时室内香气缭绕，李师师拨弄乐器唱了新曲。这情景让床下的周邦彦听得一清二楚，文人易动情，忍不住填了一首词：

> 并刀如水，吴盐胜雪，纤手破新橙，锦幄初温，兽香不断，相对坐吹笙。低声问，向谁行宿？城上已三更。马滑霜浓，不如休去，直是少人行。

翌日，李师师见宋徽宗，竟不由自主唱了这首词。赵佶心生疑团，问谁填的，李师师说周邦彦。宋徽宗顿时醋性大发，恼怒中罢免周邦彦官职，将其贬出京城。

数日后，宋徽宗又赴李家，不见师师。赵佶坐至三更，见李师师含泪而归，宋徽宗知她送周邦彦出京，便问："可有新作？"李师师泣唱《兰陵王》，曲终，宋徽宗将被贬走的周邦彦召回宫中当乐正。

金兵南下，荒淫无道的宋徽宗被掳，李师师为张邦昌抓获，拟送至金营作厚礼，李师师宁死不从，吞簪而亡。周邦彦则不知所终，卒年约65岁。

李清照之寡

李清照

李清照（1084—1155）出身于书香门第，号易安居士。其父李格非为苏东坡的学生，“苏门后四学士”之一。李格非写的《洛阳名园记》为传世之作，他还是当时有名的藏书家。其母是状元王拱辰的女儿。这样的家境，使李清照从小接受良好教育。她擅长书画，通晓金石，后来成为婉约词的代表人物。

作为一个士大夫的大家闺秀，李清照生活十分悠闲。她爱好大自然的天性，使她对描摹自然界的一景一物，皆有很细致的观察能力，而文学的熏陶，让她练成一手白描的写作技巧。18岁那年，嫁给了太学生赵明诚，赵的父亲官居右相，赵本人迷恋金石。夫妇俩在书山文海中切磋书画艺术，彼此恩爱如胶似漆。偶尔一别，李清照会填一首词寄给丈夫，如《醉花阴》。赵明诚读妻子的词，不甘下风，闭门谢客，花三天三夜时间，填词五十首，他把李清照的词一起交友人陆德夫品评。陆把玩后说：“你的词作，仅三句为佳：莫道不消魂，帘卷西风，人比黄花瘦。”赵明诚这才叹服，原来这三句正是李清照所作。

李清照与赵明诚此时生活：“每饭罢，坐归来堂烹茶，指难积书史，言某事在某书某卷第几页第几行，以中否角胜负，为饮茶先后。中即举杯大笑，及茶倾覆怀中，反不得饮而起，甘心老是乡矣。”可惜这优裕的生活终究要走到头。李清照婚后第二年，其父李格非被列入元祐党人，被罢官，离京回原籍。大观元年，赵明诚之父赵挺之被罢官，病卒。赵明诚、李清照夫妇难以留在京城，只能回归乡里。

不久，因北宋政权腐败，金兵铁骑南下，汴梁失守，两帝被掳。宋高宗赵构南逃，李清照一家也开始当上难民。由于逃难，赵明诚多年搜集收藏的金石字画丧失殆尽。

同年，赵明诚被任命为建康知府，一个文弱书生面对动乱局面，不知所措。城中发生叛乱，赵明诚居然偷偷弃城逃跑。事发后，赵明诚被撤职，李清照对其丈夫临阵脱逃大感失望。她随赵明诚翌年逃亡至江西途中，行至乌江，不由触景生情，写下了《夏日绝句》：“生当作人杰，死亦为鬼雄。至今思项羽，不肯过江东。”明里赞项羽，暗中讽明诚。赵明诚自此惶愧不已，因水土不服，心情越发抑郁的赵明诚在上任湖州知事途中暴病而亡。时到中年、45 岁的李清照成了新寡。

当时的李清照已徐娘半老，她在多病中无所依靠，几经动荡，一个叫张汝舟的男子向她殷勤示好。张汝舟早年为池阳军中小吏，宋徽宗崇宁二年进士，当时任右承务郎、监诸军审计司官吏。这时的李清照已 48 岁，由于颠沛流离，身体状况越来越虚弱，她在张汝舟的花言巧语与男人有力的进攻下，匆匆成了情爱的俘虏。李清照顶住世俗的压力，委身嫁给了张汝舟。

李清照婚后不久，即发现张汝舟并不是爱她这个半老徐娘，而是贪图她的钱财。张汝舟一直以为李清照家里收藏了许多书画金石与古董，而结婚后才知道这个名女人已一贫如洗，张汝舟的爱情诺言原来是假的，而李清照的家财所剩无几是真的。于是，两人从吵架到动手。

两人待不下去了，李清照想离婚，但宋代社会，女人主动离婚是要坐牢的。于是，她开始诉讼，原因是张汝舟“妄增举数”，也就是说张汝舟谎报了考试的次数。经审讯，张汝舟因弄虚作假，最终被削去了官职，流放外地。李清照本要身陷囹圄三年，因翰林学士綦崇礼等亲友营救，关押九日后获释。

李清照经过这场再嫁风波，她的生活终于平静了下来，她完成了《金石录后序》的写作，卒年 71 岁。

关于李清照寡后再嫁，有人指责她“晚节不保”。其实不然，只是她嫁人不善，对她则是一个真实的教训。

李清照所作《易安集》《漱玉集》，在宋时即有刻印本于世，今人辑有四十五首，另存疑十余首，人称“易安体”。

秦桧之臭

在中国奸臣中，秦桧名声很臭，其后人曰：“人自宋后羞名桧，我在坟前愧姓秦。”

秦桧

秦桧（1090—1155），字会之，江宁（今江苏南京）人，其父当过县令。秦桧身材瘦长，人称“秦长脚”，他少年时好读书，博学多才，尤擅长书法。据《宋史·秦桧传》载：在徽宗政和五年，秦桧进士及第，后任密州教授。接着考中词学兼茂科，任太学学正。在北宋政坛上，秦桧名声不错，因其书法出众，被书画家皇帝宋徽宗赵佶赏识，破格任用为御史台左司谏，负责处理公文。

秦桧年轻时做事仔细。他在处理全国公文中，发现字体不一，很不规范，就潜心研究各种字体之长，尤其他对宋徽宗赵佶的“瘦金体”很有研究。在“瘦金体”的基础上，秦桧创造出一种工整划一的新宋体，赵佶见之大喜，便令在全国推广，于是就成了今天印刷体用的“宋体”。“宋体”其实是秦桧创造的，因秦桧后来唆使其党羽万俟卨杀害抗金名将岳飞，谁也不愿提“秦体”，这种字体定名为“宋体”。

靖康年间，金兵攻宋，要求宋徽宗割让三镇，当时任侍御史的秦桧正是北宋谈判使者，他与三十六位朝臣曾坚持原则。宋徽宗、钦宗被捕后，金国欲立张邦昌为儿皇帝，秦桧起先也不同意，后被迫签名，金兵便将秦掳至金邦，金太宗将秦桧送给其弟挞懒当奴才。

从此，秦桧便开始向金邦献媚，做了不少让金统治者高兴的事，金国后让秦桧夫妇南归充当内奸。秦桧南归后，先被赵高宗赵构任命为吏部尚书，后提升为参知政事（副相），善于察言观色的秦桧为何为赵构所宠信？原因是他揣知赵构当上皇帝是因其父赵佶、其兄赵桓被金邦俘获，如果主战派打败金兵，迎回两帝，赵构很可能当不了南宋皇帝。秦桧以此千方百计阻止南宋北伐，正迎合赵构之意。秦桧后来以“莫须有”罪名残杀抗金英雄岳飞，秦桧难逃千古骂名，但根子还在于赵构最后拍板。秦桧任相后，阴险莫测，出卖同事手法多种。他当年任相，由张浚推荐。张浚后发现秦桧乃小人，欲退时，赵构问：“秦桧可代之?”张浚推荐了赵鼎。后来张浚受迫害，赵鼎欲救，秦桧密告赵鼎：“皇上欲用汝，张浚拖延扣留。”赵、张成仇，赵鼎晚年与张浚在福州相遇，谈及往事，始知秦桧挑拨离间。

秦桧把持朝政十九年，飞扬跋扈，骄横不可一世，朝野有异见者必诛之。李光、胡铨、陈刚、邵隆、王庶都身受其害，而抗金名将张浚、刘锜、韩世忠也受排挤。在秦桧任相十余年中，他走马灯似地更换了二十八名朝官，大兴文字狱，并收买内侍，最后连宋高宗赵构也对其害怕，常在膝裤中暗藏匕首，以防不测。

秦桧自知劣迹斑斑，他命儿子秦熺以秘书少监领国史，篡改史实，并禁止全国私人修史。其兄秦梓实在看不下去，辞官回乡。其亲信则行刺秦桧，故秦桧出行必带五十护卫，家中戒备森严。他自知已为天下人之敌。秦桧病重时，其子向宋高宗提出想接替相位，赵构不允；秦桧在病床上恳求，赵构也未同意。

秦桧死后，举国欢腾。赵构迫于朝野压力，罢免秦桧党羽。宋宁宗开禧年间，秦桧被追夺王爵，改谥缪丑，后人则将秦桧夫妇及其党羽铸成四座铜像，置于岳庙中，供千古游人唾骂，任其遗臭万年。

字如其人，未必正确。以书法而论，秦桧书法堪称出众。北宋奸相蔡京亦大书法家，原列“苏黄米蔡”，因其奸，后人以蔡襄替之。严嵩的书法与文才也相当了得，他曾书“至公堂”三字，乾隆对奸臣题写匾额不爽，欲请人另写，但自己御笔与其他清代书法家写了多次，最后终因字不如严嵩，只得作罢。贾似道则留下中国第一部《促织经》。这些奸臣皆恃宠恣纵，迫害忠良，恶贯盈满，罄竹难书。但其字与其人则大相迥异也。

朱熹之位

朱熹

朱熹（1130—1200），字元晦，是江西婺源人，世称朱文公。他生下来右眼角有七颗痣，其母不乐，其父朱松笑曰："这七颗痣排列如七斗星。"朱熹5岁时读《孝经》，在书上题写："若不如此，便不成人。"朱熹6岁与同伴嬉戏，众儿皆玩耍，唯朱熹用双指画八卦，令众人大愕。

朱熹10岁时，朱松卒，临终前将朱熹托付给好友刘子羽，又请刘屏山、刘勉之、胡宪三位学人当朱熹老师。朱熹义父刘子羽视朱熹如己出，为其造一楼，曰紫阳楼。

朱熹自幼"颖悟绝人"，刻苦攻读。18岁中贡生，19岁及第进士，21岁铨试中第，授左迪功郎，泉州同安县主簿。朱熹一生做过好几次地方官，任江西南康、福建漳州知府、长沙知军与浙东巡抚。但他每次为民办事，上书免除税收，都阻力重重。他在漳州任知府时，发现土地兼并严重，豪强拥有大片土地却隐瞒实情，少交或不交税，失去土地的贫者却要强令纳税。朱熹向朝廷提议重新丈量土地，他竭尽心力，其谏议却不了了之。

朱熹在仕途受挫后尽心研究学问，修复了白鹿洞书院，又将《大学》《中庸》《论语》与《孟子》四书合刊，完成了《四书集注》，并在武夷山创建武夷精舍，广收门徒，聚众讲学，成为南宋著名的理学家。

朱熹提倡的"理学"，是以研究儒家经典为宗旨的学说。朱熹强调的"理"，是先于自然现象和社会现象的形而上者。他认为，万物各有其理，而万物之理终归一，这就是"太极"。理是事物的规律，理在人身上就是人性。朱熹为此提倡“去人欲，存天理”。朱熹65岁时被宋宁宗赵扩任命为焕章阁侍制兼侍讲，即皇帝的老师。朱熹一直希望得到这个位置，可以对年轻的皇帝大谈“正心诚意”。他一反对皇帝大兴土木，二要求宁宗“下诏自责，减省舆卫”，三是力主整肃纪纲。并向宋宁宗多次进言，“斥言左右窃柄之失”，朱熹讲的道理是对的，但却引起宋宁宗的反感，朱熹任侍讲仅四十六天，就被撤职。

失去“帝王师”的朱熹返回武夷山继续讲学，不久爆发反理学风波，监察御史沈继祖指控朱熹“十大罪状”，除了“不敬于君”“玩侮朝廷”外，还有“诱奸尼姑两人以为宠妾”，“家妇不夫而孕”，指朱熹引诱两个尼姑，纳为妾后带在身边招摇。而朱熹之子死后，其媳怀孕了。

由于宰相赵汝愚被贬，朱熹的同道好友陈傅良、彭龟年、刘光祖、吴猎先后被逐出朝廷。朱熹门生蔡元定被捕入狱。朱熹只得上表认罪，承认自己“私故人财”“纳其尼姑”，并表示“深省昨非，细寻今是”。

庆元六年，朱熹在贫病中写作，此时他的左眼已瞎，右眼也几乎不见光明，但仍旧加紧整理旧稿。三月初九，71岁的朱熹在腥风血雨的“庆元党禁”中去世。其学生门徒欲举行大规模会葬，当权者慌了手脚，严加干涉，并命令大臣不得参与。但朱熹葬于黄坑大林谷时，仍然有近千人到会哀悼。著名词人辛弃疾与大诗人陆游都对朱熹一生作了极高评价。

朱熹勤于读书研究，建立了庞大的理学体系，成为集南宋理学之大成者。他死后十年，谥“文公”，赠宝谟阁直学士。

朱熹死后，他的地位日高。真正让朱熹成为中国自孔子之后大儒的是元、明、清三朝，朱熹的《四书章句集注》在元朝成为考试内容。明朝朱元璋提出科举取士，以朱熹的“传注为宗”。朱学成了巩固封建统治的官学。清朝康熙五十一年，朱熹升入孔庙“十哲”之列，康熙皇帝称其为“集大成而绪千百年绝传之学，开愚蒙而立亿万世一定之规”。因孟子主张“民为贵”，为后代统治者不悦，朱熹超越孟子成为继孔子之后地位最高的二把手，这恐怕是朱熹本人也没想到的。

更令朱熹更想不到的是，他开创的理学与《四书集注》已成为元、明、清三朝统治者禁锢人们思想的重要理论，“理学”也成了三朝官学。

贾似道之玩

贾似道

中国历史上的巨奸大致分为两种类型：一种是狡黠阴鸷，深藏不露，好用权术借刀杀人，如李林甫、卢杞、史弥远之流；另一类则喜玩悦声色，极尽靡侈奢华，如蔡京、贾似道之辈。

贾似道（1213—1275），字师宪，浙江天台人，少聪慧，21岁以父荫为嘉兴司仓。24岁及第进士，因其姐被宋理宗选为宠妃，贾似道也靠“裙带风”青云直上，先为宝章阁直学士，后晋参知政事。少沉厚之气的贾似道凭借其八面玲珑之术，日后步步高升，直至右丞相。

当时蒙古向南宋提出“联蒙灭金”之约，但南宋与蒙古军联手灭金后，蒙古却将南宋应得土地削减。宋理宗便命贾似道领兵出战，贾似道既无军事才能，又畏敌如虎，还未交手，先暗中派人与蒙古私下议和，并表示南宋王朝愿称臣，岁奉20万两白银，绢20万匹。蒙古主帅获利后撤退，贾似道乘机进攻，杀伤一百七十名蒙古兵。这一小胜，竟被贾似道渲染为“空前绝后”的大捷，他闭口不谈屈辱的和约，而大唱“宗社危而复安”。宋理宗受其蒙骗，命文武百官恭迎贾似道凯旋。

贾似道凭借这一战绩，从此大权独揽，他先诬陷察觉真相的曹士雄、向士璧在军中贪污，将两人流放。同时，他让其党羽编造《福华编》，为其在抗蒙战役中的“丰功伟绩”涂脂抹粉、大肆吹捧，以致朝野人士竟以为耍小聪明的无赖子贾似道成了抗蒙大英雄。

宋理宗为表彰贾似道，在西湖景区内为其造了一个栽满奇花异草、建有亭台楼阁的“后花园”，供贾享用。从此，贾似道朝夕在“后花园”中与众美姬淫乐于宴席间。据《宋史》载：“襄阳围已急，似道日坐葛岭，起楼台亭榭，取宫人娼尼有美色者为妾，日淫乐其中。”“尝与群妾踞地斗蟋蟀，所狎客人，戏之曰：此军国大事耶?”故贾似道又称为“湖上平章”与“蟋蟀宰相”。

宋理宗去世后，宋度宗即位，贾似道更权倾天下。宋度宗率人前往祭祀，天忽下大雨，其爱妃胡贵妃之父见雨势甚急，提出归宫，这令骄狂擅权的贾似道大为不满，在其淫威下，宋度宗不得已将心爱的胡贵妃送去当尼姑，贾似道才转怒为喜。

贾似道以玩蟋蟀出名，他写了世界上第一本研究蟋蟀的《促织经》，本是好事，但他上朝也把蟋蟀带在身边，以致朝廷上传出“瞿瞿瞿”之声，甚至还发生蟋蟀从贾似道袖中跳出，跳到皇帝胡须上的闹剧。

贾似道除了对蟋蟀颇有研究，还是一位艺术鉴赏家，他喜爱书画，命当时的书画家临摹历代书法精品，并复制佳作。贾府收藏甚富，名画与各种版本图书不计其数，部分名画图书今藏于北京故宫博物院。

由于贾似道一手遮天，严密控制舆论，宋军节节败退的消息，宋度宗浑然不知。元军陷襄阳后长驱直入，这时宋度宗已逝，在舆论压力下，贾似道不得已率军十三万亲征。贾似道先暗中向元丞相伯颜送上厚礼，伯颜拒绝，贾似道慌作一团，在未加抵抗情况下，抛弃十三万精兵，在安徽芜湖一带率亲兵乘小船逃命。由于群龙无首，南宋军队一败涂地。后来元军兵临临安，朝野人士震怒，齐声要求杀隐瞒军情的贾似道以平民愤。谢太后被迫将贾免职，贬往广东。

贾似道执政时曾提倡公田法，以强硬手段阻止富人囤积谷物，命他们将多余粮食必须卖给国家，引起大地主仇恨。县尉郑虎臣也为大地主，因其父郑埙曾遭贾似道陷害，流放至死，他为报父仇，主动要求押贾似道去广东。一路上，郑虎臣多次提醒贾，要他尽快自尽，但贾似道苟且偷生，不肯自杀，郑虎臣用各种手段折磨贾似道。至木棉庵，贾似道被迫饮冰片自杀，但只腹泻而未死，郑虎臣将其杀死在厕所内。

今福建漳州木棉庵前，有明大将俞大猷在石亭中立的石碑，碑上有“宋郑虎臣诛贾似道于此”。

管道升之忒

中国古代有不少两情相悦的爱情词，其中这首《我侬词》特别有名：

你侬我侬，忒煞情多，情多处，热似火。把一块泥，捻一个你，塑一个我，将咱两个一齐打破，用水调和。再捻一个你，塑一个我，我与你生同一个衾，死同一个椁。

管道升

这首词的作者是元代著名女书画家、诗词家管道升。管道升（1262—1319），字仲姬，浙江德清人。她自幼聪颖，好习书画，又笃信佛法。其书法精绝，尤擅画墨竹梅兰，还精于诗词创作，“翰墨词章，不学而能”，在当时是很出名的才女。因管道升仪容优雅，又才华出众，因此眼界极高，到26岁还未出阁。这年她赴京，认识了元代青年书法家赵孟頫，郎才女貌，两人相互倾慕，终成眷属。

赵孟頫以宋皇室后裔入元朝为官，是宋太祖赵匡胤第十一代后人，他生得一表人才，英俊儒雅，元世祖召见他时曾惊呼“神仙中人”。但赵孟頫在京城为官心情一直很压抑，与管道升成婚后，更加思念家乡吴兴，管道升为之咏道：“身在燕山近帝居，归心日夜忆东吴。斟美酒，脍新鱼，除却清闲总不如。”夫妻俩向往的是：“人生贵极是王侯，浮名浮利不自由。争得似，一扁舟，吟风弄月归去休。”

后来，他们终于借机会出京，回归江南闲居。赵孟頫博学多才，工书法，擅金石，精绘艺，懂鉴赏，他的情趣与管道升互相吸引，两人在窗下推敲诗词，切磋书画，玩赏文物，不亦乐乎。管道升有吟梅花诗：“雪白枝琼嫩，霜中玉蕊寒，前村留不得，移入画中看。”

管道升留下了《水竹图卷》《秋深帖》《山水绣佛图》《长明庵图》《墨竹谱》等传世名作，她笔下的竹枝千姿百态，栩栩如生，其书法笔力清劲，字体修长，秀媚圆润中兼有畅朗劲健之气。

中国书法，从魏晋南北朝至唐朝，已涌现出众多大家，以楷书而言，唐代的欧阳询、虞世南、褚遂良、颜真卿、柳公权一个个都是鼎盛时代的天才人物，至元朝，赵孟頫的书法别开生面，在中国楷书四大家中竟夺下一个席位，与欧、颜、柳并称“四大家”，这实属不易。而后人论及管道升的字，认为她的书艺也不在赵孟頫之下，她的《秋深帖》笔力扎实，起笔不拘一格，结构错落有致，每一处停顿、运势皆有章法，又能化章法于无形之中，达到了书法艺术炉火纯青的境界。管道升还手书《金刚经》数十卷，遍赠名山寺院。当时，元仁宗曾命人将赵孟頫、管道升及其子赵雍的三段书法合装一卷轴，藏之秘书监。

在“女子无才便是德”的封建社会中，管道升是一个异类，她既能上侍公婆，中从夫君，下教子女，还能在沉重的家庭琐事中吟诗赋词，写字绘画，兼从事各种艺术情趣活动，多么不易。

管道升中年色衰，正如她昔日自语：“玉貌一衰难再好。”这时家庭中危机凸现，赵孟頫与妻子的矛盾加深，他性格变得暴躁，对婚姻忠贞不二的观念开始发生动摇。赵孟頫在妻子的风华水色消磨殆尽后，准备纳妾，这时，管道升不是咆哮如雷，也不是死搅蛮缠，而是写了上述这首《我侬词》词中的“忒”，即“过”的意思。管道升以其异常浓烈的情愫挽留了丈夫的心。此词让赵孟頫深深感动，终于取消纳妾一事。

赵孟頫后来官居翰林学士承旨、荣禄大夫，官居从一品，管道升也被册封为魏国夫人，故世亦称“管夫人”。后人将其书艺与卫夫人并称“中国书坛二夫人”。她书写的《璇玑图诗》为后人所称誉，而她一生对感情浓烈的情愫更为后人所赞誉。

1318年管道升脚气病复发，经赵孟頫多次上书请求，才于翌年准许南归，管道升乘船途经山东临清，逝于舟中。赵孟頫与其子赵雍护柩返吴兴，葬于德清，赵孟頫撰写了《魏国夫人管氏墓志》。

朱升之忧

朱升

朱升（1299—1370），字允升，徽州休宁人，与朱熹同宗。他幼年师从新安派学者陈栎，对经史百家无不涉猎，又好博采民间俚语俗事。朱升45岁登乡贡进士第二名，后任池州路学正，教学彰显才干。由于元末动乱，朱升反对蒙古贵族，便隐居于歙县石门山，静观时局变化。

由于朱升博学多才，“新安理学名儒”名声在外。朱元璋率军途经徽州，邓愈向其推荐朱升，当时急于求胜而又求贤如渴的朱元璋便亲顾茅庐，恭恭敬敬向朱升求教。据传，朱升第一次避而不见，留下一锦囊，朱元璋依计而行，大获全胜，这令朱元璋更加佩服，再次微服求访，朱升只讲了九个字“高筑墙，广积粮，缓称王”，令朱元璋喜出望外，从此敬朱升为上宾，朱升就此出山，辅佐朱元璋打天下。当时朱元璋“地狭粮少”，东有张士诚，西有陈友谅，南有方国珍，论帐下文武兵马，朱元璋皆落下风。朱升为朱元璋做了三件大事，一是规定朱元璋军队士兵“不准妄杀”百姓。二是让朱元璋遍访贤才，礼聘宋濂、刘基等读书人为“高参”。三是朱元璋与陈友谅在鄱阳湖大战，陈占上风，朱元璋忧虑，朱升却胸有成竹，并分兵借粮与之对抗，陈友谅粮尽而兵败，皆朱升之功也。在泾江口一战，朱元璋在船头冒箭雨指挥，幸得朱升将其推入船舱，朱元璋刚离开，流矢“已中胡床板矣”，对朱元璋有救命之恩。

朱元璋依照“高筑墙，广积粮，缓称王”九字真经，最后得了天下，朱升居功至伟，晋升翰林学士兼东阁学士、嘉议大夫，任皇帝顾问，并修国史，他与诸儒奉旨主编《女诫》，以防后宫干预朝政。朱元璋写了一副对联赞誉朱升："国朝谋略无双士，翰林文章第一家。"朱升名声虽在李善长、宋濂、刘基等文臣之上，但从不争权，这是朱升的聪明之处。

按古制，封建社会文官是70岁退休，但在一个新王朝草创之际，一些德高望重的功臣并不受此限制，朱升也在其列。但朱升70岁一过，便请求告老还乡，朱元璋对此很意外，"欲赐以爵土"来挽留，但朱升"固辞不受"，并老泪纵横奏道："臣后人福薄，不敢叨天恩。"朱元璋说，"朕与卿分则君臣，情同父子"，但朱升仍奏："愿陛下哀念老臣，臣子不免，赐以完躯，幸矣。"朱元璋终于赐朱升与其子朱同"免死牌"。

朱升何以忧虑，急于"归隐山林"？原来，朱升与朱元璋共事十余年，深知其秉性猜忌多疑，刻薄专横又反复无常。朱元璋出身卑微，年轻时当过小和尚，受尽侮辱，故他未发达时还能虚心求贤，得了天下便对儒生极不放心。儒生许元学问极佳，他一言恼君，即被处死。又如朱升同乡好友叶宗茂为朱元璋攻城拔寨，屡建奇功，最后被诬，落得忧愤成疾致死。朱元璋平时"以汉高祖自期"，朱升精通历史，知刘邦是个可同患难而不可共富贵的皇帝，晚年一直为自己的未来深为担忧，早一步离开政治舞台，成了他的迫切心愿。

朱升请归时曾对朱元璋劝奏："伏愿陛下明照万里，治国有三重焉：东宫择贤师，保将相，久试贤能，百姓如保赤子。"这几点无疑是十分正确的。朱升退休后没有返回家乡休宁，也不敢去曾隐居修炼的安徽歙石门，而是携老妻"涉江沂淮抵东海转西溪而筑室地南龙港庄"，在这个地广人稀的小村庄住下，于次年十二月病逝。朱升没有看到明王朝初期那一幕又一幕残杀功臣的血腥浩劫，也未见到李善长、宋濂、徐达、刘基等文臣武将的悲惨结局。但他的担忧，仍然演变为现实，他推荐的良将贤臣一个个无故惨死，他唯一的儿子朱同曾为朱元璋夺取天下立下诸多功绩，又蒙朱升为他讨了"免死牌"，但最后还是没有躲过朱元璋狠毒之手，朱同不久被出尔反尔的朱元璋赐死。

朱升之忧，反映了中国封建文人的自知之明与忧患意识，可惜他的后代仍未逃出封建专制凶险的阴影。

刘伯温之惑

刘伯温

据史记载，刘伯温（1311—1375），浙江青田人，是中国历史上的智者。他自幼好学，读书一目十行，在乡间被誉为神童。他 12 岁考中秀才，14 岁读《春秋》，一篇隐晦奥涩的儒家经典，他读两遍即能背诵，记忆力超群。他还能言前人所未能言。由于刘伯温博览群书，又通晓天文、地理与兵法，23 岁中了进士，被任命为江西高安县丞。他体察民情，刚直不阿，不避豪强，被地方豪绅陷害。后又任江浙儒学副提举与浙东元帅府都事，也因其敢于直言，被迫辞官，时年 47 岁。

元代末年，政权腐败，哀鸿遍野，刘伯温回家乡青田过了一段隐居生活，写下了他一生最重要的著作《郁离子》。朱元璋带兵南下，其帐下硕儒朱升向朱元璋着重推荐了刘伯温、宋濂等“金华四杰”。当时朱元璋帐下猛将居多，能运筹帷幄者少，故朱元璋亲自宴请刘伯温。刘见朱元璋貌虽丑陋，但有雄才大略，便面陈“时务十八策”，并认定朱是他的“真命天子”，朱元璋闻言大喜，口称老先生，请刘伯温任军师，为其出谋划策，朱元璋对其言听计从，并在刘伯温辅助下，灭陈友谅，败张士诚，扫平群雄，一举夺得大明天下。朱元璋多次称刘伯温为“吾之子房（张良）也”，世人则因刘伯温通经史、晓天文、精兵法，称其“诸葛孔明”，同时，刘伯温诗文俱佳，他与宋濂、高启合称“明初诗文三大家”。

朱元璋平定天下，论功封赏，照说刘伯温之功不是第一便是第二，但朱元璋城府极深，心计狠毒，只封刘伯温任御史中丞兼太史令。原因何在？因朱元璋对其怀有戒心，怕学识超群与执政能力极强的刘伯温有异心。朱元璋还给刘伯温定位：只允许议政，不允许接触权力中枢，让刘当了有名无实权的顾问，刘伯温此时如能学张良隐退，或许还不至于被害。但他出于对朱元璋的忠心，皇帝每次征求他意见，刘伯温还是直言己见，朱元璋想撤销与自己一同起义的李善长宰相之职，刘伯温不好阿谀，当即反对，朱元璋挑拨："李善长多次构害你，欲置你于死地，你何故为他说话?"刘伯温正色道："朝廷损宰相如房子换大柱，千万不可。"

但心狠手辣的朱元璋还是杀了李善长，又让刘伯温荐相，并讲了杨宪、汪广洋、胡惟庸三位候选人，刘伯温一一表示反对，其中杨宪与刘伯温私交最好，但刘伯温说他能力太差，汪广洋心胸狭窄，胡惟庸则表里不一。

由于刘伯温为人清廉，朱元璋几次想抓他把柄而不得，但朱元璋容不得能人，他开始大杀功臣，将与他一起创业的大臣几乎杀得所剩无几。他为了加害刘伯温，又把刘伯温当年反对胡惟庸任相的话透露给已当上宰相的胡惟庸，胡惟庸于是千方百计构陷刘伯温，刘伯温此时只能辞官回家。胡密告朱，说刘夜观天象，说青田有王气，朱元璋暴怒，下旨夺去刘伯温俸禄。刘伯温生病，胡惟庸带御医探病，刘服了药病情加重，便疑胡惟庸害他，就上奏禀告，不料朱元璋反而不理不问。看来胡害刘伯温至少是经朱元璋默许的，否则胡也没那个胆子。救过朱元璋几次命的刘伯温终于在孤寂痛苦中病逝。当属下奏告朱元璋刘伯温已死时，朱元璋毫无表情地说了一个"哦"字。

刘伯温死前一月，一直尊刘为老先生的朱元璋写了一封信给他"子房"，突然称其"尔刘基"，刘伯温恐怕此时已知其惑了。当他真正认识朱元璋的为人时，可惜太迟了。

施德政、得民心是刘基（刘伯温）治国思想之核心，他以孟子的民本思想来求长治久安，但朱元璋一向仇视孟子，自然与刘伯温的治国安民之策略不合，他置刘伯温于死地，也是必然的。

刘基有两个儿子刘琏、刘璟，一文一武，品行端正，前者为胡惟庸党羽所迫致死，后者因支持建文帝，被燕王朱棣杀害。可谓一门忠烈。

方孝孺之勇

方孝孺

方孝孺（1357—1402），字希直，浙江宁海人。他自幼聪慧好学，读书过目不忘。其父方克勤是个难得的清官，但因被人诬陷，死于朱元璋执政时。后来，方孝孺报效建文帝，便有人斥他不孝。其实，此论值得商榷。

方孝孺刻苦勤读，终于学有所成，成了明初的才子。很喜欢批评人的李贽也特别推崇他："自幼精敏绝伦，双眸炯炯，日读书积寸。为文雄迈深醇，乡人呼为小韩子（即小韩愈）。"方孝孺先师从明初名儒宋濂，又经吴沉、杨枢推荐给朱元璋，因方孝孺提倡仁政，不合暴戾成性的朱元璋的胃口，方孝孺只好回乡备用了。

朱元璋得天下后，先大杀功臣，随他出生入死的老弟兄们与忠臣义士大抵惨遭毒手。他这是为儿子朱标掌权扫清了障碍。不料朱标短命，于是朱元璋把皇位传给第三代，又对与他儿子同辈的能干之臣大开杀戒。为了让毫无政治经验的孙子朱允炆坐稳江山，朱元璋留下三个辅政大臣：方孝孺、齐泰与黄子澄。这三位都是文人，为了防止乱臣谋反，朱元璋便让儿子朱棣来帮侄子。朱元璋以为自家人不会残杀，其实，他一死，朱棣就蠢蠢欲动，不久便率兵攻陷京城，夺了侄子的皇位。

朱允炆后来是被杀还是逃走出家做了和尚，至今仍是千古之谜。他信赖的大臣齐泰、黄子澄和一些高谈阔论的文人亲信相继被杀，诛三族。

朱棣登上皇位后第一件事就是找方孝孺，因为方孝孺当时已名满天下，他的学识、文章与气节让天下百姓所敬重，他写的每一篇文章，海内争相传诵。后来《古文观止》汇聚历代优秀范文，方孝孺便占了两篇：《豫让论》与《深虑论》。而朱棣的军师姚广孝也在朱棣出兵前再三叮嘱："南方有方孝孺者，素有学行，武成之日，必不降附，请勿杀，杀之则天下读书种子绝矣。"朱棣性残暴，酷似其父，但姚广孝是为其登基出谋划策的高人，朱棣岂能不听。他召见了方孝孺，想借助方的影响，起草诏书，以示安抚人心。但方孝孺哭着步入大殿，不理朱棣，也不行礼。朱棣十分尴尬，他说："先生请勿如此，我不过是依照周公辅政而已。"方孝孺怒斥道："成王安在？"两人一番辩论，惯于打打杀杀的朱棣岂是方孝孺的对手，失去耐心的朱棣让人把纸与笔交给方孝孺，逼方孝孺起草诏书。

方孝孺不肯写，后在其淫威逼迫下写了四个字："燕贼篡位。"气急败坏的朱棣怒吼："你不怕我灭你九族？"方孝孺坦然说道："灭我十族又如何？"

朱棣于是当其面残杀方孝孺的家人朋友，皆千刀万剐，一共杀了七天，才凌迟方孝孺，灭十族，遇难者计八百七十三人（另一说共杀一千余人）。

灭十族，是朱棣在中国封建史上的一个创新，他不仅把犯人的亲戚全杀绝，还牵上了朋友一族，在这方面，朱棣残杀知识分子的"功劳"又胜过其父朱元璋。

方孝孺反抗朱棣，自然很清楚自己将遭遇怎样的悲惨下场。他是一介书生，手无缚鸡之力，但他面对淫威与酷刑，却表现出中国古代文人大义凛然的勇气与视死如归的气节，被杀的是方孝孺，但当时尴尬窘迫而恼羞成怒的却是朱棣。面对生死考验而置之泰然，方孝孺真的很勇敢。

方孝孺死时仅 46 岁，朱棣余恨未消，又派人挖了方家祖坟，下旨："藏方孝孺文者皆死。"但方孝孺的诸多"粉丝"却冒着生命危险，收藏方的遗稿，后编成《逊志斋集》与《方正学先生集》两书。

朱棣的儿子朱高炽为人仁厚，他说："若方孝孺辈，皆忠臣，诏从宽典。"朱高炽登基后关心和怜悯方孝孺的后人。至万历年间，方孝孺获平反。今天，在宁海有"方孝孺读书处"，在南京有"方孝孺墓"，引来凭吊者无数，笔者也是其中之一。

胡适先生说："方孝孺是明初一个了不起的人。"他还认为方孝孺被残杀后，致使明朝两百年间再没有政治思想家。

解缙之躁

解缙

解缙（1369—1415）是明代才华横溢的文人，字大绅，江西吉水人。他生而秀异，颖敏绝伦，从小被誉为“神童”。长大后与杨慎、徐文长并称“明代三大才子”。

解缙18岁登乡试取第一名。翌年赴京赶考，其文气势磅礴，文笔犀利，主考原拟录为三甲人选，但有考官忌其锋芒太露，改录为二甲第七名。朱元璋阅览一二甲策论，也为解缙的雄健之文所吸引，当面殿试，又见解缙才华出众，欲钦点为状元，但有大臣以解缙名字不吉为谏阻，朱元璋闻言作罢。

解缙虽非状元，但其才情却给朱元璋留下极佳印象。由于朱元璋当时大杀功臣，明代政治环境十分险恶，大臣皆处于朝不保夕的恐慌之中，但自负的解缙却上了《太平十策》，针砭时弊，斥责不必要的杀戮，这等于摸了老虎的屁股，但朱元璋不但不怪罪于他，还对解缙说：“朕与你义如君臣，恩犹父子，你对我有什么谏言要言无不尽呀。”洪武二十三年，朱元璋杀李善长，众臣默然，解缙又上书为李善长申辩，这次朱元璋虽未怪罪，但已十分恼火。不久，解缙再次上书议政，这一回朱元璋沉不住气了，他把解缙赶出京城，并曰：“十年之后再用。”

解缙罢官回乡后反复思索，最终得出结论：官场是不讲是非的，入仕需要谋略，皇帝需要的是迎合。

朱元璋死了，建文帝临朝，解缙开始上书，建文帝本想提拔他，但解缙当时在京的直言得罪了不少大臣，建文帝只得派他去西部挂职，幸亏解缙的才华还是有人赏识，终于调到京城翰林院当了一名小官。

建文帝的政权很快被朱棣推翻。朱棣登基后想做的第一件事就是要编一部百科全书，想找一个有学问、有才气，还擅长书法的人来当总编纂，这个人原本属于方孝孺，但方孝孺的彻底不合作，使朱棣只能另选才俊，于是他把目光投向了 34 岁的年轻人解缙。

但解缙开始并不理解朱棣的用意，只草草组织人员编了一本《文献大成》。朱棣大为恼火，狠狠斥责了解缙，并组成了以王景为首的五名翰林学士与二十多名全国著名学者的庞大的写作班子，还给解缙派去了帮手，其实是监工，那个监工就是姚广孝。姚广孝精于权谋，文才也很出众，解缙这才明白自己编这部书是多么重要。

经过上千人三年多的共同努力，包含经史、子集、天文、地理、医术、戏剧、农艺等学识的百科全书终于编纂成功了。上至先秦，下迄明初，入选书籍七八千种，共计 11095 册，合 3.7 亿字，书名为《永乐大典》。毫无疑问，朱棣提议编这部书是有功绩的，解缙为这部书费尽心力，也是有功绩的。

解缙被任命在内阁中任左春坊大学士，朱棣屡次在大臣中说："得到解缙，真是上天垂怜于我。"

朱棣当时在选择继承人这个问题时很纠结，太子朱高炽，仁厚宽厚，但有残疾，长相有点对不起百姓。而另一个儿子朱高煦，性格酷似朱棣，会打仗，人又帅，以兵部尚书为首的金忠力挺他，可废长子会遭千古骂名！这时候，解缙出场了，他口才好，又有学问，"好玄孙"搞定了，朱高炽有好儿子朱瞻基，解缙一点，朱棣同意。

解缙得意了，自以为功高天下。但朱高煦集团开始攻击解缙，解缙毕竟不是朱家人，他这个《永乐大典》的总编纂很快被朱棣认定"干涉家庭内政"而遭冷落。不久因解缙反对讨伐安南（越南），朱棣把他打发到广西去当参政。

如果解缙能安安稳稳在广西待下去，也许下场不会很惨，但解缙的性格有点"躁"，就是急于表现自己，很不甘寂寞。永乐九年，解缙借进京汇报工作之际，去见了一次朱高炽，这事让朱高煦知道了，于是禀报父亲，朱棣一发狠，就把当年第一宠臣下了大牢。

到了永乐十三年，朱棣在翻看囚犯名字时发现了解缙，说了一句："缙犹在耶？"当时锦衣卫纪纲慌了，解缙在狱中从不把纪纲当一回事，纪纲想到自己虐待解缙，再说朱棣那句话莫非是暗示自己杀解缙。于是他命人把解缙先灌醉，然后将赤膊的解缙拖到雪地里活活冻死。

才气横溢的解缙惨死时仅 47 岁，人生忌"躁"，以解缙为鉴。

朱祐樘之难

朱祐樘

朱祐樘一生应了一个“难”字。他一出生就历经磨难，当上太子屡涉险境，即位后又遭遇一连串棘手的难事。

他的父亲明宪宗朱见深从小有恋母情结，宠爱长他十七岁、抱他长大的宫女万贞儿，朱见深即位后封其为万贵妃，并将新婚的吴皇后废去。万贵妃生一子，1岁夭折。阴暗的心理让万贵妃从此见到宫妃怀孕，就强令其服药堕胎。朱见深一日在内库偶见管账的瑶族美女纪氏，当晚留宿，纪氏怀孕。万贵妃即让宫女令纪氏堕胎，幸得纪氏人缘好，宫女谎称纪氏非怀孕而腹中生瘤，逃过一劫。万贵妃后获悉纪氏生下一子，命太监张敏去溺死婴儿，张敏冒死秘密收养，被废的吴皇后与宪宗母亲周太后暗中相助。朱祐樘东躲西藏了六年，胎毛也未剪。

明宪宗一日感叹年老无子，张敏跪下奏告内情，朱见深一见瘦弱的朱祐樘大喜过望：“此子似朕。”遂立为太子，封纪氏为淑妃。一月后，纪氏与张敏莫名自尽。周太后知万贵妃心狠手辣，将孙儿祐樘接入内宫抚养。万贵妃一日热情邀请6岁的太子朱祐樘，拿出许多好吃的食物让他吃，朱祐樘忍住口水说已饱；万贵妃又和颜悦色骗他喝汤，朱祐樘憋红了脸，蹦出一句：“我怕有毒”，万贵妃当场大愕。

明宪宗后来又生诸多儿子，在万贵妃“枕头风”中，他几次欲废太子，朱祐樘处境危在旦夕，老太监怀恩宁死不从，朱见深没杀怀恩，贬他去凤阳守灵。这时泰山突然发生地震，朱见深在惊恐中收回成命。公元1487年，万贵妃死，明宪宗卒，朱祐樘即位，为明孝宗。他深知是谁逼死了亲生母亲与恩人，也明白任太子时几次险遭不测，但他心地宽厚仁慈，当时朝臣上书要严惩已死的万贵妃及其党羽，大权在握的朱祐樘并未报复，反而取宽恕措施，只将万贵妃之弟锦衣卫都指挥使万喜、指挥佥事万通赶走，说：“到此为止吧！”

软弱无能的明宪宗留下一副烂摊子，朝中是“纸糊三阁老”“泥塑六尚书”。朱祐樘为了扭转朝政腐败状况，决心勤于政事从己做起，他每日除早朝外，另设午朝，一天两次接受百官面陈国事，并在文华殿开设议政论坛，晚上则披阅奏章。他将朝中四品以上官员名单贴在墙上，对任用官吏的优劣调查得一清二楚。在人事安排上，朱祐樘经过考察，将内阁首辅万安、太监头目梁芳、侍郎李孜省以及刘吉等一千余名奸人庸官全部革职，朱祐樘未开杀戒，但他不让这些佞人在朝廷有立足之地。

朱祐樘知恩报恩，他把贬去凤阳的怀恩请回来，又把被废的吴皇后当作母亲侍候。为了不受蒙蔽，他不许太监代批奏章。朱祐樘广开言路，让大臣们痛陈时弊，广进良策。他把敢于直言的王恕请来当吏部尚书，又任命能力很强的马文升当兵部尚书，继而请刘健、李东阳、谢迁三人进入内阁，一时人才济济。朱祐樘还轻徭薄赋、兴修水利、取消上贡、重视百姓疾苦。他在位十八年，是明朝历史上经济繁荣、百姓安居乐业的盛世，史称“弘治中兴”。

从小尝尽世间悲苦的朱祐樘，一生躬行节俭，禁止大兴土木。尤其难得的是，明孝宗朱祐樘一生只有一个妻子，即张皇后。两人婚后同起同卧，同甘共苦。朱祐樘亦是中国古代皇帝中唯一没有嫔妃的天子。

体弱多病的朱祐樘在位期间，几乎把所有的精力都用在政事上。这样密集的日程，他的工作强度在历代皇帝生活中极为罕见。

由于明孝宗是勤于政事的楷模，他手下的大臣也不敢偷懒，大臣王恕、刘大夏、戴珊、刘健、李东阳、谢迁都成为明孝宗的得力干将。但过大的工作量终于累垮了朱祐樘，他于36岁驾崩，临终时对顾命大臣刘健、李东阳、谢迁叮嘱：“太子聪明，但年龄尚小，又好逸乐，诸卿要好好辅佑他，使他担当起大任，朕死也瞑目了。”

万历首辅朱国桢评曰：“三代以下，称贤主者，汉文帝、宋仁宗与我明之孝宗皇帝。”笔者认为中国好皇帝的双子星是：赵祯与朱祐樘。

李东阳之忍

李东阳

李东阳（1447—1516），字宾之。他是明朝天顺八年的进士，授庶吉士，官编修，累迁侍讲学士，后官至华盖殿大学士、吏部尚书。同时，李又是明代“茶陵诗派”的首领，他的字画当时很值钱，迷恋他字画的粉丝也不少。但以名气与政绩而言，李东阳在我撰写的两百个中国文人中，并无辉煌或卑劣的言行。不过，李东阳之忍，却是绝大多数文人很难做到的，值得一写。

李东阳运气很好，他碰到了明朝年间可以算得上好皇帝的朱祐樘。朱祐樘的父亲朱见深有恋母情结，专宠骄横凶残的万贵妃，把朝政搞得很糟，留下一副烂摊子。朱祐樘即位后不仅自己拼命工作，而且让刘健、李东阳、谢迁入阁，组成三驾马车。刘健处事果断，李东阳长于谋略，谢迁口才了得，在君臣齐心努力下，明朝弘治年间，国力强盛，天下太平。

可惜明孝宗朱祐樘励精图治，朝夕工作了十八年，就积劳成疾死了。接替他的儿子朱厚照顽劣而生猛，刘健、李东阳、谢迁的规劝，他压根儿不听，偏偏相信一个他儿时的玩伴——太监刘瑾。刘瑾是明朝三大恶内侍之一，其人凶残而阴险，以刘健为首的朝臣与他斗争了几个回合，刘瑾仗着主子朱厚照的力挺，大获全胜。刘健、李东阳、谢迁提出辞仕，刘瑾假传圣旨，让刘、谢回家，单独留下李东阳。

从此，刘瑾专权为所欲为，他对敢于直谏的大臣一律严办，不是革职，就是关入大狱，还颁布了“奸党榜”，将二十多位正直的大臣列入“奸党”。不怕死的南京监察御史蒋钦上书怒斥刘瑾弄权，请皇帝诛刘瑾以谢天下，结果被刘瑾用廷杖毒打致死。由于朱厚照整天在内宫寻欢作乐，刘瑾权倾天下，天下人恶之，唯有李东阳能与刘瑾周旋，这便引起朝野正直人士所不满。李东阳有次上朝，见到其门生罗玘，主动上去打招呼，罗玘视而不见，扭头就走。当晚李东阳收到罗玘一封信："我今后再也不是你的学生，满朝正直的大臣都走了，你留下来还在这里丢人。对你这种人，我实在没空搭理你。"李东阳看完，气得差点吐血。

李东阳依附刘瑾，但刘瑾并没放过李东阳，他听说李东阳编了本《通鉴纂要》，便让人挑毛病，想玩"文字狱"。此书写得甚严密，但仍给刘瑾手下挑出了几个字，正欲罪之，其亲信焦芳赶来求情，原来李东阳暗中行贿了焦芳，这事才不了了之。

李东阳在苟且偷生的日子里，做了两件事，一是千方百计营救了不少刘瑾欲杀之大臣，如刘健、谢迁，再如张伟、方奎。二是团结了反刘瑾的重要人物杨一清与杨廷和。最后杨一清与张永联手，将刘瑾凌迟处死。

刘瑾死后，李东阳的好朋友杨一清出任吏部尚书，刘瑾的爪牙焦芳等人被赶出内阁。忍受了诸多委屈的李东阳终于解脱了。这时人们才知道，他比怒而奋起的刘健、谢迁付出了更多，而所有指责他的人也开始理解他内心积聚的痛苦。

正德七年，李东阳申请退休，由杨廷和接替首辅。四年后，李东阳在家乡去世，享年70岁。赠太师，谥文正。

李东阳年轻时初入仕途，做了很少时间的侍讲学士，但却无缘参与经筵和日讲活动，"不为时宰所重"，一般的文人会很焦虑，很躁动。但年轻的李东阳却毫不在乎，表现出宽阔的心襟与难得的政治成熟。后来他进入上层政治圈，与人相处多半采取容忍的处世之道，他虽有明确的个人主张，但并不自以为是。正因如此，忍辱负重有时比一怒冲冠更需要勇气。因为在苟且偷生的日子里，还要忍受朋友的白眼与恶言，所受的委屈是一般文人难以忍受的，但李东阳做到了。

明朝的历史又开始延续下去，李东阳是有功的。

杨一清之计

杨一清

杨一清（1454—1530）字应宁，别号石淙，生于广东高州府。他自幼聪颖，被当地誉为“神童”。14岁参加乡试，因成绩优异，被推荐为“翰林秀才”。杨一清入京后，明宪宗破例召见，颇为赏识，特命内阁选派教师培养。杨一清不负皇命，于成化八年考中壬辰科进士，18岁授中书舍人。

少年出道的杨一清入仕为官，先在军事上展示其才能，他升任山西按察使司佥事，后改任陕西副使督学。杨一清在陕西八年，运筹帷幄，跃马巡视边防。曾一度入京为太常寺少卿，但不久赴陕西任巡抚，亲自领兵抗敌。

杨一清在守边过程中，一是裁减镇守中官费用，二是弹劾总兵武安侯郑宏，将其贪污和克扣军费之事公之于众。在他主持下，守边士兵军纪严明。

至明武宗即位，数万蒙古军入侵，杨一清本想得到总兵曹雄派兵支援，但曹雄畏敌如虎，借故拒绝。杨一清乃一刚烈汉子，他亲率骑兵百余人，夜袭敌营，令蒙古兵溃退。杨一清曾获名臣刘大夏举荐，他发现边情危急，而延绥、宁夏、甘肃三地驻军互不相援，便写信给刘大夏，请求朝廷任命一位大臣统管。朝廷商议这一重任，无一大将敢于担当，刘大夏便建议由杨一清出任，明武宗即任命杨一清为陕甘总督，并晋升为朝廷右都御史。杨一清在前线指挥自如，在西北沿边筑起一道御敌长城，明武宗奖其功绩，发足援资，修好防御工事。在杨一清主持下的西北边疆平安无事。

当时内侍刘瑾因是明武宗朱厚照的幼年玩伴，以其阿谀奉承，深得明武宗信赖，成为当时权势熏天的大太监，权在大学士（宰相）之上。他见杨一清生性耿直，不肯依附阉党，又不向自己送礼，就诬陷杨一清挪用军费，将杨一清打入大牢，幸亏大学士李东阳、王鏊极力营救，杨一清被罚米六百石而逃过死罪。

不久，安化王朱寘镭因刘瑾飞扬跋扈而叛反，明武宗不得不起用杨一清去平叛，杨一清令其旧部火速消灭叛军并逮捕了朱寘镭，在胜利归朝途中，担任督军的内侍张永率众赶到，两人当晚相谈甚欢。

张永虽也是太监，但他素与刘瑾不和，杨一清知其获明武宗器重，便在酒宴上试探："此次安化王叛逆，皆因朝内有奸佞当道，有赖阁下之威，而今外叛已除，内患奈何？"张永故意问："内患指的是？"杨一清在手掌上写了一个"瑾"字。张永沉吟后悄声说："刘瑾党羽耳目遍及天下各地。"杨一清低声说："依我看，圣上必定也有所闻，如阁下面见圣上时，应揭发刘瑾作恶诸事。"张永犹豫，杨一清献计："此话由您口中说出，必能成功。万一陛下迟疑，您一定要顿首痛哭，并请求死在皇上面前，以此剖心不为妄论，圣上定会感动恩准。"

张永决定依计而行，他献俘之际，向明武宗揭发了刘瑾十七条大罪。事如杨一清所料，明武宗勃然大怒，当下将刘瑾凌迟处死。杨一清于是被召还朝廷，先拜户部尚书，后又任管理全国官员升迁的吏部尚书。

杨一清处事足智多谋，待深思熟虑后，再三思而后行，故屡获成功。杨一清深知百姓生活之艰辛，他见明武宗大造寺庙，又怂恿江南织造扰民，便屡上参本。

由于明武宗仍迷恋奢侈玩乐，杨一清即称病乞归。他致仕归乡后，在焦山寺与禅师为友，明武宗巡游江浙至镇江，君臣夜谈，杨一清借机规劝皇帝及早返京，明武宗遂取消南巡。

杨一清入仕五十余年，历任四朝名臣，官至内阁首辅，明世宗在诏书中将杨一清与郭子仪共称，后人还将其与唐之姚崇相媲美。他一生无子，渊学多机变，但其晚年被张璁等奸邪之臣诬陷，77 岁的杨一清心中激愤，因背部疽发而死，他临终前大恨道："吾老矣，竟被孺子欺凌玩弄！"死而不瞑，含恨去世。数年后世宗恢复杨一清官职，赠太保，谥文襄。

王阳明之诡

王阳明

明朝历史上有个人很诡，特立独行，处事不按常规出牌，这个人后来却被称之为政治家、军事家、思想家与文学家，他就是明代“心学大师”王阳明。

王阳明（1472—1529），本名王云，阳明是其别号，浙江余姚人。他的家族够牛，远祖是大书法家王羲之；先祖王纲是明朝开国功臣刘伯温的心腹，官至四品；父亲王华在明朝成化年间考中状元。王阳明幼时长得很清秀，但到5岁还不会说话，幸亏高僧点拨，改名王守仁，他这才开口。王守仁聪慧而好学，看书很杂，思想与众不同，好舞枪弄棒，还喜读兵书。他12岁写了一首打油诗：“山近月远觉月小，便道此山大于月。若人有眼大如天，当见山小月更阔。”诗写得不怎么样，但小孩子有如此见识，很了不起。王阳明15岁时对父亲说：“我要给皇上上书，给我几万人马，我愿出关讨平鞑靼。”王华吃了一惊，这小子也太狂了。但令王华更吃惊的还在后头，他问儿子长大想干什么，儿子居然回答是“当圣贤”。王华怕儿子惹事，决定给17岁的儿子成家。成亲那天，客人都到齐了，新郎却不知去向。第二天早晨才在道观内找到他，原来王守仁与道士聊天上了瘾，便学道士打坐了一夜。

王守仁一生的奇事怪事还刚刚开始。他考取进士后，凭一腔热血与正义感，参奏一手遮天的刘瑾，太监刘瑾打了王守仁四十廷杖，把他贬到贵州当驿丞。刘瑾害人还不过瘾，暗中命锦衣卫在途中刺杀王守仁，不料王守仁早知此行有危险，他在河边脱了衣服，写了遗书，骗过了追杀者。守仁在穷山僻地悟道后，自号阳明子，世称阳明先生。

权势炙天的刘瑾恶贯满盈，终于在杨一清、李东阳与张永的联手下被除掉了。悟道之后的王阳明被任命为庐陵知县，不久又调至北京当吏部主事，再后来是都察院高级长官，奏命巡抚南赣。当时的江西是宁王朱宸濠的天下，朱宸濠想造反，人所共知，王阳明空有职务，手下却没有兵，王阳明从老上司兵部尚书王琼手中讨得一张旗牌，可他调动不了多少兵马。这时，宁王在南昌造反了，杀了江西巡抚孙燧，孙燧是王阳明的挚友。王阳明决心孤注一掷，把知府戴德儒与伍文定一行人招来开平叛军事会议，宁王有兵马八万，王阳明只有几百兵丁。但王阳明一生遇事不慌，他一方面号称有十六万人马，另一方面把反间计的信装在蜡丸里，故意让宁王看到，朱宸濠中计，不敢轻易进攻。王阳明的用兵之道与其言其行可归纳为一个“诡”字。宁王后带兵攻安庆，王阳明却率众袭其老巢南昌。王阳明以少击众，居然攻克了南昌，并在三十五天内一举剿灭宁王叛乱，活捉朱宸濠，王阳明被人誉为“大明军神”。

王阳明因为长得瘦，被太监张忠看不起，他曾强请王阳明射箭，王阳明当众居然三箭射中红心。王阳明最伟大的还是他的哲学思想——知行合一，他的“心学”盛极一时，他的“诡”行几乎令所有的对手服输，但他从不夸耀自己，一生很低调。他终于成为老子、孔子、庄子、孟子之后的又一位圣贤。

笔者最佩服的是王阳明的心理素质与人格魅力。他曾遭遇许多次让人感到不可避免的灭顶之灾，但他却轻易从容地化解了。他还敢于出入险恶的官场之中，在你死我活、明争暗斗中谈笑自若。可惜王阳明 57 岁因肺病而卒。他临死前，门人问他有何交代，他只说了八个字：“此心光明，亦复何言。”

王阳明留下著作三十八卷，他的“心学”影响了一代人。学生王艮是“泰州学派”创始人，李贽与徐阶也是“心学”的得益者，前者是大思想家，后者则改变了明朝历史。

王阳明的处世之道与整个封建社会体系、正统思想是格格不入的，他的“诡”，是对封建专制的反叛与对抗。

严嵩之变

严嵩

严嵩是中国四大权奸之一，名声之恶，大可与秦桧、李林甫、贾似道类比，但其实严嵩在58岁前还是个名声很不错的官员。

严嵩（1480—1566），字惟中，江西袁州人，其父严淮在科举上屡试屡败，中年后便把中举的心愿放在儿子身上。严嵩从小接受了严格教育，3岁识字，6岁读四书五经，8岁以优等童生考入县学，被誉为“神童”。他18岁乡试中举，25岁考中二甲第二名（全国考生第五名），入选翰林，成为庶吉士。由此可见，严嵩自幼聪颖，读书又刻苦，他还是有名的孝子，因父死而在家守制三年；因母去世，又辞官回乡隐居。朝廷几次让他出来做官，严嵩都拒绝了，他一方面对名利看得很淡，另一方面他直言吐露：“奸人（刘瑾、江彬、钱宁）当道，在下不堪与之为伍。”也就是说，青年时的严嵩为人很正直。当时，名相杨廷和与李东阳都很赏识严嵩的才华，严嵩写的诗词清丽婉约，书法更是十分了得。

内阁首辅杨廷和怜惜严嵩是难得的人才，一再让他出来当官。可严嵩仕途之路十分坎坷，先后经历了“宁王之变”与“大议礼事件”。严嵩在正德时期血气方刚，对朝廷弊政多持批评之论，对明武宗的荒淫专横也敢于直谏。而嘉靖皇帝朱厚熜上台后要把父亲搬进太庙，还打算给其父一个封号，受到朝臣一致反对。严嵩也加入其中。可见此时的严嵩还很有士大夫的正义感。但他到了58岁那年，在利禄引诱下，彻底改变主意，他觉得自己前半生经受了太多的折腾与挫折，为了前程，决心做个“勤勉”加“温顺”的臣子，挥笔写了歌颂嘉靖皇帝英明的《庆云颂》和《大礼告成颂》。这两篇颂词改变了严嵩以后的命运。

此后的严嵩完全变了个人。他为了取悦和讨好性情乖僻多变的嘉靖，一意媚上。当时首辅夏言很敢说话，严嵩有次请客邀请夏言，夏言不去，严嵩居然跪在夏言府前恳求。嘉靖迷恋道教，上朝不戴金冠，而戴道士香叶冠，他赐夏言、严嵩各一顶，夏言坚决不戴，严嵩不仅戴香叶冠上朝，还特意加了青纱。严嵩为了夺取首辅之位，他的献媚功夫在中国权臣中堪称一流。他知道嘉靖不是好服侍的主子，为了揣摩皇帝的心思，他常常泡在大臣值班室内一周不回家、不洗澡，终于获得“忠勤敏达”的评价。

严嵩之所以得嘉靖青睐，除了他变脸后阿谀奉承、言听计从外，还因为他能写一手青词。所谓青词，便是词句华丽的赋，写在青藤纸上，用来修道祭天的。因为写给神仙，内容很玄妙。由于嘉靖信仰道教，凡是能写绝妙青词者便可入阁。严嵩晚年写不好，便让儿子严世蕃写，严世蕃比他老子更贪婪，更无耻，其尊容也不如他老子清瘦，而是长得肥头胖耳，瞎了一只眼，却多一个心眼，鬼点子特别多。严嵩执政时干了许多贪赃卖官、诬陷忠良的事，大都是严世蕃一手所为。

嘉靖后期几乎不上朝，迷恋道教，让严嵩父子把持朝政二十年。严氏父子收买嘉靖左右，制造了沈谏、杨继盛、曾铣等人冤案，此等倒行逆施终于让徐阶抓住机会，利用蓝道行扶乩而使嘉靖开始厌恶严嵩。邹应龙等人上奏严氏父子不法，喜怒无常的嘉靖骤然变脸，将严世蕃下狱处死，入阁二十余年的严嵩被罢官，87 岁的严嵩在贫病交加中抑郁而死。

严嵩系一代巨奸，死后被编入各种戏曲剧本中作反面教材，可见民心所向。但严嵩谋反之情节系后人编造，严嵩在民众心中是大奸大贪，但他在独断专横的皇帝面前只是一条忠诚的狗。严嵩的变脸，其实也是嘉靖皇帝造成的。中国封建史上奸臣的频频出现，正是中国封建独裁专制制度下产生的一种怪胎。

严嵩的青词并不足取，但其书法，可与北宋蔡京、南宋秦桧相媲美。其书体笔力雄奇厚重，威严中显儒雅，北京老字号酱菜店“六必居”系严嵩题写，还有山东曲阜孔府门额上大字“圣府”、天津“独乐寺”匾额、山海关城楼上的“天下第一关”等地题字，皆出于严嵩之手。

归有光之狷

归有光

《古文观止》收入先秦至明朝的妙文佳作二百二十二篇，其中明代文人列入十二人，共十八篇。收入归有光《吴山图记》《沧浪亭记》两篇，他是明代独具一格的散文家。

归有光（1507—1571），字熙甫，号震川，苏州昆山人。他出生于日趋衰落的望族之家，其父是个穷书生。归有光 8 岁时，年仅 25 岁的母亲与世长辞，让他从小体味了世态炎凉。他自幼好读书，9 岁能作文，10 岁写出了洋洋千言的《乞醯论》，后应童子试考了头名，补苏州府学生员，一时誉为才俊。

归有光年轻时通读六经、三史与名家范文，笔下文章才气横溢，但归有光自 21 岁赴南京乡试，却五次落第。直至 35 岁时才获主考官翰林学士张治赏识，录为第二名举人。

抱有满腹才情的归有光赴北京参加礼部考试，又一次次名落孙山。归有光当时名声在外，他的古文与俞允文的诗歌、张子宾的制艺，被喻为“昆山三绝”。心情苦闷的归有光落第返乡后就论道讲学，他的博学令四方学子纷纷前来请教。归有光家境贫困，来听讲的学生常常多至百人，家中全赖其夫人王氏辛勤操劳，为四方前来的学生提供食宿，布衣归有光因此被称誉为“震川先生”。

归有光在漫长岁月中经受了“八上公车而不遇”，他一面讲学论道，一面苦心研究文章。明朝中叶，以李梦阳、何景明与李攀龙、王世贞前后七子的复古运动对文坛扫除台阁体有所作用，但盲目尊古又形成一种不太好的文风，归有光与唐顺之等人便提倡唐宋古文，他主张“变秦汉为欧（欧阳修）、曾（曾巩）”，写文章应“出于意之所诚……非特求绘藻之工为文章。纚纚然观美矜炫于世而已”，归有光写的散文“家龙门而户昌黎（韩愈）”，继承唐宋古文运动之长，进一步扩大散文的题材，并追求一种平易近人、情真意切的文风，他写的《项脊轩志》，以百年老屋的几度兴衰，穿插了对祖母、母亲与妻子的回忆，读来悱恻动人，虽只写了家庭琐事，却极富人情味，《先妣事略》《沧浪亭记》《寒花葬志》亦为传世之作，叙事抒情，因不事雕琢，文风淡泊超然，连当时恃才傲物的文章大家徐文长也对归有光颇为赏识。

明朝中叶的科举，舞弊之风甚盛，有的士子经高官与老师提携便是一条捷径。张治曾有意荐归有光，但归有光不为所动。明穆宗未登基时，他的一位宠幸太监慕归有光大名，让其侄子拜归有光为师，并几次请归有光入京详谈，归有光断然拒绝。明穆宗登基后，该太监权势更大，归有光仍拒绝与之交往。而在文坛上，比归有光年轻、22 岁进士及第的王世贞，已成为文坛领袖，归有光却敢于与王世贞叫板，两人一度发生不愉快争论，直至王世贞晚年才改变了对归有光的看法，对其文赞道：“不事雕饰而自有风味，超然当代名家矣。”

归有光性格狷介。狷者，一指耿直偏激，二指洁身自好。他无论在科举上还是在文坛上，都持独特见解，不肯依附权贵与世俗，不走歪门邪道来赢取功名。

嘉靖四十四年，归有光第九次参加会试，终于中了三甲进士，此时年已 60 岁。

归有光虽中进士，因是三甲出身，不能在京中做官，外放到僻远的长兴当知县。长兴居于山区，盗贼横行，豪门称霸，归有光毫不惧怕，他一上任，一是整治恶吏，平反冤狱；二是兴办学校，培养人才。在两年中，归有光颇获百姓佳誉。但因其耿直，得罪当地豪门士族，被调任至顺德府任通判，他在当地采访掌故，写了一本《马政志》。

隆庆四年，归有光的政绩与才名引起朝中内阁重视，由大学士高拱与赵贞吉推荐，升为南京太仆寺寺丞，后又由首辅李春芳指派归有光在内阁纂修《世宗实录》，列文学侍从之职。归有光得此机会，可去阅读皇宫内府藏书，为此他欣喜万分，却不料因劳累过度，身染重病，抱憾而逝，享年 65 岁。

海瑞之苛

海瑞

中国古代，贪官多如牛毛，清官凤毛麟角。包拯算一个，海瑞也算一个。

海瑞（1514—1587），字汝贤，号刚峰。他生不逢时，生活在一心修道的嘉靖皇帝时代。他生于海南琼山，父亲早死，从小与母亲谢氏过着清贫的生活。谢氏教他读《大学》《中庸》，海瑞学习刻苦，但屡试不中，直到他28岁考入县学，成了生员。36岁以一篇《治黎策》得中举人，海瑞参加会试时向朝廷献《平黎策》，又遭落第。广东布政使司指派他到南平县当教谕，此时海瑞已41岁。

海瑞做的是小官，可他为人正直，办事极认真。当时有巡御史来视察，知县认定是个拍马机会，命众官跪迎。可海瑞却鹤立鸡群，不卑不亢。海瑞在南平干了四年，从不奉承拍马、向上送礼，个人生活则清贫到苛刻。由于海瑞干事认真，四年后调到浙江淳安当县令。他一上任，立刻禁止“灰色收入”，这一招让县丞、主簿、典吏、都头都罢工了。海瑞却不信这个邪，一个人又当师爷又当文书，每天自己巡街，命老婆下厨做饭，老仆上山砍柴，有人说，这个县太爷的生活过得如同乞丐。

总督胡宗宪当时在东南一手遮天，他儿子来淳安，海瑞按规定供应伙食，胡公子大怒，把厨子吊起来打了一顿，海瑞也把胡公子吊起来打了一顿，还写了封信给胡宗宪，说您胡大人一向不主张铺张浪费，今天有人胆敢冒充您儿子来吃喝，并动手打人。因此我料定他是假冒的，送您处发落。让胡宗宪哭笑不得。

海瑞平时不吃肉，他老母亲生日，买了两斤肉，成了当地头号新闻。

更大的新闻是，海瑞这个六品芝麻官居然写了一份《治安疏》，直陈官场时弊，批评明世宗沉湎巫术。他在奏章中指出民不聊生的主要责任在嘉靖皇帝本人。用词之苛刻，令嘉靖皇帝读了奏章，气急败坏："快把这个人抓来，别让他跑了。"内侍的回答却让嘉靖大吃一惊，原来海瑞已买好了棺材，正等着被杀呢！要面子的嘉靖已经动了杀心，幸亏首辅徐阶说"陛下杀了他，正好上了海瑞的当"，当时欲置海瑞于绞刑，幸亏徐阶和刑部尚书黄光升将文件压了下来。

海瑞入了大狱，一直到嘉靖死去才被释放出狱，官复原职。隆庆五年，海瑞调升右佥都御史，他分管苏州、常州、镇江、安庆、池州、松江等应天十府。应天十府是富饶之乡，在那里当官是个肥缺，可海瑞依旧过得很节俭，苏州评弹《大红袍》中描述海瑞家一块乳腐要分四只角吃，虽有些夸张，但海瑞确实是严于律已到了苛刻的地步。他上任后清理狱讼，均田均税，打击豪门，兴修水利，为老百姓做了很多实事。

当时松江华亭有农民来控告乡官侵夺农田，海瑞一查，牵出了救过他一命的徐阶。徐阶之弟徐陟、徐阶之子徐瑛横行乡里，当时徐阶已告老还乡，但他对弟弟、儿子的行为睁一只眼闭一只眼，铁面无私的海瑞逼迫徐家退还侵占的民田。徐阶三个儿子，两个充军，一个削职为民。事发后，徐阶写信给当时首辅张居正，张居正想调停，结果海瑞并不买账，张居正很记恨。在官场中，有多名朝臣举荐海瑞，张居正因惧怕"矫激不近人情"的海瑞任职后给他惹事，一直未用。

因耿直，海瑞终究被罢官，他晚年回到海南琼山养老。海瑞一生娶过三个妻子，还纳过两个妾。两房妻子被他休掉，他的"休妻纳妾"也成为许多人攻击海瑞的把柄。海瑞 72 岁时，被任命为南京都察右佥都御史，又加升为吏部右侍郎，当地的百姓欢声雷动，而当地官员几乎个个提心吊胆。海瑞针对当时贪污成灾，便建议对贪污 80 贯以上者一律杀头，并剥皮示众，这下官场激沸，当官者几乎人人自危。

两年后海瑞死于南京，破衣薄棺，身无贵重遗物。男女老少自发为海大人守孝，送葬的队伍排了上百里，老百姓失声痛哭一个清官走了。

海瑞之苛，值得今天当官者深长思之。

徐文长之傲

徐文长

明朝才子很多，但称得上博学的，多才多艺的唐伯虎与汤显祖还排不上号。史家公认的“三大才子”是解缙、杨慎与徐文长。

解缙是《永乐大典》的总编官，他博览群书是无疑的；杨慎天赋超群，后来又被贬到云南，仕途不达，倒成全了他读遍天下书；第三位是徐文长，他的书画诗词均属一流，读书甚杂，还精通兵法。他 10 岁时，就改写了扬雄的名篇《解嘲》，20 岁时考中秀才，据说当时吏部郎中薛蕙与他一谈之后，对他推崇备至，因而“声名籍甚”，名气够牛。

徐文长（1521—1593），名徐渭，号青藤老人。他学问虽好，却“屡试辄蹶”，他的学生们都考上了进士了，他当老师的却八试落第。由于他名气大，被浙江总督胡宗宪注意到了。胡总督是个不怒自威的猛人，在浙江地盘说一不二，他派使者去请徐文长出山当师爷，徐文长对来人回答八个字：“谁让你来，你让他来。”架子大得很。

胡宗宪碰到这么一个“超级牛人”，居然没生气，亲自去拜访徐文长，一谈之下，胡总督对徐文长的胸怀奇略大为欣赏，于是聘请徐文长到府中当了高级幕僚（师爷）。

徐文长到了胡府，依旧我行我素，穿粗布衣，戴黑头巾，随意溜达。有一次胡宗宪召开军事会议，与会者都屏气凝神在听总督训话，徐文长突然闯了进来，胡宗宪以为他要发表高见，赶紧停了下来，不料徐文长转了一圈，又走了出去，让人目瞪口呆。平时胡宗宪升堂，一些将领参见时，皆“膝语蛇行”，唯独徐文长傲首放言。

威猛的胡宗宪对徐文长表现了极大的容忍，终于收到了极佳效果。

首先，他写给朝廷的奏章（由徐执笔）屡获佳誉。二是他一直担心倭寇侵犯，但当时的倭寇，只有百分之二十是日本人与朝鲜人，百分之八十是“假洋鬼子”的汉人所为。他们打着倭寇的旗号对百姓进行抢劫。其中汪直、徐海两个汉人对东南的骚扰更让胡宗宪头痛不已，经徐文长随手使出两招，就让汪直、徐海两股势力乖乖投降了，这让胡宗宪佩服得五体投地。可见徐文长不仅有谋略，而且还是个军事实干家。

徐文长之傲，源于他有足够的资本。他幼年被当地名士誉为“神童”，诗词、文章、书法俱佳，他成年后“貌修伟肥白，音朗然如鹤唳”。他的后辈“扬州八怪”之一的郑板桥读其文章书画，甘心当“青藤门下走狗”。明代著名文学家袁宏道写过一篇《徐文长传》，赞誉其文如韩愈，诗列明代第一。此文收入《古文观止》。可见徐文长在中国文学史上的地位之高。

但徐文长一生，除了在胡宗宪那里闪亮了一下，就无出人头地的光辉记载了。他一生都在寻访山水之妙，卖文卖画度日，徐文长由于心情不好，喝酒很厉害，以致晚年发疯，先后反复自杀九次之多。他因怀疑新续的妻子不贞而杀了她，结果被下大狱，关了七年，幸亏有朋友援救，才被释放。袁宏道认为，一个有才华的人老是埋怨命运不公，结果成了疯子。徐文长因为疯了，还拿斧子砍自己脑袋，以致头骨折断，鲜血满面。

综观徐文长的一生，令人十分可惜而感叹。他性格偏激，处世狂傲，这与他自幼环境有关。其母是妾，他 10 岁那年母亲被赶出家门，这对他刺激很大。由于家道中落，自卑的心理与过敏的自尊感对他的成长投下了阴影。他自恃才高，因名气太大，未免自傲，但命运老是捉弄他，形成了他怀才不遇而孤傲自赏的性格。而这种性格，又使他一生活得很忧郁，很痛苦。他 73 岁病死，睡在稻草上，床帐与席子都是破的，令人怅然叹息。

徐文长多才多艺，他的文章、书法、绘画、戏曲均有造诣，令人辑有《徐渭集》，相传他还是长篇小说《英烈传》的作者。

张居正之权

张居正

在中国历史上，权倾朝野的大臣不少，但拥有绝对权力而又能做出一番事业的宰相，张居正可列首位。

张居正（1525—1582），字叔大，号太岳，湖广江陵人。他自幼聪颖，7 岁通六经大义，16 岁中举人，23 岁中进士。由编修官至侍读学士领翰林事。隆庆六年，张居正任吏部左侍郎兼东阁大学士。在当时明代中叶的政治舞台上，厉害的角色层出不穷：夏言、徐阶、严嵩、高拱，张居正与他们都打过交道，应该说，张居正处世能力很强，他历经忍耐，直到 48 岁才当上首辅（相当于宰相）。他执政十年，一言九鼎，凡与他作对的，提出不同意见的，一律开路。连万历小皇帝淘气时，太监便会说："让张先生知道了，看你怎么办？"小万历就此不闹。

张居正深知权力之重要，他的靠山首先是内宫。当时明神宗还小，他母亲李太后便成了张居正的后台，这位年轻守寡的李太后对张先生很有好感，一是他能干，二是他美貌，张居正是美男子，还有漂亮的长胡子。其次，内侍总管冯保早就是张居正的密友，他们联手扳倒当时首辅高拱。因此，张居正能大权独揽，冯保出力不小。

由于改革必定要得罪一些人，触犯不少官僚的利益，因此张居正一上台，就用铁腕手段治吏。他发动"万历新政"风暴，三个月裁掉六千名不称职的大臣，动作之快，来势之猛，让人吃惊。张居正还敢于向豪门贵族开刀，从他们手中收回不义之财。他实行的"一条鞭法"，就是把赋役贡物等合并为一，全部以白银来征税，以此激活商业经济发展，增加财政收入。张居正上任时，国库有 700 多万两银子亏空，他死时，国库拥有1300多万两银子，这说明张居正的改革对国家财政是成功的。但同时，张居正改革使流民增加，土地兼并更为严重，由于百姓要以白银交税，必须用物向商人交换白银，商人抬高白银价格令农民更苦不堪言，也加重了百姓的负担。

张居正有政治远见，有远虑深谋，有铁腕能力，这也是一般文人难以做到的。与王安石相比，张居正的改革既有刚性也有柔性，他理解魏徵所言"藏富于民，民必安之"，因此他主张国家与百姓之间实行合理分配财富；又比如他在约束官吏利益的同时，也对大臣适当优惠，一是维护和扩大官僚的特权，二是通过稳定物价来提高官员的实际收入。

张居正拥有了太大的权力，负面的评价也不少。比如他为了掌握内宫动静，与太监冯保走得很近。冯保抄家时，家中居然有200万两银子，一个内宫太监不靠张居正权力哪来这么多银子？又比如张居正长子张敬修考试落第，他竟下令停止这一科的"馆选"。次子张嗣修参加考试，为了让儿子当上状元，几次派人去拉拢名士汤显祖，汤显祖不屈，结果汤名落孙山，直到张居正下台，汤显祖才中了进士。再比如他对提出不同意见的大臣动用酷刑，不少做法都有点不择手段。还有张居正58岁死于壮年，这与他迷恋春药有关。张居正晚年家中妻妾成群，他为了对付众多美妾，还有戚继光献的胡姬（异国大美女），吃壮阳药过多，以致冬天头上冒汗，"严冬不能戴貂帽"。由于他不戴帽子，他手下的人也只能光着脑袋挨冻。张居正的个人私德实在不敢让人恭维。

张居正生前十分显赫，但他死后不到三个月，一向对他毕恭毕敬的万历皇帝就对他开刀，而那些受张居正排挤的朝臣纷纷弹劾，这里自然有小人，但也有不少因张居正听不得一点不同意见的正直之臣。

权欲给了张居正很大的发挥空间，但他一死，灾难就无可避免地降临了。他的家被抄了，家属被流放。

作为改革家，张居正是成功的。作为一个文人，张居正执政十年享受了风光，也饱受腐败之乐，比如他为了省亲，不惜花费巨资做了一顶三十二人抬的大轿。张居正包庇儿子考试，自己出题让儿子参加廷试；振振有词多次接受名将戚继光、俞大猷的贿赂；重用管家游七饱受私囊，这都是明代中叶的官场笑话。不过，张居正的精明强干，不管支持他或反对他的人，都不得不承认。

项元汴之藏

项元汴

项元汴（1525—1590），号墨林，浙江嘉兴人。其父项忠系明代中期名臣，明英宗正统七年的进士，因平叛有功，曾任刑部尚书之职，以太子太保而卒，享年 82 岁。

项元汴自幼聪敏，不喜功名，雅爱古玩文物，与名画家文徵明之子文彭、文嘉为好友，一起研习书画，鉴赏玉石鼎器，辨其真赝，不亦乐乎。

项元汴好读书，也好藏书，他最爱在街头巷尾淘古旧书籍，偶尔淘得宋刻版本，即请文彭、文嘉兄弟同来鉴赏，品其妙处，喜形于色。由于项元汴精心收藏，其藏书之富，已胜当时文坛盟主王世贞的藏书规模。王世贞的“小酉馆”藏书三万余卷，其“尔雅楼”所藏宋版书为士人所赞誉，但一些好书者观项元汴之藏书楼后，皆曰：“不如墨林远矣。”

项元汴藏书楼由“退密斋”“白雪堂”“墨林堂”等组成，其收藏书画作品则藏于“世济美堂”“天籁阁”“墨林山房”等处，所藏名家印章达四十余方。项元汴曾淘得一副铁琴，琴上印有“天籁”两字，此乃“天籁阁”之来历。当时人曰：其藏书之富，唯有范钦可与之匹敌。

项元汴除收藏历代书画金石图书之外，还好历代工匠制作器具佳品，他所藏之茶几、榻柜、奁盒、鼎器，精致而古雅。项元汴引众文人雅士观赏，众人皆叹曰“如入秦汉之室”，赞叹惊异之声不绝。

项元汴年轻时喜游览名胜，也好市井声色之地。他在一歌舞场中识得一位女子，因爱其曼妙靓丽，便想娶其为妻，两人缠绵多日，订下山盟海誓。不料项元汴返回家中，因琐事缠身，耽误了些时间，待他再访那位女子时，那女子正陪着他人，对项元汴的到来竟冷如冰霜，项元汴一时傻了，半晌才对那客人说："这位仁兄，不好意思，我有几句话要对这位姐姐讲，请兄行个方便。"那客人也不计较，就先告退了。项元汴这才对那女子说："我是嘉兴项墨林，不知姐姐还记得我吗？"那女子不冷不热回答："我当然记得你，你没看见我刚才正接待客人吗？"项元汴说："我今儿来看你，是带了重礼为你赎身，想和你今后一起生活。"那女子听项元汴说带了重礼来此，突然变了个人，从冷若冰霜一下子变得热情如火。项元汴心中很不是滋味，只说要把重礼献上，便有几个人抬了一只精致的沉香木床上来，众人知其珍贵，惊叹不已，那女子则眉开眼笑。项元汴当晚大摆酒宴，他在酒宴上突然对女子说道："我本以为世上有多情女子，我与你在此恩爱情长，离别时执手相望。为了赎你出去，我不吝钱财，但不想没有多少日子，你却视我为陌路，又与他人打得火热。"项元汴一气之下，把锦衣撕碎，将沉香木床砸坏，从此他不再迷恋歌舞场。

项元汴于是移情于书画，山水学黄公望、倪瓒，书法学智永、赵孟頫，其书画笔致疏秀，有不少人便出钱贿其童仆，待元汴画毕，即偷偷带出去卖于他人。

项元汴在收藏的名家书画上都盖上自己藏印，他在一幅伊英的《秋江独钓图》上，盖了一枚白文闲章"西楚王孙"，自诩为西楚霸王项羽之后裔。其他则盖上"项氏世家珍玩""神品"等印章。由于他收藏名声远播海内，明神宗朱翊钧特赐玺书请项元汴出来做官，项元汴则婉言谢绝。

项元汴之兄项元淇也好书画，其长子项德纯工书法，著有《书法雅言》《元贞子诗章》，元汴三子项德新工山水。其孙项嘉谟、项徽谟、项圣谟皆有画名。项家三代，名噪一时。

中国有不少著名收藏家，项元汴似居于独特地位，据《故宫书画录》载，宫内所藏书画作品计四千六百余件，其中二千多件是项元汴所收藏的，也就是说，故宫书画约一半系项元汴之收藏，岂不令人羡哉！

冯保之陷

冯保

冯保是个太监，生于何年不详，何时入宫，也不详。他初露锋芒在 24 岁，任御马监，并提督东厂。一个管皇帝马匹的官，权力不算大，但提督东厂，那就是当了特务监察机构的头，东厂权在锦衣卫之上，冯保为所欲为，可不经司法机关批准，只对皇帝一人负责。

冯保能做到这个职务，一是鉴貌辨色，机灵干练，很得皇帝欢心；二是有文化修养，他不仅熟知经书，精于古琴、书法，还当过太子的“大伴”。由于他人前人话，张扬跋扈，引起当时首辅高拱所恶，司礼监当时缺一名掌印太监（太监的第一把手），按资历冯保很有希望，但明穆宗隆庆皇帝听从高拱的建议，先用陈洪，后用孟冲。因此，冯保对此深恨高拱，两人结下了梁子。

1572 年明穆宗突然驾崩，冯保因奉承太子朱翊钧的生母李贵妃得以恩宠。遗诏公告：由高拱、张居正与高仪为顾命大臣，而冯保居然亦为辅臣之一，此举开明朝太监之先例。

明神宗朱翊钧年仅 10 岁，登基后由陈皇后、李贵妃辅政，在登基仪式上，冯保站立于小皇帝的御座旁边，接受众臣跪拜，令满朝文武大为震惊。

高拱系嘉靖二十年进士，曾任裕王侍讲学士，后拜文渊阁大学士，隆庆五年为首辅。高拱与裕王有师生之谊，裕王继位，是为明穆宗，高拱便步步高升。其政绩卓然，以才略自负，遇事专横而不能容忍，他见冯保一手遮天，便发动群僚弹劾冯保弄权。

冯保虽得李贵妃恩宠，但他仍不放心，于是暗中结交次辅张居正为盟友，在张居正授意下，冯保将高拱在隆庆皇帝归天时说过一句“十岁太子，如何治天下”，改为“十岁孩子，如何做人主”，以此指责高拱专权擅政，陈皇后、李贵妃在惊惶中下旨，将高拱削职为民，张居正升为首辅。

因高拱门生故吏甚多，冯保觉得降职的高拱仍是潜在危险。万历元年正月十九，明神宗出宫巡视，遭一名叫王大臣男子冲撞，侍卫从他身上搜出刀剑，由东厂审问。

冯保觉得这是构陷高拱的绝好机会，便让东厂用酷刑威逼王大臣承认是受高拱指使前来行刺，并将其招认传遍朝廷各部，欲将退闲返乡的高拱处以死罪。不少大臣知冯保与新任首辅张居正关系密切，不敢为高拱辩冤。

这时，都察院左都御史葛守礼、吏部尚书杨博挺身而出，坚决要求将王大臣案交刑部、督察院与东厂共同审理。此奏获众臣呼应，迫使首辅张居正让步，让左都御史葛守礼、锦衣卫左都督朱希孝一起会审。真相大白后，王大臣处以死罪，高拱洗刷了冤情。这件事让冯保诬陷高拱的险恶行径为满朝文武大臣所恶，而张居正在这事的处理上，也让他坐稳首辅之位。张居正推行改革中，遇到不少阻力，由于他知道冯保好财，便送了不少宝物给他，冯保也为张居正在内宫做了不少工作，使政令得以落实。

明神宗幼年以冯保为“大伴”，他少年上位，对冯保很依赖，也很惧怕。他在玩耍时，一听到内侍说“大伴”来了，明神宗赶紧正襟危坐。他 18 岁醉酒调戏宫女，冯保向太后告状，明神宗在慈宁宫内被罚跪六小时，朱翊钧由此对冯保怀恨在心。

万历十年，张居正死于任上。冯保的好日子也到了尽头。他在永宁公主选婚时，接受万金贿赂，还公开卖官，他的住地造了壮丽的花园，又在原籍盖了五千多间房间，连郡跨县，规模宏大，可与皇宫西苑媲美。家中金银财宝、古董文物不计其数。他还收藏了《清明上河图》，并在上题字，以示风雅。

太后还政，神宗亲政，终于以“冯保欺君蠹国”之罪，将其发配南京，并抄其家，抄出黄金白银百万余两，珍奇珠宝，价值连城。万历十一年，冯保病逝于南京，其弟侄及其党羽削职后死于狱中。

王世贞之阅

王世贞

明代才气横溢的文学家很多，如杨慎、解缙、唐寅、徐文长等，但说到明代文坛盟主，在诗词、文章、戏剧、史学上皆有建树者，恐怕非王世贞莫属。

王世贞（1526—1590），字元美，自号弇州山人，江苏太仓人。太仓王氏家族是魏晋琅琊王氏之余脉，王世贞世代显赫，祖父王倬是成化年间进士，官居兵部右侍郎；其父王忬是嘉靖年间进士，官居兵部左侍郎。王世贞本人在嘉靖二十六年进士及第，先后任刑部主事、郎中、青州兵副使。当时杨继盛因弹劾权奸严嵩被处死，在严氏父子淫威下无人敢收尸，唯王世贞挺身而出，救护杨家后人，严嵩父子为此深恨之。王世贞之父王忬好收藏，偶得《清明上河图》，为严嵩所知，欲索去观赏，王忬便托人画了一幅赝品送去，严嵩得知真相，想置王忬一家于死地，这次王世贞出头，更加剧矛盾。不久，严氏父子构陷王忬滦河失事之罪，欲斩。王世贞与其弟为救父亲，不惜在严府外愿自罚代父咎罪，未果。此行令朝野正义之士瞻目。王世贞为此有感而发创作了戏曲《鸣凤记》，这是一部触及当时重大政治事件的作品，用形象的戏剧故事来抨击严氏父子专权纳贿、祸国殃民的专制，塑造了刚烈的杨继盛这一正面形象。而另一戏曲《一捧雪》也写了严嵩、陆炳等显赫人物，显示了王世贞敢于以文学作品触及现实的勇气。另外，王世贞还写了《嘉靖以来首辅传》。

明代“第一奇书”《金瓶梅》由兰陵笑笑生所撰，兰陵笑笑生是何人笔名，众说纷纭，但认定作者是王世贞的居多。王世贞之父被严嵩父子害死，王知严世蕃好看色情描写小说，便创作了《金瓶梅》，并在每一页页脚上沾上少量砒霜，想让严世蕃读此书而毒发身亡。但有人认为《金瓶梅》写了许多山东风俗，王世贞是苏州太仓人，恐非其作；也有人考证王世贞曾为李时珍《本草纲目》作序，因熟悉草药，故在《金瓶梅》中把“三七”的功效写得如此精确。也由于王世贞作序与推崇，南京书商胡承龙才承印了《本草纲目》。总之，这种争议还有待考证。

严嵩倒台后，王忬冤案始得平反，但朝政又为张居正把持，王世贞因忤逆之而被罢官。张居正卒，朝廷任命王世贞为兵部右侍郎，后迁兵部尚书，不久王世贞以疾辞归故里，卒于74岁。

王世贞一生为人正直而博学多识，他与李攀龙同为“后七子”领袖。李攀龙卒，王世贞独主文坛二十余年，当时的士大夫、诗人墨客及山人、僧道皆奔走其门下，可谓盛况空前。王世贞针对明初“台阁体”奢华轻曼之风，力主倡导文学复古运动，主张“文必秦汉，诗必盛唐”，其诗文在高华宏丽中见曲折多变，其七绝诗天然去雕饰，尤为出色。王世贞平生所好唐之白居易、宋之苏东坡，故其文风恬淡，又有扎实的史学根基，著作题材多种，其诗词、散文、戏剧、史学、文艺评论乃至收藏鉴赏，皆为当时之高手。

王世贞的文学观主要表现在其著述《艺苑卮言》一书。他力主格调为作品中心，在他40岁之后，又对宋元的诗与明代归有光的散文作了肯定，由此对早年“文从秦汉，诗必盛唐”的主张有所改变。王世贞既是诗人、文学家，又是学者，其史学文字收入《弇山堂别集》，其文学方面内容收入《弇州山人四部稿》（共一百七十四卷）两书。其史学著作《史乘考误》对明代史作了深入考辨，《四库全书总目》评价此书：“皆能辨析精核，有裨考证”。另有一百卷《弇州史料》，汇聚其对朝野秘录及奇事佚闻的记载。将王世贞的著作通读一遍，仿佛是一部较完整的明代史汇编，称得上“闳中肆外”四个字。

王世贞的博学，与其一生好书有关。王世贞在“弇山园”中建“小酉馆”，藏书三万卷，其中有《周易》《礼经》《毛诗》《左传》《史记》之类三千册，不少是宋本精椠。他还收藏《烟江叠嶂》等名画，对书画鉴赏亦有独到之处，故后人称王世贞为诗词书画戏剧史学之全才，其言非虚也。

申时行之圆

申时行

苏州自古多文人雅士。在明清两代进士中，苏州籍进士竟占全国四分之一；明清两代苏州籍状元独占天下鳌头，计三十五名，占全国状元17%。其中明代苏州状元申时行，曾任内阁首辅。他在万历年间动荡的政局中，充当了和事佬角色，以打圆场来调和皇帝与文官集团之间的矛盾，达八年之久。

申时行（1535—1614），字汝默，从小过继给徐姓舅家。（另一说其父为富商，看中一俏尼姑，生下申时行，后为苏州知府徐尚珍收养，改姓徐，如苏州弹词《玉蜻蜓》所述。）申时行天性聪颖，勤于攻读，好学不倦，在嘉靖四十年高中状元，复归宗姓申。

申时行初入翰林院为左庶子，后迁为礼部右侍郎。万历五年，张居正大权独揽，推行改革，由于申时行为人谦和，写得一手好文章，为张居正所赏识，调申时行为吏部右侍郎，掌管全国官吏铨选之要职。

张居正因老父病逝，离朝服丧三年，他举荐礼部尚书马自强与吏部右侍郎申时行入阁主持政事。申时行不久升迁为礼部尚书兼文渊阁大学士。在公元1572年，当时年仅10岁的太子朱翊钧曾手书“责难陈善”给申时行，使申时行感到了自己的责任。

万历十年，张居正卒，张四维出任内阁首辅。万历皇帝朱翊钧不久便追革张居正官衔，对张居正家满门查抄，其长子等家眷数十人被逼死、饿死。朱翊钧并下旨废止张居正的改革措施。曾曲意巴结张居正而上位的张四维也随之改变立场，大肆批张，起用被张居正贬抑的官员。申时行对张四维的反戈一击颇为不满，但他为了稳定政局，也一反张居正一言九鼎的作风，广开言路，他相对温和的处世作风博得了大多数官员的赞誉与拥护。

但广开言路之后，指责张居正霸道作风的浪潮顷刻席卷整个朝廷。同时，言官在指责张居正之际，也开始涉及申时行当年秉承张居正指令所做的一些事。

当时万历皇帝朱翊钧下旨，说自己患了“脑晕症”，因此停止早朝与出席经筵，但不久又从宫中传出朱翊钧在紫禁城内跑马玩乐的消息，还有皇帝沉湎于与嫔妃夜游淫乐的传闻，这使申时行很伤心，也很为难。

万历皇帝的长子是朱常洛，系侍女王氏所生。朱常洛4岁那年，万历皇帝宠爱的郑贵妃生下了朱常洵，朱翊钧欲废长立少，遭到朝廷大臣集体联名反对，众臣请立朱常洛为皇储，但傲慢的朱翊钧却置之不理。

申时行是典型的苏州人性格，处世比较低调，不好张扬，他既不想得罪皇帝，也不想得罪群臣，他想来想去，采取不加入。一些朝臣便开始把矛头指向郑贵妃，申时行不得不再次充当了和事佬，将言官上疏言事限定在自己职掌之内。这项建议获朱翊钧赞赏，但申时行感到压力很大，不少朝臣开始指责申时行的“不作为”。

申时行任首辅之职后，主持政务比较宽松，能容纳不同意见。由于言官不断建议尽快拥立朱常洛为太子，而皇帝又迟迟不作回答，申时行一直处在矛盾的旋涡中，他不断调停皇帝与朝臣之间的摩擦，使对峙的局面或而激烈，或而缓和。当时著名文学家王世贞对申时行的评价是：“不近悬崖，不树异帜。”正是申时行奉行的“圆”，想通过自己的诚意与折中的措施，让皇帝与文官集团之间的矛盾趋向缓和，使大明帝国的经济与民生得以短暂的休养。

申时行“左右逢源”至他57岁那年，感到实在太累了，他无法获得一个圆满的结局，于是不想干了，申时行上疏辞官，随即返回苏州定居。他在老家度过了二十三年，享年80岁。万历皇帝诏赠他为太子太师，谥号“文定”。

申时行曾参与《大明会典》的编订工作，他增补了嘉靖二十八年至万历十三年的事例。个人著作有《召对录》《纶扉奏草》《申定公赐闲堂遗墨》，除爱好诗文，申时行还擅长书法。

于慎行之诤

于慎行

于慎行（1545—1607），字可远。他生于嘉靖二十四年，自幼聪颖，10岁就读于东流书院。他去兖州参加省学政主持的科举，路上桃花盛开，小孩子于慎行摘了一朵藏于袖内进入考场，正巧那天考题是“桃花赋”，于慎行一挥而就，第一个上前交卷。主考官见他袖内有桃花，就说：“小学生，袖桃花，暗藏春色。”于慎行施一礼，出口应对：“老大人，坐高堂，明察秋毫。”虽对得欠工整，但已让主考官大喜，破例批准10岁小孩子赴省参加庠生院试。

于慎行17岁中了举人，主考官很看重他，想在鹿鸣宴给于慎行举行冠礼（成人之礼）的仪式，但于慎行却婉言谢绝，原因是他未奉父亲之命，众人皆誉他为孝子。于慎行20岁中了进士，被选为庶吉士，授翰林编修。万历初年，又被升为修撰，并当上皇帝的日讲官。明朝历代皇帝的主讲官皆为资深学者，像于慎行20岁出头的年轻人当皇帝老师，在明朝绝无仅有。

在明代官吏中，能人很多，于慎行以诚实坦荡、心怀磊落而著称于时，他不管对皇帝、首辅（宰相），还是对同僚，说话皆注重一个字“诤”。诤者，直言相告，规劝对方纠正错误。明神宗一次取出不少书画，让大臣题字，于慎行写了一首诗，他因字不好而请人代笔。明神宗赞之，于慎行赶紧承认，诗是自己写的，字是请人代笔，明神宗对他的老实很赞赏，当即写了“责难陈善”四字赐他。

因于慎行办事能干，为当朝首辅张居正所倚重，以其为学生而傲。于慎行对张居正的一系列改革很支持，但对张居正独断专行的作风心存异议。当时御史刘台因弹劾张居正专恣骄横而被下了大狱，同僚见张居正权倾天下，都不敢前去探望，只有于慎行去监狱慰问刘台。张居正父亲病故，照例要回家守丧三年，张居正与太监冯保商议后，授意其门生提出“夺情”之奏章，明神宗允应。但于慎行却与一些大臣上奏，劝明神宗收回成命，惹得张居正很不高兴，说：“子，吾所厚，亦为此耶？”于慎行从容回答：“正以公见厚故耳。”使得张居正恼怒，拂袖而去。从此，张居正不断为难于慎行，于慎行只得称疾归乡。

张居正卒，朝野反对之声日盛，因张居正生前大权独揽，不少决策激怒群臣，他死后，便有大臣联合发起弹劾张居正，于慎行也是被张居正罢官之臣，有人请他签名，于慎行却没允应。后来，明神宗下令查抄张居正，于慎行闻讯后专程写信给查办此事的侍郎邱橓，请求他照顾张居正 80 岁老母与未成年之幼子，其高风亮节、古道热肠为时人所称誉。

万历十七年，于慎行升任礼部尚书。明神宗因不喜太子而想立郑妃之子为东宫，于慎行连写奏章劝谏，据理力争，令明神宗非常恼火，他责备于慎行“以东宫要挟皇上”，并将礼部大小官员俸禄一齐停发，让于慎行难堪。于慎行却敢于坚持，后被迫辞职，归隐故乡。

于慎行在家赋闲十七年，他旁搜博采，写成《史摘漫录》《谷城山馆文集》四十二卷，为研究明代政治、经济、文化、宗教留下不可多得的史料，并重修《东阿县志》，主持编撰《兖州府志》。

朝野多次荐他出山，但明神宗皆不允。至万历三十五年，于慎行终于被召入京为官，任太子少保兼东阁大学士，为内阁大臣之首。但此时于慎行已重病缠身，上任后不久即去世，享年 63 岁。

在于慎行一生中，他被同僚誉为诤友，他敢于向皇帝直言，也敢于向老师张居正提出异议。他对明神宗与张居正一片真心，却屡遭罢官，他前后赋闲二十二年，却始终身在乡野而不忘报国之志。

董其昌之霸

董其昌

在明清书画史上，董其昌为艺坛“霸主”。他的山水画拙中带秀，清隽雅逸，执晚明艺坛牛耳数十年。他的书法，博采钟、王、颜、柳与米芾、赵孟頫之长，自成一家。董还是著名书画收藏鉴赏家，家藏董源、巨然、李成、赵子昂、王蒙等名作十八幅，以此傲视当代。他的书论亦有不少精辟之见，为后世所重视。

我读董其昌书画之作，在其山水树石间领略其风流蕴藉的儒雅之笔，难怪笔者喜爱的吴湖帆先生对董霸主佩服不已。董其昌一生勤于书画，从临摹入手，取晋人韵味、唐人笔法、宋人意趣，其笔致恬静疏旷，用墨温敦淡荡，且又能出神入化，自成体系，在中国书画史上实在很了不起。

董其昌在艺术上影响巨大，但其人品却令人遗憾。且让我们看看董先生的一生际遇。董其昌（1555—1636），字玄宰，号思白，华亭（上海松江）人。他早年参加松江府乡试，原来可得头名，因其书法不佳，录为第二名，此事对董其昌刺激甚大，他从此发奋练字。先学颜真卿，又学虞世南，后学“二王”。书法有了长进，董其昌便有了骄矜之气，轻视当时的书法名家祝枝山、文徵明，还假冒当时书法家的作品去卖字，结果被人戳穿。直到34岁，董其昌才高中进士，因其文章、书画出众，被选为庶吉士，供职于翰林院，后来官至礼部尚书，又当上太子朱常洛的讲官。董其昌为人精明干练，对政治风波尤为敏感，他几次辞官还乡，又几次出仕。总之，在仕途上他很懂得进退之道。他以京官与名士的双重身份周旋于各种社交场合。由于他擅长书画，又是鉴定文物高手，那些好附庸风雅的大官僚与腰缠万贯的豪绅富商都与董其昌为友，以获得董其昌的书画作品而炫耀一时，因此书画造诣很高且又善于经营的董其昌，随着社会地位日益提高，家中财富也与日俱进。一个名冠天下的书画家终于成为富甲江南的大官僚，董家拥有华屋百间、良田万顷，还有几十艘游船。

笔者观董其昌之经历，他的致富无可厚非，董单靠润笔与鉴赏文物收入已很可观。再说他当过京官，又是名士，地方官吏谁不认账？董其昌年轻时家境贫困，受人轻视，功成名就后骄逸放纵，一个人名气一大，也容易忘乎所以。

据《民抄董宦事实》与《黑白传》载，董其昌晚年骄奢淫逸，老而渔色，有多房妻妾，年过60还让其子董祖常为他强抢诸生陆绍芳佃户的女儿绿英做小妾。对于其仗势欺人，松江百姓愤而有言，董其昌疑乡人范昶捣鬼，恶刑拷打致死，还对范昶女眷大打出手，剥其裤子，用棍子捣其阴户而加以凌辱。

关于这些记载，有人为董其昌辩白，但董其昌父子行为引发松江民怨激愤，华亭、金山、青浦当地百姓毁其墨迹，烧其房屋，将董其昌聚敛的文物字画、金银器皿付之一炬，并将董鱼肉乡民之劣迹四处张贴，即历史上的“民抄董宦事实”。如果董其昌是仁厚之家，当地百姓岂能群起而烧毁其宅，致使董其昌一家惶惶然逃至苏州、镇江等地，半年后才返回松江。由于封建社会官官相护，官府对其开脱，反而把一些儒生文人处以杖惩。后人评曰：“思白（董其昌号）书画，可行双绝；而作恶如此，异特有玷风雅？”

在崇祯执政时，董其昌又被启用，时年77岁。后因官场排挤，董其昌乞求致仕。董其昌在松江寓所活到82岁，谥文敏。他死后，其书画艺术影响清代至近代，康熙、乾隆都以其字为宗师，他的画在笔墨上标新立异，精品很多。《画史绘要》评曰：“董其昌山水树石，烟云流润，神气俱足，而处于儒雅之笔，风流蕴藉，为本朝第一。”由于康熙对其书法大力赞美，董其昌书法亦成朝中科举、斋廷供奉、干禄求仕的工具，在清代几百年中，很难有一位书法家享此殊荣。可惜董的不良之行令后人嗟叹。一个人成名不易，但成名后不自重，可以董其昌为鉴。

叶向高之公

叶向高

叶向高（1559—1627），字进卿，福清县人。其父44岁得子，倭寇入侵福建沿海，其母林氏逃至乡下娘家，按当地风俗女儿不能在娘家产子，林氏在路边公厕内产下婴儿，乳名厕仔。叶向高幼时险象环生，“数濒死，辄有神相之”。

叶向高天性聪颖，又勤读，得祖父叶广彬尽心教诲。叶向高13岁赴县试，中秀才；20岁乡试，中举人；24岁会试及第进士，又考上庶吉士，分数为福建考生第一。授翰林院编修，后任左庶子，又迁礼部右侍郎，他屡次上书矿税之害，又要求罢免辽东税监高淮，首辅沈一贯为此不乐，叶向高在九年中没有晋升。

沈一贯卒，49岁的叶向高升为礼部尚书兼东阁大学士，与王锡爵、于慎行、李廷机同进内阁。同年，于慎行卒；翌年，首辅朱赓死，次辅李廷机怕御史弹劾，长期闭门不出；王锡爵则坚辞不就，内阁只剩叶向高一人苦撑政局。

万历时，许多大臣都不愿出任内阁，原因是万历皇帝朱翊钧长年不上朝，大臣的奏章堆积如山，许多重要部门的官职皆空缺。朱翊钧对叶向高很器重，但叶向高的谏议大都被束之高阁。叶向高提十条意见，最多采纳十之二三。叶向高名义上是太子的老师，但他连太子的面都未见过。太子停学已五年，皇帝也不管，只是炼他不死的丹药。

叶向高为官公正，敢于直言，由于皇帝不上朝，叶向高处理朝政大事，秉公而办，但又不得不当“维持会长”，当时齐、楚、浙三党对东林党不遗余力进行攻击，叶向高多次调停各派关系，并在选用人才、治理财政、罢免矿税诸方面都有政绩。

由于朱翊钧面对上疏一再搁置，留中不发，叶向高直斥朱翊钧为祸国殃民之首，万历听了也不生气。叶向高不得已屡次提出辞职：“陛下只关心我个人的去向，而面对国家的治乱，当今国家灾荒不断，流民塞路，内外空虚，人才不得任用。陛下任用我，就应采纳我的意见。现在奏章不下发，官吏不补任，选举任免制度如同虚设，我留任有何益处?”叶向高在三年中，居然写了三十九封辞职书，均未收到回音。直至万历四十二年，叶向高才告老还乡。

过了六年，万历卒，太子朱常洛即位，立即下诏命叶向高入朝辅政，可惜叶向高还未到京，明光宗朱常洛就驾崩了。即位的明熹宗朱由校之荒唐更胜其祖父。明熹宗朱由校自幼饱受惊恐，在奶娘客氏怀中长大，因此长大后有“恋母情结”。明熹宗又爱好木工技艺，整日以营造小巧玲珑的宫殿为乐事，将大权放任给秉笔太监魏忠贤。

叶向高入阁当首辅，据《明史》载：“熹宗初政，群贤满朝，天下欣欣望治。”而后熹宗让奶娘与魏忠贤二人掌控内宫，操纵朝政。叶向高就被魏忠贤切断了向君王谏议的机会了。

因杨涟上书指责阉党，市井无赖魏忠贤开始大肆报复，福清人林汝翥是叶向高外甥，官拜四川道监御史。一天他见太监在街上横行霸道，林汝翥打抱不平，太监对其辱骂，林汝翥忍不住将太监痛打了一顿。

照明代法律，太监犯法，要交内宫司礼监处理，三法司无权过问，魏忠贤见林汝翥一跑了事，便派锦卫包围了叶向高府邸，大肆羞辱叶向高。叶向高愤而辞职，明熹宗从不看奏章，魏忠贤代他作了“同意”。叶向高返回福建后，东林党人厄运频频，杨涟等六君子惨死牢中，周起元等“七君子”横遭迫害，小人称势，弹冠相庆，明王朝从此走向没落。

叶向高两度入阁，历仕三朝，正如时人评述“未曾害一人，未曾受人金钱，未曾向六部请办私事”，是“休休大度，廉公无私”的好官。叶向高好书法，精棋艺。泰昌元年，叶向高途经无锡，获悉当地小棋手过百龄名震江南，便请来对弈，结果连失三局，过百龄之父战战兢兢对儿私语：“此为当朝相国，你要手下留情。”过百龄朗声回答：“相国贤明，怎会怪罪。”叶向高当即道：“令郎不仅棋艺绝伦，且生性耿直，将来必成大器。”叶向高本想把过百龄带去京城深造，因过百龄坚辞而未成。叶向高卒于 69 岁。

杨涟之胆

杨涟

明朝东林党人，人才辈出，著名谏臣杨涟便是其中佼佼者。

杨涟（1572—1625），字文孺，湖北广水人。青年时代读书敢言，对不畏权势的东林党人十分钦佩。

他35岁考中进士，出任常熟知县，为下察民情，杨涟常常青衫布履、微服私访，深入田间民舍，了解民众疾苦，努力为之解困，颇受百姓爱戴。朝廷选举廉吏，杨涟被评为第一。随即升户科给事中，不久又改为兵科右给事中。

当时，明神宗朱翊钧已多年不见朝臣，郑贵妃则离间神宗与太子朱常洛的关系。杨涟虽为一小官（正七品），但胆子极大，他获悉神宗病危，太子竟不得与其相见，便联络东宫伴读王安，请他为之周旋，又力促大学士方从哲率百官面见神宗。方从哲惧怕郑贵妃势力，百般推诿，杨涟再三力陈，方从哲不得已照办。

神宗驾崩，当了四十年之久的太子朱常洛登基，为明光宗。郑贵妃当即送八名美女进宫伴驾，让其沉湎于美艳女色之中。朱常洛登基第四日即一病不起，内侍崔文升则献红药丸，朱常洛服后，病势渐重。杨涟为之担忧。他与朝臣多方联络，并上一疏，欲将郑贵妃移宫，并严办内侍崔文升。此疏语言犀利，众臣皆为之捏了一把汗。

三日后，明光宗朱常洛传话召见大臣，并特宣杨涟与锦衣卫一起召见。方从哲大恐，劝杨涟："你赶紧上疏请罪，否则恐遭'廷杖'之刑。"杨涟不惧，曰："死即死耳，涟何罪？"

次日，朱常洛召见群臣，给予鼓励，又把目光盯着杨涟，许久未言，众臣皆为之担心。明光宗半晌才指着杨涟对众臣说："此真忠君。"并下旨驱逐崔文升，收回进封郑贵妃为太后之圣旨，还破格让正七品的杨涟当上顾命大臣。

光宗驾崩，其宠妃李选侍阴狠狡诈，欲学郑贵妃，将太子朱由校藏起来。又是杨涟联络左光斗等人决定铤而走险，闯入宫内，救出太子，并在群臣支持下，朱由校在乾清宫即帝位，为明熹宗。从朱常洛驾崩到朱由校登基，杨涟为之奔波忙碌，夜夜不寝，"须发尽白"。

杨涟先后升任太常少卿，左佥都御史。但他没料到朱由校性喜木匠之活，把大权交给其乳母客氏与内侍魏忠贤。魏忠贤乃一奸佞之人，结成阉党，贪腐卖官，大肆打击东林党人。

杨涟不畏阉党势大滔天，列举魏忠贤二十四条罪状，请求明熹宗将魏"以正国法"。

魏忠贤闻疏后惊恐万状，他知明熹宗识字不多，便歪曲内容，挑拨离间，明熹宗心思皆在木工制作上，并在乳母客氏的柔情蜜语中安抚魏忠贤，"严旨切责"杨涟。魏忠贤当即大发淫威，将杨涟等东林党人革职为民。

未几，魏忠贤被封为一人之下、万万人之上的"上公"，他在朝中结党营私，手下有"五虎"（文臣）、"五彪"（武将）、"十狗"、"十孩儿"。由于其一手遮天，当时首辅顾秉谦已80余岁，也带了儿子来拜见魏忠贤，让其子称魏"爷爷"，甘以魏的儿子自居。不少官员为一己私利，纷纷投靠阉党。不久，魏忠贤借"汪文言之狱"诬陷杨涟等六君子，杨涟被押送北京，沿途民众为之鸣不平，"悉焚香建醮，祈祐涟生还"。

魏忠贤指派酷吏"活阎王"许显纯审问杨涟，杨涟不屈不挠，许显纯用五种刑具，折磨得裸体的杨涟如同"血人"。杨涟在狱中写下绝笔，痛斥魏忠贤紊乱朝纲。魏忠贤闻之七窍生烟，密令许显纯杀之，许显纯本无人性，他"以土囊压身，铁钉贯耳"之毒辣手段加害杨涟，杨涟临死前，咬破手指，写下血书一封，怒斥魏忠贤。许显纯再以一大钉钉入杨涟头部，杨涟当场惨死，仅54岁，临刑前他仰天大笑而死。

杨涟一生光明磊落，敢于直言，无所畏惧。崇祯二年，魏忠贤被法办，杨涟冤案平反，追赠为太子太保、兵部尚书，谥号"忠烈"。

袁宏道之睨

最早知道袁宏道（中郎），是读了《古文观止》中他写的那篇《徐文长传》，此文妙哉！徐渭之名今日如雷贯耳，中郎先生之功也。

袁宏道

在明代文人中，如大名鼎鼎的徐文长、唐伯虎、吴承恩、冯梦龙都在科举中遭受挫折而郁郁不得志。但袁宏道（1568—1610）却少年得志，4 岁能作对联，10 岁当秀才，21 岁做了举人，25 岁考中进士。他 27 岁出任江苏吴县知县，到鱼米之乡当了父母官，可谓春风得意。可惜不到两年，先前踌躇满志的袁宏道便叫苦不迭："一入吴县，如鸟之在笼，羽翼皆胶，动转不得，以致郁极伤心，致此恶病……官不去，病必不痊。"袁先假称祖母年迈无人奉养，又自诬身患绝症，活不下去了，他一连写了七份辞职报告（《去吴七牍》），在朝廷还未同意下，中郎先生先扔下乌纱帽扬长离去。

袁宏道何以七辞县令？我以为原因有二：一是袁本属性情中人。他原以为当县令便可吟弄风月，与诗酒为伴，漫步于山水之间。但现实呢，一县之令，必须处置各种繁琐公务，以至民生疾苦而引发的矛盾。袁宏道不是干不好，而是不想干，他喜好的是"目极世间之色，耳极世间之声，身极世间之鲜，口极世间之谭"。再加上官场倾轧，同僚意见相左，让袁大为感叹"吴中犹阱也"。

二是袁宏道沾染上明代才子睨视天下万物之习，所谓"睨"者，对身旁之人事皆斜视也，自恃才高，目中无人。他当县令后，便口无遮拦，得罪了当地两位文学前辈王百谷与张幼于。由于袁宏道胸无城府、随心所欲与出言不检点，很快在吴县官场与文学圈内搞得口碑很差。他的顶头上司苏州推官朱一龙本是其好友，也成了袁的发泄对象。因此，袁宏道自知在吴县呆不下去，选择了退隐与漫游的道路。

平心而论，中国不少文人的性格都不适宜为官，写文章可以天马行空，议论风发，但处世却缺乏应有的耐心与圆滑，更无法忍受公务与杂事的繁琐。“人情练达即文章”，这是曹雪芹落魄后的精辟之言。

其实，袁宏道恃才傲物是有资本的。他辞官后的十余年中（其间也当过国子监助教、吏部考功员外郎等职），遍游东南名胜，徜徉山水之间，他在《答林下先生》中说：人生有五大快活，又说自己好“妻山侣石”“放情极意”，在字里行间蕴含惊世骇俗之言，令人拍案叫绝。他先后游览过杭州、绍兴、北京、华山、嵩山等地，他写的《兰亭记》《虎丘》《荷花荡》《天池》《晚游六桥侍月记》《游飞来峰至北高峰记》皆语言清新而精致，尤其《宋六陵记》一篇，誉为美文，读来饶有趣味。袁中郎的文章写得鲜活而极具个性，他的小品文更显示了晚明文学的独特风格，不愧为“公安派”首领的风范。袁宏道被今人列入“古代十大散文家”之一，笔者以为，中郎与欧、苏、韩、柳齐肩稍逊风骚，但列明代文人散文之前三，恐非虚言。

袁宏道（中郎）创立的“性灵说”在当时影响颇大。“公安派”的文学主张也引起不少附和者，他还悉心研究戏曲小说，对《金瓶梅》《水浒传》《四声猿》等作品与儒家经典相提并论。但袁的个人际遇却很不幸。与他同时代的文人相比，高攀龙活了64岁（含冤自杀），汤显祖活了66岁，赵南星活了77岁，陈继儒活了81岁，袁中郎尊敬的前辈徐文长也在困顿中活到72岁，袁的老师李贽在狱中也活至75岁，但袁中郎却在43岁英年早逝。他死后两天，袁的第二个儿子出生。袁中郎死于病，但他睥视天下、目中无人的性格，恐怕也是他早逝的一个原因吧！

袁宏道现存作品甚多，如《徐文长传》《初至西湖记》《虎丘记》《西湖游记二则》《戏题飞来峰》《瓶花斋杂录》《满井游记》等，有《袁中郎全集》。

胡震亨之纂

胡震亨

胡震亨（1569—1645），浙江海盐人，书香门第之子，其父胡彭述一生迷恋书籍，将平生所蓄以购书为乐，为儿子留下万卷图书。胡震亨自幼好读书，才识敏捷，博学强记。他18岁中了秀才，29岁当上举人，后担任过固城县教谕，知合肥县，还任定州知州、德州知州、擢兵部员外郎。如果胡震亨在仕途上走到老，也许他一辈子默默无闻。他虽为官清廉，大兴水利，颇多善政，但论其政绩与文学成就，胡震亨在中华文学史上绝对排不上号。

胡震亨在56岁那年，突然辞官，退出令他厌倦多年的官场，决心回家另干一件大事。他想干什么？就是要编一部最详尽的唐诗全集。

在书斋的烛光下，胡震亨意外发现了一个诗坛大问题，令日月增辉的唐代诗歌居然失传了将近一半。比如写过《春江花月夜》的“吴中四士”之一的张若虚，他一生写诗八十余首，但留传到明代，仅剩下两首。还有写出“白日依山尽，黄河入海流”的王之焕先生，他的诗到明代只存六首。胡震亨为此感到心疼，他突发奇想，要尽自己一人之力，来编一部完整的唐诗全本。这个念头让他太兴奋了，但这确实又是一个无比浩大的工程。在明代，没有印刷厂，没有出版社，更没有百度、谷歌与亚马逊。一个人来编纂全唐诗，谈何容易！

不过，胡震亨是个极有毅力的文人，他不仅博览群书，而且家中收藏图书万余册，他的书斋取名“好古楼”，藏的都是历代秘册僻典，单宋元文集就有十余种之多。而且在他藏书中，颇多诗文集。于是，胡震亨辞官返家后，开始日夜研读与搜集唐诗资料，并从旧典佚事与宋元各种版本中补正残缺。他还走出家门，与当时藏书者互作交流，以期编纂之书更为周密详尽。

胡震亨竭尽心力，足足花了十年时间来编唐朝五代诗歌全集，在他66岁那年终于完成了一部巨著《唐音统签》。

全书共分十签一千零三十三卷，按时代、体裁、题材依次排列，内容广博，收入唐代作诗者既多又广。他对唐代诗人及其风格均有详述，对于唐诗与乐曲、舞曲的关系，对字句、偶对、用事之看法，皆有其独到见解。还附录诗话与唐代诗人之逸闻轶事，并对伪作进行考辨。

胡震亨编纂《唐音统签》，不单是收集汇编，还提出许多独到的创见，比如是他第一次把歌行与“新题乐府”归为一类，为后人所赞同。又比如过去评论界对盛唐诗歌评价很高，对中晚唐诗歌重视不够，是胡震亨用许多翔实史料，论证了白居易、元稹、韩愈、柳宗元、刘禹锡、李贺、杜牧、李商隐等中晚唐诗人的水平，并不在盛唐诗人李白、杜甫、王维、高适之下。他还认为七律在唐诗中占有一个极其重要的地位。这些创见亦为后人所重视。

胡震亨用十年时间编纂的《唐音统签》，为清代《全唐诗》问世提供了蓝本。清人孙洙也在《唐音统签》的基础上，编了风行海内的唐诗普及本《唐诗三百首》。

胡震亨长期从事编纂工作，使自己的知识面十分广阔，由于他博学多识，时人称其“博物君子”，清代文学家黄宗羲称其书“考索精详”，《四库全书总目》则记载：“《唐音统签》的搜罗成帙，粗见规模……是编秉圣训，以震亨为稿本。”

胡震亨在完成此书后，又用十年时间编纂了《李诗通》《杜诗通》等书。另著有《靖康咨鉴录》《海盐图经》《读书杂记》等著作，被近代报人张元济誉为“海盐第一读书种子”。

每一位喜爱唐诗的朋友，都应该衷心感谢胡震亨，是他让今人能领略与欣赏到风格各异的四万八千九百多首唐诗。

温体仁之鸷

温体仁

温体仁（1573—1638），浙江乌程（今湖州南浔）人，他是万历二十六年进士，进入官场后处世谨慎而圆滑。当时阉党魏忠贤专权，广建生祠，温体仁采取既不与东林党为敌，又把向魏的生祠献诗的事做得不留痕迹。他在明熹宗时已爬到礼部侍郎的位置，却未上阉党的黑名单，崇祯铲除魏忠贤一党时，他也未在其中。可见温体仁在权力斗争中擅长两面讨好。

当时崇祯帝朱由检下诏推荐内阁，温体仁因资历太浅，还不能参与，温体仁知道崇祯最恨“朋党”，便上疏弹劾钱谦益结党行贿，此举引起崇祯注意。因弹劾钱谦益，温体仁遭同僚反感，孤立无援，不料反而获崇祯好感。崇祯认为，人缘好的官吏易结党，受排挤的温体仁由此入内阁辅政。

当时内阁首辅周延儒是万历四十一年的状元，写得一手好文章，性格很张狂。温体仁对周的态度是曲谨附和。他与周延儒共同打击了阉党势力，便开始对周阴伺其隙，因周延儒为亲戚弟子开后门，他暗中唆使言官对周弹劾，周延儒误把温当作最要好的同僚，还把希望寄托在温体仁身上，不知道弹劾他的言官的后台正是他自认为莫逆之交的温体仁。

温体仁把周延儒赶下台后，理所当然成为崇祯时的首辅。崇祯是个勤勉的皇帝，但他一生很少相信下属，在位十七年中，他把内阁大学士走马灯似的换来换去，他怕大臣之间结党，更怕被内阁架空，在这种情况下，温体仁能在首辅位置上坐稳六年，很不容易。

温体仁何德何能为崇祯所信赖？一是温体仁整天用心思揣摩崇祯在考虑什么，他为崇祯重用的一大原因，就是温体仁在官场很少有谈得来的朋友，他缺乏结党的基础。其次，温体仁要重用或打倒一个大臣，自己决不首先提出，他在群臣中故意装出一副宽厚相。其实他为了置对方于死地，会在朱由检面前说出某某做了皇帝最忌讳的事，这样就让那个大臣的晋升彻底完蛋。温体仁一会儿暗中让刘孔昭弹劾倪元璐，一会儿悄悄指示陈启新指责黄景昉，弄得朝臣之间关系十分紧张，温体仁对此却幸灾乐祸，坐收渔翁之利。讲官文震孟因擅讲《春秋》而获崇祯青睐，升入内阁，温体仁便派特务刺探文震孟的隐私，暗中派人弹劾，不仅将文震孟赶出内阁，还将与文震孟要好的庶吉士郑鄤陷害入狱。后来朝臣们暗中议论，温体仁害人之手段已达到疯狂的程度。《明史》中对温体仁的评价是“为人外曲谨而中猛鸷，机深刺骨”，温体仁在内阁 8 年，表面上给人随意温和之感，其实内心如凶猛的禽兽。

温体仁是以弹劾钱谦益结党而引起皇帝注目的。钱谦益是明末才子，以其名气与能力完全可以入阁，他在官场中人缘也不错，但在温体仁巧言惑众的攻击中失去了机会，他一直觉得很冤，过了好多年，便向司礼秉笔太监曹化淳求教，这件事让温体仁心腹张汉儒知道了，便向温体仁密报，温体仁自恃有崇祯的恩宠，便写了奏章，要求处理曹化淳。

曹化淳是崇祯很信任的大太监，崇祯看完奏章，便给曹化淳看了。曹化淳十分恐慌，就毛遂自荐，要求亲自审理钱谦益的案子，崇祯应允后，曹化淳调来案卷，很快弄清了事情的原委与内幕，钱谦益之所以成为攻击对象，原来朝臣中已形成了一个以温体仁为中心的“朋党”。崇祯这才发现自己在这八年中一直把温体仁看错了，他立即下旨将张汉儒枷死。温体仁获悉后赶紧装病在家，温本以为崇祯还会来看望他，对他好言安抚。不料，崇祯趁有大臣弹劾温体仁，立即下旨削去温的官职，让他回乡。温体仁接圣旨时正在吃饭，当时就吓得把汤匙掉落在地。

温体仁罢官回乡的翌年，病死于家中。他死后不到六年，李自成攻入北京，崇祯上吊，大明灭亡，作为担任六年首辅的温体仁，应该负有重大责任。

钱谦益之降

钱谦益

钱谦益（1582—1664），号牧斋，江苏常熟的富家子弟。他自幼聪颖，刻苦好学，15 岁写了《留侯论》《伍子胥论》。在万历三十八年考中一甲第三名，授编修，后任礼部侍郎、翰林侍读学士，曾为东林党魁首之一。因其学问渊博，诗词文章俱佳，其学识涉及文学、史学、佛学等各个领域，时人称其“文章伯”，又被誉为明末“文坛祭酒”。与吴伟业、龚鼎孳并称“江左三大家”。

钱谦益是诗人、文学家兼学者，还是大藏书家。他一生好搜集古书善本，不辞辛劳，四处寻访，凡见唐写本、宋元本与珍版本，不惜重金购买。钱在中年时构建“拂山水房”藏书，后又在“红豆山庄”建“绛云楼”，将其收藏的宋刻孤本、秘册精椠等藏书分为七十三大柜，自称“我晚而贫，书则可云富矣”。这自然是钱谦益的谦词，其实钱府称得上当地“巨富”，单府中仆人就有近百。亦官亦商，此是文人钱谦益的处世之道。

钱谦益博学强记，对版本目录学也十分精通。后来绛云楼失火（其家乳母带幼女在书楼玩耍，蜡烛误入纸堆），钱谦益在痛心疾首后，根据记忆，写成《绛云楼书目》四卷，补遗一卷，书目分七十三类，著录图书三千三百余种，还留下二百七十余篇题跋文字——对后人了解版本与已佚古籍颇有帮助。

钱谦益入仕后声誉蒸蒸日上，中年时已名满天下，时人誉为“文苑宗师”。他一次偶尔读到柳如是写的“桃花得气美人中”，大为赞赏。而名妓柳如是对钱谦益之名也如雷贯耳。

柳如是自幼家贫，被卖入青楼，幸得名妓徐佛家调养，柳貌美而善歌舞，对诗词悟性极高。她18岁时已名动江南，眼界极高，孜孜以求“旷代逸才”而嫁。柳如是那日女扮男装，以一身书生打扮求见钱谦益，钱谦益见一俊俏后生，似曾相识，不觉一愣，柳如是吟诗，钱大笑迎入。不久，钱为柳如是建了一座精美典雅的小楼“我闻室”。在钱59岁时，迎娶23岁的柳如是入钱府，钱谦益当时决定“旅行结婚”，在松江船上举办婚礼，不料当地文人墨客闻之，认为钱谦益有辱孔门，将瓦片乱击婚船，钱谦益十分狼狈，柳如是则惊魂未定。

崇祯十七年，李自成率兵攻陷北京，崇祯自杀，其堂弟朱由崧在南京登基，由马士英推荐，钱谦益被任命为南明礼部尚书。柳如是也以侧室夫人同往。钱谦益知阮大铖也好诗文，便力荐阮大铖为兵部侍郎。其实阮大铖为人奸猾，依附阉党，专门残害敢于直言的东林党人，钱谦益此举为士人所不满。

不久，清兵南下，扬州被屠十日，南明朝臣闻风而逃，而钱谦益却留了下来，柳如是劝钱谦益自尽，钱谦益无言，半晌曰：“水冷，奈何?”柳如是闻言投池，被钱谦益救起。清兵入城，下令剃头，钱谦益忽曰“头皮痒甚”，遂剃头——“辫而入矣”。钱谦益因降清而被封为礼部右侍郎，管秘书院事，任《明史》副总裁。柳如是劝说无效后，拒绝同往北京。

钱谦益在清官场内周旋良久，后回杭州，他参加了一些由柳如是策划的反清活动，在不为朝廷知道的情况下暗中写点反清诗，如指责导致明亡的吴三桂。清顺治三年，钱谦益称疾乞归，后被逮，关入刑部大狱。柳如是扶病随行，上书陈情，誓愿代死，因她全力奔走，钱谦益才出狱，被管制于苏州，后返回常熟，在豪华的庄园中安度晚年，至83岁而卒。

钱谦益死后一月，柳如是因钱氏族人索金受辱，悬梁自尽，时年47岁，她嫁入钱府，正好二十三年。

对于钱的学问，褒奖者多，论其为人，毁誉不一。著名史学家陈寅恪在《柳如是别传》中对降清后的钱谦益与郑成功合作反清复明，作了肯定。但也有学者为之质疑。

柳如是之翘

柳如是

之前说了钱谦益，本篇再说柳如是。

柳如是（1618—1664），本名杨爱，原籍浙江嘉兴，因家贫，幼年时被卖到江苏吴江盛泽镇归家院青楼，被名妓徐佛家收为养女。在徐调教下，弹唱歌舞俱佳，又天性好诗词。柳如是 14 岁那年，生得娇小玲珑，秀色可餐，被吴江故相周道登看中，卖入周府为侍婢，因其貌美，被年近古稀的周道登强纳为妾，柳如是心中不愿，暗中与周府仆人相恋，事发，周府人欲杀之，柳如是私放情人外逃，自己又被卖到青楼。

柳如是改名杨影怜，因出落得楚楚动人，赢来慕名者无数。柳如是小小年纪，架子十足，凡粗鄙暴发户者，她拒绝应召，一时在苏州城内声名鹊起。后读辛弃疾《贺新郎》："我见青山多妩媚，料青山见我应如是"，遂改名柳隐，自号如是。

当时能与柳如是谈诗说文的，有复社领袖陈子龙、书法好手李待问、"云间三子"之一的宋辕文、明末文坛巨子张溥以及做过四品官的谢三宾。这其中，柳如是最倾心陈子龙。

陈子龙，风流倜傥，通经史，好诗词，是名门子弟，声望极高。但柳如是看中陈子龙，并非陈家富裕，16 岁的她花钱脱籍从良，爱上玉树临风的才子。可惜，柳如是与陈子龙在南园只同居了一年多，陈子龙夫人张孺人联络陈家老人，率陈府几十人，亲自执杖大闹南园，当时士人重清议，陈子龙只得仰天长叹，柳如是心似刀割，两人从此天各一方。

春去秋来，柳如是转眼已 21 岁，是青楼当家名妓，居"秦淮八艳"

之首，无数缙绅富家子弟围着追她，被柳如是一一回绝。曾经沧海难为水，有过与陈子龙的一段恋情，心高气傲的柳如是只盼嫁个“旷代逸才”，这时，杭州富商汪然明推荐了钱谦益。

论名声，钱谦益是明末“文坛祭酒”；论学问，钱谦益学富五车；论家境，钱府是常熟“巨富”。只是年龄悬殊，柳如是小钱谦益三十六岁。

既然豪门纨绔子弟与一般的进士柳如是皆看不上，那只能“乌发对白头”了。于是，两人有了书信往来。

后来柳如是赶到常熟，两人一见之下，钱谦益喜出望外。钱谦益本是诗文高手，又口才了得，自然讨得佳人欢喜。于是，柳如是便住进了钱府，钱谦益为她盖了一座“我闻室”的小楼。

当新官人的钱谦益年近花甲，一个多情的糟老头与一个青春靓丽的小才女在松江的船上举行了浪漫的婚礼，可惜当地人用瓦块石头直击婚船，使好不容易正式做了一回新娘的柳如是在新婚之夜过得提心吊胆。

钱谦益过意不去，为柳如是再造“绛云楼”。柳如是也为钱谦益生下一个女儿。月貌花容有了书香归宿，也心满意足了。

不久，李自成攻陷北京，崇祯自杀，其堂弟朱由崧在南京建立南明，钱谦益凭其江南声望，登上礼部尚书的位置。但当时南明政权实为奸恶之徒阮大铖所把持，钱谦益为保地位，不惜与其为伍，此为士人所不齿。

清军下江南，柳如是劝钱走，又劝其自尽，钱谦益皆不愿，为保住家业，胆小的钱谦益终于降清，去北京当了礼部侍郎。

柳如是不愿赴京，据《三垣笔记》载，柳如是“与一私夫乱”。后事泄，钱谦益儿子杀私夫，钱谦益归，愤而未动干戈。钱谦益至83岁卒，柳如是在其夫死后一月，为保家业而悬梁自尽。柳如是死后未能与钱谦益合葬，被族人逐出钱家坟地，柳如是墓在常熟虞山脚下，一座孤坟。

翘，鸟尾之长羽，引申为突出，标新立异。柳如是一生活得很翘，其词曰“梦中本是伤心路。芙蓉泪，樱花语。满帘花片，都受人心误”，岂非其一生写照耶？

袁崇焕之冤

袁崇焕

读《明史》，我常常读得透不过气来，盖因其冤案多矣。袁崇焕被杀，即冤案之一。

袁崇焕（1584—1630），字元素，祖籍广东东莞，生于广西藤县。他生得短小精悍，“形如小猱”，性格暴躁。他23岁中了举人，以才子自许，但赴京考试，四次落榜，直到万历四十七年才中进士，名次稍后，三甲第四十名。他被派到福建邵武当知县，治理有方。当时辽东局势紧张，彪悍的努尔哈赤亲率辽军精锐部队屡犯明朝疆土，袁崇焕毫不畏惧，单骑出关，视察边塞后断言：“予我兵马钱粮，我一人足守此。”袁崇焕的豪言壮语为朝廷所重视，随即将其调入兵部，不久出任山海关监军，并率一万余人驻守宁远。

努尔哈赤系清代著名军事家，他率六万精兵包围了宁远。袁崇焕很镇静，让小兵告诉他的上司，“如发现自宁远逃回的士兵将领，格杀勿论”，并决心死守孤城。袁崇焕虽是一介书生，但有胆略，好读兵书，极具军事才能，他命人用火炮阻挡了后金军队无数次疯狂进攻，最后战无不胜的努尔哈赤因受伤而撤军，成为他一生中的耻辱。七个月后，一代枭雄努尔哈赤死了，他儿子皇太极又和袁崇焕交上了手，但在宁远与锦州两次战斗中，依旧被袁崇焕部队打败，这也是明朝抗清历史上的重大胜利。

天启年间，由于明熹宗热衷于木工制作，大权交给了阉党领袖魏忠贤，但提拔袁崇焕的人是东林党人，赏识袁崇焕的人也是东林党人，袁崇焕最后还是被排斥了。

明熹宗一死，上台的崇祯就打垮了阉党，他在第一时间召回了袁崇焕，一个普通将领在一天之内当上了兵部右侍郎（正部级副部长），不久又被任命为兵部尚书（国防部长），督师蓟、辽、登、莱、天津军务，成为6个巡抚的上司。权力之大，明代前所未见。崇祯赏识袁崇焕，赐他尚方宝剑与金银财宝，袁受剑而不受财富，并口出狂言："计五年，可平辽。"

平心而论，袁崇焕是个极具个性的人，他敢于做事，又好我行我素，这种性格的人大都有飞扬跋扈的毛病。袁崇焕拥兵自重后，先是问皇帝要钱要粮，然后提拔亲信，把另一抗清名将毛文龙给杀了，理由是他贪赃，其实是除异己。由于两军相持日久，而无建树，杀毛文龙后，后金国没有了牵制，于是包围了京城，并用反间计，暗示金军与袁崇焕有密约。

崇祯召见袁崇焕，责问了他。袁崇焕竟无言自辩，结果被下大狱。崇祯启用孙承宗退敌后，在一大批说袁崇焕暗中通敌的证据面前，崇祯下令凌迟袁崇焕，由于当时不明真相的京城百姓也误信此言，张岱在《石匮记》记："刽子手割一块肉，百姓付钱，取之生食。"一代名将竟活活被百姓生食之。直至全身肉割尽，袁尚未气绝，其状甚惨！其妻与其弟被流放三千里，崇焕无子，家无余财，故天下人为之鸣冤。

崇祯是个励精图治、但又好刚愎自用的皇帝。他在位十七年，更换了五十个宰相，杀了两个宰相、七个总督、十三个巡抚。他极力重用袁崇焕，又残忍凌迟袁崇焕，是他性格自我矛盾的一个方面。而袁崇焕虽无通敌之实，但他骄妄、任性、自作主张却又为明朝官场所不容的。袁崇焕其实只是个将才，缺少帅才的内涵，在政治上极不成熟，他下狱后，明朝文官中很少有人为之救援，这亦是他被杀原因之一。

袁崇焕被杀后，后来南明政府为其平反。清乾隆曾为其形象美化，今存袁崇焕文人图，儒雅俊美，系清代初期流传至今。

中国史学界对袁崇焕的评价历来褒贬不一。有人责袁陷害毛文龙，有人斥他曾为魏忠贤生前建祠，有人骂袁军事指挥失误，战绩不大。但袁崇焕通敌一事，史学家们大都认为是诬蔑，袁崇焕是冤枉的。他在被凌迟处死时还留下一首七言："一生事业总成空，半世功名在梦中。死后不愁无勇将，忠魂依旧守辽东。"读其诗，感其事，令吾怅然叹之。

牛金星之恃

牛金星

说到中国的农民领袖，我以为唯李自成最具雄才大略。他骁勇善战，广纳人才，帐下猛将谋士一时如云，牛金星便是其中之一。

牛金星（1595？—1652），字聚明，河南宝丰人。先祖系书香门第，父亲牛垧当过鲁府纪善。金星幼年天资聪颖，读书甚杂，上知天文，下晓地理，兼涉孙武兵法。二十余岁中秀才，天启七年中举人。因事与乡里豪绅王姓亲戚纷争，被诬革去举人，充军后当差服役。牛金星本来设馆授徒，遭此横祸后衣食不周，心生愤世之念，郁郁不得其志。此时正逢李自成率军抵达河南，经李岩推荐，李自成对牛金星之才十分仰慕，便劝其共图大业。牛金星踌躇再三，秀才造反是要掉脑袋的，但他受不了乡间恶人之气，想恃闯王之力报仇雪恨，终于带领全家投到李自成麾下。

作为一名谋士，牛金星建议李自成“少刑杀，赈饥民，收人心”，李自成纳之，果然所向披靡，农民军日益壮大。明崇祯十七年，李自成大军入陕，以西安为首都，国号大顺，封牛金星为天祐殿大学士。同年三月攻陷北京，朱由检自尽，李自成登基当上皇帝，牛金星也成了丞相。

一个举人，位极丞相，牛金星可谓风光无限，忙于筹备登基大典。但牛金星的丞相梦很短暂，李自成因吴三桂引清军入关，阻击失败，撤出北京，又节节败退，退至湖北。李自成的归宿，一说死于九宫山，另一说李自成出家当了和尚，隐居于深山古寺。而牛金星则与儿子牛佺降清，因牛金星口碑较差，清朝廷不便安排其职务，让其子牛佺当上黄州知府，牛金星在提心吊胆中活了八年，终年约58岁。牛金星临终前告其子牛佺："为人不可恃，闭门教子，勿再出。"想来是他人生历经大起大落后说的大实话。另据《牛金星事略》载，牛佺降清，牛金星则藏匿于民间。也有一说，牛金星在李自成兵败后逃遁，不知所终。

李自成之败，归于其对胜利没有清醒的头脑，但其左膀（大将军刘宗敏）右臂（丞相牛金星）皆有不可推卸之责任。刘宗敏入京后，"搜括赃款，严刑杀人"，将吴三桂父亲吴襄下狱，强纳吴三桂爱姬陈圆圆，以此激怒小人吴三桂"冲冠一怒为红颜"。而牛金星则"招揽门生"，笑纳"红包"，有恃无恐忙于纸醉金迷的酒宴中。牛金星为了坐稳相位，竟阴告李岩造反，让李自成将对其忠心耿耿的李岩杀死。李岩文武全才，对形势极具清醒认识，并屡次向李自成进言，批评刘宗敏与牛金星的奢侈之举，一时因胜利冲昏头脑的李自成完全变了个人，杀李岩而导致军心涣散，最后兵败湖北。

由此来分析牛金星的人生历程，很值得千古文人引以为戒。牛金星自恃有才，他不被豪绅诬害不可能加入造反队伍。他起义后因谋略受李自成器重，但当上丞相后却热衷于官场应酬，而对他有举荐之恩的李岩，反生嫉妒之念，暗中做手脚，将李岩害死，实在为不耻之举。

文人之恃，古今有之。读书让人聪明，而有了学问的资本，一些文人便恃才傲物，不可一世。恃才，便是骄狂；傲物，则易得罪同僚。从古到今的文人，多少都有恃才傲物的毛病，有人轻些，只是处世不太稳妥，常犯些小错误；而牛金星却因有恃无恐而差点送掉自己老命。牛金星临终嘱其子"为人不可恃"，想来是他忏悔的反省，但为时已晚矣。因其恃，早年与乡里豪绅有纷争；因其恃，一出人头地便忘乎所以。此为古今文人可鉴，过高估量自己，因嫉害人，实在是人生的大敌。

张岱之博

张岱

晚明小品一反高头讲章，旨在反映市井生活，文字精隽清雅，提倡个性解放。如李渔的《闲情偶寄》、冒襄的《影梅庵忆语》、沈复的《浮生六记》、洪应明的《菜根谭》、张潮的《幽梦影》等。在这些晚明小品中，以张岱的《陶庵梦忆》最可玩味。

张岱（1597—1689），字宗子，号陶庵，浙江山阴人。他出生于书香门第，曾祖父与祖父皆为徐文长之文友，藏书极富，但到他父亲张耀芳一代，家境衰落，耀芳年过半百，未能登科，花钱如流水，便把希望寄托在儿子张岱身上。张岱幼年聪颖，6 岁时其二舅父陶崇道出上联“画里仙桃摘不下”，张岱随即答“笔中花朵梦将来”。他 16 岁写的骈文《祁梦疏》颇有大志。但张岱走科举取士也走不通。他落第后，埋头读家中三万余册藏书，潜心研究史学，通过读书激发了他诸多爱好，如好游览、好诗词、好书画、好篆刻、好写史、好参禅、好收藏、好茶道，他每日在文学艺术各个领域中游览涉猎。张岱 30 岁后，又喜交友，官吏、文士、工匠、伶人、和尚、道士、妓女皆引以为伴。从学习与交友中进一步开阔了视野，这是张岱博学的基础。

张岱生活在明亡清兴这个时期，他忍受着动荡的痛苦返回故里绍兴，在简陋的书室中一住几十年。当时张家已从名门大族沦落为贫困的平民。他家中有四个儿子、七个女儿，还有孙女、孙子五人。其妻已亡，两妾瘦如猴，薄田半亩、破屋二三间，以致张岱到了晚年还亲自挑担提杵。在这些日子里，张岱不忘“好著书”，著书竟达三十三种，包括史著、文集、韵书、经学、医学、杂记等种类，其中《石匮书》《快园道古》《陶庵梦忆》《西湖梦寻》《夜航船》《古今义烈传》皆为后世所流传。尤其难得的是，他评点历史，褒贬人物，抒发情感，皆有独到的一家之言。

不妨以张岱的《夜航船》《石匮书》举例。《夜航船》是晚明清初的一本“百科全书”。共收四千个条目、一百三十个子目、二十个大类，如“天文”“地理”“人物”“考古”“选举”“政事”“文学”“礼乐”“植物”“物理”“宝玩”“方术”“外国”等。此书涉猎领域极广，除天文、地理、政治、军事、文学、艺术外，连医卜星相、三教九流皆列其中。《石匮书》有二百二十卷，分本纪、志、世家、列传，记载的奇人逸事、和尚道士及儒、道、法、佛的各种野史，读来饶有趣味。张岱一生与功名无缘，但其著述无数，著作等身，可说是明末清初的一位自学大家。

张岱在《徵修明史檄》一文中，阐述了自己创作《石匮书》的缘由。他说明代所修史书多有缺漏，体例也不善，张岱花了五十年时间，五易其稿，九正其讹，他写作此书“事必求真，语必务确”，“稍有未核，宁缺勿书”，可见张岱写作态度之认真。后人将《石匮书》与谈迁的《国榷》并称：“谈迁编年，张岱列传，两家俱有本末。”

读张岱其文，如见其人，令笔者佩服的是他的坦荡与直率。他晚年《自为墓志铭》：“少为纨绔子弟，极爱繁华，好精舍，好美婢，好娈童，好鲜衣，好美食，好骏马，好花鸟，兼以茶淫桔虐，书蠹诗魔，劳碌半生，皆为梦幻。”他坦陈自己弱点无所顾忌，又说“人无癖不可与交，以其无深情也；人无疵不可与交，以其无真气也”，此乃妙语。

张岱的小品，语言清新，描述生动，时杂诙谐，很少有人能与之匹敌。如《西湖七月半》《湖心亭赏雪》《绍兴灯景》《秦淮河房》《虎丘中秋夜》《柳敬亭说书》等，皆为不可多得之妙文也。

金圣叹之趣

金圣叹

中国封建社会后期，明清不少文人很讲究趣味，金圣叹是个范例。

金圣叹（1608—1661），名采，字若采。他是明末清初的著名文学评论家，江苏吴县人。金圣叹生于万历三十六年三月三日，据说那天是文昌星生日，故其少时聪颖顽皮，才思敏捷。他在读书时，听先生讲完，即加以评论，令先生不快。一次参加考试，试题是“如此则动心否乎”，金圣叹当场一挥而就，在文末连书三十九个“动”字，学使阅卷后惊诧，问其何故，金圣叹戏曰：“连书三十九个‘动’字，蕴含‘四十不动心’也。”令考官啼笑皆非。金圣叹因自恃才高，常在试卷中标新立异，显示其放荡不羁之个性。

金圣叹年少时，父母双亡，家境贫困。友人王斫山借给他白银3000两，让金圣叹放债赚钱，嘱其本钱归还，利息助他读书生活。金圣叹却把银子挥霍殆尽，还戏曰：“银子留你处，无益，徒增‘守财奴’之名，我已帮你送掉了。”可见他年轻时便是一个异类。

金圣叹虽然才情卓越，但不以“四书五经”为重，好读杂书，故屡试落第，成为他一生的隐痛。他开始仇视儒书经典，将《离骚》《庄子》《史记》《杜甫诗》《水浒传》《西厢记》评定为“天下六才子书”，并致力点评《水浒传》与《西厢记》，他评《水浒传》：“别一部书，看过一遍即休，独有《水浒传》，只是看不厌。无非为把一百零八人性格，都写出来。”他读到卢俊义回家，燕青告他李固夺其妻，金圣叹批道：“读此语时，正值寒冬深更，灯昏酒尽，无可奈何！因拍桌起立，浩叹一声，开门视天，云黑如磐也。”由此可见，金圣叹将通俗小说引入文学殿堂，有显著之功也。

金圣叹虽然仇视八股文，但士大夫的功名欲仍刺激着他。因其评点“六才子书”的影响，名动江南，其才情也传到了北京。顺治皇帝读后，十分欣赏他批点的“六才子书”，惊叹其人：“古文高手，莫以时文眼看他。”这给一心想飞黄腾达的金圣叹带来了希望，他“感而泣下，因向北叩首”，并当即咏诗：“一江春水好行船，三月春风便到天。”可惜顺治皇帝一年后撒手归天，让不甘寂寞的金圣叹再次绝望。

金圣叹后因参加苏州哭庙案被冤杀。苏州哭庙案，是因吴县贪官任维初暴虐贪污引起，当时读书人群起反抗，向巡抚朱国治告发，朱国治与任维初官官相护，诸生便借顺治皇帝驾崩赴文庙“鸣钟击鼓”，结果诸生被抓，金圣叹也被官府捉拿入狱。巡抚朱国治判其死罪，金圣叹在狱中吟诗一首：“鼠肝虫臂久萧疏，只惜胸前几本书；虽喜唐诗略分解，庄骚马杜待何如?”只叹惜未能完成评点《庄子》《离骚》《史记》与《杜甫诗》。

金圣叹的幽默不仅表现在他处世与评小说戏曲上，还表现在他临刑前。他自知死期即临，便在狱中写一纸：“字付大儿看，盐菜与黄豆同吃，大有胡桃滋味。此法一传，我死无憾矣。”又在赴刑场时曰：“临终前饮酒自若，且饮且言曰：割头痛事也，饮酒快事也，割头而先饮酒，痛快！痛快！”这诙谐中仍显其桀骜不驯、狷介无忌的才子个性。

金圣叹被斩首后，其妻捧其头，与其子女哭寻其身，这场面令笔者长叹惋惜不已。一代才子死时仅 54 岁，至为可惜。

金圣叹是中国白话文学研究的开拓者，他提高小说与戏曲的应有地位，肯定和赞美中国通俗文学的价值，卓有远见，其功非小。他一生的主要文学成就在于文学批评，他评点《水浒传》与《西厢》皆别开生面、独具只眼，并借题发挥、议论政事，显示了他同情民生疾苦、痛恨鱼肉百姓的官吏与行同盗贼的官军。而“逼上梁山”系“乱自上作”。正因如此，一代才华横溢的饱学之士才被朝廷处以极刑。

冒襄之幸

冒襄

冒襄（1611—1693），字辟疆，今南通如皋人。他生于文化世家，前代系名门望族。自幼聪颖，10岁能吟诗，14岁出版了《香俪园偶存》诗集，董其昌为其诗集作序，把他比作盛唐时写《滕王阁序》的王勃。但才情横溢的冒襄六次赴南京乡试，六次落第。怀才不遇的他，参加复社。因其举止潇洒又诗文俱佳，与陈贞慧、方以智、侯朝宗意气相投，时人称他们为“明末四公子”。

明亡，阉党余孽阮大铖投靠马士英，欲置复社人士于死地。因冒襄名气大，阮大铖先对冒襄游说，不成，欲将其关入大牢，幸得史可法相助，冒襄逃往扬州。冒襄自此辗转颠沛，从盐官回归故里。

清统一天下后，原复社成员陈名夏降清，写信给冒襄，称当权人物赞其“天际朱霞，人中白鹤”，要他归降清朝，冒襄以痼疾坚辞。康熙年间，清朝廷开“博学鸿儒科”，下诏征“山林隐逸”，冒襄也属应征之列，他以明末遗民自居，决不仕清。

冒襄在如皋建水绘园，收养东林、复社和江南抗清志士的遗孤，晚年穷困潦倒，以卖字画度日，“全节而终”。

冒襄生活于明末清初之际，先是在明末仕途考试不第，后在清初坚辞清廷征召。以其才情而未能入仕为官，时人为之可惜。但其个人感情生活却很幸运。据文献可考，冒襄情场风流，先后被十位绝色才女所倾慕，他的情爱生活可谓多姿多彩。

冒襄3岁时，其祖父为他订下“娃娃亲”，19岁娶妻苏元芳。苏系名门闺秀，品貌俱佳，生二男一女。冒襄20岁赴南京参加国子监考试，在十里秦淮河畔结识姿色超群的歌妓王节，两人有一段情，冒襄在词中曾有回忆："金陵握手钱郎席，王姬（节）劝盏淹遥夕。"冒襄在南京逗留期间，还结识了南曲名妓李湘真，人称李十娘。李十娘肌肤如雪，举止娉婷，有一对灵巧俏丽会说话的眼睛，"既含睇兮又宜笑"，她成为"冒公子的红颜知己"后，闭门谢客。冒襄六次赴南京乡试，都宿于十娘家，每日作一腹稿，一月后作文三十篇。冒襄在50岁后曾作一诗："寒秀斋深远黛楼，十年酣卧此芳游。"冒襄的第四位佳人即倾国倾城的陈圆圆，两人一见钟情，冒公子自谓"欲仙欲死"。当年秋天，冒襄与其母再访苏州，与陈圆圆订下"嫁娶之约"，惜陈圆圆不久被田畹强送至北京献给崇祯。崇祯十五年冬，31岁的冒襄结识"秦淮八艳"之一的董小宛。小宛出身于苏绣世家，少女时家道中落，沦落青楼。她擅长书画、诗词，女工、茶经，且文静雅致，风韵超绝。她一见冒襄倾心，冒襄也对她十分喜爱，两人相见恨晚。因冒襄心还在功名之上，便决意离开，但董小宛却倒追冒襄，直至冒襄为其赎身。翌年小宛入冒府，为"如夫人"，时年22岁。

董小宛性格温存而聪颖，擅长字画，又好烹饪，冒襄两次大病，小宛朝夕相伴，他第一次胃出血，水米不进，小宛三十余天熬药煎汤；第二次冒襄背上生疽，不能仰睡，小宛夜夜抱着丈夫，让他靠在自己身上安寝。小宛与苏元芳相处和谐，悉心照顾苏氏生下的二男一女。她料理冒家账目，一清二楚，可惜董小宛嫁后第九年，患病去世。

冒襄后来又与吴蕊仙、吴扣扣、蔡萝、金玥、张氏有情爱。其中吴扣扣为贴身丫环，蔡萝工画，金玥治印。张氏是冒襄68岁时纳的妾，其名不详，后为冒襄生下一女。据载，冒襄还与"秦淮八艳"中的美女顾横波与南曲画姬范珏有一段情。

冒襄一生著作甚丰，先后留下《先世前征录》《朴巢诗文集》《芥茶汇抄》《水绘园诗文集》《寒碧孤吟》等，其中《影梅庵忆语》回忆了他与董小宛缠绵悱恻的情爱生活，冒襄也因此成为中国文学史上的忆语体文字的鼻祖。

冒襄享年83岁。晚年自号醉茶老人，身居陋室，"手不释卷"。他在灯下写蝇头小楷自娱，自谓余生之幸哉！

李渔之雅

李渔

在中国古代文人中，李渔也是个“异类”。

李渔（1611—1680），字谪凡，号笠翁。他祖籍浙江兰溪，生于江苏如皋，出身于行医之家，自幼聪捷，幼年即能辨四声。其父本想让儿子入仕，但李渔乡试落第，欲再考，崇祯于煤山自尽，大明王朝亡，李渔只得断了入仕之念，为生存而行走于江湖。

青年时代的李渔凭着戏曲天分，先后创作了《风筝谈》《玉搔头》《怜香伴》《奈何天》《意中缘》《蜃中楼》等言情传奇，还有《无庐戏》《十二楼》等短篇小说。在当时，诗词文赋为士大夫所推重，写戏曲小说有点“下里巴人”的味道，何况李渔创作的戏曲小说，走的是市井文学的路子，在十分看重门第与身份的明清时代，李渔属于不入流的民间艺人。

李渔没有一官半职，以创作戏曲为生，也就是我们今天所说的自由撰稿人。为了生存，他一方面不断写出新作，如他后来创作的《凤求凰》《比目鱼》《巧团圆》《慎鸾交》；另一方面他又组织戏班子，亲自教家姬演唱，从杭州唱到南京，这个“李家班”走南闯北，轰动一时。李渔靠演戏卖文来养活自己与戏班子。后来，李渔从杭州迁居南京后，又开办了芥子园书社，提供了一个文人交流的平台，顺便做点生意。

李渔这些作为，与明末清初的正统文人是大相迥异的，况且李渔戏班子中的不少女演员还是他的爱妾，于是便成了士大夫攻击的把柄。李渔为了生活，还时常带戏班子到达官贵人之府第去演出，寻求庇护，博取资助，这也成为时人议论他的一个话题。但李渔确实有才气，又喜广交朋友，与当时的社会名流交情不浅，与“西泠十子”中的丁澎、毛先舒、孙治成了好友，江南名士钱谦益也很欣赏他的才华，为他的传奇、诗文撰序作评，著名诗人吴伟业对其作品推崇备至，这些都助长了他的虚荣心。李渔虽然没入官场，但他当时在民间影响不小。一直到康熙十二三年，李渔戏班子中的两位台柱，也是他的两位宠妾乔氏与王氏先后病逝，年过花甲的李渔支撑不了局面，才退出了戏曲江湖。他在晚年写诗文以慰平生，李渔卒于康熙十八年，活了 70 岁。

在中国古代戏曲史上，李渔被列为“十大戏曲家”之一。他撰写的《闲情偶寄》被公认是一本艺术鉴赏类的奇书。但对他的褒贬仍在延续。原因有五：一、他不是正统的文人（没有学历与官位）；二、经营“芥子园”书社与戏班子走的是商业道路；三、组织宠妾家庭剧团，奔走于达官显贵间博取资助；四、李渔是职业戏曲家，也就是今天的自由撰稿人，他交友良莠不分，其作风有市井味道；五、李渔在《闲情偶寄》中记载了“对女人、美食、华屋的迷恋”。

这五条理由，在今天看来实在无损于李渔人品。《闲情偶寄》讲了人的衣、食、住、行，讲了器玩、种植、词曲、美容、养花、声乐、歌舞的知识，还讲了居室布置与养生之道。这些贵族士大夫本来就津津乐道的东西，李渔用通俗的语言写出来，并给予艺术上的总结，反而引起士大夫的非议，实在让人啼笑皆非。

李渔这个人不是没有毛病，他性格有点浮夸，喜欢炫耀和爱好声色。至于他奔走显贵官宦之家博取馈赠，也是他寻求生存的一种办法，我们对此不必太苛求一位民间艺人与通俗大家。

《闲情偶寄》是一本以休闲文化为主体的百科全书，字里行间透溢出雅致的格调，因为李渔骨子里是一个风雅的文人。他还留下剧本十八种，其短篇小说也成为读者的抢手货，他自称自己的作品是“新耳目之书”，写“前人未见之事，摹画不全之态”，以故事新鲜、情节奇特、布局巧妙、语言生动见胜。故林语堂先生称其“多才多艺”。

朱耷之癫

朱耷

朱耷（1626—1705），自号八大山人。1985年，被联合国教科文组织列为“中国古代十大文化名人”之一。

一个没落的皇家世孙，由于他特殊的身份，一生坎坷，曾一度精神错乱，行动失常，被时人喻为“疯癫”，却获如此殊荣，容笔者叙来。

朱耷，明太祖第十七子朱权的九世孙。崇祯十七年，明朝亡，朱耷时年19岁，他祖父朱多炡是诗人兼画家，画风效“二米”。父亲朱谋覲擅长山水花鸟，叔父朱谋垔也是一位画家，著有《画史会要》。朱耷自幼耳闻目染，接受书画艺术熏陶，8岁能吟诗，11岁画青山绿水，还写得一手精妙的小楷。

明亡后，朱耷的父亲不久去世，朱耷内心极度忧郁悲愤，他怕招摇生事，开始装聋作哑，隐姓埋名，遁迹空门，潜居山野。顺治五年，朱耷剃发为僧，改名雪个。他过着世俗百姓的清贫生活，好饮酒，动辄酒醉，醉时作画，凡见山僧、贫士、孤儿，便慷慨赠书画。他改建天宁观，更名“青云圃”，在道院中隐居，醉心字画。他为了逃避清贵族对明朝宗室的迫害，就撕裂僧服，或哭或笑，不言不语，佯装疯癫，以此隐居山野。他在“青云圃”度过“花甲华诞”后，又移居南昌城内的北竺寺等地，其僧友澹雪为北竺寺方丈，与朱耷交谊甚深，又好书法，两人志趣相投，但澹雪性刚烈，触怒当地县令方峨，被囚狱中而死。朱耷只能外出云游，后在城郊搭了一间草屋，苦度孤寂而贫困的晚年，卒于80岁。

朱耷在60岁后以“八大山人”为号，他在山水、花鸟与竹木的书画中，以此题名。他的山水皴笔无多，意境却很幽远。朱耷画鸟竹，更是出笔不同凡响，别具一格。他笔下的鸟，仅寥寥几笔，或拉长身子，栖身树枝；或紧缩一团，惶恐不安。最特别的是鸟的眼睛，那鸟的眼珠子似乎会转动，还会翻白眼瞪人。他画的山与树，更是简约得不能再简约，一幅画中仅有一棵树、一朵花、一个果子，只用七八笔完成一幅画，却达到了“以少少许胜多多许”之妙境。

在常人眼中，朱耷仿佛是个“癫子”，衣饰、举止、饮酒都有点怪异，但其实这是他避官家耳目的一个方法。他的脑子相当清楚，他对世俗的看法，不妨观看朱耷在康熙三十三年所编的《花鸟山水册》，有好些举世无双的花鸟画，画纸上只有一根树枝几瓣花瓣，或只有一只雏鸡，那小鸡如刚会走路的稚童，蹒跚得十分可爱，而小鸡的目光中又有几分胆怯与恐惧，它仿佛流露出对这个陌生世界的好奇与惊异，又好像它在寻找鸡妈妈不得而表现出的害怕。朱耷的花鸟画，任人驰骋想象，实在太有艺术味道了。

朱耷的山水花鸟画在当时便受到热捧，他的笔技恣意放纵，在苍劲圆秀中横溢出逸气妙韵，在布局与结构上不合章法，却自成一体，独具风格。朱耷的书画，在 50 岁之前，其画精致工细，在 50 岁至 65 岁期间，画风夸张，鸟、鱼的眼呈四方形，禽鸟多以一足栖于树枝，笔力坚挺。65 岁后为朱耷创作晚期，笔势多朴茂雄浑，胸中忧愤一一寄情于笔墨间，其作品风格则标新立异。

在画卷上，朱耷多题画诗，最出名的是“墨点无多泪点多，山河仍是旧山河。横流乱世杈椰树，留得文林细揣摩”。这是他的夫子自道。

从“扬州八怪”到齐白石、张大千、潘天寿、李苦禅，皆受朱耷画风之熏陶。白石老人曾写诗吟道：“青藤（徐渭）雪个（朱耷）远凡胎，缶老（吴昌硕）衰年别有才。我愿九泉为走狗，三家门下转轮来。”可见朱耷影响之大。

汤斌之耿

汤斌

汤斌（1627—1687），字孔伯，晚号潜庵，河南睢县人，自幼刻苦攻读，好学不倦。明崇祯十四年应童子试，后勤读《左传》《战国策》《公羊》《史记》，打下了扎实的古文基础。清顺治九年，及第进士，为宏文院庶吉士，授国史院检讨。被誉为“理学名臣”。

汤斌年轻时尤喜史学，以陈寿的《三国志》为范本。他后来三入史局修撰《明史》，并任《明史》总裁。他修明朝历史，尽力如实记载，并将明末一些抗清忠义之士编入史册，此举遭到清朝诸多大官强烈反对，幸亏顺治皇帝对其赏识，才未遭“文字狱”迫害。

汤斌于顺治十三年出任陕西潼关道员，他买了三头骡子，主仆各骑一头，另一头骡子驮着两副破旧被褥与一只竹书箱上任。

汤斌上任后下察民情，打击当地豪顽，以三年免征租税召回众多流民屯田垦荒。他还建立义仓，创办社学，亲自接待来往清军，不让士兵扰民。一年后，潼关人口从三百户增至一千户，当地频传“汤青天”。汤斌后任江西道，在当地奖励耕织、舒缓民困，整顿衙门，清除刁吏。对于降而复叛的李玉庭与当地恶霸给予镇压，乡民渐趋安居乐业。

汤斌治理地方有功，又调至江宁任巡抚，当时江苏为富饶之地，民风奢华。汤斌一到地方，便私行查访，他发现苏州上方山上的五通神祠人气极旺，经调查，才发现那是一座男女混杂、花天酒地、乌烟瘴气的淫祠，他欲清除，巫士煽动成千上万人拦道反对，汤斌毫不手软，将这些淫祠一一拆除，并用砖木另建学宫，并在苏州一地毁去几个专刻淫词小说的书坊，以此将伤风败俗之现象消除。

汤斌当地方官，勤政恤民，其个人节操相当廉洁。其家简陋，板门竹篱，平时饮食以野菜为主，而每餐必有豆腐，故旁人送其外号为“汤豆腐”。汤斌家中使用的是旧布帐子，其夫人坐轿出门，风过处，旧棉絮则从轿中显现。

汤斌有四子，两个带上任，两个留在睢县。有一次，汤斌见账上写了“买鸡一只”，经查问，才知是儿子买的，便说：“世上哪有读书人不吃菜根而可行大事?”让其子汤溥罚跪庭中反省。汤斌在苏州当巡抚，平时以素食为主，生活简朴之极，几年中不买一只鸡吃。

康熙年间，明珠为当朝大官，外官皆向其送礼，唯汤斌“一毛不拔”。汤斌在苏州上任时，曾有告文示民：“爱民有心，救民无术。”明珠便弹劾汤斌，说他诽谤皇帝。尽管他一生光明磊落，但明珠等权奸却不断陷害汤斌，康熙二十六年，汤斌改任工部尚书，他离开苏州时，当地百姓皆泣之。

汤斌由于长期辛劳，又营养不良，赴京不久即去世，享年 61 岁。查其遗物，仅俸银八两，其友徐乾学“赠以二十金，乃能成殡”。

汤斌除治政有功于世，还潜心研究学问，著有《潜庵语录》《潜庵文钞》《春秋增注》等十几部书稿。汤斌死后四十六年后，被雍正表彰，入祀“贤良祠”。至乾隆元年，乾隆也想到了汤斌，将其追谥为文正。所谓“文正”，宋人司马光曾曰，“文正是谥之极美，无以复加”，汤斌谥文正，为满清第一人。

清初，顾炎武、黄宗羲、冒襄等明末知识分子坚持不与清统治者合作，而汤斌却参加了没有多少汉人参加的清朝应试，因此曾遭反清复明人士的非议。但汤斌在清朝任官期间，刚直不阿，体恤民情，清廉俭朴，敢于为明末义士作传。其一生耿介，如光明之烛，为后人所赞誉。

彭鹏之廉

历史上有好几位清官在民间的声誉如雷轰鸣，后来这几位清官都成了公案小说中的主角，包拯被写入《陈州放粮》《狸猫换太子》，海瑞被写入《大红袍》。另一位清官彭鹏被写入《彭公案》，其名改为彭朋。据史载，彭鹏一生公正廉洁，是康熙时五大清官之一。

彭鹏

彭鹏（1635—1704）字古愚，号无山，福建莆田小横塘人。他自幼勤奋好学，就读于宝树庵，在顺治十一年应学使者试，获第一，是年 20 岁。他 25 岁中了举人。其时正逢“三藩之乱”，吴三桂闻彭鹏之贤名，派人相邀，彭鹏力辞。后耿精忠又欲揽其为官，彭鹏托病不就，耿精忠派人来查，他以利器锥破牙龈，佯装吐血之状。彭鹏在乡间兴修水利，设粥厂济民，并兴教办学。

康熙二十三年，50 岁的彭鹏被任命为三河知县，他骑马在雨中上任，至东门已浑身湿透。他当时住宿之处甚简陋，无蚊帐，饱受蚊咬之苦。彭鹏虽为小官，但他一上任，就敢于大刀阔斧整治吏政，轻徭薄税，拘禁恶人。当地有旗人横行不法，彭鹏不畏权势，秉公执法，并昭雪冤狱。三河街头有一内侍打扮者，自称为皇帝放鹰者，四处敲诈勒索，差役不敢办，彭鹏闻之，乔装改扮，终于查得此人真实身份，命人痛打其一百鞭子。三河县内有盗贼，彭鹏轻骑擒之，将其关入牢房。故彭鹏之威，远近闻名。

彭鹏性耿直，不畏权势，对官场之圆滑深恶痛绝。彭鹏对上司决不送礼，遇事先论是非曲直，屡遭上级同僚攻击，他几经贬黜，却知难不退，当地百姓称其“彭青天”。

康熙查访，闻彭鹏刚正廉洁，从不收礼，乃赐其黄金百两，说："知尔清正不受民钱，以此养尔廉，胜民间数万多矣。"彭鹏将所得赏金用于修建县学，自己仍布衣旧袍为民请命，他在《木兰笔约》中勉励自己"骨鲠成性，下笔为文，绝不作媚世语"。

由于彭鹏为官，不惧官场关系网根深蒂固，执意秉公执法，遭许三礼参劾，虽"查无实据"，仍"降二级留任"，继而又"降十三级调用"。但一年后在官吏考核中，彭鹏官声仍为第一，康熙赐"金奖廉"，授其工科给事中。

彭鹏在顺天府任上，发现乡试中主考官徐倬与副考官彭殿元串通作弊，立即上书奏报。不料这两位考官各有过硬后台，经调查后的结论是"查无此事"，有大臣乘机弹劾彭鹏诬告。不服气的彭鹏当即上朝奏道："臣言如妄，请劈臣头，半悬国门，半悬顺天府学。"不少大臣认为彭鹏此言狂妄不敬，应撤职查办，幸亏康熙力排众议，罢免了两位考官之职。

康熙三十二年，彭鹏闻关中大旱，当地查实蝗灾肆虐，便一日三份奏章，弹劾陕西、山西、河南三省长官不恤民情，还细列南阳、磁州、泾阳等州官、县官之劣迹。在彭鹏看来，他既然为百姓办事，就应该"为儒食贫，为吏清白"，决不能做一个官官相护的老好人。

由于彭鹏屡屡开罪权贵，终于被挤出京城官场。彭鹏出任贵州按察使，后巡抚广西。在任地方官时，依旧秉承"为民代言"的志向，上奏弹劾各地贪官，下为百姓轻徭减税，并举荐人才，开仓赈灾，亲审冤狱，开释无罪受诬者百余人。彭鹏后任广东巡抚，当地连日暴雨，彭鹏开仓廪赈灾，还拒收私派银子十万两，面对那些扰民、残民、害民的官吏绝不放过，深得当地百姓拥戴。

康熙四十三年，70岁的彭鹏积劳成疾，卒于广东住所。其作品有《古愚心言》八卷等著作，他为当年读书处宝树庵写了一副对联："春来万树尽飞花，问宝树主人此日散花多少；寺对群山皆碧草，叹无山居士随缘小草着忙。"仿佛在告诉后人，他的一生都在为百姓奔波代言，至今仍为乡人旅客所赞叹。

因彭鹏刚正廉洁，为民申冤，被贪梦道人写入《彭公案》中任主角，小说写彭公（彭朋）在三河县上除恶为民之侠义故事，内有绿林好汉欧阳德、黄三太及杨香武盗九龙杯之情节，皆与彭鹏无关。

石涛之锲

石涛

前面讲了“八大山人”朱耷，本篇来讲石涛。石涛（1642—1708）也是明皇室后裔，与朱耷并称“清初四僧”。如果说朱耷还有过一段皇室富家生活，那么石涛身世就更悲惨了。他原名朱若极，其父靖江王朱亨嘉在崇祯自缢后，自称监国，在桂林自立，不久被擒遇害。在混乱中，年幼的石涛由太监带至湘山寺，削发为僧，法名原济。石涛在宣城敬亭山住了十年，后屡游黄山，游走于南京、扬州。与当地名士孔尚任、屈大均、梅清、戴本孝、龚贤有所交往，这些名士对其艺术发展很有益。

石涛在少年时已显露书画天赋，16岁时画的山水花鸟与人物已显示其出手不凡。至23岁，石涛画的《山水人物图卷》更显其娴熟的画技。当时画坛兴盛董其昌的画风，他一方面接受董其昌的理论，在临摹名画上苦下功夫，其画章法紧凑，笔墨凝练，尤其白描法线条遒劲圆转，更显功力。另一方面石涛在继承传统画技的基础上又“我用我法”显示了他绘画风格多变的创造力，“融古法为我法”，不囿于陈式，形成了自己独特的艺术风格。

石涛一生的生活际遇并不顺利，但他对绘画的专注与对画技追求一直锲而不舍，可以说在几十年中一直持之以恒，这从《十六罗汉应真图卷》《石涛书画卷》《秋声赋图卷》《荒城怀古图轴》《山水清音图轴》等一大批横空出世、画技汪洋恣肆的得心应手之作可领略到石涛画技的日益精娴。他的山水画作中既有董源、巨然、倪瓒、沈周的笔意，其笔下景物层叠、树木苍翠、云雾蒸腾、石山麻皴、村落隐现，墨色干湿，都恰到好处，而这些山水景物中又有他自己的独创之处，形成一种清丽幽远、静谧淡雅的艺术韵味。再看他晚年所作《余杭看山图卷》《卓然庐图轴》《溪南八景图册》《仿平林溪山闲亭图》，山川氤氲气象与苍郁恣肆的笔墨意趣，让观者惊叹不已，可谓件件皆精品，在艺术上有不断耳目一新之感。这种艺术上的精益求精，与石涛一生对绘画锲而不舍的痴迷与艺术创新上的不断超越大有关系。

石涛除了在艺术上锲而不舍，他对人生也有所追求。石涛与朱耷不同，朱耷的画以白眼对待世道之不公，而石涛有了画名，在康熙南巡时，两次在扬州接驾，口称“僧臣”，康熙在第二次与他见面时，也叫出了他名字，这令石涛受宠若惊，不仅写了两首纪事诗，而且向康熙献了《海晏河清图》。

当时清初画坛为“四王”（王时敏、王鉴、王翚、王原祁）所把持，画风崇尚摹古，综合宋元各家笔墨，以功力深厚为皇家赏识。在康熙眼中，石涛只是一个身世奇特的画僧。石涛没有灰心，他又入京奔走于豪门之间，以绘画结识达官显贵，“四王”之一的王原祁观石涛画作之后赞叹：“大江以南，当推石涛为第一。”并与石涛合作了一幅《兰石图》，石涛画兰花，王原祁补画坡石。但石涛以锲而不舍的精神“欲向皇家问赏心”，三年奔走，未能如愿，最后吟出了“诸方乞食苦瓜僧，戒行全无趋小乘，五十孤行成独往，一身禅病冷于冰”。1690 年冬天，他买了一条小船，从京城返回扬州，痛定思痛后，蓄发穿上道袍，潜心研究绘画理论，写成《画语录》一书，此书被后人视为经典。

石涛晚年画作自标新格，扎实的临摹功夫再加上不断实践中悟出的创新之意，使其画与画论都高出众人一筹，他的画技直接影响了后代的“扬州八怪”，郑板桥画竹菊兰石，皆取法于石涛，高翔拜其为师。

石涛画作中的文人意趣，对近代画坛的贡献更是深远，齐白石曾语：“下笔谁教泣鬼神，二千余载只斯僧”，傅抱石本名瑞麟，因慕石涛之名而改名抱石，吴冠中将石涛与西方艺术之父塞尚并提。张大千平生痴迷石涛，临摹得惟妙惟肖。收藏家陈半丁一次购得石涛画册，请大千等人鉴赏，待画册取出，张大千随即笑了，说是自己画的，陈半丁不信，张大千说出画册中每一页内容，众人细看，这才目瞪口呆。

吴楚材之选

从古到今的古文选本，最早引人注目的是《昭明文选》，那是南梁昭明太子萧统组织文人编选的。自南朝至清朝经历了一千多年，清代绍兴人吴楚材及其侄子吴调侯终于编选出了一个更为完美的新选本《古文观止》。

吴楚材

《古文观止》是一部供学塾使用的文学读本，上起先秦，下至明末，大体上反映了先秦至明末散文发展的大致轮廓和主要作品的面貌及风格，全书十二卷，以收散文为主，兼取骈文，历代名篇几乎尽在其中，有叙事、记人，有议论、抒情，为后代读书人一致公认的文学启蒙读物。

编选者吴楚材（1655—1719），名乘权，浙江山阴（今绍兴）人。他自幼接受很好的家教，又勤奋好学不倦。但 16 岁那年，吴楚材遭遇一场突如其来的严重疾病，病愈后留下足疾（类似小儿麻痹症），由于行走不便，喜欢游历名山大川的吴楚材便不能“行万里路”，“以足疾废，都邑山川不一而览”，心情苦恼的吴楚材便把自己全部精力投入到读书中去，由于资质平平，吴楚材前读后忘记，更让他困惑的是他对名篇的理解能力很差，他自己总结说“总觉心有戚戚焉”，但吴楚材并不因此放弃。

古人读书目标之一便是参加科举考试，吴楚材参加了科举考试，但屡试不第。由于吴楚材既没有显赫的家室，又没有万贯家产，且又资质欠佳，他在痛苦之中，投靠了叔叔吴兴祚。吴兴祚当时任福建巡抚（从一品的封疆大吏），他一方面任幕僚，另一方面又在私塾中教书，勉强糊口。

中年的吴楚材通过博览群书，给人的印象是博学多闻，擅长议论，又见解独特而条理清楚。他虽没有一官半职，但须髯垂腹，风采伟然，虽有足疾，但仍以其口才与腹中学问让人佩服。他在当幕僚期间，处理事务敏捷，在浙闽总督府内工作时，也令浙闽总督范时崇十分看重。

当幕僚只是为了糊口，并不能给吴楚材带来快乐。他在35岁左右，一面把学来的学问讲授给弟子听，另一方面又自编教材，以此让自己清贫的生活过得充实些。他编的第一部书稿是童蒙读物《小学初筮》。这是一本有关文字、音韵、训诂的读本，“初筮”出自《周易》中蒙卦的彖辞，让学童接受启蒙教育。

在这部读本的基础上，康熙三十年，吴楚材决心选编一本历代传诵之美文的读本，他让其侄子吴调侯配合他进行这一庞大工程。由于他们两人在清代文坛与学术界都是无名之辈，两个普通的私塾教师只能依靠惊人的阅读量，不断从历代古文中反复选择名篇，为后学少年“正蒙养而裨后学”，编选一本学习文言散文的入门读物。吴楚材虽未在科举中获取功名，但他因整日沉湎古籍，对历代佳作也如数家珍，独具慧眼。

经过反复衡量与比较，《古文观止》在《左传》中选了三十四篇，在《国语》中选了十一篇，在《公羊传》《穀梁传》《礼记》与《战国策》各选出优秀篇章。在西汉至明朝的古文中，吴楚材特别注重唐宋名篇，除了选入司马迁《史记》十五篇，特别推崇韩愈、欧阳修、苏东坡的名篇。韩愈选了二十四篇，苏东坡有十七篇，欧阳修计十三篇，柳宗元有十一篇，也就是将韩愈、苏东坡、司马迁、欧阳修与柳宗元五人认定是古代散文佼佼者，这与中国古代文学史的定论相符。《古文观止》另一个妙处是兼顾各个时代代表人物与各种文学流派的风格，各种文体兼容并蓄、广收博采又简繁适中。

吴楚材除了选编《古文观止》这部千古流传的佳作，在康熙五十年还与周之炯、周之灿兄弟费时六年，编了一本《纲鉴易知录》。这本书采用编年体的体例，记述了从盘古开天辟地到明末历史，纪事简明，让人一看了然，比读厚厚的《资治通鉴》方便多了，对以后读书人学习历史起到了不小的作用。

郑板桥之怪

郑板桥

郑板桥生活于“康乾盛世”的年代，是统治阶级炫耀的所谓“盛世”，其实，清代“文字狱”给当时读书人一种无形的压力，尤其让有思想的知识分子很压抑。当时流传一副对联：“世道不同，话到口边留半句；人心难测，事当行处再三思。”在这种政治背景下，从小聪颖、很有见解的郑板桥一生活得很累，他曾感叹：“聪明难，糊涂难，由聪明转入糊涂更难。”

郑板桥（1693—1766），原名燮，字克柔，江苏兴化人，出身于书香门第，祖父当过官，父亲是教书先生，其父正直，其母聪慧，使他天生有艺术家气质。但他幼年家境已趋清贫，4岁丧母，14岁又死了继母，由于板桥长相不为人喜，使其越发遭人白眼。这种孤独的经历让他与徐文长一样，过早形成了狂傲而自卑的心理。

郑板桥年轻时刻苦攻读，但屡试不中，直到40岁才中举，44岁当上进士，50岁后当了山东几任县官。郑板桥治理地方很出色，潍县发生灾难，郑板桥为民请赈，敢于直言，由此引起上司厌恶。郑板桥不得不在61岁托病还乡，其实也就是被罢官。他晚年在扬州、兴化售字卖画，虽然生活不富裕，但过得很自在。由于“扬州八怪”名声很大，郑板桥又是“八怪”的中坚人物，他的才气在当时不胫而走。他的晚年生活比徐文长、唐伯虎好许多，享年73岁。

综观郑板桥一生，他在政治上无法一展所学，只能在艺术上标新立异。他是感觉敏锐、想象丰富、情感奔放而个性强烈的文人，厌恶虚伪而繁琐的礼仪，也不习惯与同僚和上司周旋。因此，郑板桥虽然中了进士，做过县官，但他精神上与入仕之愿是相违背的，置身于官场之中，周旋应付达官贵人，让他感到很大的痛苦。他天生喜欢无拘无束的自由生活，而清政府对知识分子的思想控制很严，他想“难得糊涂”，但不平的现实又让他屡屡直言抗争，这使他处于饱经忧患而口不能言的为难境界。于是，郑板桥在“吃亏是福”的自我安慰下，把满腔不羁之情溢于字里行间，在他的诗文书画之中，透溢出“怪”的艺术个性。

郑板桥的诗文不拘体格，不崇艳丽辞藻，叙事言情，恻恻动人，在平易中见机智与诙谐。如他晚年在罢官后写的两首诗：“春雨春风洗妙颜，一辞琼岛到人间。而今究竟无知己，打破乌盆更入山。”“咬住青山不放松，立根原在破岩中。千磨万击还坚劲，任尔东西南北风。”表达了他“打破乌盆”（枷锁），“咬住青山”（自由）的信念。郑板桥画的竹子、兰花与菊花不随俗流，寥寥几笔，显示其孤傲的个性。而他自创的“六分半书”，又称“板桥体”，更是妙不可言。他以隶书为其字基本骨架，又将行、草、篆等长处融入其中，成为别具一格的字体，并风行至今。据载，郑板桥练字似痴，晚上睡觉也常常在其妻背上用手指苦练。

郑板桥年轻时疏狂放任，自恃甚高，而屡试落第，饱尝寻求功名之苦，过着“年年为恨读书累，处处逢人劝读书”（郑板桥自语）的生活。他中年中举，进入官场，与公务周旋，郁郁寡欢，直到他晚年罢官回乡，终日与书画为伴，才享受到一点诙谐玩俗、调侃人生的乐趣。

有人以其人其言其行为怪，其实板桥之怪，乃其与世俗不为同道的艺术天性所致。这恐怕也是天下文人标新立异的个性。

在清代书画界，郑板桥被誉为“诗书画三绝”，他画作的代表作是《修竹新篁图》《清光留照图》《甘谷菊泉图》等，著有《郑板桥集》。

施世纶之断

施世纶

前面谈了《彭公案》中的原型彭鹏，本篇再来谈《施公案》中的原型施世纶。

施世纶（1659—1722），字文贤，福建晋江县人，其父施琅曾指挥清军水师攻克台湾，封靖海侯。康熙因其收复台湾有功，让施琅挑几个儿子封赏，施琅将其子一一推荐，唯独不提次子施世纶。后来康熙从施世纶的政绩中醒悟，施世纶最为其父看好，施琅认为次子能力最强，完全可凭其自身功业出人头地。

施世纶年轻时随父出征，26岁出任泰州知县，他教育下属奉公守法，凡骄奢扰民者必重惩。30岁提拔为扬州知府，他一上任即修缮大堤，并对一些扰民的官家子弟及游手好闲者给予惩处。施世纶46岁任江宁知府，后又出任苏州知府。当时争讼事件较多，施世纶便私访民间，下察民情，以机智善断而著称于世，故百姓称其“施青天”。

施世纶为官多年，自然有亲友托他办事，送礼走后门的事，也属封建社会官场常事，但施世纶却一概谢绝。有一次某人犯了重罪，知施世纶铁面无私，便暗中花钱买通了一位有实权的官吏，那人收了钱，便授计于犯人，让他押赴刑场时大声呼冤，犯人依言哀呼，那个受贿的人故意在上喝问：“你还不认罪？”施世纶起先一愣，后来察言观色，才知那人被收买了，当即给予严肃处置。施世纶在顺天府当府尹时，步兵统领托合齐，依仗是旗人，又受过康熙宠恩，每次出外都令骑卫列队前呼后拥，横行霸道于市。一次，施世纶带一随从，在路上相遇，施世纶一愣，随即拱手站在路边迎接，托合齐不由得大惊，连忙下马谢罪。施世纶面孔铁板，大声说道：“王爷出行，才有随马侍从，你怎么可以？”托合齐吓得连连谢罪，从此再也不敢在外称霸欺众。

由于施世纶铁面无私，一些官吏对他又恨又怕，他一旦查实官场中有舞弊之事，毫不手软。施世纶奉命去陕西督办军饷，陕西总督鄂海自知营私舞弊甚多，故意将施世纶之子施廷祥在当会宁知府时做过几件不光彩的事告之施世纶，以此作交换。施世纶听了哈哈大笑："我自入官场，自家性命都放在一边，哪有心思去照顾儿子，他如不测，由他自己负责。"鄂海只得怏怏告退。

施世纶后为漕运总督。漕运与钱粮有关，外人都说这是一个油水很足的部门。他的前任每年收入白银都在100万两以上，但施世纶在负责漕运管理时，不看面子不收礼，并亲自督办。在一路上见有官兵克扣漕米、敲诈船丁，便依法严办，毫不手软。施世纶常常只带一个文书坐船，他虽体弱多病，但仍亲自检查所运的米色之好坏与分量，保护船丁不受官兵敲诈。当时漕运都能按期往返，沿途百姓为其焚香祷祝。

施世纶幼年多病，长大后其貌不扬，《清史稿》载："施公，貌奇丑，人号为'缺不全'。初仕县尹谒上官，上官或掩口而笑，公正色曰：'公以其貌丑耶？人面兽心，可恶耳。若某，则兽面人心，何害焉！'"说得那官不由得一愣，乃知施世纶之志也。一位见过施世纶的清人邓之诚也说施世纶"眼歪，手蜷，足跛，门偏"，故康熙曾笑语施世纶为"施不全"。

康熙六十一年（1722年）春，施世纶日益病重，乃上书，愿告老还乡，康熙知其办事偏执而有忠心，下旨挽留。这年五月，施世纶病逝于淮安任上，终年64岁。康熙下旨奖赏其清廉，给予厚葬。

施世纶在江宁任知府期间，竭力为民办事，严惩贪官污吏，他在离任时，上万百姓跪在路边求他不要走，施世纶不得已走了，当地百姓倡议"一人一文钱"，将捐款建了两座亭子，一名"一文亭"，一名"去思亭"，让后人永远记住这个一文不取的清官。

《施公案》未著撰者，故事源于话本，后经人整理，成书于乾隆、嘉庆年间，道光四年有刊本。讲清官施仕纶（施世纶）在黄天霸等江湖好汉辅佐下铲除贪官污吏、破案捕盗之侠义故事。

袁枚之闲

袁枚

中国文人有许多种类型，有人求名，有人讲义，有人好权，有人逐利……总之，各人所求不同，其命运亦大相迥异。清代文人袁枚，自称随园老人，他的一生很值得一写。

袁枚（1716—1798），字子才，号简斋，钱塘（今杭州）人。早年家贫，好读书，嗜书如命。他20岁时因撰《铜鼓赋》而为广西巡抚金珙赏识，被荐博学鸿词科，从此声名鹊起。22岁中了举人，23岁成进士。从此走上仕宦生涯。袁枚以其才情本来是可以进入翰林院的，但因考试中满文成绩下等，便被派去溧水当了知县，后来又去江浦、沭阳、江宁任县官。袁枚在官场干到39岁，突然醒悟了，激流勇退辞了官。他在金陵（南京）买了一座私家园林，取名“随园”，在那里当起了寓公。

袁枚官不大，但他的诗名却不小。在金陵，他交友广阔，门生众多。袁枚活了82岁，四十多年的寓公生活过得很悠闲，也很风光，成了乾隆、嘉庆之间的在野名士。其声誉与影响大大超过了当时的达官贵人。

由此可见，袁枚一生可分为两个阶段，第一个阶段是他埋首寒窗，忙于科举，苦于为官，他33岁在《答陶观察问乞病中》一文中自述，当时“不跪膝奔窜，便瞪目受瞋”的痛苦经历。由此可见，袁枚性喜自由，讨厌官场礼仪、仕途倾轧。正因如此，袁枚才会在中年毅然脱离官场。他在精神上与庄子、陶渊明似有相同之处。第二个阶段是39岁之后，他看破红尘，自建小园，从此生活洒脱自由。但袁枚又与陶渊明隐居于乡间生活格调不一样，他是“大隐隐于市”。袁枚自述随园景致："造屋不嫌小，开池不嫌多；屋小不遮山，池多不妨荷。游鱼长一尺，白日跳清波；知我爱荷花，未敢张网罗。"他还在门联上写道："放鹤去寻山鸟客，任人来看四时花。"他怡然自乐之际，在随园中谈论诗文，结交官僚，广收女弟子，与当时的政治、文学息息相通，至于他依靠什么来维持随园寓公生活，历史上并无详尽记载，这一直是笔者感到困惑的。

袁枚留下一本《小仓山房诗文集》。他的诗歌创作极富才情，但由于写得太多太快，而不免"才多而手滑"。其代表作是《春雨楼题词为张冠柏作》，这首七古长诗被誉为"才华丰赡"，但依笔者看来，只是文句流畅，词风绚丽。袁枚的散文与骈文写得很不错，为当时人所赞赏，其文词句典丽，感情丰富，刻画人物性格很细腻，尤以《祭妹文》一篇以声情并茂而被人推崇。笔者认为，袁枚在文学上的成就，主要在于他的诗歌理论，他主张的"性灵说"在当时影响很大，他说"人欲当处，即是天理"，这是对南宋程朱理学家"存天理，去大欲"主张的否认。袁枚认为，文学应当真实而无所束缚地表现个人感情。他在《随园诗话》中指出，诗歌的艺术标准只有三条："性灵""性趣"与"生趣"。这就是袁枚独特的文学主张，在当时标新立异。他与赵翼、张问陶合称"性灵派三大家"，又为"清代骈文八大家"之一，袁枚在当时文坛声誉与纪晓岚并称，有"南袁北纪"之名。

袁枚的一生，是潇洒自在的一生。他敢于跳出绝大多数文人为功名利禄而烦恼的窠臼，以一种狂放不羁、轻视传统的姿态面对世俗舆论。在中国古代文人中，不少人像"范进中举"那样，孜孜不倦为科举愁白了头，并在官场周旋一生。袁枚此举，非常有意义。

在袁枚留存的作品中，以《随园诗话》影响最大。后人还根据他饮食生活整理出一本《随园食单》，此书写烹调美食，饶有情趣，既实用，又风雅，从中可了解袁先生当年对生活是极有讲究的，故而他与苏东坡、李渔，被称为中国古代的美食家。

洪亮吉之案

洪亮吉

清嘉庆四年，发生了洪亮吉一案，此案震动朝野。

洪亮吉（1746—1809），字君直，晚号更生居士，祖籍安徽歙县，生于江苏常州。他自幼丧父，家贫而好读书，少年时长得高个红脸，才气横溢，获袁枚赏识。但洪亮吉屡试不第，至乾隆五十五年，洪亮吉才以一甲第二名高中，授翰林院编修，充国史馆编纂官，时年44岁。

洪亮吉精通史地和声韵训诂学，擅长写诗与骈体文，又好游玩山水，足迹遍及吴、越、黔、秦、晋、齐、豫各地。他性格豪迈，疾恶如仇，早在乾隆当太上皇时，就直言抨击时弊，言辞激烈，让新皇帝嘉庆头疼，但当时大权还在乾隆手中，嘉庆只能不了了之。

乾隆选十五子永琰（后来的嘉庆）当继承人，虽平庸但因其少年老成。嘉庆执政前三年，一切如故，大权仍在乾隆与其宠臣和珅手中。嘉庆三年腊月底，89岁的乾隆突发感冒，初二病情转危，初三驾崩。

嘉庆真正执政的日子开始了，他在父亲死后的翌日即发布了一条令人大为吃惊的谕旨，免去和珅军机大臣与九门提督的职务，随即，开始一场大规模抄家行动，将和珅家巨额财宝归为国有，即“和珅跌倒，嘉庆吃饱”。

与此同时，一块特大玉石正送往京城，嘉庆下令拒收，他向天下人表示：玉石无益民生，他要树立一个节俭勤政皇帝的形象。

其实嘉庆早就发现，乾隆后期官场腐败越演越烈，官官相护，互做假账，令国库白银流入私囊。嘉庆杀和珅，又在全国十一个总督中，撤换六个，但反贪高潮一过，各地依旧买官卖官，送礼收礼。嘉庆树立的几个廉政典型，也一个个陷入腐败泥潭。如谏官广兴因揭发和珅而被提拔为兵部侍郎，但广兴一登高位，在一年中就贪污了4万白银。更令嘉庆恼怒的是，各地出现“编外衙役”（相当编外警察），皇帝不许扩编，地方变相招人，编外人员甚至超过了正式编制，而其工资则摊到老百姓头上。

于是，嘉庆决定广开言路，臣民皆可进言。洪亮吉获悉后，一口气写了几千字上书，指责大清官吏或“模棱两可”，或“钻营投机”，或“苟且偷安”，而根子正在嘉庆身上。并批评皇帝上朝迟，退朝后与俳优在一起玩。

洪为保险起见，抄送三份，分别托三位重臣转交皇帝。

嘉庆读完奏章，怒发冲冠。洪亮吉居然将大清官吏中的十有其九斥为贪官，矛头直指自己与清王朝制度。于是，他下旨把洪亮吉抓入天牢。刑部审洪亮吉，大刑侍候，幸亏嘉庆及时派太监送来谕旨：“对读书人不可动刑。”但刑部仍以诽谤罪欲置洪于死地。

对此，嘉庆踌躇再三，他怕真杀了洪亮吉，天下人会怎么议论呢？最后，洪亮吉被发配充军去伊犁。

伊犁将军正好进京，便谄媚进言：自己愿制造个意外事故弄死洪亮吉。嘉庆勃然大怒，将其言抄送全国，弄得将军丢尽脸面，赶紧派人保护洪亮吉。

洪亮吉流放后，上书人锐减，腐败则愈烈。时正值大旱，北方骄阳如火，各级官员求雨，未下；王孙贵族求雨，未下；嘉庆亲自祭坛，向上天祈雨，老天爷仍不给面子。嘉庆被迫赦免罪犯，雨仍未下；又设粥摊，救灾民，雨还是未下。

1800年5月26日，嘉庆决定赦免洪亮吉，据《清仁宗实录》载，嘉庆亲自写道，洪“实无违碍之句，仍有爱君之诚”，“亮吉所论，实足启沃朕心”。据《清史》载，“诏下而雨”，嘉庆放下笔，一道闪电划破长空，大雨倾盆而下。

赦免洪亮吉，伊犁将军要亲自备车送洪返京，洪婉拒。他游遍伊犁、哈密与乌鲁木齐，撰《伊犁日记》和《天山客话》两部，自回京城。

洪亮吉从此闭门不出，悉心研究学问，著述有《更生斋诗文集》《北江诗话》等，遂成清史上著名的经学家与文学家。

曹振镛之恭

曹振镛

曹振镛（1755—1835），字怿嘉，安徽歙县人，他来头很大，是魏武帝曹操嫡脉后裔。他在乾隆、嘉庆、道光三朝为官，官至宰相。身居官场五十二年，年届80退休。列当时功臣之首，卒后入祀贤良祠。

曹振镛一生仕途通达，他27岁考取进士，入选庶吉士，任翰林院编修。嘉庆时任吏部侍郎、户部尚书，奉命撰《高宗实录》，道光时为武英殿大学士、军机大臣兼太子太师。曹振镛曾三次当学政，主持乡试、会试各四次，阅卷基本不徇私情。曹是盐商子弟，两江总督陶澍提出盐政改革，触及盐商利益，曹振镛却大度支持，笑曰：“焉有饿死之宰相家？”他一生小心谨慎，为人谦恭，在官场五十二年中基本没有违法受贿之记录，也无可赞颂之政绩，但道光帝却对其青睐有加。

平心而论，曹振镛是个很平庸的官吏。他发迹之路有点噱，他在乾隆时只是毫不起眼的翰林院编修，嘉庆临终时托四位军机大臣拟遗诏，说乾隆帝出生地在承德避暑山庄。道光审阅后，便颁告天下，文武百官中唯有曹振镛提出异议。据他考证，乾隆帝出生地为北京雍和宫。继位的道光帝查清后将四个军机大臣免职，曹振镛擢升军机处领班。

曹振镛是个处事很仔细的人，他见道光皇帝的龙衣上有补丁，自己也常穿有补丁的朝服见驾，道光帝大为欣赏，当众表扬了曹振镛“恭俭惟德”，结果产生连锁反应，满朝文武官员都心领神会，穿了打补丁的旧衣服上朝，有的没旧衣、破衣，便故意洗旧了衣服，再穿上见驾。

道光皇帝喜欢求全责备，曹振镛也喜欢挑人小毛病，在判别是非上，他与皇帝的见解保持高度一致。道光帝每天要批阅大量奏章，常常苦不堪言，仔细看吧，夜里睡不好，不认真看吧，又怕被朝臣议论。对道光了如指掌的曹振镛献上妙策：“皇上抽阅奏章，找些错字，用朱笔标出，群臣必定佩服陛下仔细阅览过。”道光自此笑纳。

曹振镛下朝后喜欢去饭店、菜场打听物价，翌日给皇帝送经济情报，这让道光帝十分满意。曹振镛下殿后，常常不回家，喜欢在朝房中闭目养神，没什么大事，他也干坐着与人闲聊，导致其他官员也不敢走，一直坐到曹振镛离开。

与曹振镛同朝为官的有一位阮元，人品文才俱佳，平海盗、禁鸦片、惩贪官，都让人佩服。道光皇帝想提拔阮元，便问曹振镛：“你觉得此人如何？”曹振镛恭敬回答：“阮元才华横溢，工作能力特强，我没法和他比。”道光帝想到阮元当地方领导已三十年了，而且 30 岁就是二品大员，决定提拔他入阁。不料，曹振镛话锋一转，又说：“阮元的优点是吟诗、论文、作画、弹琴，听说还出了几本诗集。”道光一听就不乐了，说：“吟诗能把国家搞好，那我天天吟诗了。”后来，阮元调回京城，被安排在一个清闲的位置上。曹振镛巧妙地去除了唯一可以和自己抗衡的对手。

曹振镛从政五十二年，与同僚关系也出奇地好。据《瞑庵杂识》载：“曹文正公晚年，恩遇益隆，身名俱泰。门生某请其故，曹曰：‘无他，但多磕头，少说话耳。’”人到晚年，其言也真，曹振镛吐露的真言，很可玩味。在他看来，入官场如履薄冰，伴君如伴虎，处事说话岂能不犯错误？于是他总结了两点：对皇上说的话，多磕头，既不反驳，也不要固执己见；对同僚，少说话，言多必失，还不如唯唯诺诺，言行得体。可见其官宦文化修炼之深。

后人对曹振镛的做官之道写了一首《一剪梅》讽之：“莫说时事逞英雄，一味圆通，一味谦恭。”“流芳身后更无穷，不谥文忠，也谥文恭。”一个“恭”字，对曹振镛一生为官作了盖棺定论。

曹振镛卒后居然谥“文正”，此谥谬也。

曾国藩之韧

曾国藩

曾国藩在清史上举足轻重，他是中国现代化建设的开拓者。在他指导下，中国造出了第一艘轮船，创建了第一所工兵学校，他组织人翻译和印刷西方书籍，并安排第一批中国人赴美留学。在晚清史上开创了“同治中兴”。

曾国藩（1811—1872），字伯涵，号涤生，系曾子第七十世孙。他的成功，归结于其性格坚忍不拔。他生于湖南长沙农村，世代务农，父亲是秀才。曾国藩出生时，其祖父曾玉屏梦见一条鳞甲灿烂的大蟒自空中蜿蜒而下。曾国藩长大后身患癣疾，奇痒无比，他一生为此困扰，无药可治，唯以坚韧意志克服，当地乡人称他是“癞龙”。

曾国藩幼时举止笨拙，资质不高，他每晚读书甚晚，一日有贼来访，想等曾国藩睡后行窃，不料等了一个时辰，曾国藩还未背熟，那贼大怒：“你这小子怎么这般笨！且让我背与你听。”那贼背完扬长而去。经曾国藩刻苦努力，他于15岁赴长沙府童子试，名列第七。

曾国藩后去岳麓书院学习，一同窗狂傲偏激，见曾的书桌摆在窗前，便说遮了他的光，蛮横令曾搬开，国藩也不争执，就让了他。后来曾中了举人，那人又无理取闹，说曾夺了他的风水，曾国藩也毫不在意。可见，曾国藩表面看来温和，骨子里却坚韧无比，对克服困难韧性十足。由于他勤奋好学，28岁中了进士，先入翰林院当庶吉士，十年后官至吏部侍郎（二品官位）。

咸丰二年，太平天国起义军席卷半个中国，养尊处优的清兵不堪一击，摇摇欲坠的清朝廷不得已让地方武装抗击。曾国藩本是一介书生，但他却在湖南创建了一支湘军，书生带兵开始屡战屡败，逼得曾国藩想跳河自尽，但他性格刚毅坚韧，痛定思痛，不肯服输，几经苦战，最后竟攻克南京（太平天国之败，其实祸起萧墙）。他因战功赫赫，官封两江总督、直隶总督，官居一品，封勇毅侯，成为清代以文人身份封武侯第一人。

曾国藩派兵攻克南京后，其弟曾国荃纵兵焚城，杀人如麻，将大量金银财宝偷运回家。当时忠王李秀成被曾国藩诱降，本应押至朝廷，但曾国藩怕李秀成口供与曾国荃所报不符，便杀人灭口。曾国藩此时权倾内外，又拥有兵权，不少人劝他自立，曾怕朝廷猜疑，就把自己一手创建的湘军自动解散。纵观曾国藩的仕途，他一直“战战兢兢”，以儒学治军，他反复教导士兵“说法点顽石之头，苦口滴杜鹃之血”。他自己从少年时就开始天天写日记，反省自己行为，一日不黎明即起就痛斥自己不已。因此，历史上对曾国藩的评价，历来褒贬不一，但他的治军之策与家书之训，一直为后人所推崇，蒋介石与毛泽东都曾对曾国藩表示过赏识。

曾国藩因积劳成疾，右目失明，62 岁病逝于江南，清朝廷谥“文正”。中国历代官宦之家，大抵盛不过三代，但曾国藩以家书传之，曾氏代代有英才，曾纪泽、曾广钧、曾约农、曾宝荪、曾宪植、曾昭抡等社会精英绵延至今。

曾国藩家书妙语哲言甚多，略举两三条：

> 人生一日或闻一善言，见一善行，行一善事，此日方不虚生。遇富贵人，宜劝他宽；见聪明人，宜劝他厚。
>
> 凡遇事须安详和缓以处之，若一慌忙，便恐有错。盖天下何事不忙中出错？故从容安详，为处事第一法。
>
> 久利之事勿为，众争之地勿往，物极必反，害将及矣。

此类曾氏语录，大可发人深省。

曾国藩卒于 1872 年 3 月 12 日，他在南京西花圃散步，突发脚麻，扶回书房，端坐三刻而逝，百姓巷哭，绘像祀之。曾国藩与李鸿章、左宗棠、张之洞并称“晚清中兴四大名臣”，以其建勋最高，被誉为“修身齐家治国千古第一人”。

洪秀全之假

洪秀全

洪秀全（1814—1864），原名洪仁坤，广东花县的汉族客家人。少读四书五经，因其举止不凡，村中父老对其抱有希望。可洪仁坤三次考秀才皆名落孙山，第三次落选时已25岁，回家生了一场大病，四十天卧床不起，于是改名秀全。“秀全”由禾、乃、人、王四字组成，禾与“我”字读音相同，于是秀全便成了“我乃人王”。据洪秀全自述，他在病中有幻觉，自己奉上天旨意来人间除妖。此梦之真假不得而知，后人疑其作伪。洪秀全从此变得沉默寡言，举止怪异。他六年后再进考场，依旧落第。

洪秀全见科举无望，便自称受《劝世良言》影响，决心信奉上帝，欲带百姓追求人人平等，他抛弃孔孟之书，改信基督教，并把家中的孔子牌位换成了上帝牌位。他逢人宣传基督，称“拜上帝教”，并说自己是上帝的二儿子，但他从未读过《圣经》。

洪秀全此人极富鼓动能力，他劝说好友冯云山一起传播教义，他们写了《厚道救世歌》，抨击上层黑暗，宣传人人平等，但有文化的广州人并不买洪秀全的账，洪秀全、冯云山只能去经济落后的广西宣传，这些口号居然让其信徒日增，至道光二十七年，洪先后吸收了杨秀清、萧朝贵、韦昌辉等两千人为骨干，并制定了拜上帝教的规定。

1851年，洪秀全发动金田起义，国号太平天国，洪自称天王。西征北伐，捷报频传，这时与洪秀全结交很深的冯云山、萧朝贵已死，大权落在东王杨秀清手中，杨秀清与洪秀全的矛盾日益加深，杨自称“以天父下凡”，指令天王听他旨意，逼迫洪秀全封自己为“万岁”。洪秀全想不到杨秀清也玩弄这一套，于是洪秀全表面上强作忍耐，心生谋害杨秀清之意。

洪秀全素知北王韦昌辉、翼王石达开、燕王秦日纲与杨有隙，便乘机暗示东王有杀君篡位之心，密诏三王进京除奸。韦昌辉第一个率兵突袭东王府，残杀杨秀清与其家人，及其余部两万余人。石达开进京责备韦滥杀无辜，两人反目。石达开当夜出城，韦昌辉又对翼王府大开杀戒，杀死石全部家人及亲戚。

“天京事变”后，洪秀全佯装不知，把责任推在韦昌辉身上，诛杀了韦昌辉，追封杨秀清为“传天父上主皇上帝真神”，将杨被害日定为“东王升天节”。

洪秀全一方面指派李秀成、陈玉成打退清兵，另一方面他将族弟洪仁玕封为军师，总理天国朝政，又将洪家族人都封了大官，并削弱李、陈及诸王兵权。

洪秀全成立太平天国后，制定所谓平等分配制度，但这个制度只限在上层官员内“按需分配”，其他士兵均不得享受。官员级别越高，享受福利越好。他宣传的“人人平等”只是口号，他在“金田起义”后，先后拥有十五名嫔妃，规定东西王各拥有十一妻，南王、豫王各得六妻，官高者妻多，高级官员有三妻，中级官员有两妻，低级官员有一妻。但在打仗时，士兵不准与妻子同居，只许每月初一、十五夫妻才可团聚。每逢生日，天王可享受六妻，杨秀清也有六妻，韦昌辉两妻，石达开一妻，普通士兵则不允许过夫妻生活。洪秀全颁布了“婚配令”，凡 15 岁至 50 岁的女子，统一分配，官职大，分到的女子既年轻又漂亮。他本人后来拥有八十八个妃子。

洪秀全进入南京之后的十二年内，从未出过城，打仗交给兄弟、儿子，自己整天在宫中为妃子写读不通的诗，每天写一首，内容规定女子如何服从天王。由于洪秀全宫中妃子太多，每晚服侍他的女子只叫号码，连名字他也记不清。洪的儿子仅 9 岁，已有四个老婆。

洪秀全凡遇难事，就说自己是天王降旨，有天兵天将抗御强敌，还故弄玄虚写了不少大家都看不懂的文字，以此欺骗众人。他说的与做的，完全是两码事。

洪秀全一生的成败得失，都在于一个“假”字。

杨乃武之屈

杨乃武

杨乃武（1841—1914），字书勋，人称杨二先生，浙江余杭镇人。其父杨朴堂以种桑养蚕为生。乃武自幼聪颖好学，为人正义而敢于直言。他二十多岁考取秀才，33岁在同治十二年高中举人。杨乃武生得一表人才，且多才多艺，在余杭镇小有名气。

余杭镇有一绝色丽人，名唤毕秀姑，因其貌白皙俏丽，又好穿白衣绿裤，人称"小白菜"。她因家贫，17岁嫁给豆腐店帮工葛品连为妻。翌年，葛租了杨乃武家一间房，彼此为邻。杨见毕秀姑聪慧灵秀，便教她读书写字，郎才女貌，又过往甚密，毕秀姑小杨乃武十五岁，镇上便有了两人关系暧昧之绯闻，好事者言："羊（杨）吃小白菜。"杨乃武急于脱嫌，便故意提高户租，从800文增至1000文，葛品连只得另租他宅。

这年秋天，葛品连患痧症身亡，其母葛喻氏生性凶悍泼辣，便疑毕秀姑貌美而红杏出墙，谋害亲夫葛品连，将毕秀姑告到县衙门。

知县刘锡彤本与杨乃武有积怨，几年前杨乃武闻刘锡彤办案贪赃枉法，便在县衙门照壁上书写一联："大清双王法，浙江两抚台。"这次葛喻氏告状，他便趁机诬指杨乃武有"夺妇谋夫"之罪，用酷刑逼供，将杨乃武屈打成招。杨乃武被定为通奸杀人，判为死罪，毕秀姑因被"烧红铁丝刺乳"，受刑不起，只得招供谋杀亲夫，被判为死罪。

杭州知府陈鲁、浙江巡抚杨昌浚因受贿听信刘锡彤之谎言，维持原判，上报刑部批复执行。

杨乃武在狱中写下诉状，由其胞姐杨淑英赴京向都察院控告，但被都察院押回浙江，杨淑英不服而无奈。正巧兵部右侍郎夏同善途经杭州，杨乃武同窗好友吴以同将杨之冤屈告夏，夏同善为人正派，答应回京进言。

杨淑英二上京城投递冤状，夏同善便向两代帝师翁同龢进言，朝廷派礼部侍郎胡瑞澜为钦差，赴杭州复查。浙江巡抚杨昌浚会同浙江官员随同审理，胡瑞澜在堂上仍用大刑逼供，杨、毕在重刑之下，再度诬服。杨乃武闻讯在狱中叹道："举人变犯人，斯文扫地；学台充刑台，乃武归天。"

浙江读书人吴以同、汪树屏等三十余人不服，联名上告，请求刑部将杨、毕两人解京审问。以夏同善、张家骧、王昕为首的江浙派在翁同龢大力支持与周旋下，告之光绪帝生父醇亲王，醇亲王上告慈禧太后，慈禧太后本来不会管杨乃武这一草民冤案，但她对浙江巡抚杨昌浚颇为不满，因杨仗着是曾国藩的亲信、左宗棠的嫡系特立独行，慈禧为除去杨昌浚这个政敌，同时削落两湖官员势力，下令刑部重审此案。

三大宪重审杨、毕一案，开棺验尸，得以翻案。杨、毕无罪，浙江官员涉案者达三百余人，有三十余人革职、充军、查办。一百五十名六品以上官员革除顶戴花翎，永不录用。刘锡彤革去官职，发配到黑龙江充军。

此案长达三年，《申报》对其案作了连续报道，《申报》维护法制、伸张正义的举措在当时不但鼓励了杨乃武家属反复上京申冤，而且也大大提高了《申报》在当时的声誉。

杨乃武与小白菜一案，被列为"清代四大奇案"之一。它原是一场因官官相护而误判的风化案，后来演变为一场朝廷派系力量的角逐。杨乃武之屈，屈者，为冤枉之意，由于其案曲折离奇，一时扑朔迷离。关于刘锡彤何意诬陷杨乃武，另一说是其子刘子和（刘子翰）对美如天仙的毕秀姑心生邪念，他用迷药迷昏小白菜，后来两人为掩奸情，刘子和用毒药害死葛品连，并让小白菜死咬杨乃武有"谋夫夺妇"之罪，条件是杨乃武死后，刘子和娶小白菜为妻。后改编成越剧、评弹，情节多有发展。

遍体鳞伤、已成废人的杨乃武虽获平反，但举人已被革去，只得返乡以种桑养蚕为业。他在 1914 年患疮疽不治而亡，卒年 73 岁。毕秀姑出狱后为尼，法名慧定，76 岁圆寂。两人结局，仍为后人所抱惜。

张汶祥之刺

张汶祥

张汶祥刺马，是晚清四大奇案之一，和“杨乃武与小白菜”案一样，后来改编成各种戏剧、电影，成为人们津津乐道、议论纷纭的一件传奇大案。

张汶祥，生卒年不详。他刺杀的马新贻，字谷山，生于1821年，山东菏泽人，是道光二十七年进士。马新贻是个外表潇洒的白面书生，虽不精于兵法与武艺，但因办事精干，从知县升至按察使、浙江巡抚。他在47岁得慈禧之恩宠升任两江（今江苏、上海、安徽、江西）总督。一个没有背景的文官，50未到就在官场青云直上，做了晚清时期权力最大的封疆大臣，可谓春风得意。

关于张汶祥刺马新贻之原因，民间流传版本有四五个：一是河南人张汶祥因家贫而投捻军，捻军兵败，他返乡后发现妻子罗氏被吴炳燮所占，他几次拦轿告状，时任浙江巡抚的马新贻却置之不理，而马新贻又诛杀了张汶祥不少结义兄弟，便激起张汶祥决意刺马。

版本之二，马新贻在庐州剿杀捻军时，兵败被俘，张汶祥、曹二虎、石锦标与被俘的马新贻结为兄弟，马新贻将其三人收编为“山字营”。曹二虎、石锦标曾帮助马新贻谎报大捷，以假消息使马新贻得以高升。马新贻本是好色之徒，见曹二虎之妻颇具姿色，先暗中与其私通，勾搭成奸。后为遮人耳目，马新贻杀曹二虎与石锦标。张汶祥获悉后，决意刺杀马新贻，为结义兄弟报仇。

版本之三，马新贻因查办江苏巡抚丁日昌之子丁惠衡一案，得罪丁日昌，丁日昌用重金买通张汶祥刺马。

版本之四，曾国藩平定太平天国起义军后，权倾天下，有部属暗中怂恿曾国藩自任皇帝。慈禧闻言，寝食不安，快速将曾国藩调离江宁，遂任命文官马新贻为两江总督，这便引起湘军众人不服，于是湘军暗中指派张汶祥杀马。

版本多种，至今未有定案，但戏剧演义大都取自版本之二。马新贻因诱奸其结拜兄弟曹二虎之妻，张汶祥之妻也遭其害，张汶祥遂动手刺杀马新贻。民国时武侠小说《江湖奇侠传》中写了“刺马案”，而《南园丛稿》中也有一篇《张汶祥传》。评弹《金陵杀马》有六十五回，张汶祥七杀马新贻，历尽艰险，终于在校场得手，马新贻死时仅50岁。电影《投名状》也取材于此。

张汶祥虽为晚清四大奇案之一的主角，但史无详载，只知张汶祥系河南人（一说为安徽合肥人），是捻军的小首领。他少年时拜觉海寺武僧潮音大师为师，练得一身好武艺，擅长飞刀，百步之内百发百中。从案情细察，张汶祥仗义任侠，行事大度而有魄力，他在刺杀马新贻过程中，几经起伏，最后易容偷袭，终于将沾上毒汁的柳叶飞刀送入马新贻右肋。张汶祥杀马新贻后，并不逃跑，对众人狂笑自陈：“刺客就是我张汶祥，大丈夫一人做事一人当。”

马新贻死后，惊动慈禧，她亲自过问此案，派晚清第一重臣曾国藩前去审理。由于慈禧当年任命马新贻为两江总督时亲自在内宫对马新贻训示，马新贻出宫时惊恐万状，连朝服都被汗水湿透了。原来慈禧获悉洪秀全曾私藏金银财宝无数，便命马新贻暗中调查太平天国之国库聚财之秘密地点，正在马新贻调查稍有眉目时，即被杀，有人暗中议论，张汶祥也许受某人或某集团之指使，否则凭张汶祥单枪匹马怎么可能进入戒备森严的校军场？又怎么可能接近权势熏天的两江总督马新贻？

曾国藩在审理此案时，谣言流传甚多，对此慈禧很不放心，又指派刑部尚书郑敦谨与曾国藩一同办案。经过半年审理，张汶祥杀马供认不讳，被判死刑，官府将张剖心挖肺，凌迟处死，祭奠马新贻。此案虽了结，但民间版本不断更新，故为晚清奇案之一，又成为各种戏剧演义之版本。

后记

今年一月，疫情暴发，宅在家中修订三本书的再版，前后四个多月，对这本书用力最多。此书于2013年出单行本，2016年出增订本，今年又出精选本，书名由《壶中书影》改为《古代文人幕后真相》。

这次修订工作，一是把《壶中书影》增订本收入的一百三十篇文字，狠狠心删去四十篇，其中大家较为熟悉的老子、孔子、庄子、陶渊明、白居易、范仲淹、朱淑真、陆游、唐伯虎、况钟、冯梦龙、徐霞客、纪晓岚等篇章，皆忍痛割爱。将留存下来的九十篇文字，逐篇作了润色修订，并为评点的每个历史人物注明生卒年。再加入新写的五十篇文字，约七万余字，精选本共计一百四十篇。

二是新写的文人中，有一些不广为常人熟知，如两汉郅都、卜式、丙吉，魏晋南北朝黄皓、裴松之与沈约，唐代徐有功、窦怀贞与李振，北宋的刘娥、宋祁、刘恕、邵伯温、邓绾、李定与魏玩，元明清的朱祐樘、杨一清、彭鹏、施世纶、吴楚材与张汶祥。班固、蔡伦、杜旬鹤、赵祯、冯保虽为读者知悉，但我讲了他们不为人知的另一面。其人其事的成败得失给人诸多联想与启迪。

三是对历史人物的点评，我尽力还原史实真相。过去一些史书写古人和评述历史，较绝对化。一讲到改革家，便歌颂商鞅、王安石、张居正，他们的改革确有成效，但一些举措，在历史上曾引发不同争议，而商鞅与张居正的人品则为时人所不屑，可惜都隐去了。同样评述历代奸相，则把他们的言行全部抹黑，缺乏辨证的态度。据史记载，明人严嵩虽是个奸相，考察其一生，他在58岁前所为，不能说刚直，但他在大是大非上是站稳立场的。他晚年曲意奉承，其根子还在三十年不上朝的万历皇帝身上。宋人秦桧是有才之士，他对金朝也有过反抗，后来他被斥为杀害岳飞的罪魁祸首，其实他是秉受宋高宗赵构意志而行事。沈括是大科学家，因妒生恨，为诬陷苏东坡而充当告密者，这些都是史实。

在《二十四史》中，我比较偏爱宋史，北宋时期是中国封建史上最好的一段黄金岁月，至少对读书人而言。在本书“北宋”篇中我新增了十六篇文章。宋仁宗赵祯是中国古代史上可以与隋文帝、唐太宗、明孝宗媲美的好皇帝，后人评议宋仁宗“为人君，止于仁”。他启用贤者，摈斥佞官，发展文化，推动经济，“唐宋八大家”中的六大家盛于仁宗执政时。更让人钦佩的是，赵祯以皇权、相权与谏官来组成北宋王朝的最高权力，是他的宽和大度，才出现了范仲淹、韩琦、包拯、富弼、文彦博、欧阳修、司马光、苏东坡这样一流的大臣，他以纳谏治天下，留下诸多佳话。宋神宗也是值得关注的人物，他执政时想杀一个仇家而不得，宰相可以否定，谏官可以阻止，直到他推行王安石变法，众多名臣辞职。王安石一退位，他才大权独揽。据《神宗实录》与《宋史》记载，北宋之亡，与王安石起用吕惠卿、曾布、李定、舒亶等人有关，由于这些人的奉迎谄媚，使宋神宗说一不二，君权不再受制约，这或许也是北宋灭亡的原因之一。对此，史学界见解不一，留待商榷。

古人把读书人和会舞文弄墨者皆称之为文人，上至皇帝大臣，下到平民书生。由于文人范围包罗万象，文人中便有三六九等。书中列入几位太监是否为文人？笔者认为蔡伦虽未入科举，但他任黄门侍郎主管公文传达，后为中常侍，改进造纸术，世称“蔡侯纸”，后世称其为东汉科学家，科学家即知识分子，拟可入文人之列。冯保亦太监，他于嘉靖十五年入内书堂读书，后在司礼监科廊写字，精于琴艺，擅长书法，主持刻了《四书》《书经》《通鉴直解》等史书，以其生平所学，亦可称文人。蜀汉太监黄皓，在严格意义上称不上文人，但他也非目不识丁的村夫。李林甫虽未经科举，但他先后任礼部尚书、御史中丞，直至宰相。他主持修订相关法律，《唐六典》出自他注，《剑桥中国隋唐史》称其为“吏才”，算是文人吧。说到皇后刘娥与贾南风。刘娥是个江湖艺人，但她入宫后勤勉自学，代宋真宗批阅奏章，“周谨恭密”，井井有条。贾南风与潘岳等二十四友为伍，重用文人张华，她与司马衷共同执政八年，维护西晋王朝不乱。我当年师从章先生读《二十四史》，他就说过，优秀文人与卑鄙文人，恐怕都只是少数，中国文人群如一只橄榄，中间大，两头尖。中间大，是指中国大多数文人。读史可以明智，就是要让大多数读书人通过阅读史书，有是非观，有正直心。

中国历史源远流长，因其悠久曲折，且事件繁杂，人物众多，后人虽好之而未能知之其详。如《二十四史》《资治通鉴》皆用文言记之，常人读来易困且乏。笔者效仿太史公之春秋笔法，同一史料，多方考证，实录其人其传，以一字概括其一生，为中国历史通俗化竭尽微薄之力。

中国古代父子皆为高官、兄弟皆有才情者不少，但本书选的一百四十位古人中，仅有一对父子，即司马池与司马光。司马池政绩无所显赫，但其为人如一块璞玉，因其身体力行，才培养出一个伟大的儿子司马光。在北宋人才济济的文人中，我最钦佩欧阳修、司马光与苏东坡。在中国史学史上，我最敬仰“二司马”。在中国当代作家中，柏杨先生的史学观通过“柏杨曰”，显示其出类拔萃、异乎寻常、精辟大胆的见解，让我为之佩服。但他对司马光的有些评述，不能苟同。在笔者看来，司马光毕竟生活在北宋，他的人品已很了不起。

笔者虽从小迷恋文史，又蒙恩师章培恒悉心教诲，但生性愚笨，中国历史又错综复杂，虽沉湎而一知半解，一些史实真相仍处于探索之中，本书错谬难免，有些观点属个人一孔之见，敬请高明者赐正。

“壶中书影”在《新民晚报》连载十二年，获得广大读者青睐，得到两任领导严建平、阎小娴的支持，建平兄两次为之赐序，更是心存感激。“壶中书影”在报上刊出后，《报刊文摘》《读者》《读书文摘》与新民网、新华网、人民网、凤凰网等网站加予转载。本书的出版，要衷心感谢本书责任编辑竺振榕女士，还有帮助校勘的郭伟涵兄，正是他们认真负责的精神，使本书得以求教于广大读者。文汇出版社社长周伯军兄曾在修订本出版时为笔者签名售书站台，绘图作者侯仁端与支持小文陆续发表的西坡兄、观浪兄、佳林兄与王瑜明、刘伟馨、董莉群诸位，笔者在此谨向他们一并致以感谢。

曹正文

记于 2020 年 5 月 12 日

图书在版编目(CIP)数据

古代文人幕后真相:《壶中书影》精选本 / 曹正文著. —上海: 文汇出版社, 2020.9

ISBN 978-7-5496-3271-8

Ⅰ. ①古… Ⅱ. ①曹… Ⅲ. ①随笔-作品集-中国-当代 Ⅳ. ①I267.1

中国版本图书馆 CIP 数据核字(2020)第 137743 号

古代文人幕后真相

——《壶中书影》精选本

曹正文 / 著

责任编辑 / 竺振榕
特约编辑 / 郭伟涵
装帧设计 / 张　晋
封面题字 / 张晓明

出版发行 / 文匯出版社
上海市威海路 755 号
(邮政编码 200041)
经　　销 / 全国新华书店
印刷装订 / 上海颛辉印刷厂有限公司
版　　次 / 2020 年 9 月第 1 版
印　　次 / 2020 年 12 月第 2 次印刷
开　　本 / 787×1092　1 / 16
字　　数 / 279 千字
印　　张 / 18.75
ISBN 978-7-5496-3271-8
定　　价 / 40.00 元